TOR

Iggy der Wolfmorf ist einer der begnadetsten Forest-Doom-Musiker im ganzen Müützelwald. Klar, dass er mit seiner Band, den *Müützel Monotones*, beim diesjährigen Rocking the Forest Band Contest unbedingt die »Goldene Dolde« gewinnen will. Zu dumm nur, dass seine Bandkollegen ihn nur elf Tage vor dem Festival sitzen lassen.

Dem Wolfmorf bleibt nichts anderes übrig, als sich auf eine Odyssee durch den Wald zu begeben, um den erfolgreichsten und legendärsten aller Musikproduzenten zu finden: Blubb die Pfütze. Denn nur er kann Iggy helfen, seinen großen Traum zu verwirklichen. Dabei begegnet er allen möglichen und unmöglichen Wesen und zu allem Überfluss auch noch der allerschönsten und wunderbarsten Wolfmörfin der Welt, die ihm völlig den Kopf verdreht …

Cornelius Zimmermann (Jahrgang 1978) ist in Südbaden geboren und aufgewachsen. Früh musste er erfahren, dass der Schwarzwald von Orks nur so wimmelt. Heute lebt und arbeitet er in Berlin, wo er sich den dunklen Mächten mit juristischen und politischen Mitteln entgegenstemmt.

Er sieht sich literarisch als Vertreter des rationalen Realismus, hält es aber für möglich, dass hinter seiner Tapete eine Kolonie mikroskopisch kleiner hochintelligenter Hamster haust, die Hebräisch mit brasilianischem Akzent sprechen und alle Günther heißen.

Weitere Informationen finden Sie auf www.tor-online.de und www.fischerverlage.de

CORNELIUS ZIMMERMANN

Ein Müützelwald-Roman

TOR

MIX
Papier aus verantwortungsvollen Quellen
FSC® C083411

Erschienen bei FISCHER Tor
Frankfurt am Main, April 2018

Satz: Dörlemann Satz, Lemförde
Druck und Bindung: CPI books GmbH, Leck
Printed in Germany
ISBN 978-3-596-29927-0

I

Noch 11 Tage bis zum
237. ROCKING THE FOREST BAND CONTEST

Kampf dem Kitsch

Es ist ein dunkler, kalter Nachmittag im Müützelwald; dichte, reglose Nebelwände umstehen die Baumriesen, deren feierlich aufragende Stämme sich in den Schwaden verlieren. Feine Wassertröpfchen überziehen die dunklen Farben des stillen Waldes mit einem zarten Silberschleier. Ein Geschwader türkis-orange-lila-apfelsinenfarben gestreifter Libellen taucht in exakter Formation aus dem Nebel auf, taucht wieder in ihn ein und verschwindet. Wenig später kann man die Geräusche des Libellengeschwaders vernehmen, das sich in exakter Formation darin verfliegt und volle Lotte gegen einen Baumriesen kracht. Dem wüsten Schimpfen der Rieseninsekten folgen die Geräusche eines Faulrindenkäfers, der soeben von wütenden türkis-orange-lila-apfelsinenfarben gestreiften Libellen vermöbelt wird. Dann verliert sich das Brummen des – nun etwas zerknitterten – Geschwaders zwischen den Bäumen, und nur die weiche Stille des Nachmittags bleibt zurück.

Der Blick schweift weiter über die Szenerie, wandert über die stillen Bäume, deren knorrige, verschlungene Wurzeln im und über dem Waldboden Höhlen, Unterschlüpfe, Brücken und Leitern bilden. Nur ab und zu lässt sich ein kleiner Waldbewohner sehen, ein Eichhörnchen etwa, das in sein Versteck schlüpft und so tut, als habe es die Nüsse nicht aus Nr. 85 in der großen Eiche nebenan geklaut.

Der Blick wandert noch ein bisschen tiefer und findet am Fuße eines besonders stattlichen Baumriesen einen Wurzelvorsprung. Erst bei näherem Hinsehen kann man erkennen, dass der Vorsprung eine kleine Rindentür überschattet, die die dahinterliegende Höhle zwischen Wurzel und Waldboden sicher verschließt. Nur mit Mühe sind die Buchstaben zu entziffern, die in kantiger Schrift und roter Beerenfarbe auf ein Schild an der Tür gemalt sind.

Oben steht:

THE MÜÜTZEL MONOTONES

Und darunter, ein wenig kleiner:

PROBERAUM

Und darunter, noch ein wenig kleiner:

Nicht klopfen, hören eh nix. Einfach warten, bis wir rauskommen.

Nähert man sich vorsichtig und noch leiser als zuvor schon der Tür (man weiß ja in diesem geheimnisvollen Wald nicht, was plötzlich hinter einer solchen Wurzel hervorspringen könnte), kann man dahinter ein dumpfes Scheppern und Lärmen hören. Über einem rasenden Trommelrhythmus liegt das sirrende Kreischen einer Gitana, die typischen Riffs eines *Forest Doom*-Standards sind auszumachen. Die brodelnde, erdige Leadstimme, die sich mühelos gegen das Lärmen durchsetzt, peitscht die Musik immer weiter auf. Auf einmal jedoch bricht der Song ab. Aufgeregte Stimmen sind zu hören. Offenbar erhebt sich eine Diskussion, ein Streitgespräch. Immer mehr Ärger ist den Stimmen anzuhören, besonders eine ist immer klarer gegenüber den anderen zu erkennen, wobei nur schwer einzuschätzen ist, ob es sich um den Sänger handelt, die Sprechstimme ist nämlich viel höher und durchdringender als das erdige Grollen, das man eben noch vernehmen konnte.

Plötzlich fliegt die Tür auf, und ein kleines Wesen, das unschwer als ein Wolfmorf identifiziert werden kann, stürzt hinaus. Er dreht sich zitternd vor Wut um, blickt flammenden Blickes zurück auf die dunkle Türöffnung. Seine maulwurfsähnlichen Schaufelpfoten sind zu Fäusten geballt, die er wütend schüttelt.

»Bin ich denn der Einzige in diesem Scheißwald, dem noch etwas an einem künstlerischen Gesamtkonzept liegt?«, kreischt er. »Es wird doch wohl nicht so schwer sein, Forest Doom nicht in Kitsch abgleiten zu lassen!!!« Verzweifelt reckt er seine Fäustchen in die Luft, scheint den Baumkronen zu drohen. »Wir sind die *Müützel Monotones* und nicht irgendeine Mmrbflkrrrrrmmmm …« Die letzten Worte gehen in unverständliche Laute über, als sich ein ziemlich nasses, ziemlich schweres und ziemlich vermodertes Blatt über den armen kleinen Wolfmorf senkt.

Aus der noch immer geöffneten, dunklen Türöffnung tritt – wenn man das so sagen kann – ziemlich betretene Stille. Würde man sich vorsichtig und mit dem gebotenen Respekt ein wenig näher an das Blatt heranschleichen, könnte man kleine Fäuste hören, die auf den Boden trommeln, und ein Fluchen wie »Hat sich denn der ganze Scheißwald gegen mich verschworen …« Dann kehrt wieder Stille ein. Schließlich wird ein resigniertes Stöhnen vernehmbar. Das Blatt bewegt sich, und der Wolfmorf krabbelt ächzend darunter hervor. Missmutig pflückt er sich einige besonders hartnäckige Noten und Erdbrocken aus dem

Pelz, schüttelt sich noch einmal und stapft dann – leise vor sich hin schimpfend – davon. Langsam, nach und nach, verschwimmen die scharfen Umrisse, die der kleine Musiker in der dicken Nebelsuppe hinterlassen hat, die Nebelwand schließt sich hinter ihm, und alles ist wieder ruhig.

II

Noch 10 Tage bis zum
237. ROCKING THE FOREST BAND CONTEST

Wolfmorfjammer

Ein prächtiger Sonnenaufgang lodert hinter den fernen Gipfeln des Krazznuuf-Massivs empor. Die durch die Baumwipfel hereinflutenden Strahlenbahnen lassen die nächtliche Regenfeuchte des Waldes in einer Explosion von Glitzern und Gleißen aufleuchten. Im Morgenlicht brechen die Grüntöne des Waldes in ihren myriadenfachen Abstufungen hervor, als stünde man im Inneren eines riesenhaften Smaragdes.

»Danke für die Sonnenbrille, Alter«, schnauft Iggy der Wolfmorf.

»Keine Ursache. Immer gerne zu Diensten.« Das Eichhörnchen wirft sich die Tasche über die Schulter und macht Anstalten, den Stamm wieder hinunterzuklettern. Dann zögert es, dreht sich noch einmal um. »Äh, hör mal, Ig. Wenn ich du wäre, würde ich der Kriechspinne von der Pilzwaldlichtung nicht allzu deutlich auf die Nase binden, dass du eine neue Sonnenbrille hast. Bodo bringt, was Bodo hat, okay?«

»Kein Ding, Bodo. Jeder weiß, dass du ein gesetzestreuer Bewohner des Müützelwaldes bist.«

»Du bist ein Schatz, Iggy. Mach's gut und bleib oben!« Mit diesen Worten schwingt sich Bodo über den Rand des Baumhausbalkons, und es sieht so aus, als wolle er auf den breiten Sonnenbahnen bodenwärts reiten.

Iggy seufzt, rutscht am Rand des Balkons hin und her, schiebt sich die Sonnenbrille auf der pelzigen Schnauze noch ein wenig höher und lässt die Hinterbeine baumeln, während er missmutig und mit schmerzendem Kopf in den anbrechenden Morgen schaut. Er fühlt sich, als habe man ihm eine dicke, dornenbesetzte Schlingpflanze um den Kopf gelegt und sie kräftig festgezwirbelt.

Wie viele »Rocking Dustbins« mögen das gestern Abend in *Donnys Waldbar & Grill* gewesen sein? Fünf? Sechs? Die Zahlen tanzen in seinem Kopf einen beunruhigend unkoordinierten Tanz und verlieren bald ihren Sinn.

Und das alles nur, um in den frühen Morgenstunden in einem Astloch aufzuwachen, umgeben von empört fiependen, nackten jungen Spechten, auf dem Kopf eine umgedrehte Eicheltasse?

Himmel, ich bin doch keine 80 mehr!, denkt er sich. Aber was hätte er denn anderes tun sollen, als sich zu betrinken, nach so einer deprimierenden Bandprobe?

Ein leises, aber deutlich ungestimmtes »Ping-Boink« lässt ihn zusammenzucken. Ärgerlich grollend schaut er an sich herunter, wühlt mit den Schaufelpfoten in seinem braunen Pelz herum, durchsucht den neben ihm liegenden buschigen Schwanz. Schließlich zieht er mit spitzen Fingern eine winzige, etwas ängstlich wirkende Note zwischen den Haaren hervor.

»Genau das meine ich. Wie soll man denn so arbeiten können?«, brummt er, hält die sich windende Note über den Rand des Balkons und lässt sie fallen. Er beugt sich ein wenig vor und beobachtet die Note, wie sie sich dem Waldboden entgegenschraubt und dabei ein leises, aber für Iggys feine Wolfmorfohren deutlich vernehmbares Jaulen von sich gibt. Mit seinen nicht minder scharfen Knopfaugen sieht er, wie sie federnd auf einem Moosbett aufkommt, sich kurz schüttelt und dann nach kurzem, zögerlichem Schnüffeln davonhoppelt.

Zugegeben, die Jungs haben Talent: Bapf der Hirschkäfer an der Gitana, Johnny-Bo der Wilde Weberknecht am Schlagzeug und Sichssss-P die Mondwespe am Sopran-Blip. Und sie spielen klassischen Forest Doom. Rocking the Forest ist ein Forest Doom Band Contest. DER Forest Doom Band Contest. Die Teilnehmer kommen sogar aus weit entfernten, exotischen Gegenden wie der Lichtung hinter dem Fluss. Sie sprechen oft kaum genug Müützel, um die Teilnahmeblätter auszufüllen. Aber was sie alle verbindet, ist die tiefe Liebe zum Forest Doom, da können die blöden Libellenpopper so viel Rabatz machen, wie sie wollen.

Und was tut die Band? Diskutieren. Iggy stöhnt auf bei dem Gedanken: *»Neue Einflüsse.«* – *»Den Forest Doom revolutionieren.«* – *»Die Vermählung von Forest Doom und Mushrock.«* – *»Alte Zöpfe abschneiden.«* Himmel, klassischer Forest Doom ist zeitlos!

Die *Müützel Monotones* sind auf dieser Seite des Flusses (also dort, wo nach gängiger Definition die Zivilisation zu Hause ist) zur Legende geworden, weil sie immer guten, zeitlosen, regentropfenreinen Forest Doom gespielt haben. Hierfür stehen die *Müützel Monotones* mit ihrem Namen, und hierfür haben die *Müützel Monotones* (in anderer Zusammensetzung) beim 227. Rocking the Forest die »Goldene Dolde« gewonnen.

Zugegeben, das ist mittlerweile zehn Jahre her, aber wir leben eben in verstörenden Zeiten, in denen Bands wie die *Caterpillar Killers* und die *Dunklen Prinzen des Waldbodens* die »Goldene Dolde« gewinnen können, Bands, die von Forest Doom ungefähr so viel verstehen wie … wie … na … naja, wie ein Libellenpopper von Forest Doom eben. Aber gerade deshalb muss man sich immer wieder aufs Neue für den echten Forest Doom in die Bresche werfen, das wäre doch gelacht. Und da können Bapf, Johnny-Bo und Sichssss-P noch so oft über ihn die Augen rollen und irgendwas von »konservativ« und »eh keine Chance« murmeln.

Die Morgensonne taucht Iggys Baumhausbalkon in ihre angenehm wohligen Strahlen, und er genießt die Wärme auf seinem Pelz und den Geruch des sich ausdehnenden Holzes. Die Luft ist erfüllt von Vogelgesang und -gekreisch, vom Kratzen, Scharren, Quietschen und Sägen aus den umliegenden Baumwipfeln. Vom fernen Waldboden ertönen die feinen Raschelgeräusche der Erdbewohner.

Iggy lässt noch eine Weile seine trüben Gedanken von den Strahlen dahinschmelzen, dann erhebt er sich ächzend und schlurft gemächlich durch die runde Tür in das Innere des Baumhauses. Geschickt in ein Astloch eingepasst, aus elastischen Rindenstücken und Zweigen zusammengefügt und mit dicken Blättern gedeckt, schmiegt es sich hoch oben an den Stamm des Baumriesen. Das Baumhaus selbst ist in seiner Form rundlich und umschließt einen einzigen kleinen Raum mit einem allerdings absolut ebenen Fußboden, der aus geraden, dünnen Zweigen geflochten ist und vor der Tür in einen halbkreisförmigen Balkon ohne jedes Geländer übergeht. An einer Seite des Raumes lagern in einem Nest aus frischen Zweigen Iggys Essvorräte: Nüsse, Wurzeln, winzige getrocknete Insekten, Insektenflügelchips, Nesselknäcke, Trockenbeerenspieße und was ein Wolfmorf sonst noch so alles zu vertilgen pflegt. Auf der anderen Seite steht ein behagliches wolfmörfisches Schlafnest aus frischem, duftendem Moos, mit weichen Flaumfedern durchflochten. Der Fußboden dazwischen ist, naja, in Gebrauch: Unzählige verschiedene Musikinstrumente liegen achtlos durcheinander, mehrere Blips in verschiedenen

Stimmlagen und Stimmungen, Drumsticks, Rasseln, Gitanas und Uga-Ugas.

Iggy greift sich eine Nuss aus dem Vorrat und knuspert sie mit Behagen auf seinem Balkon. Dann rollt er sich auf dem warmen Holz in der Sonne zusammen und nickt ein.

Der Balkon liegt schon in kühlem nachmittäglichem Schatten, als Iggy erwacht. Er braucht eine Weile, um wieder in die Wirklichkeit zu finden, reibt sich mit den Schaufelpfötchen die Knopfaugen und rümpft etwas missmutig in die frische, schattige Waldesluft. Erst nach einer Weile bemerkt er die Flugfrucht, die neben ihm auf dem Balkon liegt. Das nussähnliche Gebilde, das ausschließlich an Postbäumen wächst, trägt einen Stempel vom heutigen Tage und ist adressiert an »Iggy Wolfmorf, An der Torffarnschneise, BR 23, ziemlich weit oben«. Misstrauisch, aber neugierig schnüffelt er an der unverhofften Sendung. Dann ergreift er sie, öffnet die Flugfrucht an der dafür vorgesehenen »Hier öffnen!«-Naht und zieht ein engbeschriebenes Standard-Postblatt heraus. Der Brief ist ebenfalls auf den heutigen Tag datiert.

Lieber Iggy,
wir hoffen, dass es dir heute ein bisschen bessergeht als gestern nach der Probe. Jedenfalls hat es uns großen Spaß gemacht. Wir möchten dich loyalerweise davon unterrichten, dass wir drei uns heute als die Freaky Coconuts *in der neuen Sparte Funky Forest Doom von Rocking the Forest angemeldet haben. Lieber Iggy, wir sind zu der Überzeugung gekommen, dass wir deinen hohen Ansprüchen an den klassischen Forest Doom nicht genügen können. Wir möchten daher die* Müützel Monotones *verlassen. Es tut uns sehr leid, dass wir dich so kurz vor dem großen Auftritt mit dieser Entscheidung konfrontieren*

müssen, aber wir glauben nicht mehr daran, dass wir gemeinsam als Müützel Monotones *erfolgreich sein können. Noch mal, uns allen tut die Entscheidung sehr weh, nicht mehr mit dir zu spielen. Vielleicht findest du ja noch kurzfristig Ersatz für uns. Bitte drücke uns aber auch als* Freaky Coconuts *die Daumen!*

Viel Glück! Und liebe Grüße von
Bapf, Johnny-Bo und Sichssss-P

Iggy lässt das Blatt sinken und starrt für einige Minuten ins Leere. In seiner Kiefermuskulatur mahlt es. Der Schrei, der nun folgt, wird in die Geschichte des Müützelwaldes eingehen als der legendäre 10.745er Herbstschrei. Wolfmorfe, die zum Zeitpunkt dieses Schreis geboren werden, werden allgemein als neurotisch, zwangsbehaftet und mit einem Hang zum Dauermasturbieren gelten.

Ein guter Rat

»Du bist einfach zu streng mit den Jungs, Iggy. Ich weiß ja, wie wichtig dir der gute alte, klassische Forest Doom ist. Aber Forest Doom ist nicht in Stein gemeißelt. Der Wald wächst weiter, und wir müssen manchmal mit ihm mitwachsen.«

Gugu der Eulerich verlagert das Gewicht auf seinem Ast ein wenig, blinzelt einmal mit dem linken, zweimal mit dem rechten bernsteinfarbenen Auge und blickt Iggy dann wieder scharf an. Der kauert zusammengesunken auf einem Mooslager vor Gugu in dessen großzügiger Wohnhöhle. Der mächtige Eulerich kratzt sich bedächtig mit dem Schnabel unter dem rechten Flügel und starrt dann weiter wortlos auf den gebrochenen kleinen Wolfmorf.

Nach einigen Minuten des Schweigens schaut Iggy zu Gugu auf: »Ich verstehe das alles nicht. Was habe ich falsch gemacht? Habe ich die *Müützel Monotones* nicht erst zu dem gemacht, was sie waren? Den Fackelträgern des klassischen Forest Doom? Und war ich nicht immer ein geduldiger musikalischer Mentor für die Jungs? Womit habe ich das verdient?«

Gugu räuspert sich leise, öffnet seinen Schnabel, zögert, raschelt mit seinen Schwingen, räuspert sich wieder. »Naja, Iggy, ob ihr wirklich die Fackelträger des klassischen Forest Doom wart, das mögen die entscheiden, die zu diesem Urteil berufen sind. Ob du ein guter Mentor warst, das können nur Bapf, Johnny-Bo und Sichssss-P sagen. Und ob du ein geduldiger Mentor warst? Iggy. Lieber Iggy. Ich möchte nicht unsensibel erscheinen, aber du schuldest mir noch immer 230 Kröten aus dem Darlehen, das ich dir für die Renovierung des letzten Proberaums am Pinken Teich gewährt habe. Wobei mir auch immer noch folgende Punkte nicht gelöst erscheinen: 1. Warum hast du darauf bestanden, den Proberaum ausgerechnet am Pinken Teich einzurichten, direkt gegenüber der Pink-Wing-Libellenpop-Arena? 2. Ich bin immer noch nicht überzeugt davon, dass ein nagelneues, astreines, grundsolides Sopran-Blip schon kaputtgeht, wenn man es – ich zitiere – »den Jungs mal so vorspielt, wie es sich gehört«. Und schließlich 3. Wie um alles in der Welt hast du es geschafft, eine doppelt-geeichelte Eichentür alleine aus den Angeln zu heben? Iggy, du bist ein Wolfmorf. In euch stecken vielleicht manchmal ungeahnte Kräfte, aber nicht einmal Bapf hätte das alleine geschafft!«

Gugu macht eine lange Pause und richtet, während er umständlich sein Gefieder ordnet, wieder seinen starren Bernsteinblick auf Iggy. »Lass die Jungs sich erst mal austoben. Du wirst sehen, die kommen reumütig zu dir zurück. Die Konkurrenz ist eh zu groß. Ein kleines Waldvögelein hat mir gezwitschert, dass niemand Geringeres als die *Prasselnden Rassel-Asseln* es in diesem Jahr mit einer Single-Auskopplung bei Funky Forest Doom probieren wollen.«

Iggy schaut ungläubig zu dem großen Eulerich auf. »Die *Prasselnden Rassel-Asseln*? Ach komm. Ich verstehe ja nichts von …« (Ein Ausdruck unaussprechlichen Ekels tritt auf seine Züge, und er malt mit seinen Schaufelpfoten Anführungszeichen in die Luft.) »… Funky Forest Doom, aber wie wollen …« (Wieder Anführungszeichen.) »… *PRA* das denn bitte machen? Aus einem Baumriesen macht man keine Blumenwiese, indem man Blumen draufmalt. Die *Prasselnden Rassel-Asseln* spielen die härteste, steinigste, gerölligste und kälteste Interpretation von Forest Doom, die überhaupt nur denkbar ist! Eigentlich ist das schon Mountain Doom. Da kann man gar keinen Funk draus machen. Geht nicht.«

Gugu seufzt und raschelt mit seinem Gefieder. »Wie dem auch sei. Wie willst du jetzt weiter vorgehen? Ziehst du deine Anmeldung für den Wettbewerb zurück? Wirst du versuchen, dir Ersatzmusiker zu suchen? Oder willst du vielleicht sogar solo auftreten?«

»Ach, das ist doch alles zwecklos. Es sind noch zehn Tage bis zum Contest. Schon jetzt wäre die Vorbereitung mit diesen drei jungen Wirrköpfen sehr knapp gewesen. Wenn wir uns gegen die *Zusammenstürzenden Baumriesen* und *Las and the Forest Five* hätten durchsetzen wollen, hätten wir die zehn Tage komplett durcharbeiten müssen. Schau, drei Runden, drei Lieder: ›Smoking The Leaf‹ steckt interpretatorisch noch völlig in den Kinderschuhen. Bapf hadert immer noch mit seinem Part in ›What Is Wrong With Tossing Trees‹, und Johnny-Bo scheint es schier unmöglich zu sein (und zwar bei allen drei Songs!), den Unterschied zwischen einem klassischen Forest-Doom-

Needle-Ground-Riff und einem einfachen Doo-Whap zu verstehen. Es ist einfach unmöglich. Ich werde die Anmeldung zurückziehen müssen. Ich werde das Gespött des gesamten Waldes sein. Die Libellenpresse wird über mich herfallen, und schon nach dem letzten Contest habe ich Wochen gebraucht, um die Schmierereien von meinem Baumhaus abzuwaschen: ›Iggy und die Zusammenstürzenden Baumhäuser‹. ›3 Runden, 3 Lieder, 3 Fans‹. ›Zuhörer: geschüttelt, nicht gerührt‹. Warum. Warum?«

Schluchzend bedeckt er das Gesicht mit den Schaufelpfoten.

Gugu hat die Augen geschlossen und rührt sich nicht. Erst als Iggys Schniefen ein wenig leiser wird, öffnet er sie wieder. »Ich finde, du solltest die Anmeldung noch nicht zurückziehen. Ich weiß, wie viel dir der Band Contest bedeutet. Ihr sturen Wolfmorfe seid nicht gerade bekannt dafür, schnell aufzugeben. Und ich muss dir sagen, ich wäre ehrlich enttäuscht, wenn du gerade jetzt aus deiner Art fallen würdest.«

Die letzten Worte waren streng, aber spürbar liebevoll gesprochen. Iggy hebt den Kopf ein wenig, in seinen großen, dunklen, tränenvernebelten Knopfaugen spiegelt sich Widerwillen, aber doch auch der sehnliche Wunsch nach einem Fünkchen Hoffnung.

»Du hast noch zehn, nein, seien wir ehrlich, neun Tage, um dich auf den 237. Rocking the Forest Band Contest vorzubereiten oder zumindest nüchtern und mit klarem Kopf …« (Iggy wirft dem großen Eulerich einen etwas betretenen Blick zu.) »… eine Entscheidung zu treffen. Du bist Iggy ›der Frosch‹ Wolfmorf.« (Jetzt wirft Iggy dem großen Eulerich einen etwas irritierten Blick zu.) »Nein, warte mal, du warst Iggy ›der Frosch‹ Wolfmorf, bevor du Iggy ›der Vollmorf‹ Wolfmorf wurdest.« (Jetzt wirft Iggy dem großen Eulerich einen ziemlich bösen Blick zu.) »Nein, pass auf, das wurde ja vor Gericht geregelt, nachdem das passierte, warst du erst mal, nein, das war ja jemand anders …«

Der Eulerich sieht so peinlich berührt aus, wie eines der majestätischsten Wesen des Müützelwaldes nur peinlich berührt aussehen kann, und kratzt sich nervös mit dem Schnabel auf dem Rücken. »Ach, bitte entschuldige, ich war mit den Gedanken woanders.«

Er räuspert sich und hebt von neuem an zu sprechen: »Du bist – oder du warst, je nachdem, auf welchen Standpunkt man sich stellt und ob man die gute Milva vom *Müützel Music Magnet* nun mag oder nicht – Iggy ›Keeper of Doom‹ Wolfmorf. Und du wirst entweder obsiegen oder geschlagen, aber mit hocherhobenem Kopf von der Bühne gehen.«

Iggy sieht immer noch recht skeptisch drein, aber scheint doch wieder ein wenig besänftigt. »Ja, du hast ja recht«, seufzt er. »Aber was soll ich jetzt tun?«

»Ich sag dir was: Mach dich auf die Suche nach Blubb der Pfütze. Blubb war schon ein Großmeister des Forest Doom im Ruhestand, als ich noch an meinen Eierschalen herumgenagt habe. Er führt heute ein zurückgezogenes Leben, und viele haben ihn bereits vergessen, obwohl das eigentlich kaum möglich ist. Niemand weiß so viel über Forest Doom wie er. Er empfängt nicht gerne Besuch, aber er schuldet mir noch etwas. Ich werde ihm ausrichten lassen, dass du kommst.«

Iggys Knopfnase zuckt und rümpft in nervöser Neugier. »Aber … wo finde ich denn Blubb die Pfütze? Wo wohnt er? Was sage ich zu ihm? Und was ist das eigentlich für ein bescheuerter Name?«

»Blubb wohnt am jenseitigen Ufer des Wogenden Pilzmeeres, du weißt ja sicher, wo das ist. Folge der Torffarnschneise bis zu den Riesendrillingen, dann wende dich nach Norden, bis du auf den Maulebach stößt. Folge dem Bach bis zum Hagebeerendickicht; durchquere es, und du stehst am Ufer des Wogenden Pilzmeeres. Überquere es, und dann fragst du dich weiter durch. Was du zu ihm sagen sollst? Na, das wirst du selbst am besten wissen. Vertrau ihm. Wenn einer dir helfen kann, dann Blubb die Pfütze. Und was den Namen angeht: Namen sind Schall und Rauch, das weißt du doch. Du kennst ja die alte Forest-Doom-Weisheit: Traue keinem, der sich Baumriese nennt. Und jetzt geh schon. Du hast einen weiten Weg vor dir.«

»Danke, Gugu, du bist ein echter Freund.«

»Passt schon. Und jetzt hau ab.«

III

Noch 9 Tage bis zum
237. ROCKING THE FOREST BAND CONTEST

Folge der Torffarnschneise

»Okay, Bodo, ich geh dann mal. Ich denke, ich sollte in ein paar Tagen wieder zurück sein. Wäre toll, wenn du mein Baumhaus ein wenig im Blick haben könntest. Nicht, dass die Kriechspinne doch auf die Idee kommt, nach ihrer Sonnenbrille zu suchen, oder der Borkenschroll von gegenüber ... Bodo? Bodo ... Bodo, würdest du bitte deine Finger von dem Bass-Blip nehmen? Danke.«

»Oh, entschuldige. Wollte nur sehen, wie du dich so organisiert hast. Nur falls mal was wegkommt.«

»Is' klar, Bodo. Wenn du hier Mist machst, zieh ich dir das Fell über die Ohren. Ich könnte auch versucht sein, mich mal mit der Kriechspinne über dich zu unterhalten.«

»Mach dir keine Sorgen. Wir sind doch Nachbarn.«

»Das ist genau das, was mir Sorgen macht. Also, halt die Ohren fluffig.«

»Du auch, Iggy.«

Und schon ist der Wolfmorf über den Rand des Baumhausbalkons geklettert und auf dem Weg erdwärts.

Als Iggy auf dem Waldboden ankommt, rümpft er zunächst ein wenig umher und schnüffelt in die frische Morgenluft. Verzweiflung, Trauer und Wut, die ihn noch gestern erfüllt haben, sind wie weggeblasen.

»Zum Teufel mit diesen drei Dilettanten!«, denkt er sich und rückt den kleinen, aus Weidenruten geflochtenen Rucksack ein wenig zurecht. Ein feiner, anregender Duft dringt daraus hervor: Er rührt von einer sorgfältigen Auswahl gerösteter Nüsse, Wurzelmurzeln und einiger besonders schöner und großer Pruppbeeren. Wolfmorfe können, wenn es darauf ankommt, in jeder denkbaren Situation mit Hilfe ihrer angeborenen Zähigkeit, Ausdauer, Geschicklichkeit und Genügsamkeit überleben. Aber Wolfmorfe würden auch alles daransetzen, dass es nicht zu solch katastrophalen Umständen kommt.

Die Torffarnschneise zieht als breiter Hohlweg an Iggys heimischem Baumriesen vorbei, wobei sie in der Richtung, die er eingeschlagen hat, stetig und gleichmäßig abfällt. An ihren hoch aufragenden Rändern bildet das dick bemooste Wurzelwerk der mächtigen Bäume gewundene und ineinander verschlungene schattige Arkaden. Sie verläuft in sanften Windungen lange in dieselbe Richtung, so dass Iggy ihr mit seinen scharfen Wolfmorfaugen folgen kann, bis sie sich in den sonnendurchtränkten Dunstschwaden des Herbstmorgens verliert.

Frohgemut zieht er los, tappt fröhlich durch die feuchten Blätter in der für Wolfmorfe so typischen unruhigen Mischung aus Trotten, Tänzeln, plötzlichem Ausscheren und, naja, irgendwie unerwarteten und ziemlich sinnlosen kurzen Sprints.

- - - - - - - - - -

Huhu. Na Sie? Ja, genau Sie. Tjaha, überrascht? Gestatten, der Autor. Höchstselbst. Passiert Ihnen nicht oft, was? Ja, denke ich mir. Wissen Sie, das Ding ist doch: Wenn man ein Werk vollendet hat, dann überkommt einen eine gewisse Leere. Das, worauf man so lange hingearbeitet hat, ist endlich da: Man hat mit einem heiligen Schauer der Freude, Rührung und Erleichterung das letzte Wort, den letzten Punkt gesetzt, und jetzt liegt es vor einem, neu, aber irgendwie doch gleichzeitig schon sehr alt. Denn das Buch ist wie ein Kind, das groß geworden ist und das Haus verlassen hat: Man hat getan, was man konnte, man kann – hoffentlich – zufrieden und dankbar sein, und im Herzen haben wird man es ohnehin immer. Aber trotzdem gehört es jetzt auch immer zu einem Teil nur noch sich selbst. Also, Sie ahnen es schon – mir ist ein bisschen langweilig. Keine Sorge, ich werde Sie schon weiterlesen lassen, dazu ist der ganze Zinnober ja schließlich da. Denn es interessiert mich natürlich brennend, was Sie jetzt mit meinem Opus magnum so anstellen, Sie in Ihrem harten Metal-Outfit mit den putzigen Lesepuschelpantoffeln. Deswegen brauchen Sie gar nicht zu glauben, dass Sie hier einfach so tranig runterlesen können, ich beobachte Sie genau! Ich habe nämlich einen teuflischen Plan ausgeheckt: Ich werde Ihr literarischer böser Geist sein. Der Geist, der stets verneint, wenn Sie das Buch weglegen wollen. Der Geist, den Sie gerufen haben, wenn die neun Euro neunundneunzig Taschenbuchpreis Sie wurmen. Das Gespenst der guten Literatur, gegen den sich alle Mächte des alten, literarischen Europas zu einer heiligen Hetzjagd verbündet haben. Und wenn die letzten Freudentränen über dieses endgültige Meisterwerk vergossen sind, werde ich wie der Geist Gottes über den Wassern schweben und Sie danach fragen, ob Sie alle vorherigen vier Anspielungen korrekt zuordnen konnten. Machen Sie es sich deshalb nicht allzu gemütlich in Ihrem Sessel, den Sie – übrigens – auch mal wieder von den Tempos in den Ritzen befreien könnten. Also, ich melde mich dann an geeigneter Stelle wieder. Das kann schon sehr bald oder auch nie passieren. Bis dann, wir lesen uns.

\- - - - - - - - - - -

Von Pauken und Käfern

Nachdem Iggy so für einige Stunden (Wolfmorfe können recht ausdauernd sein, wenn sie das wollen) der Torffarnschneise gefolgt ist, entschließt er sich zu einer kurzen Pause. Er wendet sich nach links, wo die Mittagssonne einen großen Stein am Rand der Schneise bescheint, dessen flache Oberseite eine gute Aussicht verspricht.

Zu Beginn seiner Reise waren ihm allerlei Bekannte begegnet, aber während der letzten zwei Stunden war der Wolfmorf, von einer kurzen Plauderei mit Bille der Brachmöwe abgesehen, allein unterwegs gewesen. Das war ihm auch ganz recht so, hat ihm die Wanderung entlang des Grundes der Torffarnschneise doch die Gelegenheit gegeben, seinen Kater endgültig hinter sich zu lassen, die Gedanken ein wenig zu ordnen und mit kühlerem Kopf über die Ereignisse des gestrigen Tages nachzusinnen.

Was war er doch nur für ein verheulter Schwachkopf gewesen! Gugu hatte völlig recht: Er würde sich nicht so einfach von ein paar grünen Jungs, die kaum ihre Instrumente halten können, unterkriegen lassen. Er ist immer noch (und die Schmierfinken von *Waldgeräusche* können sich auf den Kopf stellen und mit den Pfoten wackeln) Iggy »Keeper of Doom« Wolfmorf. Er macht die Musik, und niemand anders.

Nun steht er vor dem Stein, der ihn um ein Vielfaches überragt. Beherzt springt er an der glatten Oberfläche empor und erklettert behände die steile Wand, indem seine kleinen Schaufelpfoten jede noch so kleine Unebenheit ausnutzen, um daran Halt zu finden. Mit Schwung setzt er über den Rand auf die flache Oberseite des Steins – und prallt mit einem spitzen Schrei zurück.

Majestätisch thront vor ihm in der Mitte der dachbalkonartigen Oberseite ein Käfer. An seinen kräftigen Ärmchen, von denen sich immer jeweils zwei in ständiger rhythmischer Bewegung auf seinem kreisrunden Bauch befinden, ist er unschwer als Paukenkäfer zu erkennen. Der große Trommelbauch schimmert in einem kräftigen Smaragdgrün, die zusammengefalteten Flügel dagegen in den unterschiedlichsten Bronzetönen. Die kräftigen Fühler befinden sich ebenfalls immer in neugieriger Bewegung und richten sich nun dem Neuankömmling entgegen.

»Hören Sie, guter Mann, ich will doch sehr hoffen, dass Sie nicht immer, und hier nur ausnahmsweise, die wohlverdiente Mittagsruhe eines Musikers in so impertinenter Art und Weise stören. Hat man Ihnen denn in Ihrem unaufgeräumten Teil dieses ansonsten so bezaubernden Waldes überhaupt keinen Benimm beigebracht?«

»Ich, äh, 'tschuldigung, Mann, ich dachte, dieser Stein wäre …«

»Stein? *Stein*!? Sie nennen das hier einen *Stein*? Dieses Monument des symphonischen Waldmurmelns? Diesen mystischen Tempel der Waldklassik? Diese heilige Geburtsstätte ewiger Musik? Stein?? *Stein*?!? Das hier ist – WALDHALL!«

O Scheiße, denkt Iggy. *Ein klassischer Musiker.*

Der Paukenkäfer ist jetzt richtig in Fahrt. Während er sich mehr und mehr in Rage redet und seine sonore Stimme dabei zunehmend eine hysterische Färbung annimmt, trommelt er auf seinem Bauch ein aufgeregtes, rhythmisch verwirrendes Staccato.

»Guter Mann, ich weiß ja, dass es mit Kultur in diesem Wald seit vielen Jahren nicht mehr weit her ist. Der Müützelwald war einst, vor vielen Jahren, ein Hort der Kultur. Manche sagen, hier sei die Musik selbst entstanden, als das erste fallende Blatt, auf einem zarten Windhauch dahingleitend, das erste melodiöse Rascheln von sich gab. Ja, mein Herr, ich weiß, dass diese Zeiten längst vorbei sind. Ja, und ich weiß auch, dass ich und meinesgleichen, die sich nicht dafür schämen, sich um Werte wie Geschmack, Disziplin, künstlerische Tiefe und musikalische Konzeption zu scheren, inmitten des kulturellen Morasts, der uns in diesem verfaulenden Forst umgibt, seit vielen Jahren ins Hintertreffen geraten sind. Aber, mein Herr, und merken Sie wohl auf, noch immer gibt es im Müützelwald Orte wie diesen, wo der Musik gefrönt wird, und ich meine damit nicht jedes unmotivierte Trommeln eines Borkenschrolls auf einer kürzlich ausgeschiedenen Nussschale, was in diesem Wald gemeinhin auch als Musik durchzugehen pflegt. Dies hier, mein Herr, ist Waldhall! Hier habe ich, Kroptok der Paukenkäfer, die Anemonenserenade geschrieben; hier, in Waldhall, habe ich, Kroptok der Paukenkäfer, die ulmharmonische Verschiebung erdacht; und hier, von diesem *Stein* herunter, habe ich die Symphonie der Zehntausend Frühlingsblüten dirigiert, zu einer Zeit, als Sie, mein Herr, noch nicht einmal den Weg aus Ihrem felligen Ei gefunden hatten!«

Es folgen mehrere Minuten der Stille, in denen Iggy in einer Art Schamstarre gefangen ist, während der mächtige Paukenkäfer streng auf ihn herunterblickt.

»Entschuldigen Sie bitte, ich wusste nicht … ich dachte … ich wollte eigentlich nur … ich sollte wohl gehen.«

Ein schwerer, dramatischer Seufzer und ein irdenes Klappern lassen Iggy scheu aufblicken. Er blickt – in eine große, dampfende Teetasse.

»Ach, schon gut. Tee? Soeben frisch aufgebrüht. Pruppbeere, mit einem Hauch Zitrone. Kommen nicht viele Besucher nach Waldhall, und Wolfmorfe schon gar nicht.«

Mechanisch kauert sich Iggy auf dem glatten Stein zusammen, umklammert zitternd, aber dankbar die große Teetasse und rümpft neugierig in den aromatischen Dampf.

»Willst du dich nicht endlich mal vorstellen?«

»Iggy. Iggy Wolfmorf.«

»Iggy? Aber nicht Iggy ›Keeper of Doom‹ Wolfmorf?«

»Ich … du kennst mich? Woher …«

Aber der Paukenkäfer lässt ihn nicht ausreden. »Natürlich bist du Iggy ›Keeper of Doom‹ Wolfmorf! Sag, wie geht's Gugu dem Eulerich? Hast du ihn kürzlich mal wieder gesehen?«

»Du kennst Gugu?«

»Na klar kenne ich Gugu. Hör mal, wer kennt Gugu denn nicht? Junger Freund, ich bin schon so lange im Musikgeschäft, ich habe Forest Doom kommen sehen, und ich werde ihn auch wieder gehen sehen, mach dir da mal gar nix vor. Und glaub ja nicht, dass Gugu sein ganzes Leben nur mit dem Coaching dilettierender Waldbodenbands verbracht hat.«

»Wir sind aber keine …!«

»Ich weiß, was du bist und was du nicht bist, Iggy Wolfmorf. Im Gegensatz zu vielem, was in diesem Wald herumkraucht, bist *du* ein Musiker. Ich kenne dich und deine Musik gut. Wenn du so willst, kenne ich dich sogar besser als du dich selbst. Und wenn ich noch weiter gehen wollte, könnte ich sogar sagen, dass ich auch ein bisschen du bin. Siehst du diesen Paukenbauch? Ich gebe zu, ich bin mittlerweile ein wenig zerhauen, und ich war rhythmisch schon einmal präziser als heute. Aber was glaubst du, wer die Drums bei den *Dicken Ricks* gespielt hat? Hm?«

»Du hast bei den *Dicken Ricks* gespielt? Aber du bist doch …«

»Ein Klassiker. Na und? Glaubst du, Forest Doom gehört dir allein? In deiner Musik steckt so viel von meiner, dass du eigentlich gar nicht mehr auftreten dürftest. Und ich bin, wie gesagt, mittlerweile etwas zerhauen und außerdem auch etwas eingerostet, aber das hier kriege ich immer noch hin!«

Plötzlich setzt ein fürchterlicher Höllenlärm ein, so dass Iggy vor Schreck die Hälfte seines Tees verschüttet. Kroptoks acht Arme haben sich in eine wirbelnde Wolke aus härtesten

Schlagwerkzeugen verwandelt, mit denen er seinen Paukenbauch zum Dröhnen bringt. Ein harter, rasender, klassischer Forest-Doom-Needle-Ground-Rhythmus bringt den großen Stein zum Vibrieren. Ein Schwarm Waldvögel erhebt sich kreischend aus dem Unterholz und bringt sich in Sicherheit. Unbarmherzig treibt Kroptok den Rhythmus voran, zwei, drei, vier Nebenrhythmen flechten sich in verwirrenden Patterns wie mit Meißelschlägen hinein. Iggy klammert sich mit den Schaufelpfötchen instinktiv am Steinboden fest, obwohl Waldhall so fest im Boden verankert ist wie eh und je. Sein kleines Herz schlägt ihm dumpf bis zum Hals – aber es ist nicht nur sein Herz: Unter das wirbelnde Lärmen hat sich ein pulsierendes Wummern geschoben, dessen sich stetig steigernde Intensität die Haare des Wolfmorfs zu Berge stehen lässt: Mountain Doom. Nur wenige können heute noch diese urtümliche Kraft erzeugen, die direkt aus dem tiefen Fels unter den tiefsten Wurzeln der Baumriesen zu kommen scheint. Und immer noch steigert sich das dröhnende Wummern, bis es Iggys Gedanken wie mit einer himmelhohen Eisenmauer umschließt und alles Licht aussperrt.

Der kleine Wolfmorf umklammert noch immer zitternd und mit glasig-starrem Blick die Scherben seiner Tasse, als Kroptok der Paukenkäfer schon längst den verschütteten Tee weggewischt und neuen aufgesetzt hat. Während der Käfer geduldig wartet, bis Iggy langsam wieder zu sich kommt, trommelt er mit einer Hand einen leisen, beruhigenden Rhythmus.

»Na? Beeindruckt?«, fragt er grinsend.

»Tatsache«, haucht Iggy. »Ich …«

»Sag nix. Ich weiß, dass ich gut bin. Oder, naja, gut war. Ich bin leider nur noch ein Schatten meiner selbst. Aber Freude macht mir Forest Doom noch immer.« Kroptok massiert sich selbstzufrieden die Handgelenke, was bei acht Ärmchen an sich schon ein recht beeindruckendes Schauspiel ist. »Aber nachdem ich jetzt genug angegeben habe, erzähl mir mal, was Iggy Wolfmorf an Waldhall vorbeiführt.«

Der lässt sich das nicht zweimal sagen, und nach wenigen Minuten sind Iggy und Kroptok über dampfenden Teetassen ins Gespräch vertieft. Noch nie hat jemand einem Wolfmorf vorgeworfen, sich mit dem Wesentlichen zufriedenzugeben, und so dämmert bereits der Herbstabend, als Iggy unter Kroptoks mehr oder weniger hilfreichen Kommentaren mit seiner Erzählung zum Ende gekommen ist.

»Ich sehe, du hast einen weiten Weg vor dir. Aber Gugu hat wie immer recht: Wenn es um einen guten Rat geht, bist du bei Blubb der Pfütze bestens aufgehoben. Mehr kann ich dazu eigentlich nicht sagen. Außer diesem: Sei unbesorgt. Gute Musik ist ewig. Schlechte Musik ist vergänglich. Und wenn du Hilfe brauchst, dann steht dir Waldhall immer offen.«

»Danke, Kroptok, das werde ich nicht vergessen. Ich sollte jetzt wohl langsam gehen, es ist schon spät. Und danke auch für den Tee.«

»Gern geschehen. Ich würde dich einladen, hier auf Waldhall die Nacht zu verbringen, aber ich weiß, dass Wolfmorfe ungern auf Steinen nächtigen. Aber ich möchte dir trotzdem noch etwas mit auf den Weg geben, was vielleicht ebenso gut ist wie ein warmes Wolfmorf-Moosnest zur Nacht. Hör zu.«

Kroptok bedeutet Iggy mit einer Handbewegung, auf dem hinteren Teil des großen Steines, mit dem Rücken zur nun im Dunkeln schwarz aufragenden Wand der Senke Platz zu nehmen. Während Iggy sich auf seinen Hinterpfoten erwartungsvoll zusammenkauert, lockert und massiert der Paukenkäfer mit sanften Streichbewegungen seine Hände und Ärmchen und verharrt dann schweigend, die Arme gesenkt, auf seinem

Platz. Schließlich gibt er einen leisen, anschwellenden Pfeifton von sich, der aber nach kurzer Zeit wieder in der kühlen Nachtluft erstirbt.

Rings um Waldhall ist völlige Stille eingekehrt. Iggy wagt kaum zu atmen, während Bäume, Pflanzen und Wesen in erwartungsvollem Schweigen verharren. Schließlich hebt Kroptok langsam seine Ärmchen, und aus der Dunkelheit erscheinen über dem Rand des Steines kleine Lichter, schwach zuerst, dann immer heller leuchtend. In gleichmäßigen Bahnen aufgereiht steigen sie empor, wie funkelnde, goldweiße Edelsteine auf einem schwarzen Vorhangstoff emporgezogen, und erfüllen Stein und Schneise mit einem warmen, zarten Leuchten. Ein leises Klingen setzt ein, ein einziger, gleichmäßiger, reiner Ton, wie von einer und vielen Stimmen gleichzeitig. Bald setzen weitere Stimmen ein, mit einem ähnlich feinen, klingenden Ton, und je polyphoner der Gesang, desto wogender wird das zuerst so gleichmäßige Bild des leuchtenden Lichterteppichs. Auf und ab schwillt das Klingen, in beruhigenden Wellen ziehen die feinen Melodien ihre Kreise, in denen immer mehr Einzelstimmen erkennbar werden, die sich durchziehen, sich zusammenführen, wieder auseinanderstreben, aber dennoch in einem harmonischen Wirbel miteinander tanzen. Die Lichter haben nun ihr gleichmäßiges Muster verlassen und sich zu tanzenden, wogenden Wirbeln und Wellen verbunden, die den Stein, Iggy und Kroptop umspielen.

Atemlos, mit großen Augen verfolgt der Wolfmorf das Spiel der kleinen Glühkäfer (denn darum handelt es sich). Mal verfällt er selbst in ein leises Summen, wenn eine Melodie ihn umspielt, mal streckt er träumerisch eine Pfote aus und lässt einen kleinen Wirbel aus Käfern nur für sich tanzen. Schließlich vereinigen sich alle zu einem einzigen großen Wirbel aus Licht, in dessen Mitte ein Einzelner – der Kleinste von ihnen – Platz genommen hat. Leiser und leiser wird der Gesang des Käferchores, während sich gleichzeitig das zarte, reine Stimmchen des winzigen Artgenossen über die Musik erhebt und einen wortlosen, zugleich klagenden und hoffnungsfrohen Gesang anstimmt. Iggy kann nicht sagen, wie lange das Käferchen so gesungen hat, begleitet vom wogenden, pulsierenden Reigen der anderen. Leiser und leiser wird schließlich sein Gesang, und mit dem letzten Ersterben seines Stimmchens erlöschen auch die Lichter der anderen Käfer, bis nur noch samtige Dunkelheit und die dankbare Stille des Waldes zurückbleiben.

Später, viel später tappt Iggy durch das Dunkel die Torffarnschneise entlang, und der Gesang der Glühkäfer ist auch dann noch in ihm, als er schon längst, unter einer schützenden Wurzel zusammengerollt, in tiefen Schlaf gefallen ist.

IV

Noch 8 Tage bis zum
237. ROCKING THE FOREST BAND CONTEST

Riesendrillinge voraus!

Erfrischt kriecht Iggy des Morgens aus seiner Wurzelhöhle. Es ist ihm, als habe er zwei Tage am Stück tief und fest geschlafen, in den Schlaf gesummt von den Glühkäfern und beruhigend umtanzt von ihren Melodien. Er rümpft nach Art der Wolfmorfe in die würzige Luft, als er ein kaum hörbares Klingen vernimmt. Einige winzige goldene Noten haben sich in sein Fell verirrt; vorsichtig und liebevoll lässt er sie auf seinen Finger und von seinem Finger schließlich in das taufeuchte Gras hoppeln, wo sie flink und mit einem letzten zarten Bimmeln zwischen einer Gruppe prächtiger Morcheln verschwinden.

»Folge der Torffarnschneise bis zu den Riesendrillingen, dann wende dich nach Norden, bis du auf den Maulebach stößt«, so hat es Gugu gesagt.

Bis zu den Riesendrillingen ist es nicht mehr weit, das weiß er. Er frühstückt ein paar Nüsse und eine Wurzel-Murzel aus seinem Rucksack und genehmigt sich ein paar Schlucke frischen Taus aus einer der in der Torffarnschneise so häufigen Kelchmoosblüten.

Die Luft ist kalt und klar, milchiger Herbstsonnenschein fällt blitzend durch die Zweige, und so trabt Iggy frohgemut die Torffarnschneise hinab. Neugierig späht er durch die dichten Wipfel voraus, und schon nach kurzer Zeit kann er sie tatsächlich sehen: die Riesendrillinge, die vor ihm zwischen und über den Wipfeln erkennbar werden. Drei gewaltige, zusammenstehende Baumriesen sind es, die die umstehenden Baumkronen weit überragen. In mehreren übereinandergeschichteten Ebenen winden sich ihre Blätterdächer pagodenartig in die Höhe und verbinden sich an der Spitze zu einem weiten, auseinanderstrebenden Blätterdach, das seine Zweige wie beschützend über die umliegenden Bäume breitet. Höher und höher ragen die Riesendrillinge vor dem Wanderer auf, die Baumriesen, die die Torffarnschneise überdachen, scheinen zusehends zu schrumpfen, während Iggy, wie von unsichtbarer Hand gezogen, immer schneller läuft und bald in einen aufgeregten Trab verfällt, als plötzlich …

Wenn's einem plötzlich mulmig wird

»He! Sag mal, kannst du nicht aufpassen, wo du hinläufst?«

Iggy prallt zurück, als wäre er gegen eine Wand gelaufen, versucht hektisch, mit den Schaufelpfötchen das unsichtbare Hindernis wegzuwischen, stolpert rücklings über eine kleine Wurzel und sitzt im nächsten Augenblick auf seinem Allerwertesten, in den sich sofort ein unangenehm spitzer Stein bohrt. Er windet sich, keuchend. Sterne tanzen ihm vor den Augen. Als der Schmerz ein wenig nachgelassen hat, blickt er sich um.

Ihm ist, als sei er plötzlich gegen ein aufrechtes, durchsichtiges Hindernis gestoßen, oder vielmehr in es hineingefallen, wie in eine unsichtbare Wand aus Wasser. Irritiert rümpft er in die Richtung des seltsamen Hindernisses, und als die verschiedenen, aufregenden Gerüche des Waldes durch seine Nase strömen, drängt sich ihm eine Erkenntnis langsam, aber doch unaufhaltsam auf: Er ist auf eine unüberwindbare Wand aus, naja, »Mulmigkeit« gestoßen: das intensive Gefühl, dass etwas nicht stimmt, der Geruch von namenlosen Gefahren, bedrohlich Unerkennbarem. Eine unsichtbare Suppe aus Gefühlen und Bildern, mit Zutaten wie dem muffigen Wildgeruch eines Fuchses, der Schimmeligkeit einer dunklen, unerforschten Höhle, dem Gestank von Angstschweiß und dem unhörbaren Geräusch eines Baumes, der plötzlich fallen wird.

Iggy hat sich kaum an den Gedanken gewöhnt, dass ihm gerade wirklich mulmig ist, als er wieder diese seltsame, körperlose, aber ungemein durchdringende und tatsächlich mulmige Stimme hört: »Ich weiß ja, dass ihr Festen eure Köpfe immer sonstwo habt, aber hätte dir nicht ein wenig früher auffallen können, dass dir mulmig wird?«

»Ich …«

»Du weißt doch genau, dass es hier Mulme gibt, dann achte doch ein wenig darauf, wie mulmig dir gerade ist, und halte ein bisschen die Nase auf.«

Nun regt sich in Iggy aber doch der plötzlich aufflammende Wolfmorf-Zorn, der gleichermaßen von himmelschreiender Ungerechtigkeit wie von einer überhöhten Kneipenrechnung entzündet werden kann.

»Hör mal, ich weiß immer noch nicht, was du bist, und wusste überhaupt nicht …«

»Und was ist das da?« Der Mulm deutet schroff auf ein großes, an einem schlanken Baum mitten auf dem Grund der Schneise angebrachtes Schild.

VORSICHT! MULME!

steht darauf in großen schwarzen Lettern geschrieben.

Iggy schaut von dem Schild zu dem unsichtbaren mulmigen Wesen vor ihm und wieder zurück zum Schild. Wie kann es überhaupt sein, dass der Mulm *schroff* auf dieses Schild *deu-*

ten konnte? Iggy kann den Mulm doch gar nicht sehen. Aber je länger er darüber nachsinnt, desto mehr wird ihm bewusst, dass der intensive Eindruck von – genau – Mulmigkeit ein Bild in ihm entstehen lässt; ein Bild, das nicht aus Formen und Farben besteht, sondern aus Gerüchen und Gefühlen, das deswegen aber nicht weniger plastisch ist. Und so *sieht* er bereits das seltsame Wesen vor sich sitzen: eine große, ungefähr zylindrische, oben offene Wand aus Mulmigkeit, über die selbige Mulmigkeit wie in konzentrischen Strömen wellenförmig hin- und herzieht. Lange, schlanke Tentakel gehen da und dort von der Wand ab, wirken aber nicht bedrohlich, sondern scheinen die Kommunikation des Mulmes nur je nach Stimmung zu untermalen.

Ein Schwall Mulmigkeit trifft Iggy im Gesicht, als der Mulm ihn mit der peitschenden Bewegung eines Tentakels an seinen Gesprächspartner erinnert.

»Hast … du … das … Schild … nicht … ge-se-hen?«, raunzt ihn der Mulm an.

»Nein … ich … habe … das … blöde … Schild … nicht … ge-se-hen …«, äfft Iggy den Mulm nach. »Ich bin nicht aus diesem Teil des Waldes, und in meinem Teil des Waldes kann man die Waldbewohner sehen, bevor man sie riechen kann, okay? Naja, meistens. Das ist ja nett, dass ihr hier Schilder aufstellt, um vor den Einheimischen zu warnen, aber hättet ihr vielleicht die Güte, das den Touristen ein wenig eher mitzuteilen? Himmel, was ist das denn für ein Marketingkonzept bei euch?«

Für einen Moment tritt Stille ein, als sich die beiden ungleichen Wesen taxieren. In einer feinen Bewegung beginnt der Mulm sich leicht zusammenzuziehen. Iggy denkt noch darüber nach, was das jetzt nun wieder zu bedeuten hat, als sich der Mulm unvermittelt erhebt und sich mit überraschender Geschwindigkeit auf ihn zubewegt. Die Wand aus Mulmigkeit rast ihm entgegen, und mit einem harten, fast physischen Aufprall trifft sie auf ihn. Ihm wird schwarz vor Augen, und er verliert das Bewusstsein.

Als er wieder erwacht, greift er sich unwillkürlich an den Kopf, als habe er einen schweren Schlag bekommen. Dann erinnert er sich, dass er soeben mit einem nichtkörperlichen Wesen zusammengestoßen ist und er somit weder Wunden noch Beulen oder ähnliche Folgen eines echten Aufpralls hätte davontragen können. Er schüttelt sich und schaut sich um. Seine scharfen Wolfmorfsinne haben sich nun endgültig an die ganz eigene Wahrnehmung eines Mulms angepasst. So *sieht* er nun, dass er im fast kreisrunden Inneren des seltsamen Wesens auf dem Waldboden hockt. Der Innenraum ist mehrere Quadratmeter groß, so dass er bequem einige Schritte in jede Richtung tun könnte. Es ist ihm zwar immer noch recht mulmig zumute, aber in einer Weise, die er alles in allem als erträglich empfindet. Allerdings bleibt ein seltsamer, irritierender Eindruck. Zunächst kann er die Ursache der Irritation nicht genau festmachen. Dann aber wird es ihm bewusst: Er hört Musik! Tatsächlich, im Inneren des Mulms ertönt Musik. Er *sieht* zwar, dass der Mulm nach oben hin offen ist, aber von außen war nichts zu hören. Er hört nun genauer, mit einer gewissen Anstrengung, hin und erkennt, warum er die Musik zunächst nicht bemerken wollte. Ja, wirklich, das muss es sein: Die Musik ist – seicht. Ganz fürchterlich seicht sogar. Eine banale, dahinplätschernde Melodie, uneinprägsam, aber trotzdem immer präsent, nicht zu laut und nicht zu leise, nicht zu einschläfernd, aber auch nicht zu aufgeregt. Sie ist ziemlich deutlich mit unaufgeregten Instrumenten vertont, mittleren Schilfflöten, ein paar Bachrohrstilzen, mittleren Streichern, nichts Besonderes also.

Bislang lehnte Iggy mit dem Rücken an einem flachen Baumstumpf, nun erhebt er sich aber und setzt sich darauf. Auf dem Baumstumpf liegt ein aufgeschlagenes Buch. Er stutzt und rümpft misstrauisch prüfend über die Seiten. Dann fasst er sich ein Herz, dreht das Buch um und wirft einen Blick auf den Titel: *Der Forest Doom – Die Goldenen Jahre 9827–9998 in Text und Bildern.* Donnerwetter. Das Buch kennt er ja noch gar nicht! Neugierig legt er es vor sich hin und fängt an zu blättern.

Schon nach kurzer Zeit ist er ganz in die Geschichte des Forest Doom vertieft, sieht, nein, verschlingt die Bilder seiner Heroen, kann ihre Musik förmlich hören: Magag der Erdmorf, der seine grollende, erdige Stimme den Zuhörern so entgegenschicken konnte, dass sie sich unwillkürlich aneinander festhielten, um nicht von der Wand aus tiefer Schwingung hinweggedrückt zu werden. Gim das Maulfier, dessen rasende Geschwindigkeit auf dem Blip nie mehr erreicht worden ist. Sip der Iseltink, dessen Liedtexte bis heute unübersetzbar geblieben sind, aber trotzdem von jedem seiner Zuhörer verstanden werden konnten.

Iggy liest und schaut und liest. Den Wald um ihn herum gibt es nicht mehr. Der Mulm ist vergessen. Die seichte Musik, so stellt sich heraus, ist gar nicht so störend. Ganz im Gegenteil, noch nie hat er sich in einer so angenehmen Leseatmosphäre befunden.

Wolfmorfe sind in vielerlei Hinsicht bemerkenswerte Wesen und nicht immer das, was sie bei äußerer Betrachtung zu sein scheinen. Auf den ersten Blick sind sie recht knorzige, knurrige Geschöpfe. Der gemeine Wolfmorf ist leicht reizbar, ungeduldig, unleidig. Er ist meist ein guter Kumpel, aber sprunghaft, mal einsiedlerisch, mal eine geradezu entnervende Partykanone, dann aber mit einem nicht geringen Hang zum schweren Trinken, woraufhin er regelrecht lästig werden kann. Wolfmorfe erzählen gerne Geschichten, lange Geschichten, ausufernde Geschichten, und dann meistens immer dieselbe, immer wieder. Ihre Musikalität ist legendär, aber man hat ihnen noch nie nachgesagt, in Fragen des persönlichen Geschmacks besonders tolerant oder gar nachsichtig zu sein. Wolfmorfe sind alte Geschöpfe, ihr Ursprung liegt in dunkler Vergangenheit begraben, aber das ist Wolfmorfen herzlich egal, denn was kümmern sie ihre Ursprünge, schließlich haben sie höchstwahrscheinlich schon damals gute Musik gemacht, und nur darauf kommt es an. Wolfmorfe leben meistens alleine, sie sind die treuesten Freunde, die man sich vorstellen kann, wobei sie allerdings gerne selber entscheiden, wann man sich auf sie verlassen kann und wann nicht. In Gruppen möchte man Wolfmorfen eher nicht begegnen, denn dann bilden sie im Wesentlichen Banden, die das ruhige, abendliche Bier in der Baumwurzelkneipe durch lautes Geraunze und hemmungsloses Saufen unmöglich machen.

Aber irgendwo in ihrer dunklen Vergangenheit müssen sie auch noch etwas anderes als Vollblutmusiker gewesen sein. Tief in ihnen schlummert ein wacher, misstrauischer Instinkt. Dieser Instinkt ist langmütig. Er war schon immer dort und kann warten. Möglicherweise regt er sich nie und entschwebt zusammen mit dem Morf am Ende seiner Tage unbeachtet in das Andere Erdreich zu den zahllosen musizierenden Seelen toter Wolfmorfe. Aber *da* ist er immer.

Mit einem Ruck schreckt Iggy hoch. Was ist das? Irgendetwas stimmt nicht. Wie eine Ohrfeige schlägt es ihm ins Gesicht: Das Buch ist fort. Dunkelheit umgibt ihn, im Wald draußen ist es Nacht geworden. Und Iggy ist so mulmig zumute, dass der

Eindruck drohender Gefahr wie eine Zange an seinen Schläfen liegt. Er kann sich nicht bewegen, er ist eingeschnürt. Der offene Raum im Inneren des Mulmes hat sich eng um ihn geschlossen und quetscht ihn langsam immer weiter zusammen. Er bekommt kaum noch Luft und kann weder Arme noch Beine bewegen. Er spürt, wie sich die Tentakel des Mulms auf seinen Kopf legen und die nunmehr enge Öffnung zum freien Himmel verschließen. Panik, kalte, heiße, lähmende Panik ergreift ihn. Er denkt nicht mehr.

Aber etwas erwacht in dem kleinen Wolfmorf, eine Kraft, die sonst nur in der Musik aus seinem kleinen, pelzigen Körper strömt und jetzt ihre ursprüngliche, urzeitliche Macht entfaltet. Sie hat lange genug geruht und auf genau diesen Moment gewartet. Sie richtet sich in ihm auf, streckt sich, weitet sich, eine Urkraft wie die eines alten Baumes, dessen Wurzeln über Jahre hinweg langsam und beharrlich Stein zum Brechen und zum Weichen bringen.

Nun aber ist keine Zeit für die Beharrlichkeit von Jahren, mit einem glücklichen Ächzen drängt sie zur Freiheit, fühlt die wilde, herrliche, gerechte Wut über ihr Kerkerdasein, und mit einem Triumphschrei bringt sie ihre Ketten zum Bersten, als wären es trockene Zweige.

Irritiert bemerkt der Mulm, dass sein vermeintlich wehrloses Opfer so wehrlos nicht ist. Etwas regt sich, das er nicht erwartet hat. Eine unheimliche Kraft wehrt sich gegen seine Umklammerung, spät, zu spät hält der Mulm dagegen, presst seine zylindrischen Körperwände, die er über Stunden hinweg langsam hat fest werden lassen, dem Widerstand entgegen, aber die Kraft hält stand. Sie ist stark, zu stark. Angst, ja Panik ergreift den Mulm, er beginnt zu zittern, die festen, gelierten Wände seines Körpers beginnen sich unter dem Angriff wieder zu verflüssigen und dann körperlos zu werden. In einem letzten Aufbäumen ziehen sich die geheimnisvollen Säfte noch einmal um den Wolfmorf zusammen, aber es ist zu spät: Der Mulm gibt ein hohles Seufzen von sich, als der Morf die Umklammerung durchbricht. Mit einem leichten Sausen verschwindet der Mulm gebrochen und wieder körperlos in der Nacht, und ein dumpfer Aufprall ist zu hören, als Iggy erschöpft auf dem Waldboden zusammenbricht.

Lange, lange später erhebt er sich. Mit letzter Kraft schlurft er ins Unterholz, gräbt mit fahrigen Bewegungen eine Höhlung in das tote Laub, rollt sich darin zusammen, zieht ein Blatt über sich und schläft sofort ein.

V

Noch 7 Tage bis zum
237. ROCKING THE FOREST BAND CONTEST

Immer Ärger mit den Poppern

Tastende Sonnenstrahlen wecken Iggy in seinem Laubhöhlenversteck. Es ist noch sehr früh, aber er fühlt sich erfrischt und ausgeruht. Er muss geschlafen haben wie ein Toter. Nach und nach dringt die Erinnerung an die Begegnung mit dem Mulm in sein Bewusstsein vor, ihm schaudert. Es ist warm und behaglich in seiner kleinen Laubhöhle, und so gönnt er sich den Luxus, noch ein wenig liegen zu bleiben und im Schutze seiner vorübergehenden Behausung die Ereignisse des vergangenen Tages zu durchdenken.

Von jetzt an aber Vorsicht!, denkt er sich. *Ich kann mir keine weiteren Verzögerungen leisten. Ich muss Blubb die Pfütze finden!*

Nach einer Weile wühlt er sich aus seinem Versteck und macht sich auf den Weg. Im Wandern frühstückt er ein wenig von den Vorräten aus seinem Rucksack, er ist von drängender Eile erfüllt. Die Luft ist immer noch herbstlich frisch, der Himmel wolkenlos und klar, ein milchiges Licht dringt in breiten Bahnen durch das Blätterdach. Gegen Mittag nähert sich Iggy der großen Lichtung um die Riesendrillinge. Schon von weitem vernimmt er ihre brausende Geschäftigkeit.

Mehrere bedeutende Pfade, die den weiten Müützelwald durchkreuzen, treffen hier zusammen, und so ist die Riesendrillingslichtung seit Wesengedenken ein Ort der Begegnung für die Bewohner des Müützelwaldes: Hier werden Nachrichten aus allen Teilen des Waldes ausgetauscht und weitergetragen, Händler bieten ihre Waren feil, Reisende finden ein Lager für die Nacht, umherziehende Musiker bringen den müden Reisenden Neukomponiertes zu Gehör. Die Lichtung selbst ist ein unübersichtliches, sich stets veränderndes Gewirr von Wesen aller Art, zu Lande, aus dem Wasser und in der Luft: Manche errichten Hütten, Buden und Zelte, andere werfen Erd- oder Laubhügel auf, wieder andere spinnen Netze und Kokons, dazwischen wuseln Waldbewohner, sitzen, stehen, flattern, gleiten, krakeelen, sprechen, singen, grölen, saufen, handeln, feilschen, spielen, schlafen, essen, vögeln, gebären und laichen. Die gewaltigen Stämme der Riesendrillinge in der Mitte der Lichtung sind nicht weniger belebt: Die breiten Äste der drei Bäume bieten Platz für Behausungen und Nester aller Art, manche dauerhaft, manche nur für wenige Tage oder gar nur Stunden angelegt. Bis in die höchsten Bereiche der Bäume ziehen sie sich empor, so dass aus den Riesendrillingen stets ein auf- und abschwellendes Brausen von Stimmen und Geräuschen zu hören ist, während die Äste und Blätter von vielerlei Gestalten durch- und überkrabbelt, umschwirrt und umflogen werden.

Iggy ist schon viele Male hier gewesen, er liebt die Lichtung, fürchtet sie aber auch ein wenig: Sie ist ein faszinierender Ort, von dem er nie genug bekommen kann; die Stimmen und Gerüche kitzeln seine Abenteuerlust und nagen aufreizend an wolfmörfischer Behaglichkeit, stacheln Begehrlichkeiten an, die ein ordentlicher Wolfmorf besser unterdrückt oder in einer Baumwurzelkneipe auslebt. Und so mancher Wolfmorf hat sich schon an Orten wie diesem in gefährliche Händel verwickeln, sich zu Abenteuern hinreißen lassen, die an fernen Orten mit schlechter Musik endeten.

Er hat den Rand der von dichten Farnen umstandenen Lichtung erreicht. Stumm und erregt blickt er auf das Gewusel der Lichtung hinab, die wie ein sanft geneigter Suppenteller unter ihm liegt. Lange steht er so da und badet seine Augen in den farbigen Bildern. Schließlich seufzt er, zurrt den Rucksack ein wenig fester und beginnt den Abstieg. Schon bald taucht er in das Gewimmel ein und ist in der immer dichter werdenden Wesenmenge verschwunden.

Natürlich könnte er die Lichtung schnurstracks durchqueren, ohne nach links und rechts zu sehen, und sich auf die Suche nach dem Maulebach machen, der nächsten Station auf seinem Weg zu Blubb der Pfütze. Aber Iggy wäre nicht Iggy, wenn er dem Drang seiner Nase nicht folgen und ein ganz klein wenig herumschnüffeln und sich umschauen würde. Das ein oder andere Wurzelbier wäre sicherlich auch drin, Band Contest hin oder her. Und so streift er umher, lässt sich treiben, begutachtet die Stände der Händler, schnuppert an Essensständen, lauscht der Musik, bleibt stehen, rümpft, schlendert, wechselt hin und wieder das ein oder andere Wort mit Umstehenden, horcht auf Geplapper, Gerüchte und Tratsch.

Ein rotbeiniger Riesendrilch erzählt soeben einer wachsenden Gruppe von Zuhörern, wie er und seine Insektenfamilie dem großen Waldbrand im Zumpenhain nur mit knapper Not entkamen. Dazu trommelt ein blutjunger Paukenkäfer aufgeregt einen schnellen Rhythmus und untermalt dramatisch die Erzählung. Ein ziemlich schleimiger und streng riechender Bwangbwang schiebt seinen wabbligen, segmentunterteilten, blassgelben Wurmkörper durch die Menge und balanciert Stapel von Beerenkäse auf seinem platten Kopf; die wässrigen Augen fahren unruhig hin und her, die Sorge um seine kostbare Fracht ist ihm anzusehen. Ein großer Grock mit zottigem, schmutzigem Fell und schlackernden orangefarbenen Ohren, die fast bis auf den Boden reichen, hoppelt nervös hierhin und dorthin und hätte beinahe eine Großfamilie von winzigen Sandkäfern zu Tode getrampelt. Eine Gruppe von fünf grell gezeichneten Libellenpoppern bahnt sich ihren Weg durch die Menge, direkt auf …

Moment. Libellenpopper? Iggy lässt den Milchsandkeks sinken, den er sich soeben gekauft hat und, auf einem Baumstumpf sitzend, behaglich verzehrt, während er seine Augen über das Getümmel schweifen lässt. Ärgerlich und genervt schaut er den Libellen entgegen, die ihn offenbar gesehen haben und sich nun schubsend und schimpfend einen Weg zu ihm bahnen. Die beiden Anführer an der Spitze der Gruppe erkennt er sofort: Es sind Bsssngng und Gngang, herausragend unangenehme Vertreter der Libellenpopper-Szene vom Pinken Teich. Ihre drei jungen Begleiterinnen kennt er nicht, aber da er ohnehin nur Verachtung für die ganze bunte, schrille Bagage übrighat und am liebsten gar nichts mit ihnen zu tun hätte, sieht er es auch nicht ein, sich ihre Namen zu merken.

Der Libellenpop ist eine Musikrichtung, die sich – das muss Iggy neidlos zugestehen – nun schon seit vielen Jahren im Müützelwald hartnäckig hält und sich mittlerweile auch außerhalb der Libellengemeinde einer großen Anhängerschaft erfreut. Die Müützeler Riesenlibellen sind allerdings schon immer eine ziemlich misstrauische und exklusive Art gewesen, die oftmals ausgesprochen ungehalten auf allzu euphorische und kontaktfreudige neue Anhänger ihrer so geliebten Popmusik reagiert. Aber man kann nicht verhehlen, dass der Libellenpop sich als ein ausgesprochen dauerhaftes und zugleich kreatives und innovatives musikalisches Phänomen erwiesen hat. Über Jahrtausende hinweg hatte sich niemand einen Deut um die Musik der Müützeler Riesenlibellen geschert, schließlich erschien vielen Bewohnern des Müützelwaldes die Mischung aus verwirrend arrhythmischen Brausklängen und rasend vorgetragenen Klicklauten in komplizierten Metren reichlich seltsam. Und die Libellen in ihrer geheimniskrämerischen Art taten ihr Übriges, um ihre Musik im Ruf des Absonderlichen und Sektiererischen zu halten.

Doch wie so oft in der langen und reichhaltigen Musikgeschichte des Müützelwaldes gebar einer der unwahrscheinlichsten Vertreter seiner Art ein Werk, das den Wald für immer verändern sollte: Gssst Gssst, genannt »Boink«, ein Querkopf und Außenseiter innerhalb der eigensinnigen Gemeinde der Libellenmusiker, kam als Erster auf die Idee, hohen, melodischen und ausgesprochen schmalzigen Gesang (üblicherweise von Faulrindenkäfern, die oft in der Nachbarschaft von Libellen hausen) über das Brausen und Klicken zu legen – mit erstaunlichem Effekt: Der Kombination aus uferlosen Geräuschsymphonien und simplizistischem Schmalzgejaule war eine fast hypnotische Wirkung zu eigen, die im Wald einschlug wie eine Bombe. Dass man Faulrindenkäfer-Lyrics ohne Angst vor Übertreibung als »hohl« und/oder »dümmlich« bezeichnen konnte, tat der Popularität des neugeborenen Libellenpops keinerlei Abbruch: Faulrindenkäferisch versteht eh keiner. Und so wurden die bislang eher unbeliebten Riesenlibellen von heute auf morgen zu den ungekrönten Herrschern der Müützel'schen Populärmusik.

Aber nicht alle Bewohner des Müützelwaldes hießen diese neue Entwicklung mit Enthusiasmus willkommen. Dem Libellenpop konnte man von nun an nirgendwo mehr entgehen. Und die Libellenpopper wurden immer mehr nicht nur zu einer alltäglichen Erscheinung, sondern geradezu zu einem Ärgernis: Offenbar hatte ihnen die Popularität des neuen Libellenpops den lange ersehnten Vorwand verschafft, im Müützelwald mal so richtig auf den Putz zu hauen: Die schrill türkis-orange-lila-apfelsinenfarben gestreiften Gesellen fingen nun an, überall dort aufzutauchen, wo man unter normalen Umständen eigentlich eine Menge Spaß haben könnte. Die Gefälligkeit und Gefühligkeit der Faulrindenkäfer-Lyrics scheint dabei auf die griesgrämigen Insekten keine merkliche Wirkung auszuüben. So können Libellenpop-Konzerte und -Jamsessions schnell einmal in bürgerkriegsähnliche Unruhen ausarten, wenn die Libellenpopper ihre Musik vom geneigten Publikum als nicht ausreichend gewürdigt empfinden. Der berüchtigte Vorfall aus dem Jahre 10637, als ein wütender Libellenmob in der Pink-Wing-Libellenpop-Arena am Pinken Teich die übrigen Zuschauer als Geiseln nahm und sie zwang, tagelang komplizierte Rhythmus-Patterns zu üben, ist ein ganz besonders hässliches Beispiel.

»He! Vollmongf! Dngei Ngunden, dngei Liedeng, dngei Fans, was? Hö hö hö.«

Iggy kann Libellenpopper nicht ausstehen. Es gibt kein einziges Detail an ihnen, das ihm nicht missfällt: die alberne Farbgebung, die grässliche Dudelmusik, diese unheimlich schillernden Facettenaugen. Aber zu den absoluten *Top 10 der Dinge, die Iggy an Libellen nicht ausstehen kann*, gehört unzweifelhaft ihre Sprechweise: Wie schwer kann es sein, ein normales, handelsübliches »r« nicht in diesen komischen Quetschlaut abgleiten zu lassen?

Die Libellen haben sich schimpfend, zeternd und murrend zu ihm durchgearbeitet und sich drohend um ihn herum aufgebaut.

»Was willst du hieng, du Vengliengeng? Geh zungück in deine Höhle! Deine Musik will eh keineng höngen!«

Iggy hat sich aufgerichtet, die Schaufelpfötchen im Zorn geballt, der dichte, kurze Pelz auf seinem Kopf bürstenartig aufgestellt – ein untrügliches Zeichen dafür, dass ein Wolfmorf am Siedepunkt angelangt ist. Blöd nur, dass Iggy kaum halb so groß ist wie die ihn umstehenden Riesenlibellen.

»Jetzt hört mal zu, ihr pinken Pop-Kasper, bis ihr in mein Blickfeld gewatschelt seid, hatte ich eigentlich gerade beste Laune. Wenn es euch also nichts ausmacht, so würde ich euch herzlich bitten, eure albernen Flügelchen auszurollen und die Dudel-Flatter zu machen. Ich habe gehört, dass am Pinken Teich gerade dringend ein paar von euch Riesenwespen gebraucht werden, um bei drittklassigen Songs die Background-Knacks zu machen. Also Galoppel-Galoppel, ihr Schrill-Ungeziefer, habt ihr mich verstanden?«

Für einen Moment herrscht atemlose Stille.

- - - - - - - - - - -

Das ist natürlich Blödsinn, es herrscht alles andere als atemlose Stille, ringsumher erstreckt sich die Riesendrillingslichtung mit all ihrem Krakeele, Geschrei, Gefluche und Getöse. Aber hey, Sie wissen doch, wie das läuft.

Also, für einen Moment herrscht atemlose, jajaja, metaphorische Stille.

- - - - - - - - - - -

Die Insekten mustern Iggy regungslos mit ihren ausdruckslosen, schwarzen Facettenaugen. Nur Bsssngng, die Größte von ihnen, knackt hin und wieder leise und wie nachdenklich mit ihren beeindruckenden Kauwerkzeugen. Dann geht alles sehr schnell.

Im Müützelwald wird nicht nur viel musiziert, es wird auch viel gejagt und getötet. Deswegen haben die meisten Bewohner des Müützelwaldes exzellente Sinne, Wolfmorfe nicht weniger als albern gemusterte Riesenlibellen.

Ohne Vorwarnung setzt sich Iggy blitzschnell in Bewegung, schießt zwischen den Hinterbeinen der links von ihm stehenden Libellen hindurch und entwischt durch eine Lücke zwischen zwei kleineren Verkaufsbuden. Nur Sekundenbruchteile später haben die Libellen die Flügel ausgebreitet und ihre gegliederten Körper herumgeworfen. Wie auf ein geheimes Zeichen hin teilt sich die Bande auf: Bsssngng, Gngang und eine weitere Libelle zischen hinter dem Wolfmorf her, während sich die übrigen beiden in einer Zangenbewegung nach rechts und links aufteilen, um ihm bei nächster Gelegenheit den Weg abzuschneiden.

Geduckt rast Iggy zwischen Hütten, Buden, Erdhügeln und Verkaufsständen dahin. In der für Wolfmorfe charakteristischen Art galoppiert er mal auf allen vieren, mal rennt er aufrecht und sucht bei allzu knappen Kurven mit den Schaufelpfötchen Halt. Behände setzt er über Marktstände, Fässer, Baumstümpfe und gelegentlich auch Wesen hinweg, windet sich zwischen Halmen und Gestänge, hechtet unter den Beinen größerer Wesen hindurch. Hinter ihm jedoch wird das Schwirren der Libellenflügel immer lauter und kommt bedrohlich näher. Er vernimmt das verärgerte Knacken und Rasseln der Kauwerkzeuge und das Schwirren der Insektenflügel, hört bisweilen aber auch das Geschrei und Fluchen von Wesen, die mit den wütenden Libellen zusammenstoßen oder von ihnen niedergeflogen werden. Kaum jemand sonst nimmt aber wirklich Notiz von der rasenden Verfolgungsjagd, zu gewöhnt sind die Besucher der Riesendrillingslichtung an Rempeleien und Tumulte aller Art. So wenden sich die Umstehenden, sobald die Störung vorübergebraust ist, gleich wieder ihren Geschäften zu. Nur gelegentlich wirft man den Störenfrieden ein Schimpfwort, einen Fluch oder einen Gegenstand hinterher, wenn etwa ein Tisch oder eine Pyramide aus Früchten umgestoßen wurde.

Mit der Zeit merkt Iggy, dass er müde wird, immer fahriger und ungenauer werden die Haken, die er schlägt, immer näher kommen die Flügelgeräusche, das Knacken und Rasseln der Riesenlibellen. Doch gleichzeitig bemerkt er, dass er die Fluggeräusche der ihn links und rechts verfolgenden Libellen nicht mehr hören kann. Das kann nichts Gutes bedeuten. Fieberhaft sucht er die Umgebung nach einer Möglichkeit ab, die Verfolger abzuschütteln. Zugleich muss er darauf achten, nicht blindlings in eine Falle zu laufen.

Da! Ein scharfes Knacken und Zischen von rechts lässt ihn zusammenzucken, die beiden verschwundenen Libellen jagen aus einer versteckten Seitengasse auf ihn zu. Er überlegt nicht lange und schießt nach links in eine tiefe Erdschneise hinein, in der sich links und rechts niedrige Höhleneingänge in das Erdreich graben. Die Schneise wird tiefer und tiefer und schließlich zu einem von großen Blättern überdachten Tunnel, der in mehreren Windungen ins Zentrum der Riesendrillingslichtung führt. Bewohner sind nicht zu sehen, nur hin und wieder hört er im Vorbeirennen Stimmen aus den Erdlöchern. Auf einmal macht der Tunnel eine scharfe Biegung, und mit Entsetzen sieht Iggy, dass er nach wenigen Metern in einer Sackgasse endet. Das Tunnelende dient offenbar als eine Art Vorratsplatz: In sorgfältig geschichteten Haufen lagern hier Früchte, essbare Blätter und Wurzeln, manche verschnürt, die meisten aber offen.

Iggy hört hinter sich ein triumphierendes Quietschen, als die Libellen erkennen, dass ihr Opfer in der Falle sitzt. Er hat keine Zeit, lange zu überlegen. Mit einem wilden Schrei stürzt er sich, die Schaufelpfötchen voran, in einen großen Haufen blauglänzender Pruppbeeren. Sekunden später prasselt eine Kanonade der klebrigen Früchte auf die heranbrausenden Insekten herab. Mit wütendem Schnappen versuchen die ungelenken Wesen, sich der Früchte zu erwehren, aber der zähe Saft verklebt ihnen Flügel, Augen und Fühler. Mit Wutgeheul stürzen sich die Libellen auf den Beerenhaufen, hinter dem sich der Wolfmorf verschanzt hat. Aber der hat die Kanonade bereits abgebrochen, über die Haufen und Ballen hinweg entert er an der Wand des Tunnels hoch, reißt voller Wut und Verzweiflung mit seinen Zähnchen ein Loch in die Blätter, die den Tunnel überdecken, und ist im nächsten Augenblick verschwunden. Von den Riesenlibellen vernimmt er nur noch ein wütendes Zischen, als sie erfolglos versuchen, sich ebenfalls durch das kleine Loch nach draußen zu winden.

Iggy rennt noch eine Weile weiter, zwischen Buden, Erdlöchern, Ballen und Stapeln hindurch, bis er überzeugt ist, dass ihm niemand mehr folgt. Nach ein paar zusätzlichen Haken (nur um sicherzugehen) bricht er erschöpft unter einem großen Strauch abseits des allgemeinen Gewusels zusammen. Es dauert lange, bis er wieder ruhiger atmet und sich der rote Nebel vor seinen Augen gelichtet hat.

Nachdem er eine Weile teilnahmslos in den Himmel gestarrt hat, richtet er sich abrupt auf und schüttelt sich.

Ich hab jetzt echt die Schnauze voll von diesen Typen. Nichts wie weg hier, denkt er.

Er kriecht unter dem Strauch hervor und versucht, sich zu orientieren. Tatsächlich hat die wilde Jagd ihn zur nördlichen, gegenüberliegenden Seite der Lichtung geführt. Von hier aus muss er weiter nach Norden wandern, bis er auf den Maulebach stößt. Er schlängelt sich noch eine Weile durch das Getümmel der Lichtung, jetzt mit der gebotenen, verschärften Vorsicht, als laute Stimmen seine Aufmerksamkeit erregen.

Er biegt um die nächste Ecke und erblickt eine Gruppe von

Wesen, die diskutierend und gestikulierend beieinanderstehen. Eine junge Wolfmörfin (konservativere Wolfmorfe bevorzugen die Bezeichnung »Wolfmorfette«) hat sich breitbeinig vor einem riesenhaften Banzar aufgebaut, der sie beinahe um das Vierfache überragt. Auf seinen im Dreieck stehenden Hinterbeinen ragt er wie auf Säulen vor ihr auf. Die gesamte Kreatur ist mit gekräuseltem, schmutzig grauem Haar bedeckt, und von seinen geschwungenen Hauern fliegen bisweilen Speicheltröpfchen über sie hinweg, wenn er den runden Kopf zu sehr schüttelt. Seine wagenradgroßen Pranken gestikulieren bedrohlich über ihrem Kopf. Hinter der Mörfin drückt sich ein Trupp junger Wolfmorfe nebst einem ebenfalls noch jungen Faulrindenkäfer herum. Sie halten Instrumente in den Händen, es handelt sich offenbar um ihre Band. Die Jungs schauen betreten in die Gegend, während die Mörfin mit aller Kraft den Banzar anschreit – wobei es allerdings eher so aussieht, als schreie sie seine Beine an.

»Zehn Kröten für den Gig, hast du gesagt! Nicht acht! Zehn! Ist in deinem Riesenkopf so viel Platz, dass sich die Abmachung verlaufen hat? Sitzt sie jetzt irgendwo alleine in deinem kleinen Gehirn rum und weint? Hmm? Soll ich ihr vielleicht helfen, da wieder rauszufinden? Aber wahrscheinlich hat sie schon angefangen zu singen, weil die Akustik in deinem großen, hohlen Kopf so phantastisch ist!«

»Jetzt werd mal nicht frech, du schmutziges kleines Pelztier«, knurrt der Banzar mit hohl rasselnder Stimme, »wir haben acht gesagt und damit Schluss. Mehr war dieser läppische Auftritt eh nicht wert. Ich kann jederzeit mit einem Fingerschnippen bessere Bands auf die Bühne holen, also blas dich hier mal nicht so auf.«

»Bessere Bands?«, kreischt die Mörfin, »hast du bessere Bands gesagt? Wir sind *Lila und die Letzten leisen Lurche*, und du hast noch nie etwas Besseres auf deiner ungeputzten Bühne stehen gehabt!«

Mit abgrundtiefem Hass in ihrem Blick, den sie keinen Augenblick von dem Banzar nimmt, hebt sie eine Pfote, worauf die Band blitzschnell die Instrumente ansetzt. Mit einer knappen, präzisen Bewegung dirigiert sie ein kurzes, perfekt abgestimmtes scharfes Riff.

Der Banzar zuckt leicht zusammen, hat sich aber sofort wieder im Griff. »Du kannst dich auf die Hinterbeine stellen und mit den Ohren wackeln – ähm, was du ja sowieso schon tust … Aber es bleibt bei acht Kröten. Hier, nimm das und trollt euch.«

Mit diesen Worten greift er in das flauschige Fell hinter seinen Ohren und lässt dann acht winzige, goldglänzende Kröten vor Lila ins Gras fallen. Die Kröten quaken leise und vergnügt vor sich hin, während sie behände vor ihren Hinterpfoten hin und her krabbeln. Dann wendet er sich umständlich ab und trampelt auf seinen drei Säulenbeinen davon. Lila steht keuchend da, die Band hinter ihr versammelt wie eine verängstigte Sandkäferherde.

Iggy hat die Szene, an den dicken Halm einer übermorfhohen Gulpwiesentulpe gelehnt, gespannt verfolgt. Er könnte jedes Wort, das gesprochen wurde, genau wiedergeben, aber ihm scheint, als habe er davon überhaupt nichts verstanden.

Er kann seine Augen nicht von der Wolfmörfin wenden: Die warme Herbstsonne lässt ihren kurzen, dichten Pelz in vielerlei Goldtönen schimmern, und eine leichte Brise spielt kaum merklich, aber doch mit für ihn absolut zwingender Anmut mit den Haaren, die sich im Zorn auf ihrem Kopf aufgestellt haben *[»Wutbürste« nennen Wolfmorfe so etwas. Nur falls Sie's wissen wollten. Wenn nicht, vergessen Sie's]*. Lila schnaubt noch immer vor

Erregung, atmet heftig. Ihre vollen Brüste heben und senken sich im pochenden Takt ihres Zorns, so dass Iggy seine Schaufelpfoten in den Gulpwiesentulpenhalm gräbt, bis ihm die Gelenke schmerzen.

Er tappelt von einem Hinterbein auf das andere und richtet sich schließlich mit einem Ruck zu voller Größe auf. Mit steifen Bewegungen geht er auf die Gruppe zu. Die wenigen Meter erscheinen ihm so lang wie die gesamte Torffarnschneise.

Als er schließlich mit starrem, glasigem Blick vor Lila steht, ist er sich schmerzhaft bewusst, dass er auf jedes normale Wesen wie ein bepelzter Zombie wirken muss. Er atmet schwer, schwitzt und schwankt ein wenig hin und her, räuspert sich und zuckt zusammen, als sich Lila mit misstrauischem, mürrischem Blick zu ihm umdreht.

»Ja?«, fragt sie skeptisch, und mustert ihn prüfend von Kopf bis Hinterlauf.

»Ich … äh … Iggy. Ich Iggy. Ich meine, ich heiße … Iggy ist mein Name. Iggy Wolfmorf. Ich bin Musiker.«

»Ah. Gratuliere.«

»Grrmpf …«

»Bitte?«

»Entschuldige, ich … ich mag deine Band.«

»Oh. Wir sind *Lila und die Letzten leisen Lurche*. Du hast uns schon mal gehört?«

»Ich. Nein.«

»Aha. Du kennst uns also doch nicht.«

»Ich. Doch. Nein. Ich weiß nicht?«

»Wir sollten dann mal gehen. Wir müssen proben.«

»Ja. Cool. Wir sehen uns.«

»Mhm.« Lila gibt ihrer Band ein Zeichen, woraufhin die Musiker ihre Instrumente zusammenpacken und sich anschicken, in der wimmelnden Menge zu verschwinden.

Iggys Scham hat einen Köpfer in ein Becken mit Eiswasser gemacht, um richtig wach zu werden. Das war ihr aber dann doch zu kalt, weswegen sie sich sofort mit demselben Elan in eine viel zu heiße Badewanne stürzt. Das gefällt ihr auch noch nicht so richtig, und so trocknet sie sich schnell ab, setzt sich hinter Iggys Stirn und beginnt genüsslich damit, mit einem kleinen Hämmerchen kostbare Glasgegenstände zu zerschlagen.

Lila wirft Iggy im Gehen noch einen Blick zu, dann schließt sich das Gewusel hinter ihr und ihren Jungs. Iggy bleibt zurück, wie angewurzelt, zitternd. Nach einer Weile seufzt er tief, die Anspannung löst sich, sein kleiner Körper fällt in sich zusammen.

V-O-L-L-I-D-I-O-T, denkt er.

Eine stickige, schlechtbeleuchtete Libellenbehausung unweit des Pinken Teiches. Trotz ihres extravaganten Äußeren sind Müützeler Riesenlibellen in ihrem privaten Umfeld eher als – nun ja – anspruchslos zu bezeichnen. Die feuchten Wohnhöhlen unter dem Wurzelwerk nahe stehender Gewässer sind meist karg bis gar nicht eingerichtet, respektive unaufgeräumt sowie dunkel und schlecht belüftet. Würden Vertreterinnen und Vertreter anderer Spezies in die Behausungen von Libellen eingeladen – was sehr unwahrscheinlich ist –, würden sie diese Lebensweise wohl als stillos bezeichnen.

In einer solchen Libellenbehausung sitzen fünf besonders mürrische Exemplare der Rieseninsekten um einen einfachen Holztisch herum. Zwei von ihnen sind unschwer als die Anführerinnen der Libellen zu erkennen, die Iggy soeben noch über die Riesendrillingslichtung gejagt haben. In der Mitte der schmutzigen Tischplatte steht eine tropfende, blakende Talgkerze, die ein unstetes, etwas ungesund wirkendes Licht verbreitet. Um sie herum verstreut liegen die Reste einer Mahlzeit, im Wesentlichen soeben verspeister Kleininsekten: Panzerteile, Flügelfetzen, Fühlerstücke. Dazwischen stehen einige flache Schalen mit einer milchigen Flüssigkeit. Von Zeit zu Zeit schnellt ein Saugrüssel in eine der Schalen. Es muss sich um eine alkoholische oder zumindest berauschende Flüssigkeit handeln, denn die Knacksprache der Diskutantinnen hat schon einiges ihrer üblicherweise klaren Artikulation eingebüßt und geht immer mehr in ein unverständliches Mahlen über. Fahriges, nervöses Flügelschlagen zeugt von der Lebhaftigkeit der Diskussion. Der Einfachheit halber soll das Gespräch in der Gemeinsprache wiedergegeben werden, und zwar ohne alberne insektoide Sprachfehler. Die haben wir uns ja eh nur ausgedacht, um die geflügelten Stinkstiefel noch ein wenig a) exotischer, b) verwahrloster und c) gemeiner wirken zu lassen.

»Ich hasse dieses kleine, stinkende Pelztier …«, knirscht Bsssngng, verfehlt mit ihrem Saugrüssel knapp die Schale und wischt einen Haufen klebriger, bespeichelter Insektenflügel quer über den Tisch.

»Pass ein bisschen auf, du Rüssel!«, knurrt Gngang und versetzt Bsssngng einen schnellen, unerwarteten Schlag mit ihrem Flügel. Die verliert das Gleichgewicht, rutscht von ihrem Hocker und kracht in einen Haufen auf dem Fußboden vermodernder Insektenpanzer. Für eine Weile ist nur wütendes Pfeifen, Knacken und Zischen unter dem Tisch zu hören sowie etwas unkoordiniert wirkendes Flügelrascheln.

Gngang taucht nun in aller Seelenruhe ihren Rüssel in das milchige Getränk, wobei sie sich demonstrativ Zeit lässt, offenbar, um nicht allzu betrunken zu erscheinen. Wenige Sekunden später befördert sie ein lauter, krächzender Hustenanfall ebenfalls auf den Fußboden, respektive auf Bsssngng. Für eine

Weile bebt der Tisch, während sich die beiden Streithähne unter dem Tisch balgen. Es vergehen ein paar Minuten, bis sie wieder am Tisch sitzen, diesmal etwas zerknitterter als zuvor, jedoch angestrengt um den Eindruck von Beherrschtheit und Würde bemüht.

»Also«, knackt Bsssngng schließlich, »haltet eure Rüssel und konzentriert euch. Iggy, diese kleine pelzige Kröte, hat jetzt Zeit genug gehabt, den Wald mit seinem Gedudel zu quälen. Es muss ein für alle Mal Schluss mit Forest Doom sein. Dieser Wald gehört dem Libellenpop!« Tiefes Atemholen. Das war schon eine ziemlich lange Rede für eine ziemlich angetrunkene Riesenlibelle. »Ich will diesen Typen nicht mehr in unserem Wald sehen. Ich …« Und hier tritt eine seltsame Mischung aus Wut und Weinerlichkeit in ihre Stimme: »Ich *hasse* Wolfmorfe!« Zunächst Schweigen, dann nachdenkliches Mahlen mit den Kauwerkzeugen. »Ihre Musik ist … wie soll ich sagen … sie knackt halt einfach nicht. Sie ist laut und wummert, und niemand versteht diese Texte. Die sind so, so komp… so kompliziert. Die tun im Kopf weh, und keiner kann sich mehr auf die Musik konzentrieren. Und sie lässt ständig die Flügel mitschwingen. Das tut irgendwann weh.« Wieder Schweigen und nachdenkliches, noch nachdrücklicheres Mahlen. »Und ich *hasse* diesen Iggy. Forest Doom hier, Forest Doom da. Ständig erzählt er schlechte Sachen über uns. Leute wie er haben nie unsere Kultur verstanden. Sie hassen unsere Lebensweise. Und wisst ihr, warum? Weil sie sie nicht verstehen. Weil sie uns nicht verstehen, hassen sie uns. In Wirklichkeit planen sie, uns allen die Flügel auszurupfen und uns aus dem Wald zu jagen. Wir waren aber schon viel früher da. Was glaubt ihr denn: Haben die ersten Wesen in diesem Wald geknackt, oder haben sie gesungen? Na? Na klar haben sie geknackt. Könnt ihr euch ein Wesen der Urzeit vorstellen, das als Erstes anfängt zu singen?

Lächerlich. Zuerst wurde geknackt. Und deswegen müssen wir auch zuerst da gewesen sein. *Wir* haben die Musik in diesen Wald gebracht. Dieser Wald gehört *uns*. Und deswegen müssen Typen wie dieser Iggy verschwinden.« Und mit einer wütenden Handbewegung wischt sie einen Haufen kleiner Insektenpanzer vom Tisch.

Erneutes Schweigen. Als Bsssngng wieder zu sprechen beziehungsweise zu knacken beginnt, hat ihre Stimme einen eisigen Unterton angenommen, und die Artikulation ist auf einmal bemerkenswert, nein, erschreckend deutlich. Das angetrunkene Mahlen ist fast völlig aus ihrer Stimme verschwunden.

»Ich sage euch, Iggy Wolfmorf wird nicht aufhören, uns Probleme zu bereiten. Er wird nicht aufhören, altmodischen, lärmenden Forest Doom in unserem Wald zu verbreiten. Er wird weiterhin schlecht über uns sprechen und immer wieder seine hässliche Knopfnase in anderer Leute Angelegenheiten stecken. Es sei denn« – und hier tritt ein gefährliches Glitzern in ihre sonst so leblosen Facettenaugen –, »es sei denn … jemand durchkreuzte seine Pläne und legte ihm Steine in den Weg.«

Sie blickt von einer zur anderen Libelle und ist sichtlich stolz, in ihrem Zustand einen so prächtigen, dramatischen Konjunktiv zuwege gebracht zu haben. Die darauffolgende, gespannte Stille wird nur hin und wieder von leisem, nervösem Flügelschlagen unterbrochen.

Klatsch und Tratsch

Iggy sitzt am Rande der Riesendrillingslichtung, mit dem Rücken an einen dicken Farn gelehnt, den Kopf in die Schaufelpfötchen gestützt. Missmutig schaut er auf die Lichtung hinab, mustert trübe das Getümmel. Immer wieder späht er in der Menge der wimmelnden Wesen nach dieser wunderbaren Wolfmörfin, die erst vor wenigen Minuten wie ein Blitz in sein Leben gefahren ist – und sein nicht wenig ausgeprägtes Selbstbewusstsein zu Asche verbrannt hat. Aber sosehr er seine scharfen Wolfmorfaugen auch anstrengen mag, nirgendwo ist auch nur ein Schimmer ihres golden leuchtenden Pelzes zu erblicken.

Dunkle Wolken ziehen vor seinem geistigen Auge vorbei und blenden nach und nach allen Sonnenschein aus. Zwei Worte pochen unerbittlich immer wieder gegen seine Schädeldecke: *V-O-L-L-I-D-I-O-T. L-I-L-A. V-O-L-L-I-D-I-O-T. L-I-L-A. V-O-L-L-I-D-I-O-T. L-I-L-A. V-O-L-L-I-D-I-O-T. L-I-L-A. V-O-L-L-I-D-I-O-T. L-I-L-A. V-O-L-L-I-D-I-O-T. L-I-L-A.*

Nach einer Weile ist ihm, als ob irgendetwas die Wolkendecke zerteilt, aber es sind keine Lichtstrahlen, die Helligkeit in seine düsteren Gedankenwelt tragen. Es ist etwas sehr Kleines, ja, tatsächlich, etwas subtil Störendes, wie ein hoher Ton, den man zunächst nicht wahrnimmt, oder ein schrilles Klingeln aus weiter Ferne. Er versucht sich zu konzentrieren und bemerkt schließlich, dass etwas beständig von oben in sein Blickfeld hineinwippt.

Mit entnervender Regelmäßigkeit saust ein langer, sehr dünner Halm vor ihm auf und ab. Und dann hört er auch dieses kaum wahrnehmbare »Huuuuiiiiii«, das von der Spitze des Halmes ausgeht. Wolfmorfe können manchmal sehr schnell sein: Mit einer blitzartigen Bewegung schießt seine Pfote empor, packt den Halm und zieht dessen Spitze dicht vor sein Gesicht. Das entnervende »Huuuuiiiiii« bricht abrupt ab, und Iggy starrt mit zusammengezogenen Augenbrauen auf einen winzigen grünen Glockenbold, der sich mit seinen sechs Ärmchen an der Spitze des Halmes festklammert und nach einer kurzen Pause wieder anfängt, vergnügt vor sich hin zu pfeifen. Geschickt wuselt er den Halm entlang und mustert den Wolfmorf mit einem unerschrockenen, verschmitzten Lächeln.

Glockenbolde gehören zu den wirklich harmlosen Geschöpfen des Müützelwaldes, was aber nicht bedeutet, dass sie besonders viele Freunde haben. Sie sind zwar so winzig, dass sie eigentlich niemandem im Weg sind, aber ihre Eigenart, praktisch überall aufzutauchen, zunächst nicht aufzufallen und dann schon wieder verschwunden zu sein, ehe man überhaupt gemerkt hat, warum man auf einmal so nervös und unleidig ist, hat ihre Beliebtheit bislang nicht gerade gefördert. Im Grunde sind es gutartige Wesen, die niemandem etwas Böses wollen. Sie tratschen manchmal etwas viel und werden daher manchmal von böswilligen Wesen als Überbringer übler Gerüchte missbraucht, aber sie würden sich niemals selber etwas ausdenken, was anderen schaden könnte. Meist sind sie einfach nur da, sorgen mit ihrem kaum hörbaren, durchdringenden Gesinge für schlechte Stimmung, nehmen sich etwas zu essen mit und sind auch schon wieder verschwunden, ehe man etwas gemerkt hat. Manchmal kann es gelingen, einen Glockenbold in ein Gespräch zu verwickeln, worauf man erstaunt feststellen wird, dass diese kleinen, grünen, sechsbeinigen Wesen mit dem koboldhaften Gesicht und der mützenartigen Kopfform tatsächlich unterhaltsame Gesprächspartner sein können: Glockenbolde werden ziemlich alt, haben ein vortreffliches Gedächtnis und tragen auf ihre Weise Informationen im ganzen Wald herum – ob man das nun will oder nicht. Über ihr Sozialverhalten ist wenig bekannt, denn in dieser Hinsicht halten sie sich ausnahmsweise ziemlich bedeckt. Manche Wesen bezichtigen sie verschwörerischer Umtriebe, aber das ist Unsinn.

»Na, Iggy? Allet klar?«, kräht der kleine Glockenbold zu Iggy hoch. Der stutzt und zieht den Halm noch ein Stückchen näher vor seine Augen.

»Gunnar?«

»Jep. Was verschlägt dich in diese illustre Ecke unseres herrlichen Waldes?«

Iggy lässt den Halm los, und mit einem jauchzenden »Huuuuuuuuuiiiiiii« peitscht er mit dem verzückten Glockenbold in die Höhe. Wenig später landet Gunnar mit einem kaum hörbaren »Plöpp« auf Iggys Pfotenrücken. Er verschränkt behaglich jeweils zwei Ärmchen vor und hinter seinem Kopf und blickt erwartungsvoll zu dem Wolfmorf hoch.

»Na komm schon, Iggy. Wir haben uns so lange nicht mehr gesehen. Erzähl mir ein bisschen Klatsch und Tratsch. Vor allem …« Hier richtet sich Gunnar auf und starrt Iggy mit theatralischer Übertreibung überinteressiert an. »… wer ist denn diese baumriesenscharfe Wolfmorfette, auf die du so offensichtlich deine nicht minder scharfen Augen geworfen hast?«

Iggy runzelt die Stirn. Eigentlich hat er überhaupt keine Lust darauf, dass sich zu seiner Verzweiflung nun auch noch Spott gesellt.

»Gunnar, ich wüsste überhaupt nicht, was dich das angehen könnte. Wenn du das Geld wert wärst, das niemand dir bezahlt, dann solltest *du* mir das eigentlich sagen!«

Der Glockenbold lacht laut auf. »Wir kennen uns offenbar schon zu lange, Iggy.« Er legt die Fingerspitzen gegeneinander, mimt kurzsichtiges Blinzeln und nuschelt: »Lila, Leadsängerin der Folk-Doom-Band *Lila und die Letzten leisen Lurche*, bis vor wenigen Monaten noch in leicht veränderter Besetzung als *Lila und die Läuse*. Zu jung für dich, aber alt genug, um dich nicht in Schwierigkeiten zu bringen. Treten bei Rocking the Forest an und werden momentan als eine der angesagtesten Newcomer-Bands gehandelt, unter Fachleuten aber dennoch als weitestgehend chancenlos eingestuft. Lila gilt in ihrer Eigenschaft als Leadsängerin als autoritär, im privaten Umgang als schwierig bis extrem kompliziert, wird aber von Freunden wie Fans verehrt und vergöttert. Ihre Lieblingsfarbe ist Maum, sie liebt Moostulpen über alles.«

Iggy lacht grimmig auf. Manchmal könnte er diese grünen Winzlinge an den nächsten Baum klatschen, aber im Grunde mag er sie doch herzlich gern. Glockenbolde sind nicht auf den Mund gefallen, und ihre Winzigkeit machen sie mit Witz, Mut und allzeit mangelndem Respekt vor jedermann wett – Eigenschaften, die ein Wolfmorf unbedingt zu schätzen weiß. Er legt seinerseits die Schaufelpfötchen in einer groben Imitation von Gunnars Geste aneinander und nuschelt in seinen Pelz: »Ist soeben dem größten Vollidioten des Müützelwaldes begegnet. Hat beschlossen, diesen Vollidioten sofort wieder zu vergessen und dessen Musik in Zukunft der Lächerlichkeit preiszugeben. Wird für Iggy den Wolfmorf immer unerreichbar bleiben.«

Die dunklen Wolken vor seinem geistigen Auge haben ein ebenso verwirrendes wie entnervendes Spiel begonnen, sich nämlich abwechselnd drohend und von Verzweiflung getrieben zusammenzuziehen und auf Gunnars Geheiß zu zerstreuen und hellem, ermutigendem Sonnenschein Platz zu machen.

»Iggy, Iggy, Iggy. Wo bist du da nun wieder hineingeraten? Wenn man dich nur ein einziges Mal allein lässt. Ich hab's dir immer gesagt. Was würde nur deine arme alte Mutter. Wo kommen wir denn da hin. Hab ich dich nicht immer. Ist das der Dank für. Wo bleibt nur der. All die.«

»GUNNAR!«

»Okay, okay.« Gunnar windet sich in einer bewundernswerten Darbietung von Schuldbewusstsein und Zerknirschtheit, so dass Iggy vor Wut platzen könnte. Der Glockenbold weidet sich noch ein Weilchen an dem Schauspiel des gebrochenen und zugleich vor Wut schäumenden Wolfmorfes, bevor er sich mit beschwichtigender Geste zurücklehnt und behaglich zwei Beinchen übereinanderschlägt.

Lässig deutet er mit einem winzigen Fingerchen auf Iggy und säuselt großspurig: »Allerdings ... wenn ich du wäre ... dann würde ich mir noch ein wenig Verzweiflung, Gram und Kummer für später aufheben. Ein kleines Vögelchen hat mir nämlich gezwitschert, dass die gute Lila Iggy den Wolfmorf wohl doch nicht so schnell vergessen wird – und das, obwohl Iggy der Wolfmorf sich vor der schönsten Wolfmorfette diesseits der Lichtung ...« Hier klingt jedes seiner Worte wie ein spöttisch glitzernder Peitschenhieb. »... so vollständig, komplett und bis auf die Knochen zum letzten Eimer gemacht hat, den man abends beim Aufräumen auf der Lichtung vergessen hat!«

Wolfmorfe sind zu vielem in der Lage. Sie sind ohne Ausnahme hochmusikalisch, beherrschen in der Regel mehrere Instrumente, sind äußerst trinkfest, zeigen gegenüber der im Müützelwald vorhandenen Vielfalt halluzinogener Pflanzenstoffe eine äußerst professionelle Neugier und können im Allgemeinen als unverwüstlich bezeichnet werden. Aber man hat Wolfmorfen noch nie nachgesagt, dass sie besonders überzeugend perplex gucken können. In dieser Hinsicht schlägt Iggy der Wolfmorf nun eine neue Seite in der Geschichte seines Volkes auf.

»Ich ... wie ... hast du ... grmpf ... also ... Hör mal ... Also, hättest du mal die Güte, mir das etwas genauer zu erklären?«

»Dein Wunsch ist mir wie immer Befehl, Ansporn und Berufung zugleich, mein Guter. Das Vögelchen, von dem ich soeben sprach, hat mir auch berichtet, dass Lila sich bei einigen im Allgemeinen recht gut informierten Bewohnerinnen und Bewohnern der Riesendrillingslichtung nach dir erkundigt hat. Sie schob zwar professionelles Interesse an dir vor, aber einer meiner normalerweise besonders gut informierten Kontakte will davon überzeugt sein, dass auch ein gewisses Interesse an privaten Umständen spürbar war. Mehr kann ich im Moment nicht dazu sagen. Und du weißt ja, Quellenschutz ist uns Glockenbolden immer äußerst wichtig.«

Wichtigtuer seid ihr, das ist es, was hier besonders wichtig ist, denkt Iggy grimmig, aber zugleich wallt doch tiefe Liebe für die nervigen Winzlinge in ihm auf. Er betrachtet den kleinen Glockenbold eine Weile nachdenklich. Ihm ist etwas schwindelig, aber die dunklen Wolken sind weitergezogen. Auf einmal fühlt er sich sehr müde, aber zugleich erleichtert und voller Tatendrang.

»Ich danke dir, Gunnar. Du hast mir sehr geholfen. Ich wäre dir allerdings sehr verbunden, wenn du weiterhin die Augen für mich aufhalten könntest, nicht nur in Bezug auf Lila, sondern auch … ach du weißt schon, insgesamt halt. Du hast was gut bei mir.«

»Ich weiß, Meister. Und nicht erst seit fünf Minuten!«, kräht Gunnar zu dem vor ihm aufragenden Wolfmorf empor. »Ich muss mal weiter, Iggy, die Geschäfte machen keine Pause, bloß weil du pelziges Faultier dich mal wieder unsterblich verliebt hast. Also, wir beide wissen, was wir zu tun haben. Tschöööhöööö! Und iss weniger, du bist dick geworden!«

Eine Schaufelpfote landet krachend auf dem Fleck, an dem Gunnar gerade noch saß, aber der Glockenbold ist bereits spurlos verschwunden.

Die Sonne geht schon hinter den Bäumen unter, als Iggy sich erhebt und die klammen Glieder streckt. Nachdem Gunnar verschwunden ist, hat er dort noch lange gesessen und nachgedacht. Jetzt aber liegt alles klar vor ihm. Zunächst muss er so schnell wie möglich Blubb die Pfütze finden. Nur noch sieben, nein, sechs Tage bis zum Rocking the Forest Band Contest. Er weiß immer noch nicht, wie Blubb ihm eigentlich helfen kann, aber er wird es zumindest versuchen. Wenn er dort klarer sieht, muss er versuchen, Lila wiederzufinden.

Er wendet sich also nach Norden, genau wie Gugu es ihm gesagt hat. Der Maulebach ist nicht mehr weit, und Iggy möchte ihn heute noch erreichen. Ein von feierlichen Farnen überdachter Pfad zweigt von der Lichtung ab. Unter dem dichten Blätterdach ist es schon fast ganz dunkel, aber seine scharfen Wolfmorfaugen lassen ihn fast lautlos durch den nächtlichen Wald huschen.

Er liebt den nächtlichen Müützelwald: Da wird der Wald zu einem großen, schlafenden Tier, dessen Fell in allen erdenklichen Schwarz- und Blautönen schimmert. Hin und wieder kann man, wenn ein leichtes Zittern durch die Zweige geht, die sublime Wachsamkeit des schlafenden Tieres erahnen. Und wenn Iggy innehält, so kann er seinen tiefen Atem auf der Stirn spüren, ein langsames Pulsieren von urzeitlicher Stetigkeit.

Es dauert nicht lange, da hört er von weitem das Rauschen des Maulebaches. Der Maulebach ist in diesem Teil des Waldes ein geschwind dahinfließendes Gewässer, das von allerhand kleinen Rinnsalen gespeist wird und unweit der Riesendrillingslichtung geräuschvoll durch ein steiniges Bett gluckert. Der Bach ist hier schon ziemlich breit, und Iggy hält mit sorgenvoll gerunzelter Stirn inne, als er das schwarz und silbern schillernde Wasser erblickt. Der Mond ist aufgegangen und taucht Bach und Wald in bleiches Licht. Das Hagebeerendickicht liegt am anderen Ufer des Baches, und er weiß nicht, ob es geeignetere Stellen für eine Überquerung geben wird als hier. Aber dann bemerkt er die breiten, flachen, eng zusammenstehenden Felsen, die aus dem Wasser hervorragen. Es sollte nicht schwer sein, den Maulebach im hellen Mondlicht zu überqueren.

Vorsichtig klettert er von der Uferböschung auf den nächstgelegenen wasserumspülten Stein, von diesem auf den nächsten und so immer weiter, bis er in der Mitte angelangt ist. Er hält inne und wendet den Blick den Bachlauf entlang nach Südwesten.

Ein traumhaftes Panorama breitet sich vor ihm aus: Das helle Mondlicht bescheint den Bachlauf und bestreut ihn mit Glitzern und Gleißen wie funkelnde Diamanten auf einem Strom von flüssigem Onyx. Die Bäume des Waldes umstehen den Bach wie stumme Wächter, neigen sich dem Wasser leicht zu, als lauschten sie seinem Murmeln und Gluckern wie einer fremden, nur ihnen verständlichen Sprache.

Ein tiefer Frieden umfängt den Wolfmorf. Lange steht er so da, die Kälte der Nacht, die in seinen Pelz kriecht, kann ihm nichts anhaben. Zu spät bemerkt er den dunklen Schatten, der sich schnell und ohne Zögern über die Steine bewegt. Harte Schläge treffen ihn am Hinterkopf und in die Kniekehle, aufstöhnend geht er zu Boden. Eine starke Hand packt sein Nackenfell, zwingt seinen Kopf nach unten, in das gluckernde Wasser und unter die Oberfläche.

Ach wissen Sie, manchmal sind Sie süß. Glauben Sie wirklich, ich würde Iggy auf diese Weise ans Messer liefern? Mit einem literarischen Taschenspielertrick wie diesem? »Iggy der Wolfmorf stolpert von einer haarsträubenden

Begegnung zur nächsten. Er wird von miesen, bösartigen Riesenlibellen gehetzt, kurz darauf stoßen miese, verschwörerische Riesenlibellen in einer verdreckten Räuberhöhle düstere Drohungen aus. Dann wandert Iggy in aller Seelenruhe an einem reißenden Bach entlang und klettert mutterseelenallein auf glatten Steinen über die Stromschnellen, um dann von einem Unbekannten hinterrücks überfallen zu werden.« Ich bitte Sie. Sie wussten, dass am Maulebach, nachts, vor der scheinbar friedlich-entrückten Kulisse einer kalten, hellen Mondnacht etwas geschehen musste, oder? Sehen Sie, und genau hier machen Sie es sich viel zu einfach. Merken Sie sich eins: Es handelt sich hier nicht um einen Groschenroman aus der Bahnhofsbuchhandlung. Das ist nicht »Der Wolfmorf vom Silberwald« (Band 34, »Iggy und Agathe – Stürmische Jahre«). Weil Sie es hier mit guter Literatur zu tun haben, haben Sie gefälligst damit zu rechnen, in Ihren Lesegewohnheiten erzogen und gelegentlich aufgerüttelt zu werden, ob Ihnen das nun gefällt oder nicht. Das soll nicht bedeuten, dass ich die Geschichte nicht an jeder x-beliebigen Stelle mit ebensolchen literarischen Taschenspielertricks anreichern werde. Ganz im Gegenteil, ich werde Sie im Laufe des vorliegenden epochalen Jahrtausendromans mit miesen literarischen Taschenspielertricks nur so überschütten. Und wissen Sie, warum? Weil mir das so gefällt. Um Sie Demut zu lehren. Und nicht zuletzt, weil es sich hier eben doch nicht um einen epochalen Jahrtausendroman handelt, sondern um eine ziemlich lineare Abenteuergeschichte ohne allzu viele Handlungsebenen über ein Wesen, das – wenn wir mal ganz ehrlich sind – eben doch ziemliche Ähnlichkeit mit einem musizierenden Schnabeltier hat. Auf zwei Beinen. Und ohne Schnabel. Naja.

Also. Vergessen Sie das mit dem bösen, gedungenen Schurken aus dem Hinterhalt. Wo waren wir? Ah ja. Ein tiefer Friede umfängt Iggy. Lange steht er so da, die Kälte der Nacht, die in seinen Pelz kriecht, kann ihm nichts anhaben. Schließlich wird's ihm a) zu langweilig, b) doch zu kalt, und c) merkt er, dass er nach den ganzen Ereignissen des vergangenen Tages eigentlich langsam ziemlich müde ist. Er überquert den Bach und folgt ihm noch eine weitere Stunde, bis er die ersten Ausläufer des Hagebeerendickichts

erreicht. Schon fast im Halbschlaf buddelt er sich unter einem dichten Hagebeerengestrüpp eine kleine Schlafmulde, deckt sich mit einem Blatt zu und ist sofort eingeschlafen.
Sehen Sie, das haben Sie jetzt davon.

- - - - - - - - - - -

VI

Noch 6 Tage bis zum
237. ROCKING THE FOREST BAND CONTEST

Als ob der Himmel voller roter Bommeln hinge

Iggy erwacht bei Sonnenaufgang von dem Geräusch eines leichten Nieselregens, der mit beruhigender Regelmäßigkeit auf sein Schlafblatt fällt. Das heißt, der leise Nieselregen könnte beruhigend auf Iggy wirken, wäre die Haltung der meisten Wolfmorfe gegenüber Regen nicht eine deutlich ambivalente: Das dichte Fell über einer gut isolierenden Fettschicht macht sie im Allgemeinen unempfindlich gegenüber Regen- und Schneefällen. Wolfmorfe könnten sich daher bei fast jedem Wetter wie unter einer gemütlichen Decke vor einem brennenden Kaminfeuer zusammenrollen und auf Sonnenschein warten. Das Problem ist nur, dass sie eine äußerst empfindliche Schnauze haben. Regentropfen auf der Schnauze machen sie nervös. Äußerst nervös sogar. Und so rümpft Iggy ziemlich ungehalten unter seinem Blatt hervor in das neblige, regnerische Herbstwetter.

Im erwachenden Morgen treten die Konturen des dunklen Waldes immer deutlicher hervor. Er schiebt das große Blatt beiseite, mit dem er sich zugedeckt hat, und schaut sich um. Über ihm rankt ein großer Hagebeerenstrauch empor, der die Grenze des großen Dickichts markiert, das sich von hier aus in nördlicher und nordöstlicher Richtung in mächtigen Wellen aufsteigend fortsetzt.

Es gibt nur wenige Gegenden, in denen die Hagebeere

wächst, und nur im Müützelwald kann man einen solchen regelrechten Forst bewundern, wie er sich hier entlang des Maulebachs erstreckt. Die Sträucher wachsen sehr langsam und bilden über die Jahre baumartige, dornige Stämme und Äste aus; ihre kleinen Blätter glänzen wie die Rinde weißsilbern und lassen im Wind ein charakteristisches, metallisches Rascheln hören. An ihnen wachsen hellrote Beeren, die mitunter so groß wie Fußbälle werden können. Den Reifepunkt erreichen Hagebeeren im Herbst, und so kann Iggy einen Anblick bewundern, wie er selbst im von Naturschönheiten so reichen Müützelwald seinesgleichen sucht.

Die feinen Regentropfen auf den Sträuchern werden vom schüchternen Morgenlicht zum Glitzern gebracht und lassen sie wie kostbares Geschmeide aufleuchten. Die endlosen Reihen leuchtender Beeren in allen Größen überziehen das silbrige Gefunkel mit einem feierlichen Rotschleier.

»Mist«, denkt sich Iggy, als eine mittelgroße, reife Hagebeere auf seiner Schnauze zerplatzt und ihr zähflüssiger, klebriger Saft in sein Fell eindringt. Hagebeeren sind recht schmackhaft, aber derartig klebrig, dass sich der Aufwand, sie in eine Mahlzeit zu verwandeln, im Grunde nicht lohnt. Wie jeder ordentliche Müützelwälder kann sich Iggy unter normalen Umständen an den Naturschönheiten des großen Waldes kaum sattsehen, aber er hat nicht daran gedacht, dass er zu dieser Jahreszeit durch ein Minenfeld überreifer, zerplatzender Hagebeeren wandern muss. Nachdem er nun den letzten Rest Schlaf abgeschüttelt hat, bemerkt er das entnervend gleichmäßige Geräusch fallender Beeren, die sich mit einem Schmatzen von den Sträuchern lösen und in feuchten Explosionen auf dem Boden aufschlagen. Iggy versucht, seine Schnauze ein wenig von der klebrigen Flüssigkeit zu säubern, aber ihm wird schnell klar, dass er auf der anderen Seite des Dickichts ohnehin ein Bad wird nehmen müssen. Mit einem missmutigen Seufzer schultert er seinen kleinen Rucksack und macht sich auf den Weg durch das Dickicht.

Nach kürzester Zeit ist seine Laune auf dem absoluten Nullpunkt angelangt. Er versucht tapfer, den fallenden Beeren auszuweichen, aber es hat keinen Sinn: Wann immer er es geschafft hat, einer der tückischen Bomben zu entgehen, stolpert er in eine dickflüssige Pfütze aus roter Pampe, angedickt durch verrottende Hagebeerenblätter. Fluchend kämpft er sich weiter, immer in nordöstlicher Richtung. Nach kurzer Zeit sieht der kleine Wolfmorf aus wie ein quietschrotes, etwas pelziges Bonbon auf zwei Beinen – mit Rucksack.

Es ist Mittag, und eine bleiche, kühle Herbstsonne hat die Regenwolken mühsam vertrieben, als sich das Dickicht auszudünnen beginnt. Nachdem er endlich das Ende des Dickichts erreicht hat, sinkt er erschöpft auf einem weichen Moosbett zu Boden. Welch ein befreiendes Gefühl, das feuchte, kühle Moos unter seinen Pfoten zu spüren! Müde und dankbar ruht er ein wenig und stärkt sich aus seinem Proviant. Aber er weiß, dass er hier nicht lange verweilen darf: Er will heute unbedingt das Ziel seiner Wanderung erreichen, ihm bleibt nicht mehr viel Zeit.

Vor ihm fällt das Gelände nun über einen grasbewachsenen Abhang steil in eine weite Senke ab, die – im Schatten liegend – noch von dichtem, wogendem Nebel angefüllt ist. Die Senke verläuft talartig von Ost nach West, auf der gegenüberliegenden Seite steigt der Grund wieder an und geht in der Ferne in einen düsteren Tannenforst über. Schon gleiten die Sonnenbahnen in sie hinein und wollen den Nebel vor sich herschieben – aber was ist das? Hartnäckig stemmt dieser sich gegen die vordrängenden Strahlen und beginnt, nur noch stärker zu wallen und zu kochen. Iggy beobachtet neugierig das wundersame Naturschauspiel, doch schon bald ist ihm klar, was es zu bedeuten hat: Nicht Nebel liegt über der Senke, sondern die Sporenwolken des Wogenden Pilzmeeres. Die Sonne, die in sie vordringt, bescheint eines der seltsamsten Phänomene, die die reichhaltige Flora des Müützelwaldes zu bieten hat:

Dicht an dicht stehen am Grunde der Senke Pilze in vielerlei Formen, Farben und Größen. Manche reichen dem Wolfmorf vielleicht nur bis zum Knie, andere wiederum erreichen die Höhe dreistöckiger Baumhäuser. Durch die Hänge windgeschützt und auf feuchtem, modrigem Grund kann hier eine Vielzahl von Arten gedeihen wie sonst nirgendwo im Müützelwald. Gleichzeitig ist der seltsame Pilzhain von erstaunlicher Lebendigkeit: Die Pilze wiegen sich in mächtigen Wellen, die die Senke durchlaufen und an die Hänge branden, stoßen wie in tiefen Atemzügen Sporenwolken aus, die sich zusammenballen und weit emporsteigen, bis kühle Winde sie zerstreuen. Auch farblich wirken sie inmitten der herbstlich gedämpften Nachbarschaft wie fremde Besucher: Jede nur denkbare Farbgebung ist hier vertreten, von unscheinbaren, schwarzbräunlichen Filschröhrlingen über kleine, schrill rotgelbe Gift-Amperne, grell orangetürkis gepunktete Laich-Hütlinge bis hin zu majestätisch thronenden, zart-zitronenfarbenen Königs-Orcheln mit ihren weit ausladenden, strahlend weißen Hüten.

Iggy rümpft misstrauisch. Ganz geheuer ist ihm die bunte Versammlung dort unten nicht – obwohl der würzige, fremdartige Geruch, der von den Pilzen ausgeht, seine Abenteuerlust entfacht. Aber kann er das Wogende Pilzmeer gefahrlos durchschreiten? Bedrohlich sieht es nicht aus, aber möglicherweise sind die Sporenwolken für einen Wolfmorf ja giftig? Und überhaupt, er ist immer noch von Kopf bis Fuß mit rotem, klebrigem Matsch überzogen, und die Vorstellung, so durch wirbelnde Sporenwolken ... nein, ganz bestimmt nicht! Kurzentschlossen wendet er sich noch einmal ostwärts und wandert ein kleines Stück an der Senke entlang, bis er wieder auf den Maulebach stößt, der am Rand des Hagebeerendickichts einen Bogen nach Osten macht. Am Ufer angelangt, entledigt er sich seines Reisegepäcks und stürzt sich lustvoll in die kalten Fluten.

Wolfmorfen beim Baden zuzusehen ist ein echtes Erlebnis. Es wäre morfologisch durchaus möglich, ihnen eine ferne Verwandtschaft mit Wasserbewohnern nachzusagen, wobei es allerdings ebenso naheliegend wäre, ihnen bei der Berührung mit Wasser schweres, genetisch bedingtes Zwangsverhalten zu unterstellen. Wolfmorfe baden nicht nur. Und sie putzen sich auch nicht nur unter extremem Körpereinsatz. Nein, man stelle sich zwei in der Mitte eines Flusses kämpfende Riesenraubkatzen vor: Unter Gejaule und Gefauche wirbeln sie turmhohe Fontänen auf, wobei sie gänzlich hinter den schillernden Wasserwänden verschwinden.

Nach dem erfrischenden Bad macht Iggy es sich auf den breiten Steinen am Ufer des Baches bequem. Er rümpft behaglich in die wärmende Mittagssonne und lässt sich von ihr den nassen Pelz trocknen. Nach einem Snack aus seinem Proviantbeutel und einem kurzen Mittagsnickerchen erhebt er sich wieder. Höchste Zeit, das Wogende Pilzmeer zu durchqueren.

Erfrischt und gestärkt beginnt er den Abstieg. Je näher er dem Pilzmeer kommt, desto stärker wird der Eindruck, es in Wirklichkeit mit einer Art kollektiver Lebensform anstatt mit einer Ansammlung unterschiedlich gefärbter und geformter Pilze zu tun zu haben. Ein eigentümliches, grollendes Rumoren geht von dem seltsamen Wald aus, und die ersten Reihen der dichtstehenden Pilze wenden sich, als er sich vorsichtig nähert, ihm zu. Einige stoßen mit aufgeregten Pumpbewegungen zischend Sporenwolken aus, aber Iggy spürt sofort, dass es sich nicht um eine feindselige Reaktion handelt: Eine eigenartige Neugier geht von ihnen aus, die einem fremden, aber doch lange erwarteten Besucher entgegengebracht wird. Obgleich die Pilze fest im Boden verwurzelt sind und keine Gasse bilden können, bedeuten sie ihm mit feinen Bewegungen den Weg zu einem natürlichen Pfad. Mit einladenden Gesten lotsen sie den kleinen Wanderer zu sich. Wolfmorfe brauchen nie lange, um eine anfängliche Scheu zu überwinden. Iggy rümpft kurz, aber entschieden dem bunten Wald entgegen und betritt zwischen zwei prächtigen Königs-Orcheln das Wogende Pilzmeer.

Mit großen Augen wandert der Wolfmorf hindurch. Er braucht sich nicht um die Richtung zu sorgen: Schwingend zeigen die Pilze ihm den Weg, und an den umliegenden Hängen kann er erkennen, dass er in der richtigen Richtung unterwegs ist. Schon bald nimmt der Wald seine ganze Aufmerksamkeit ein. Was von oben aussah wie ein chaotisches Wuchern verschiedenster Arten, eröffnet sich nun auf seiner Wanderung als eine ganz eigene, atemberaubende Welt von ergreifender Schönheit.

Zunächst wird er eine breite, von Pilzhüten arkadenartig überdachte Allee entlanggeleitet, von der aus er wie durch die Fenster eines Aquariums die umliegenden Landschaften überblicken kann: Weite Wiesen korallenartiger Pilze in grellen Farben wiegen sich sanft und umspielen schlanke, baumgleich aufragende türkise Halmlinge, die sich am oberen Ende zu kleinen Kränzen öffnen.

Nach einer Weile branden die Pilzwiesen an die Stämme behäbig thronender Filschröhrlinge, die mit ihrer gedrungenen Form und den runden, braunen Hüten wie ein friedliches Dorf in die grelle Nachbarschaft gebaut sind.

Dann fällt der Pfad in ein kleines Tal ab, dessen Hänge über und über von kniehohen, kugelförmigen, knallroten Rubisten überzogen sind. Ein eigentümliches Leuchten glüht in ihrem Inneren und überzieht den Grund mit einem zauberhaften Schimmer. Iggy legt seine Pfote auf einen kleinen Rubist am Wegesrand, von dem eine wohlige Wärme ausgeht. Schwärme kleiner, papageienartiger Vögel durchschwirren das Tal, sie scheinen inmitten der Pilze zu nisten. Auf der Talsohle angekommen, fühlt Iggy die Hitze der Rubiste wie eine warme Decke über sich liegen. Schläfrigkeit überkommt ihn. Aber er stapft weiter und erklimmt die andere Talseite, die hier immer steiler ansteigt, so dass er sich manchmal an einem der Pilze festhalten muss, um nicht abzurutschen. Schließlich kraxelt er ächzend über den Kamm – und betritt mit einem überraschten Keuchen wieder eine ganz neue Welt: Ein angenehmes Halbdunkel tut sich vor ihm auf. Große, schlanke Pilze in vielerlei Grün-, Orange- und Gelbtönen, die einen intensiven, würzigen Geruch von Feuchtigkeit verströmen, stehen dicht an dicht. Lianenartige Auswüchse fegen in ausladenden Bewegungen über sie hinweg und beschleifen den Waldboden. Es ist schwül unter dem Dschungeldach, kleine Bäche aus Kondenswasser murmeln zwischen den Stämmen und von ihnen herab, tröpfeln von den fruchtartigen Auswüchsen, die sich da und dort gebildet haben. Hin und wieder öffnet ein Pilz seine Poren und sprüht mit einem kurzen Puff eine Sporenwolke durch das Halbdunkel. Lange wandert Iggy durch den Pilzdschungel, rümpft in die aufregende Luft

Nach einer Weile jedoch verändert der Dschungel seinen Charakter: Greller werden die Farben der Pilze, nervöser ihre Bewegungen. Eine seltsame Aufregung überkommt den Wolfmorf, er geht unwillkürlich schneller. Die Pilze stehen nun weiter auseinander, das hereinfallende Licht lässt sie noch heller aufleuchten. Immer beißender wird ihr Anblick, als habe sich eine unbekannte Macht des Waldes entschlossen, kühne optische Experimente durchzuführen und dabei nur jene Farbtöne zu kombinieren, die für das ungeübte Auge am anstrengendsten sind: Wiesen aus knallroten und giftgrünen Halmen wogen in komplizierten Mustern und erzeugen hypnotische Wirbel, türkis gepunktete gelbe Pilzriesen nicken mit gelb gepunkteten türkisen in eigenwilligem Stehtanz um die Wette, glimmende, vorhangartige Pilzkolonien peitschen wie von Winden bewegt durch die Luft und ziehen gleißende Lichtspuren hinter sich her.

Iggy hält inne und fährt sich mit der Pfote über die Stirn. Ein nagendes Kopfweh beginnt hinter seinen Augen zu rumoren. Es ist nicht die körperliche Anstrengung, die ihn plötzlich so müde macht; er weiß, dass die intensiven Sinneseindrücke wie ein Regen aus kleinen Steinen auf ihn einprasseln. Zudem beginnen die Sporenwolken dichter zu werden und sich wie ein Schleier über seine Augen zu legen, der die Konturen des Waldes verschwimmen, aber gleichzeitig unwirklich aufleuchten lässt. Während er sich keuchend vorwärtstastet, beginnt es unter seiner Schädeldecke zu prickeln, und er vermeint ein dumpfes Brummen zu hören. Es ist nicht direkt unangenehm, nein, ganz im Gegenteil: Es ist ein durchschnittlicher Ton, nicht zu tief und nicht zu hoch, in einer Stimmlage, die ziemlich genau seiner eigenen entspricht. Erfreut brummt er den Ton mit, aber schon nach kurzer Zeit reicht ihm das nicht mehr. Er nutzt ihn als Grundton und beginnt, einen auf- und abschwellenden Gesang anzustimmen, wortlos erst, dann in einem Sprechgesang aus Phantasiewörtern.

Inzwischen ist er stehen geblieben, um sich ganz dem Gesang hinzugeben. Und dann beginnt er einen urtümlichen Tanz, wie ihn noch nie ein Wolfmorf vor ihm getanzt hat, dreht sich mit ausgestreckten Armen im Kreis, immer schneller; ihm müsste eigentlich schwindelig werden, aber die Musik hält seinen Geist rein und frei, immer schneller wirbelt er, bis er schließlich zu schweben beginnt. Völlig unmörfisch schraubt er sich in langsamen, kreisenden Bewegungen hoch empor und kann nun durch die aufreißenden Sporenwolken alles sehen. Er hat aufgehört zu singen, denn der Anblick verschlägt ihm die Sprache.

Unter ihm erstreckt sich die verwirrende Vielfalt des Wogenden Pilzmeeres in einer Fremdartigkeit, die ihn erschaudern lässt. Seine scharfen Augen fliegen vom See der Blaulamellenpilze zur Grauen Grotte, die von seltsamen hybriden Pilzwesen bewohnt und bewirtschaftet wird, von der Sandhütlings-Savanne zum Schwarzen Apfelwald, von der dunklen Schwarzspinnenschlucht zu den Pilzbeeten der Feuchtkäfer. Er fliegt immer höher, angenehm zerzaust die erwärmte Herbstluft sein dichtes Fell. Aber was ist das? Er kann seinen Flug nicht mehr lenken! Panik ergreift ihn. Verzweifelt schlägt er mit den Armen, aber sein Körper will ihm nicht mehr gehorchen. Ein aufkommender Wind treibt ihn hierhin und dorthin, stärker und kälter werden die Windstöße. Harte Böen treiben ihn auf die steilen, von dunklem Tann bestandenen Hänge auf der anderen Seite der Senke zu. Er beginnt zu stürzen, immer schneller rasen die gefährlich aufragenden, schwarzen Tannen auf ihn zu, schon peitschen ihm die ersten Zweige ins Gesicht, er bricht durch das Geäst, und mit einem fürchterlichen Schlag trifft er auf die Stämme, er fühlt seine Knochen brechen, eine Welle des Schmerzes überrollt ihn, und alles wird schwarz.

… Jayayambajayayambayayayaya Jayayambajayayambayaya-yaya-Jayayambajayayambayayayaya …

»Alter. Du machst ja Sachen. Auf so einen Trip musst du dich vorbereiten. Du kannst da nicht so einfach reinstolpern. Das muss dir doch klar sein.«

Iggy schreckt hoch. Er erwartet fürchterliche Schmerzen und verzieht vorsorglich das Gesicht, wobei er versucht, seine vermeintlich gebrochenen Arme und Beine möglichst ruhig zu halten – und stellt überrascht fest, dass er sie problemlos und schmerzfrei bewegen kann. Er liegt auf einer von Tannen umstandenen kleinen Lichtung an den Hängen der Senke im Gras. Unter ihm erstreckt sich das von Sporenwolken vernebelte Wogende Pilzmeer, auf der anderen Seite kann er im goldenen Nachmittagslicht den rotsilbernen Schimmer des Hagebeerendickichts erkennen.

… Jayayambajayayambayayayaya Jayayambajayayambaya-yayaya-Jayayambajayayambayayayaya …

Um ihn herum hocken in engem Kreis etwa zwei Dutzend Gestalten: Iggy kennt sich mit den im Müützelwald vorkommenden Wesenheiten wirklich gut aus, aber diese hier kennt er nicht. Sie sind etwa so groß wie er selbst, aber von ausgesprochen schmächtiger Gestalt. Eine glatte, blassgrüne Haut spannt sich über die Knochen; Schultern und Arme sind von kurzen, unterschiedlich gefärbten Fellüberwürfen bedeckt. Ansonsten sind die Wesen nackt. Die Gesichter sind von dichtem, grasartigem Haar in verschiedenen Grün- und Brauntönen gesäumt, das hier und da zu Zöpfen geflochten ist, und von tiefen Falten und Furchen durchzogen, die sie recht alt erscheinen lassen. Aber ihre Augen strahlen dem Wolfmorf hell und jung entgegen. Die Wesen sitzen im Schneidersitz im Gras, haben sich ringsherum an den Händen gefasst und wiegen sich zur auf- und abschwellenden Melodie eines leisen, beruhigenden Gesanges.

… Jayayambajayayambayayayaya Jayayambajayayambayayayaya-Jayayambajayayambayayayaya …

Wieder ertönt die Stimme desjenigen, der ihn zuerst angesprochen hat. Er sitzt Iggy direkt gegenüber, mit dem Rücken zum Panorama des Wogenden Pilzmeeres. Sanft und geduldig, mit dunkler Stimme, kullern Iggy die Worte entgegen.

»Hör mal, Wolfmorf, das ist voll gefährlich, einfach so durch den Grellen Garten zu laufen. Du kannst froh sein, dass du jetzt nur einen Brummschädel hast, Alter.«

Unwillkürlich fasst sich Iggy an den Kopf, wie Blitze zucken rasende Schmerzen auf ihn nieder, und er stöhnt leise auf.

… Jayayambajayayambayayayaya Jayayambajayayambayayayaya-Jayayambajayayambayayayaya …

»Es gab Wesen, und zwar gar nicht so wenige, die haben den Grellen Garten als psychische Wracks verlassen. Manche sind da nie wieder rausgekommen, man hat sie irgendwann zwischen den Pilzen gefunden, tot und von Sporenwolken bedeckt. Andere wiederum …«

»Jajaja!«, ruft Iggy ungeduldig dazwischen – und stöhnt beim Klang seiner eigenen Stimme auf. »Ist ja gut! Es wäre gerade echt hilfreicher, wenn du mir erklären könntest, was mit mir passiert ist und wie ich hierhergekommen bin! Und wer seid *ihr* eigentlich?«

… Jayayambajayayambayayayaya Jayayambajayayambayayayaya-Jayayambajayayambayayayaya …

Der Gesang, der auf Iggy zunächst beruhigend und fast heilend gewirkt hat, beginnt ihm allmählich echt auf die Nerven zu gehen. Dennoch verliert die Stimme des schmächtigen Wesens nichts von ihrer geduldigen Sanftheit.

»Wir sind Muchtenknilche. Wir leben in und um das Wogende Pilzmeer. Und was du soeben erlebt hast, ist der Trip, den dir eine ziemlich kräftige Nase voll Pilzsporen aus dem Grellen Garten beschert hat. Eigentlich beneide ich die, die das zum ersten Mal erleben dürfen. Kein in diesem Wald natürlich vorkommender Stoff hat eine so durchschlagende Wirkung wie die Sporen aus dem Grellen Garten. Wir nehmen ja auch regelmäßig eine Nase davon, aber das erste Mal ist doch immer etwas ganz Besonderes.«

… JayayambajayayambayayayayaJayayambajayayambayayayaya-Jayayambajayayambayayayaya …

»So. Ist es das«, schnauft Iggy.

»Na klar!«, ruft der Muchtenknilch aufgeregt. Frühzeitige Sarkasmuserkennung scheint nicht gerade zu den Stärken der grünen Wichte zu gehören. »Es ist zwar jedes Mal wieder ein echtes Erlebnis, aber wenn man erkannt hat, dass diese grandios realen Hallus eben nur Hallus sind, dann verliert das Ganze doch ein Stück weit an Reiz. Mann, Mann, ich werde nie vergessen, was da beim ersten Mal in meinem Kopf abgegangen ist!« Er fuchtelt wild mit den Ärmchen und gerät bei der Erinnerung so richtig in Fahrt: »Von einem Moment auf den anderen waren alle Farben völlig vertauscht, Grün war Rot, Braun war Weiß, Blau war Rosa, der Himmel war knallgelb, und auf einmal waren da zwei andere Muchtenknilche, die ich nicht kannte, ein Faulrindenkäfer und eine richtig scharfe Asterine, wir fünf auf einem hohen Pilz, da haben wir erst wie wild getanzt, und auf einmal fing der Faulrindenkäfer an mit der Asterine, und plötzlich haben wir alle Mistichglaubedassollteichjetztnichtunbedingterzählen …«

… JayayambajayayambayayayayaJayayambajayayambayayayaya-Jayayambajayayambayayayaya …

Der Muchtenknilch hält sich den Mund zu, gluckst aber

hinter den vorgehaltenen Händen derart kindisch, dass Iggy ihm unwillkürlich unwirsch entgegenrümpft.

»Aber erzähl, was hast du auf dem Trip gesehen?«, kräht der Muchtenknilch jetzt begeistert. »Na komm, wir lassen dich hier nicht wieder weg, ehe du uns davon erzählt hast!«

Etwa zwei Dutzend glänzende Augenpaare sind nun auf den Wolfmorf gerichtet. Die Muchtenknilche hören aber nicht auf zu singen, die Intensität ihres Gesanges steigert sich, und ihre wiegenden Bewegungen werden ausladender und ausdrucksstärker.

... JayayambajayayambayayayayaJayayambajayayambaya-yayaya-Jayayambajayayambayayayaya ...

Iggy beginnt, sich mit den Schaufelpfötchen die Schläfen zu massieren. Der monotone Singsang legt sich wie klebriger Hagebeerensaft über seine Stirn und scheint die Kopfschmerzen noch zu verstärken. »Hört mal, Leute, ich finde es ja prima, dass ihr so viel Spaß mit ein paar bunten Riesenpilzen habt, aber ich muss jetzt echt weiter. Ich muss Blubb die Pfütze finden und ...«

Der Muchtenknilch (Iggy hat ihn den »Oberknilch« getauft) schüttelt gespielt enttäuscht den Kopf und beginnt hämisch zu grinsen. Während die eine Hälfte der Versammlung mit dem Singsang fortfährt, hat die andere einen insistierenden Sprechgesang begonnen: »Er-zäh-len, er-zäh-len, er-zäh-len, er-zäh-len!«, intonieren sie, zunächst leise, dann immer lauter.

Iggy dreht sich einmal um die eigene Achse, sucht einen Ausweg aus dem Kreis der Muchtenknilche, aber die kleinen Kerle halten sich ringsherum fest an den Händen. Er stapft zur senkenabgewandten Seite des Kreises hinüber.

»Würdet ihr mich bitte durchlassen?«, knurrt er und starrt sie finster an. Die aber erwidern mit ihren strahlenden, großen Augen nur geduldig und auffordernd seinen Blick.

»Er-zäh-len, er-zäh-len, er-zäh-len, er-zäh-len!«, singen sie und wiegen sich anmutig in sanften Wellen.

… Jayayambajayayambayayayaya Jayayambajayayambaya-yayaya-Jayayambajayayambayayayaya …

Er spürt, wie sich die »Wutbürste« *[Erinnern Sie sich? Na also. War's wohl doch für etwas gut.]* auf seinem Kopf aufrichtet. Für einen Moment starrt er in den herbstlichen Nachmittagshimmel und mahlt mit den Zähnen.

»Lasst mich sofort hier raus, oder es passiert was!«, zischt er zwischen den Zähnen hervor. Nichts. Nur dieselben geduldigen, leicht abwesenden Blicke.

»Er-zääääh-len!«, gluckst es hinter ihm. Als er sich umdreht, steht der Oberknilch in der Mitte des Kreises, die Hände in die Seiten gestemmt, und schaut ihn herausfordernd an, sein Grinsen noch viel unerträglicher. Mit einem Ausdruck unaussprechlicher Verachtung mustert Iggy ihn, wendet sich dann wieder der Kette der Muchtenknilche zu. Entschlossen packt er zwei Ärmchen und versucht sie auseinanderzuziehen. Überrascht stellt er fest, dass diese scheinbar so schwachen Ärmchen sehnig und muskulös sind, die kleinen Hände halten sich gegenseitig fest umklammert. Nach einer Weile lässt er keuchend los – und schickt einen Schrei gen Himmel.

»Entschuldigung? Entschuldigung! … Entschuldigung!!! Sie, ja, Sie. Wir hatten etwas vereinbart, erinnern Sie sich? Nein, natürlich erinnern Sie sich nicht. Sie erinnern sich ja nie an etwas, das mehr als zwei Minuten zurückliegt. Ich sage Ihnen, was wir vereinbart hatten: kein Gesinge mehr, sobald es dämmert!«

Iggy blickt irritiert um sich. Die durchdringende, etwas nölige Stimme zerschneidet den Singsang der Muchtenknilche wie ein rostiges Messer einen weichen, samtigen Stoff.

»Hallo, Sie. Ja, Sie, Herr Wolfmorf! Würden Sie bitte dem … dem Oberknilch da sagen, er möge bitte mal herkommen? Und unterstehen Sie sich, auch noch singen zu wollen! Ich beobachte Sie genau!«

Auf der anderen Seite der Muchtenknilchkette bemerkt er nun zwei lange, erregt hin und her wippende Fühler. Er beugt sich vor und erblickt im tiefen Gras einen rotschillernden Gnarfkäfer, der mit zornroten Augen durch die Beine der Muchtenknilche späht. Seine Fingerchen trommeln auf den Seiten seines fast kreisrunden Panzers einen nervösen Rhythmus. Verwirrt blickt Iggy zuerst auf den Gnarfkäfer, dann hinter sich auf den Oberknilch, der sich anschickt, näher zu kommen. Mit einer gewissen Genugtuung bemerkt er, dass das überhebliche Grinsen auf dessen Gesicht einer angespannten Gereiztheit gewichen ist.

»Na? Ärger? Hoffentlich, Hippie!«, zischt er ihm zu, als der Oberknilch an ihm vorbei auf den Gnarfkäfer zustolziert. Mit einem leichten Kopfnicken bringt der Oberknilch den Gesang zum Verstummen. Alles ist auf einmal still, nur ein leichter Wind raschelt in den Tannen. Die Stille senkt sich wohltuend auf Iggys geschundene Sinne. Die Muchtenknilche haben ihre Hände sinken lassen und stehen nun etwas bedröppelt in der Gegend herum. Und wieder durchschneidet die unangenehme Stimme des Gnarfkäfers den weichen Samt des Nachmittages.

»Mein Herr, Sie und Ihre Horde von zottigen …« (Suchendes Fuchteln und Fingerschnipsen.) »… Chorknaben wissen ganz genau, was mit dem Nachbarschaftsrat des Schwarztanns besprochen wurde: kein Gesinge mehr, sobald es dämmert. Kein Herumlungern mit lautem Palaver in der Nähe von Behausungen. Kein lautes Kopulieren auf Schulwegen. Um nur die wichtigsten Punkte zu nennen! Aber entweder Sie wollen sich nicht an die Absprachen erinnern, oder Sie haben Ihre Nasen einmal zu oft in die Sporen des Grellen Gartens gehalten, und ich bin mir ziemlich sicher, dass ich mit der zweiten Alternative richtigliege! Wie Sie wissen, regelt der Nachbarschaftsrat des Schwarztanns den diesseitigen Zugang zum Wogenden Pilzmeer. Ich bin mir sicher, dass es nicht in Ihrem Interesse läge, wenn hier Veränderungen zu Ihren Ungunsten einträten, habe ich recht? Hm?«

»Mbldmlb.«

»Wie bitte? Ich habe Sie nicht richtig verstanden.«

»Estutunsleidsollnichtwiedervorkommen.«

»Sie müssen lauter sprechen, sonst verstehe ich Sie nicht.«

»Es tut uns leid, es soll nicht wieder vorkommen.«

»Braver Junge. So ist es recht. Und wenn Sie mich jetzt bitte entschuldigen würden, mein Hagebeerentee hat schon viel zu lange gezogen.«

Mit einem überheblichen Schnauben wendet sich der Gnarfkäfer um und krabbelt zwischen den dichtstehenden Tannen bergauf. Nach wenigen Augenblicken ist er in deren Schatten verschwunden.

»Verdammter Faschist«, murmelt der Oberknilch.

Ruhestörung

Iggy wirft den Muchtenknilchen einen letzten bösen Blick zu, dann durchschreitet er ihren Ring und eilt dem Gnarfkäfer hinterher. Der kennt sich hier offenbar aus, ganz sicher kann er ihn zu Blubb der Pfütze führen.

Er folgt dem leisen Rascheln, mit dem der Gnarfkäfer durch den dunklen Tannenwald huscht. Die Herbstsonne steht tief über dem Horizont, so dass es im Schatten der Nadelbäume schon dunkel wird. Der kleine, flinke Käfer legt ein höllisches Tempo vor, aber Iggy ist wild entschlossen, seine Reise endlich fortzusetzen und Blubb die Pfütze zu finden. Die Kopfschmerzen sind vergessen, und so kämpft er sich, so schnell er kann, durch das Gewirr der Zweige.

Bald ist sein Pelz von Tannennadeln besprenkelt, aber die Mühe ist nicht vergebens, denn schon kann er den Gnarfkäfer vor sich erspähen.

»He, hallo, Herr Gnarfkäfer!«, ruft er. Aber der hört ihn nicht (oder will ihn nicht hören). Kurz darauf bricht Iggy keuchend und fluchend durch eine dichte Wand aus Tannenzweigen – und prallt zurück: Vor ihm öffnet sich eine kleine Lichtung, die von hohen, schweigenden Tannen beinahe kreisrund umsäumt wird.

Die Lichtung ist eben, die Anhöhe des Berges offenbar erreicht. Das kühle Licht des verdämmernden Tages taucht alles in schattige Blau-, Grau- und Schwarztöne. In der Mitte der Lichtung hockt der Gnarfkäfer, mit auf dem Bauch gefalteten Händen, und blickt dem Wolfmorf streng entgegen.

»Ich hatte eigentlich gehofft, der Störungen wären heute genug. Ich scheine mich geirrt zu haben. Warum folgen Sie mir nach, und was wollen Sie von mir?«, gnarft er.

Der Wolfmorf ringt für einen Moment nach Atem. »Ich suche Blubb die Pfütze. Können Sie mir zeigen, wo er wohnt?«

Nachdenklich trommelt der Gnarfkäfer mit einer Hand einen leisen Rhythmus auf seinem Panzer.

»Ich hätte mir denken können, dass etwas, das mir heute Abend passiert, geradewegs zu Blubb der Pfütze führt«, murmelt er wie zu sich selbst. »Wir hätten ihn niemals in unsere Gemeinschaft aufnehmen sollen. Nur Störenfriede, Fremde und Ausländer tauchen seither hier auf.«

Er blickt den Wolfmorf unwirsch an. Der hält dem Blick

trotzig stand. Dann wendet sich der Gnarfkäfer um und bedeutet ihm mit einem Wink, ihm zu folgen.

»Ich führe Sie zu Blubb«, sagt er im Gehen, »aber denken Sie nicht einmal daran, in diesem Teil des Waldes für Unruhe sorgen zu wollen. Ich werde Sie genau beobachten. WIR werden Sie genau beobachten.« Er hält inne und wendet sich dann noch einmal zu Iggy um. »Bitte verzeihen Sie, ich habe mich Ihnen noch nicht vorgestellt. Es gibt keinen Grund, die fundamentalsten Regeln des Anstandes aufzugeben. Mein Name ist Hotte. Hotte Gnarf. Für Sie *Herr* Hotte.«

»Iggy. Iggy Wolfmorf. Nur Iggy Wolfmorf.«

»Aha. Na dann. Willkommen im Schwarztann.«

Er eilt voraus, Iggy folgt ihm nach. Der Waldboden ist nun völlig eben, die beiden beschreiten einen deutlich sichtbaren, schnurgeraden Pfad durch den dunklen Tannenwald. Immer dichter und dunkler wird er, aber nach einiger Zeit, in der Iggy schweigend hinter Herrn Hotte hertrottet, auch merklich belebter: Hier und da zwinkern die Lichter von Behausungen durch das Geäst, aus runden Fenstern strömt behagliches Licht. Immer wieder zweigen sorgsam gepflegte, mit Tannennadeln bestreute Pfade vom Hauptpfad ab, die zu niedrigen Häusern führen. An manchen Stellen markieren Zäune die Grenzen von Grundstücken, Schilder weisen den Weg in die einzelnen Teile des Schwarztanns. An größeren Wegkreuzungen hängen Lämpchen an den Zweigen, die den Weg in goldenes Licht tauchen. Hin und wieder huscht ein Gnarfkäfer vorbei, grüßt Herrn Hotte höflich und wirft Iggy einen misstrauischen Blick zu. Nach einer Weile wird die Besiedlung wieder spärlicher, und schließlich bleibt Herr Hotte an einer Abzweigung stehen, an der ein verwahrlost wirkender Pfad vom Hauptweg abgeht und nach wenigen Metern im Dunkel verschwindet. Ein Schild ist schief in den Waldboden gerammt.

steht in ungelenken Schriftzeichen darauf geschrieben.

Herr Hotte hüstelt ungeduldig. »Hier wohnt Blubb die Pfütze. Ich gehe davon aus, dass Sie angemeldet sind?«

»Äh. Nein. Eigentlich nicht.«

In theatralisch zur Schau gestellter Resignation lässt der Gnarfkäfer den Kopf auf die Brust sinken, hebt ihn wieder und blickt den Wolfmorf streng an.

»Ich hoffe, Ihnen ist klar, dass unangemeldeter Besuch in dieser wohlgeordneten Gegend, im Gegensatz zum Rest dieses verwahrlosten Waldes, nicht besonders gerngesehen ist. Wir Gnarfkäfer mögen Leute nicht, die Ruhe und Ordnung stören. Aber wie ich Herrn Blubb kenne, wird er deutlich nachsichtiger mit Ihnen sein als unsereins. Ich werde Sie zu ihm führen. Aber hüten Sie sich: Wir haben Mittel und Wege, gegen Wesen vorzugehen, die sich im Schwarztann nicht zu benehmen wissen!«

Iggy ballt die Schaufelpfötchen und zwingt sich dazu, nicht mit den Augen zu rollen. Er murmelt Unverständliches, macht dazu einige halbwegs zustimmende Bewegungen und hofft, dass dieser kleine, nölige Spießerkäfer ihn nun endlich zu Blubb der Pfütze bringen möge.

Der Gnarfkäfer führt ihn schließlich weiter den Pfad entlang, bis sie vor einem kleinen Häuschen stehen. Wie alle Häuser der Gnarfkäfer hat es eine maulwurfshügelähnliche Form mit kleinen, runden Fenstern und einem Dach aus geschickt geschichtetem Tannenreisig. Aus den verschlossenen Fenstern dringt kein Licht. Alles ist dunkel.

Herr Hotte runzelt hörbar die Stirn. *[Fragen Sie mich bitte nicht, wie das geht. Sie sollen sich doch die blöde Geschichte vorstellen. Haben Sie vielleicht schon einmal »kühles Licht« gesehen? Na also. Da haben Sie ja schließlich auch nicht gemeckert.]*

»Üblicherweise ist Herr Blubb um diese Zeit zu Hause. Er verlässt das Haus ja eh nur selten, geschweige denn zu so später Stunde.«

Er streckt die Hand aus und greift nach der Türklinke aus einem großen, prächtigen Tannenzapfen. Doch die Tür scheint nur angelehnt zu sein, denn sie schwingt schon bei leichter Berührung mit leisem Quietschen nach innen auf. Herr Hotte murmelt Unverständliches vor sich hin, aber Iggy vermeint in seiner Stimme nicht nur Ärger, sondern geradezu Sorge zu erkennen. Langsam betritt Herr Hotte das Haus, der Wolfmorf stolpert ungeduldig hinter ihm her und versucht, über ihn hinweg einen Blick ins Innere zu erhaschen.

Das stickige Dunkel ist so dicht und greifbar, dass es selbst Iggy mit seinen scharfen Nachtaugen kaum gelingt, Konturen auszumachen. Unsicher hält er sich am Türrahmen fest und blickt gespannt auf den Gnarfkäfer, der reglos vor ihm steht und seinen Blick durch den Raum schweifen lässt. Dann geht eine Veränderung mit Herrn Hotte vor.

Fast unmerklich richtet er sich auf, spreizt leicht Arme und Schultern. Eine bisher nicht spürbare Kraft geht plötzlich von dem kleinen Käfer aus. Iggy bemerkt ein leichtes Glühen, das zuerst wie Funken über den runden Käferpanzer huscht, dann aber von innen anschwillt, bis der Panzer in einem tiefen Feuerrot leuchtet. Das Licht wird immer heller, aus dem tiefen Feuerrot wird ein leuchtendes Orange, daraus ein goldenes Lodern, das sich zu einem weißen Gleißen steigert. Wie eine lebende Lampe steht Herr Hotte nun in dem Zimmer. Iggy braucht eine Weile, um seine Augen an die Helligkeit zu gewöhnen, und blickt sich dann neugierig um.

Der Raum ist kreisrund wie das Haus. Er ist vollgestopft mit Trommeln jeder Art und Größe; sie hängen von der Decke, an den Wänden, stehen auf dem Boden, liegen in Haufen übereinander. Riesenhafte Kesselpauken werden gestützt von schweren metallenen Füßen, winzige Handtrommeln, kaum größer als Tassen, sind zu Ketten aufgereiht; flache, tellerähnliche Tischtrommeln und dergleichen mehr sind überall verteilt. Abgesehen von den unzähligen Trommeln besteht die einzige Möblierung des Raumes aus einem dreibeinigen metallenen Gestell an der rückwärtigen Seite des Hauses. Es liegt umgestürzt auf dem Boden, die flache Metallschale, die es mit seinen geschwungenen Armen halten sollte, liegt daneben. Sie ist so breit, dass der Wolfmorf sie nur mit ausgestreckten Armen emporheben könnte. Neben der Metallschale glitzert auf dem Boden eine große Wasserpfütze.

Iggy schiebt Herrn Hotte beiseite und nähert sich langsam der Pfütze. Ängstlich kauert er sich neben sie auf den Boden. Nach einem Moment des Zögerns berührt er vorsichtig die Wasseroberfläche; als sich kleine Wellen ringförmig auf ihr ausbreiten, zuckt er zurück. Nervös rümpft er eine Weile die Pfütze an, ehe er langsam und vorsichtig die Schnauze wieder nahe an die Wasseroberfläche bringt.

»Blubb!«, flüstert er. »Blubb, sind Sie da?« Sein Atem erzeugt wieder kleine Wellen auf der Wasseroberfläche. »Blubb …« Angstvoll scharrt er mit den Pfoten auf dem Lehmboden.

Als er bemerkt, dass die Helligkeit im Raum ein wenig nachgelassen hat, schaut er sich zu Herrn Hotte um. Der blickt mit in die Seiten gestemmten Armen streng zu ihm hinab.

»Sagen Sie mal, hätten Sie die Güte, mir zur erklären, was Sie da gerade tun?«

»Ich … Aber Sie sehen doch! Die Pfütze …«

»Aus welchem abgelegenen Teil dieses Waldes kommen Sie eigentlich? Ich maße mir ja nicht an, ein besonderer Kenner Ihrer …« *(ärgerliches Fuchteln)* »… Urwaldmusik zu sein, aber Sie wollen mir jetzt nicht ernsthaft weismachen wollen, dass

Sie Herrn Blubb tatsächlich für eine … eine Pfütze gehalten haben?«

»Ich … ja aber … er heißt doch so!«

Gnarfkäfer haben die Kunst des theatralischen Seufzens über die Jahrtausende verfeinert. Bei dem nun präsentierten Seufzer handelt es sich um ein ausgesprochenes Standardexemplar, das aber deswegen nicht minder wirkungsvoll daherkommt.

»Jetzt passen Sie mal gut auf, junger Mann. Wenn ich nach Ihrem Namen gehen würde, dann kämen Sie mit *Iggy struppiger Wolfmorf, der zu nachtschlafender Zeit im Schwarztann aufkreuzt und unangemeldete Besuche macht* in diesem Teil des Waldes nicht besonders weit. Himmel, Herr Blubb ist ein Pfützengnom, das sollten gerade *Sie* eigentlich wissen! Wenn er nicht gerade dieses infernalische Geschepper veranstaltet, das Sie und Ihresgleichen Musik nennen, dann hält er sich die meiste Zeit in irgendeinem Gewässer auf. Und weil es der Herr (aus unerfindlichen Gründen, wie ich finde) offenbar in der Musikwelt schon vor langer Zeit zu etwas gebracht hat, hat er es eben nicht mehr nötig, in brackigen Tümpeln mit Algen auf dem Kopf herumzutauchen. Eine Haltung, die ich ausgesprochen positiv finde, auch wenn ich die Wertewelt des geschätzten Herrn Blubb nur bedingt teile.«

Iggy kauert immer noch am Boden neben der Wasserlache und sieht ziemlich betreten drein.

»Allerdings«, fährt Herr Hotte fort, »ist es nicht Herrn Blubbs Art, das Haus in solch einem Zustand zu hinterlassen. Ich mache mir ernsthaft Sorgen, ob ihm etwas zugestoßen sein könnte. Es ist in diesem Teil des Waldes nicht üblich, die Tür unverschlossen zu lassen. Herr Blubb weiß das genau und hält sich in aller Regel auch daran!«

Der Gnarfkäfer erhöht wieder die Helligkeit und schaut sich

im Raum um. Iggy tut es ihm nach. Es ist ihm zwar ein Rätsel, wieso eine Musikerlegende wie Blubb die Pfütze sich ausgerechnet unter diesen spießigen, kulturfremden Gnarfkäfern niedergelassen hat, aber allzu schlecht scheint er es bei ihnen nicht gehabt zu haben – Herrn Hottes Sorge wirkt echt.

Iggy beginnt nun ebenfalls, misstrauisch Raum und Mobiliar zu mustern. Schon bald erkennt er, dass die vielen Trommeln nicht etwa willkürlich im Raum aufgestellt sind: Nach einem ihm nicht unmittelbar einsichtigen, aber doch erkennbaren System sind sie um Halter und Schale herum angeordnet, und zwar, so vermutet er nach einer Weile, nach einem System, das sowohl zwischen Tonhöhe, Beschaffenheit des Instrumentes und Klangfarbe unterscheidet. Die Wasserschale war demnach so etwas wie das Zentrum eines gewaltigen Trommellaboratoriums.

Vorsichtig rümpft Iggy nun um die Schale herum. Er bemerkt, dass der Lehmboden mit kleinen, punktförmigen Spuren wie von Wassertropfen übersät ist. Dazwischen bemerkt er aber auch noch ganz andere: Wischspuren, die von Flügeln stammen könnten, und Abdrücke wie von Insektenbeinen.

Herr Hotte scheint dieselbe Entdeckung gemacht zu haben – er krabbelt auf dem Boden herum und gnarft vor sich hin.

»Seltsam, seltsam«, murmelt er. »Was wollten denn Libellen hier? Ich habe nichts von Libellen im Schwarztann gehört! Es gibt nur Ärger, wenn sich Ausländer im Schwarztann herumtreiben. Nur Ärger! Unordnung, Chaos, Unfrieden!« Er richtet sich ruckartig auf. »Sehen Sie das, Herr Wolfmorf? Diese Trommeln hier, um das Becken herum? Sie sind verschoben worden, nein, eher beiseitegestoßen. Schauen Sie, diese ist umgestürzt!«

In Iggy arbeitet es. Was hat Herr Hotte gesagt? Libellen? Kalte Furcht steigt in ihm auf. Hat es hier möglicherweise einen Kampf gegeben?

»Sagen Sie, Herr Hotte, kommt es häufiger vor, dass Herr Blubb verschwindet? War er viel unterwegs? Hatte er Feinde, oder gab es sonst in der letzten Zeit irgendwelche außergewöhnlichen Vorkommnisse?«

»Nein. Herr Blubb war ein insgesamt recht ruhiger Bewohner des Schwarztanns. Er hat sich vor einigen Jahren hierher zurückgezogen, um sich ganz seiner Musik und dem Komponieren zu widmen – wenn man das so nennen kann. Er hat veranlasst, dass das Haus schalldicht isoliert wurde, nichtsdestotrotz musste man ihn bisweilen darauf aufmerksam machen, wenn der Krach doch einmal nach außen drang. Dann aber hat er sich stets bemüht, nicht weiter aufzufallen. Er schätzte die Ruhe und Abgeschiedenheit dieser Gegend. Er hat äußerst selten Besuch empfangen und immer Nachricht gegeben, wenn er einmal verreiste. Wir ließen ihn in Ruhe, er ließ uns in Ruhe. Wir Gnarfkäfer haben im Allgemeinen nichts gegen Ausländer. Außer wenn sie Unordnung und Unfrieden stiften. Herr Blubb hat sich alles in allem sehr gut in unsere Gemeinschaft eingefügt.«

Missmutig schaut Iggy sich um. Dann bemerkt er an der gegenüberliegenden Wand eine kleine, unscheinbare Tür, die offenbar zu einem Anbau an der Rückseite führt. Sie ist nur angelehnt und schwingt im Luftzug fast unmerklich hin und her. Vorsichtig bahnt er sich einen Weg durch das Trommelgewirr und schiebt sie auf. Durch ein rundes Fenster fällt fahles Mondlicht in den kleinen Raum, der vollgestopft ist mit ausrangierten Schlaginstrumenten: Trommeln mit geplatzten Fellen und Rissen, verbeulte Schlagbecken. Ansonsten ist nichts Außergewöhnliches zu erkennen.

Als er wieder den Hauptraum betritt, bemerkt er auf dem Boden einen kleinen Gegenstand, der – hinter einer Trommel versteckt – von der anderen Seite nicht zu sehen war. Er hebt ihn auf: Es handelt sich um ein Stück eines Insektenflügels. Es schillert leuchtend pink.

»Also, fassen wir nochmal zusammen: In der Zeit zwischen heute Abend und vor circa zwei Wochen, als Herr Blubb, genannt *Die Pfütze*, wohnhaft *Da Wo Es Anfängt Etwas Unordentlich Zu Werden Nr. 1*, von Herrn Ogg Tannhauser, Gnarfkäfer, auf der Douglasienallee zuletzt gesehen wurde, muss Herrn Blubb im Rahmen eines Haushaltsunfalls mit seiner Wasserschale, in der er sich für gewöhnlich aufhielt, etwas zugestoßen sein. Möglicherweise hat exzessives Trommeln über dem im Schwarztann nach § 6 Abs. 2 Nr. 3 der 3. Nachbarschaftslärmverordnung erlaubten Grenzwert von »Gerade Noch Zu Ertragen« die Wasserschale in Schwingungen versetzt, und diese ist dadurch umgekippt. Ein Luftzug aus der Tür, die entgegen § 7 Abs. 3 Nr. 5 der 5. Nachbarschaftssicherheitsverordnung nicht verschlossen war, hat womöglich zur mangelnden Stabilität der schwingenden Wasserschale beigetragen. Im Fallen muss Herr Blubb umstehende Trommeln und Schlaginstrumente verschoben bzw. umgestoßen haben. Ein am Unfallort aufgefundenes Stück Libellenflügel (pink, schillernd, staubig) sowie die Spuren von Flügel- und Insektenbeinabdrücken wie auch im Wasser aufgefundene Spuren von halluzinogenen Stoffen könnten darauf hindeuten, dass Herr Blubb gemeinsam mit Freunden oder Bekannten aus der Wesengruppe der Libellen berauschende Stoffe zu sich genommen und dadurch den Unfall befördert hat. Von Herrn Blubb fehlt jede Spur. Er ist vermutlich vertrocknet. Haben Sie dem noch etwas hinzuzufügen?«

Iggy starrt den Gnarfkäfer-Wachtmeister und den neben ihm stehenden Herrn Hotte verständnislos an. Sie befinden sich vor Blubbs Haus, das mittlerweile von davor aufgebauten Lampen hell erleuchtet ist. Etwa zwei Dutzend Beamte der Schwarztann-Polizei wuseln aufgeregt um und durch das Haus, nachdem sie es weiträumig mit Zweigen von leuchtend roten Knitt- und gelben Schallebeeren abgesperrt haben. Blubbs Wasserschale samt Gestell, einige Trommeln, die um die Schale herumstanden, sowie das Stück Libellenflügel sind von den aufmerksamen Beamten sorgfältig in Stoffbeuteln mit der Aufschrift »Polizei des Schwarztanns. Wichtige Beweismittel. Finger weg!« verstaut worden. Das aus der Schale ausgelaufene Wasser lagert ebenfalls bei den Asservaten, auf eine Flasche mit gleicher Aufschrift aufgezogen und mit einem versiegelten Korken fest verschlossen.

»Hören Sie mal, ham Sie sie nicht mehr alle?«, blökt Iggy entgeistert.

»Vorsicht, junger Mann, Sie sprechen mit einer Amtsperson!«, entgegnet der Gnarfkäfer-Wachtmeister streng und klopft mit seinem Stift an die auf seinem Panzer aufgemalten drei kleinen Punkte.

»Sie glauben doch wohl nicht im Ernst, dass Blubb einfach nur aus seiner Wasserschale gefallen ist, weil er einen im Tee hatte? Wollen Sie mich veralbern? Hier sind Libellenpopper eingebrochen und haben Blubb entführt! Vielleicht sind sie noch im Wald unterwegs! Sie müssen sie verfolgen!«

»Oh, nichts dergleichen, junger Mann. Für eine Straftat bestehen keinerlei Anhaltspunkte. Wir müssen davon ausgehen, dass Herr Blubb den UnfallSchrägstrichVorfall selbst verschuldet hat und gegebenenfalls – sofern er nicht wieder auftaucht – dadurch dauerhaft zu Schaden gekommen ist. Wir werden den Vorfall natürlich untersuchen, aber zum jetzigen Zeitpunkt sehe ich keine Notwendigkeit, weitere Ermittlungen aufzunehmen.«

»Das heißt, Sie wollen jetzt einfach verschwinden und Blubb sich selbst überlassen?«

»Genau das haben wir vor, guter Mann. In einer halben Stunde ist ohnehin Sperrzeit, da hat niemand mehr etwas auf den Straßen und Wegen verloren. Morgen ist auch noch ein Tag. Ich gehe davon aus, dass Sie eine Bleibe im Schwarztann haben?«

»Äh … nein. Habe ich nicht. Ich bin ja gerade erst angekommen. Ich hatte gehofft, dass ich … hier, bei Blubb. Ich meine …«

»Aha. Sie haben also kein Obdach. Dann muss ich Sie leider bitten, den Schwarztann unverzüglich zu verlassen. Wachtmeister Gippel wird Sie zum nächsten Ausgang geleiten. Dann sollten Sie sich aber einen Schlafplatz suchen, es wird hier empfindlich kalt um diese Jahreszeit. Guten Tag.«

Und ehe er sich versieht, wird Iggy von Wachtmeister Gippel, einem jungen, dafür aber umso wichtiger dreinschauenden Gnarfkäfer, durch den dunklen, kalten Tannenwald eskortiert.

VII

Noch 5 Tage bis zum
237. ROCKING THE FOREST BAND CONTEST

Die schon wieder

Es ist bereits nach Mitternacht, als Wachtmeister Gippel den Wolfmorf an der nordwestlichen Grenze des Schwarztanns absetzt. Iggy war zunächst davon ausgegangen, dass man ihn geradewegs auf dem Weg zurückbringen würde, den er gekommen war und der ihn direkt zum Ufer des Wogenden Pilzmeeres führen würde. Doch die Polizei des Schwarztanns hatte aus ihm nur schwer verständlichen Gründen etwas dagegen. (»Alles andere würde den Ermittlungserfolg stören.« – »Gemäß § 28 Abs. 5 Nr. 7 der Nachbarschaftssperrzeitenverordnung können wir das wirklich nicht machen, wo kämen wir denn da hin.« – »Die Wege sind um diese Zeit völlig unzureichend beleuchtet, da könnte Ihnen ja wer weiß was passieren.«) Da half kein Zetern, Schreien, Drohen oder Gnarfen. Und so musste er sich seinem Schicksal fügen und vor Wachtmeister Gippel her in die entgegengesetzte Richtung trotten.

Nach ausführlicher Belehrung und Warnung durch den Wachtmeister, nicht auf eigene Faust zurückzukehren, findet er sich nun allein auf einem Baumstumpf sitzend wieder, hinter ihm der finster schweigende Schwarztann. Vor ihm senkt sich der Grund steil ab, der Tannenwald durchmischt sich mehr und mehr mit Laubwald, der in sanften Wellen vor ihm her bis zum Horizont fließt. Ein frostkalter, wolkenloser Sternenhimmel spannt sich hoch über dem stillen Wald. Iggy graumelt sich in seinen dichten Pelz und rümpft ärgerlich und deprimiert in die kalte Nacht hinein. Seine Stimmung ist zum wiederholten Male in den letzten Tagen auf einen absoluten Nullpunkt abgesunken.

Na toll, denkt er sich, *die ganzen Mühen und Reibereien umsonst. Wie soll ich hier jemals eine Spur von Blubb finden?*

Müdigkeit senkt sich auf ihn herab wie kalter Nebel. Langsam rutscht er vom Baumstamm herunter, kauert sich dahinter in einer Mulde zusammen und fällt in einen traurigen, von schwarzen und grauen Schatten durchzogenen Schlaf.

Als er erwacht, steht der Wald noch schwarz und schweigend um ihn, aber der Himmel hat bereits die zarte Farbe eines noch sehr jungen Morgens angenommen. Sein Atem steht ihm als Dampf vor dem Mund, das Fell ist von Raureif überzogen. Klamm und fröstelnd rümpft er in die kalte Morgenluft, seine Gelenke sind steif und schmerzen. Er muss tief geschlafen haben, aber je wacher er wird, desto unerbittlicher prasselt die Erfolglosigkeit seiner bisherigen Bemühungen auf ihn ein. Stöhnend richtet er sich auf, zieht sich mit seinen Schaufelpfötchen an dem Baumstumpf hoch, um einen Blick umherwerfen zu können – und prallt mit einem Grunzen zurück.

Direkt vor seiner Schnauze kauert, leise, aber durchdringend summend – Gunnar, der Glockenbold. Er sitzt am Rande des Baumstumpfes, putzt sich behaglich mit vieren seiner Ärmchen beziehungsweise Beinchen und lässt die übrigen baumeln. Mit blitzenden Äuglein schaut er zu Iggy auf.

»Wieder einer dieser Tage, an denen es sich eigentlich nicht lohnt aufzustehen, was? Kenn ich, kenn ich, mein Guter. Was meinst du, wie sich unsereiner im Schnellen Nachrichtengewerbe fühlt, wenn man morgens aufwacht und nur belanglosen Nachrichtenmüll zu verbreiten hat? Wahnsinnig deprimierend, das kann ich dir zwitschern. Aber das sollte dich eigentlich wieder aufmuntern, du kannst ja momentan nicht gerade behaupten, dass du von allgemeiner Langeweile geschlagen seist, oder liege ich da falsch, hm? Wir Glockenbolde sind ja nun einer sich schnell verändernden Nachrichtenlage nicht unbedingt abgeneigt, aber du hältst mich momentan ganz schön auf Trab, mein liebes Pelztier. Da kommt ja ein grüner Bursche – hahaha, grün, kapierste? – wie ich kaum noch nach. Und der gute Blubb scheint ja sein ruhiges, behagliches Leben unter unseren allseits geschätzten Gnarfkäfern mir nichts, dir nichts aufgegeben zu haben. So was. Wo er doch endlich mal die nötige Ruhe hatte, um an der *Bonk! Tetralogie* herumzufeilen. Ob ich das wohl noch erleben darf, dass die eine Bühne sieht, das würde mich ja …«

»GUNNAR, DIE SONNE IST NOCH NICHT MAL AUFGEGANGEN!«

Gunnar schaut zu dem wütenden Wolfmorf auf. In seinen winzigen Äuglein funkeln Bosheit und Belustigung.

»Jup. Und?«

»Muss ich dir das noch erklären? Du weißt es doch eh schon, du kleine, grüne, quasselnde Stechmücke! Dass ich mitten in der Nacht von der Polizei auf der falschen Seite des Schwarztanns ausgesetzt worden bin, ist wirklich nicht das Schlimmste, was mir in den letzten Tagen passiert ist, das weißt du doch ganz genau! Außerdem ist mir kalt, und du peinigst mich mit diesem … diesem … diesem banalen Glockenbold-Geschwätz!«

Iggy plustert sein Fell noch ein wenig weiter auf, um sich vor der eisigen Morgenluft zu schützen. Mit gespielter Entrüstung verschränkt Gunnar seine Ärmchen.

»Iggy, Iggy, meinst du nicht auch, du solltest einem einsamen kleinen Glockenbold gegenüber ein wenig nachsichtiger sein? Hör mal, was weißt du über uns? Hm? Meinst du wirklich, ich bin hier einfach nur deswegen aufgetaucht, um deine Lage noch verzweifelter zu machen, als sie ohnehin schon ist? Fast sollte ich beleidigt sein!«

Skeptisch blickt Iggy auf den Glockenbold hinunter. Wo er recht hat, hat er recht. Völlig grundlos tauchen diese kleinen Nervensägen nicht auf – und Gunnar schon gar nicht. Knurrend hält er für einen Moment inne und reibt sich mit den Schaufelpfötchen einen Rest Schlaf aus den Augen.

Als er wieder auf den Baumstumpf blickt, zuckt er erneut zusammen: Wie aus dem Nichts kommend, hat sich hinter Gunnar eine ganze Gruppe seiner Artgenossen versammelt. Insgesamt sieben Iggy unbekannte Neuankömmlinge lümmeln sich dort betont desinteressiert herum.

Gunnar begrüßt sie mit einem lässigen Winken und kräht ihnen entgegen: »Na Jungs? Alles frisch?«

»Jep.« »Klaro.« »Passt schon.« »Könnte nicht besser sein.« »Läuft.« »Knorke.« »Haja.«

Er wendet sich wieder dem verdutzten Wolfmorf zu: »Hör mal, Iggy, das sind ein paar sehr gute Freunde von mir. Namen sind Schall und Rauch, deswegen erspare ich dir an dieser Stelle die Vorstellungsrunde. Außerdem kann in meiner Branche ab und an auch ein wenig Quellenschutz nicht schaden, wenn du verstehst, was ich meine.«

Iggy versteht, was er meint, obschon es ihm im Moment wirklich herzlich egal ist. Er nickt den Winzlingen zu, die so tun, als beachteten sie ihn nicht.

Gunnar räuspert sich wichtigtuerisch: »Also, mein Guter. Angesichts deiner momentan nicht gerade beneidenswerten Lage – warte mal, wie viele Tage noch bis zum Band Contest?«

»GUNNAR!«

»Schon gut, schon gut. Also, angesichts deiner momentan

nicht gerade beneidenswerten Lage, wie ich schon sagte« (verzweifelt-wütende Keuchgeräusche), »habe ich mich entschlossen, dir ein wenig mit den uns eigenen Kompetenzen auszuhelfen. Meine guten Freunde hier haben ihre drängendsten Aufgaben für einen Augenblick zurückgestellt und ein wenig in den Wald hineingehorcht. Mille, wärst du so freundlich?«

»Danke, Gunnar.« Einer der Glockenbolde richtet sich auf und löst sich aus der Gruppe. Er tut weiterhin so, als sei der Wolfmorf gar nicht da, und stellt eine derart demonstrativ vorgetragene, arrogante Geschäftsmäßigkeit zur Schau, dass Iggy seine Schaufelpfoten in die Rinde des Baumstumpfes krallt, um nicht laut loszuschreien. In diesem Moment hasst er Glockenbolde aus tiefstem Herzen.

Mille räuspert sich kurz: »Also, die Lage ist die folgende: Im Rahmen des morgendlichen Nachrichtenbriefings wurden wir von Gunnar über die Iggy-Situation unterrichtet und mit den wesentlichen Details ausgestattet. An dieser Stelle ein Dankeschön an Gunnar, dass er uns ein nahezu lückenloses Dossier zur Verfügung stellen konnte.« Wichtiges, zustimmendes Nicken von Gunnar. »Allerdings mussten wir wie üblich feststellen, dass bezüglich der soeben akut gewordenen Blubb-Situation die Quellenlage aufseiten der Polizei des Schwarztanns wie gewohnt unzuverlässig beziehungsweise ideologisch gefärbt und somit für unsere Zwecke kaum brauchbar erschien. Wir haben uns daher entschlossen, auf die in solchen Fällen verlässlicheren eigenen Quellen zuzugreifen. Insbesondere erschien uns hier die bevorzugte Methode zu sein, auf die bewährten Recherchepfade ›Vergängliche Vögel‹ sowie ›Steinhart 1‹ und ›Steinhart 2‹ zurückzugreifen. Unser geschätzter Kollege Lasse hier hat sich ein paar vorbereitende Gedanken gemacht – danke, Lasse – und vorgeschlagen, dass wir vorgehen wie in den Fällen ›Stilles Wasser‹ und ›Purpurne Flüsse‹.«

Iggy versucht, in Gunnars steinernem Gesichtsausdruck irgendetwas zu erkennen, aber er kann bei bestem Willen nicht sagen, ob die kleinen, grünen Folterknechte es ernst meinen oder sich das ganze Theater nur ausdenken, um ihn komplett zur Weißglut zu bringen.

»Wie dem auch sei, so viel zur Methodik, ich würde dann an Lasse übergeben, er kann uns einen Überblick über die Nachrichtenlage geben. Ist das okay für dich, Lasse?«

Ein zweiter Glockenbold tritt aus der Gruppe nach vorne. Iggy könnte schwören, dass er das aufmerksam lauschende Fachpublikum tatsächlich sehen kann, zu dem Lasse nun spricht. Es würde ihn auch nicht wundern, irgendwo einen winzigen Flipchart, aus Zweiglein und Blättlein zusammengebastelt, entdecken zu können. Zugleich juckt es ihm in den Pfoten, mit einem gezielten Schlag eine Glockenboldkönigin ziemlich traurig zu machen.

»Danke, Mille, für die methodischen Ausführungen. Und an dieser Stelle noch mal einen herzlichen Glückwunsch für die klasse Arbeit im Fall der verschwundenen Olyx-Welpen, sehr beeindruckend.«

Lässiger Applaus des Fachpublikums. Unruhiges Ächzen bei Iggy.

»Hier also die Fakten: Nach unseren Informationen haben sich fünf, in Zahlen: 5, Libellen gestern um circa sechzehnhundert Zutritt zu Blubbs Haus verschafft, nachdem sie sich erfolgreich an der Schwarztann Nachbarschaftswache vorbeischleichen konnten. Es handelt sich hierbei um Bsssngng und Gngang nebst dreier Schergen im Heranwachsendenalter. Blubb befand sich offenbar gerade in einer Soloprobe von Teil zwei der *Bonk!-Tetralogie*, als er von den Libellen überrascht und überwältigt wurde. Es ist davon auszugehen, dass sich Blubb tatsächlich in nicht vollständig nüchternem Zustand befand, als man ihn in einen verschließbaren Kürbis steckte und das Haus gegen sechzehnhundertundzehn wieder verließ. Wegen der Dichte der Bewaldung konnten die Libellen nicht sofort die Flucht durch die Luft antreten, sondern waren gezwungen, eine Lichtung in nördlicher Richtung anzusteuern. Als sie vermuteten, entdeckt worden zu sein, versteckten sie sich bis um circa einundzwanzighundert in einem Pruppbeerengestrüpp. Gegen dreiundzwanzighundert erreichten sie die Schwarztanngrenze etwa zwei Kilometer nördlich von hier und flogen dann weiter in Richtung des Pinken Teiches. Ziel der Entführung scheint insbesondere zu sein, die musikalische Karriere von Iggy Wolfmorf endgültig und unwiderruflich zu zerstören. Ob eine angemessen zu berücksichtigende Gefahrenlage für Lila Wolfmörfin besteht, ist zu diesem Zeitpunkt noch nicht hundertprozentig abzusehen, ein sorgfältiges Monitoring wäre an dieser Stelle wahrscheinlich angebracht, ist aber bisher nicht eingeleitet worden. Ja, Fragen. Bitte, Iggy?«

Iggy hat nicht angedeutet, eine Frage stellen zu wollen. Um ihn herum ist alles schwarz, durch einen Nebel sieht er nur die acht Glockenbolde, die ihn erwartungsvoll anstarren. Wie der dunkle Klang einer Totenglocke dröhnt der Name durch seinen schweren Kopf: Lila-Lila-Lila.

»Ihr meint doch nicht …«

»Die Gefährdung ist nicht von der Hand zu weisen«, erwidert Gunnar ernst, »die Libellen haben es darauf abgesehen, dich, dein Leben, deine Karriere und dein Vermächtnis vollständig zu vernichten. Wir sind uns zwar alle einig, dass deine Gefühle für Lila bisher von dir äußerst *low profile* gehalten wurden, aber wir alle wissen, dass eine Nachricht, die einmal in der Welt ist, die Tendenz hat, auch tatsächlich zu geeigneten Empfängern zu gelangen, Regel Nummer eins der Müützel'schen Viralität.«

Iggy hat sich vor dem Baumstumpf auf den Boden gekauert. Der Wald beginnt im frischen Licht eines kühlen Sonnenaufgangs zu funkeln. Die Gedanken an die Band, an Blubb die Pfütze, an den Band Contest sind wie aus seinem Gedächtnis gelöscht. Allein dass Lila nichts passieren darf, ist jetzt für ihn noch wichtig.

»Ich muss sie finden. Ich muss sie aufhalten!«, keucht er. »Ich muss sie daran hindern, Lila etwas anzutun!«

Gunnar ergreift wieder das Wort. Für einen Winzling wie ihn hat seine Stimme einen erstaunlich entschiedenen Klang. Iggy könnte ihn mit dem Daumen seiner Schaufelpfote zerquetschen, aber nun schaut der Glockenbold von dem Baumstamm auf den im Vergleich zu ihm riesigen Wolfmorf hinab. Seine winzigen Augen funkeln. Es ist keine Spur mehr von dem Theater zu spüren, das Mille, Lasse und die anderen gerade für und gegen Iggy veranstaltet haben.

Gunnars Stimme ist bestimmt und voller Sorge: »Hör zu, jetzt nicht die Nerven verlieren. Unsere Libellenfreunde sind extrem miese Gegner, aber niemand soll dir nachsagen, dass du nicht mit ihnen fertig werden kannst. Glaub mir, deine Lila wird erst einmal zurechtkommen. Vergiss nicht, Libellen sind echte Dreckskerle, aber sie sind nicht die Meister der kompliziert gesponnenen Intrige. Deine ganze Aufmerksamkeit sollte jetzt Blubb gelten. Schließlich willst du Lila hocherhobenen Hauptes gegenübertreten, wenn du sie wieder triffst. Wenn ich dich daran erinnern darf« (und hier tritt wieder ein Schimmer funkelnder Bosheit in Gunnars Stimme), »du solltest gegenüber Lila noch etwas gegen den Eindruck unternehmen, dass du ein brabbelnder, tollpatschiger Schwachkopf bist.«

Der Blick, den der Wolfmorf nun Gunnar zuwirft, hätte einen Felsblock zersprengen können. Aber Gunnars Rede hat genau den Effekt, den das präzise arbeitende Glockenboldgehirn vorausgesehen hat: Iggy ist sauer, zugleich aber bei seiner Ehre gepackt. Jawohl, Iggy Wolfmorf lässt sich nicht so einfach entmutigen. Jawohl, wenn Iggy Lila für sich gewinnen will, dann hocherhobenen Hauptes; dann als der letzte, echte Vertreter des wahren, zeitlosen Forest Doom, zu dem die Musikwelt des Müützelwaldes gefälligst aufzuschauen hat. Er wirft Gunnar, der ihn prüfend mustert, noch einen langen, kalten Blick zu und rappelt sich dann auf. »Also, was ist zu tun?«

Der Glockenbold schmunzelt. »Das weißt du doch selbst, Schwachkopf. Du musst zum Pinken Teich. In die Höhle des Löwen. Finde Blubb die Pfütze. Alles Weitere wird sich dann zeigen.«

Iggy sieht Gunnar eine Weile gedankenverloren an. Er seufzt.

Scheißtag, denkt er.

Iggy ist nun endgültig hellwach und von wütender Entschlossenheit erfüllt. Aber es gibt ein Problem: Der Pinke Teich liegt vom Schwarztann aus noch jenseits seines heimischen Baumhauses. Auf dem Weg hierher hat er durch allerlei unvorhergesehene Vorkommnisse viel Zeit verloren, und schon der Rückweg nach Hause würde noch einmal sehr lange dauern. Ihm ist nicht wohl bei dem Gedanken, sich erneut auf die beschwerliche Reise begeben zu müssen, zumal ihm der direkte Weg zurück durch den Schwarztann versperrt ist – es sei denn, er ließe sich auf endlose bürokratische Diskussionen mit den Gnarfkäfern ein. Und Iggy glaubt zu wissen, dass am Ende dieser Diskussionen nicht eine Reiseerlaubnis durch den Schwarztann stehen würde, sondern ein oder mehrere tote Gnarfkäfer, seine blutverschmierten Schaufelpfoten und der Schrei »Ja, ich war es, und ich würde es wieder tun, MUAHAHAHAHA!«.

Gunnar hat seine Gedanken erraten: »Sorgfältige Reiseplanung war noch nie eine große Wolfmorf-Stärke, was? Aber so ist das nun mal mit Musikern, ihr braucht immer jemanden, der euch großen Geistern den Raum für die Kreativität freihält, indem man die notwendigen Dinge des Alltags für euch erledigt. Nein, nein, du brauchst mich gar nicht so vorwurfsvoll anzuschauen, Dicker. Und jetzt auch nicht, schließlich bist du doch ganz dankbar für deinen Winterspeck, nicht wahr? Also. Schau, ich mach dir einen Vorschlag: Wenn du in der Schule aufgepasst hättest, was du nicht hast, dann wüsstest du, dass der Quacksilbersee nicht weit ist. Was hältst du davon, wenn wir deinen Freunden, den Quacksilberquallen, einen Besuch abstatten? Was meinst du? Wäre das nicht ganz allerliebst?«

Iggy fühlt sich auf einmal sehr sehr müde. Zugleich ist sein Kopf wie ein plötzlich fallender Stein durch den Hals in die Magengrube abgesackt und erbricht sich kurz, aber heftig gegen seine eigenen Magenwände.

»O nein, Gunnar. Nicht die Quacksilberquallen. Nicht.«

»Was sein muss, muss sein, Iggy. Das weiß doch ein gewissenhafter Wolfmorf wie du, oder? Na komm, wir bringen dich auch hin. Das hat den zusätzlichen Vorteil, dass wir uns mal wieder so richtig unterhalten können. Das fändest du doch auch schön, oder?«

Iggys Kopf erbricht sich noch einmal in seinen Magen und versinkt dann langsam, mit einem letzten »Blubb« in der säurehaltigen, brockigen Flüssigkeit.

Quacksilberunverträglichkeit

Die Quacksilberquallen des Quacksilbersees gehören zu den ältesten Wesen des Müützelwaldes. Manche halten sie für die älteste Lebensform überhaupt; sie seien entstanden, noch bevor der erste Schössling eines Müützel'schen Baumriesen die urzeitliche Vulkanasche durchbrach. Nach dieser Erzählung war das geheimnisvolle Quacksilber die Essenz, die das Leben im Wald erst ermöglichte. Zum Anbeginn der Zeit nämlich sollen kleine quacksilberne Urformen der Quallen die Risse und Schrunde der Erdkruste durchzogen haben: Sie durchgruben und durchbrachen das Gestein und lösten die Stoffe heraus, die sich zu den ersten winzigen Lebensformen entwickelten. Dabei halfen ihnen die ganz besonderen Eigenschaften des Quacksilbers, das unter denselben äußeren Umständen gleichzeitig in allen möglichen Aggregatzuständen vorkommt: In kleinen Flüssen durchfloss es das Gestein, brach in fester Form Risse hinein, dampfte als silbriger Nebel durch noch so feine Poren und erreichte auf diese Weise auch die winzigste Saat künftigen Lebens.

Heute findet man Quacksilber nur noch an einem einzigen Ort im Müützelwald – am Quacksilbersee nordwestlich des Schwarztanns. Es ist ein gleichermaßen schöner wie gefährlicher Ort: Zwischen steilen, schwarzbasaltenen Felswänden eingezwängt (wahrscheinlich den Überresten eines riesigen urzeitlichen Vulkans), erstreckt er sich silbern irisierend unter den Wolken seiner eigenen Dämpfe. Oftmals ist die Oberfläche schwierig auszumachen, da sich der See beständig und übergangslos in unterschiedlichen Aggregatzuständen befindet. So liegt er an manchen Stellen ruhig und friedvoll da, nur mit leichten Wellen, die die silbrige Oberfläche bespielen, mal geht sie übergangslos in quacksilberne Dämpfe über, die dann an anderer Stelle plötzlich in einem infernalischen Hagel unvermittelt gebildeter Quacksilberbrocken wieder in den See stürzen.

Das ist das Reich der Quacksilberquallen, majestätische, atemberaubend schöne Geschöpfe, eins und doch nicht eins mit dem Quacksilber. Wie das Element selbst befinden sie sich in stetigem Wechsel ihrer Zustandsformen, erheben sich mal als mächtige Glocken aus Dampf aus dem See, um dann in breiten Vorhängen wieder in ihn hinabzuregnen, schrauben sich als stoffartige Membranen hinauf in den Himmel hoch über dem Müützelwald, so dass das Sonnenlicht sich gleißend an ihnen bricht und Blitze am Firmament aufscheinen lässt, oder fahren in einem Raketenschauer wie aus langen, dicken Eiszapfen wieder gen Oberfläche. Niemand, der diese seltsamen Lebewesen einmal beobachtet hat, wird das Erlebnis je vergessen können.

Wie zu erwarten ist, sind Quacksilberquallen selbstgenügsame Kreaturen, die sich im Allgemeinen wenig um andere Wesen scheren: zu »stofflich«, zu eingeschränkt, und vor allem mit viel zu uninteressanter Musik. Diejenigen, die den Quacksilberquallen zuschreiben, die Ur-Lebensform des Müützelwaldes zu sein, neigen meist auch zu der Auffassung, dass sie die ersten Formen Müützel'scher Musik geschaffen haben. Unabhängig davon, ob sie recht haben, ist die Musik der Quacksilberquallen doch in jeder Hinsicht einzigartig.

Betrachtet man das enorme Alter der majestätischen Wesen, wird es nicht verwundern, dass sich Quacksilberquallen in ihren Kompositionen kaum zeitliche Beschränkungen auferlegen. Die Dauer quacksilbriger Musikstücke reicht von nur wenigen Minuten bis hin zu vielen Jahren. Bei manchen, noch andauernden Aufführungen kann im Grunde niemand mehr sagen, wann sie eigentlich begonnen haben; viele der einstmals Aufführenden sind bereits tot, jüngere haben ihren Platz eingenommen und führen die Stimmen fort. So wandelbar wie ihre Erscheinungsform ist auch der Stil ihrer Kompositionen: Kaum ein Wesen im Müützelwald kann sich rühmen, dem Wald ein derart reichhaltiges Vermächtnis musikalischer Schöpfungen geschenkt zu haben. Da Quacksilberquallen in ihren vielfältigen Erscheinungsformen nahezu jeden denkbaren Ton hervorbringen können, ist ihre musikalische Formensprache quasi unerschöpflich: Sie reicht von kurzen, einstimmigen Miniaturen bis zu monströsen symphonischen Werken. Und dabei ist ihre Musik wie die Wesen selbst: schillernd, ergreifend, immer wieder neu und doch in ihrer Tiefe und Weisheit auch sehr sehr alt.

»Ich verstehe gar nicht, warum du auf einmal so negativ bist, Iggy Wolfmorf. Quacksilberquallen sind doch reizende Wesen. Sag, hast du nicht schon mal Bekanntschaft mit ihnen gemacht?« Der Glockenbold trommelt mit einem Händchen einen unsichtbaren Rhythmus auf seinem Bauch und blickt mit Unschuldsmiene zu Iggy auf.

Der beachtet ihn nicht. Stattdessen hat er den Blick auf einen fernen Punkt am Horizont gerichtet. Ein kaum hörbares Stöhnen entfährt ihm, dann streicht er sich mit den Schaufelpfötchen über die Augen.

Es geschah vor vielen Jahren. Iggy war noch ein blutjunger Morf, aber bereits einer der vielversprechendsten Forest-Doom-Musiker des Müützelwaldes. Damals war er der Leadsänger von *Iggy und die Knallfrösche*, was schon allein deswegen für Furore sorgte, weil kein einziges Mitglied der Band tatsächlich ein Knallfrosch war. Ganz im Gegenteil, die Auftritte von *Iggy und die Knallfrösche* sorgten häufig für Aufsehen, weil sie regelmäßig von wütenden Protesten dieser leicht reizbaren Spezies begleitet waren, deren Vertreter sich durch die Namensgebung herausgefordert fühlten. Lässige, jazzige Knallfrosch-Percussion mit ebendem gewissen Knall stand damals im Müützelwald ziemlich hoch im Kurs, und dass Iggy und die anderen Bandmitglieder sich typische Knallfrosch-Künstlernamen zugelegt hatten (Iggy war »Doioioink«) und unter diesen

Alias dann härtesten Forest Doom spielten, empfanden die Knallfrösche des Müützelwaldes verständlicherweise als pure Provokation. Aber abgesehen davon wurden Iggy und seine Band als die vielversprechendsten Newcomer gehandelt, und selbst so mancher Libellenkritiker musste mandibelmahlend zugestehen, dass hier der gute alte Forest Doom noch einmal richtig reinhaute. Es hätte alles so schön sein können.

Dann aber kam der berüchtigte 354. Trans-Müützelwald-Inter-Wesen-Talentwettbewerb. Zu diesem Contest konnten sich Wesen aller Art anmelden, Beschränkungen auf bestimmte Musikstile gab es nicht. So konnte man auf der Bühne nacheinander eine Waldläufer-Sonate erleben, erlesen und kaum hörbar gezirpt von einer Dub-Grille, danach die Marsch-Choreographie eines Elite-Paukenkäferregiments, gefolgt von einer Libellenpopper-Jamsession (mit oder ohne darauffolgende Massenschlägerei), um dann noch vor der Pause die halluzinogenen Gesänge eines Yingying-Ensembles genießen zu können, deren mentalmusikalische Fähigkeiten derart manifest waren, dass sie die gegebenenfalls durch die Massenschlägerei hervorgerufenen Wunden und Prellungen noch vor der Pause heilten.

Iggy und die Knallfrösche hatten einen wirklich bemerkenswerten Auftritt hingelegt. Sie hatten ihren frühen Hit »Du bist ein Baum, ich hau dich um« ausgewählt, um das Publikum so richtig zum Kochen zu bringen (die Meisterschaft, die Iggy beim kunstvollen Weben guter Lyrics später erreichte, lag noch in weiter Ferne …), und die Standardversion des Songs regelwidrig in eine knapp halbstündige freie Improvisation übergehen lassen. Die Schiedsrichter waren verärgert, das Publikum aber nahm es dankbar auf, die Stimmung war daher im berauschend krachenden Schluss auf dem absoluten Höhepunkt.

Als nächster Teilnehmer des »Trans-M Inter-W« war eine schon damals legendäre Combo am Start, die *Quick Quacks*, fünf junge Quacksilberquallenmusiker aus dem Quacksilbersee. Mit ihrem psychedelischen Geraune waren sie im Müützelwald in aller Munde und darüber hinaus schon zu den Gründern einer eigenen Musikrichtung geworden, die auch von vielen Nicht-Quacksilberquallen eifrig kopiert wurde: des Silver Howl. Der Silver Howl zeichnete sich dadurch aus, dass vielstimmige, schillernde Klangteppiche von ungeheurer Intensität gewoben wurden, die den Zuhörern ein geradezu visuelles Bild vermittelten: Das Publikum konnte die schwarzsilbernen Klangebenen förmlich sehen, wurde von ihnen emporgetragen, zerteilt und wieder zusammengesetzt, in Strudel aus düsteren Klangwolken gesogen. Es flog, stürzte, schwamm und ertrank in einer atemlos und zugleich orientierungslos machenden Musik.

Überflüssig zu sagen, dass die *Quick Quacks* ihre Musik sehr ernst nahmen. Das allerdings konnte man nicht von den Zuhörern behaupten, denen sie sich nach dem Auftritt von *Iggy und die Knallfrösche* stellen mussten. Zugegeben, man darf die Weisheit des Wettbewerbskomitees in Zweifel ziehen, eine Silver-Howl-Combo direkt nach einer pubertierenden Forest-Doom-Band auftreten zu lassen. Aber wie dem auch sei, die Konzertbesucher waren kaum in der Stimmung, sich nun auf die komplizierte, emotionale Tiefe der Paten des Silver Howl einzulassen. Die Stimmung im Publikum war daher also ausgelassen und – nun ja – ziemlich albern. Unverdrossen, wie Quacksilberquallen vom Quacksilbersee aber nun einmal sind, begannen die *Quick Quacks* ihren Auftritt, und zunächst schien es, als gelänge es ihnen, das musikalische Niveau des Nachmittags noch einmal auf eine ernstzunehmende Ebene zu heben.

Dann aber flog die erste Flasche auf die Bühne und zerplatzte zwischen den jungen Quallen.

Erhabene Geschöpfe wie Quacksilberquallen denken, arbeiten und urteilen in anderen Maßstäben als die meisten anderen Wesen des Müützelwaldes. Deswegen ließen sich die jungen Musiker zunächst nicht aus dem Konzept bringen und woben tapfer weiter an ihren anbetungswürdigen Klangebenen. Und tatsächlich war es ihnen gelungen, die meisten der Zuhörer in ihren Bann zu ziehen: In Gruppen oder alleine wiegten sich Wesen aller Art zur Musik, meist mit geschlossenen Augen, aber auch mit geöffneten, was kaum einen Unterschied machte, denn sie alle konnten sie wirklich sehen, diese Wolken aus Musik, die sich zwischen ihnen erhoben und auftürmten, die die Sonne aussperrten und düstere, dunkle Tunnel ins Erdinnere öffneten und sie mitnehmen wollten, zwischen die Schrunden, in die Spalten, dorthin, wo sonst niemand hingelangen konnte …

Aber einige hartnäckige Forest-Doom-Fans wollten sich dem Zauber entziehen. Sie hatten Forest Doom gehört, sie wollten mehr davon, und nicht diesen düsteren, psychedelischen Quatsch. Lauter wurde das Geschrei, zahlreicher die Flaschen und Wurfgeschosse, Spottgesänge wurden angestimmt. In die schwarzsilbernen Klangwolken begann sich allmählich ein Hauch irritiertes, dann wütendes Schwefelgelb zu schieben. Dann wurden sie durchzogen von flackernden giftgrünen Schatten. Die Schluchten und Schrunden der Musik begannen, sich um die Teilnehmer zu schließen, als die Musik anfing zu kippen. Doch noch immer wiegte man sich im Publikum, sah, staunte, versuchte, sich auf die Musik zu konzentrieren, während die Störenfriede immer lauter und gehässiger wurden.

Währenddessen hatten sich Iggy und die Band am gegenüberliegenden Ende des Platzes versammelt, mit Blick über das Gelände zur Bühne hin, und feierten ihren Auftritt mit einer großzügigen Runde des berüchtigten Festival-Wurzelbieres. Aber selbst Iggy in seinem jugendlichen Überschwang runzelte die Stirn über die Störungen, die den Auftritt der erhabenen Nachfolger begleiteten, fing unruhig an, besorgte Blicke über das Festivalgelände zu werfen. Trotzdem trank er unverdrossen sein Bier, als ihn auf einmal die Musik von der Bühne wie mit einem Eishauch anfuhr und ihn zwang, sich zum Publikum umzuwenden.

Die Quacksilberquallen setzten ihren Auftritt fort – jetzt aber inmitten der Zuschauer, die sie in der Zwischenzeit in diese greifbare, plastische Klangwelt, die nur Quacksilberquallen zustande bringen, praktisch eingesponnen hatten: Ebene auf Ebene türmten sich vor Iggys musikalischem Auge die silbergeränderten Gewitterwolken des Silver Howl, und wie silberne Schatten krochen die Quallen auf ihrer eigenen Musik in das Publikum hinein, ließen sich von ihr tragen, verliehen ihr durch sich selbst noch weitere Gewalt. Mit Entsetzen bemerkte Iggy, dass sich auf einmal eine Hitzeglocke über die Menge spannte. Die Quallen hatten sich zu dünnen, heißen Silberschleiern aufgespannt, durchbrachen und durchzogen die Wände und Wirbel ihrer Musik. Und als er die ersten Schreie vernahm, begriff er, dass die Quacksilberquallen anfingen zu töten.

Wie gelähmt stand der junge Wolfmorf dort, umklammerte seine Bierflasche, unfähig, die Knopfaugen von dem grausigen Anblick abzuwenden. Mit unerbittlicher Langsamkeit schoben sich die wütenden Quallen durch das Publikum, zwangen die Zuhörer, sich noch im Todeskampf zur Musik zu wiegen, während sie schon mit ihren feinen Körpern durch sie hindurchschnitten, sich in glühend heißen Schleiern auf sie niedersenkten, und sich die Schreie der Gepeinigten mit den düsteren Klängen vermischten. Iggy sah Wesen, die vor seinen Augen verdampft wurden, so dass noch das Echo ihrer Todesschreie ihre körperliche Existenz überdauerte, sah erhitzte Blutbäche aufbrodeln und in roten Dampf übergehen, sah, wie andere, die versuchten zu fliehen, von nichts anderem als der reinen Musik wieder in das Inferno zurückgezogen wurden, einem grausamen, langsamen Ende entgegen. Das todgeweihte Publikum war gefangen, die Todesschreie auf entsetzliche Weise synchron mit der Musik des Silver Howl.

Er hat keine Erinnerung mehr daran, was danach geschah. Stunden später fand er sich an derselben Stelle wieder, auf dem Boden kauernd, würgend, das Festivalgelände vor ihm ein Bild der Verwüstung und des Todes. Dazwischen irrten Wesen umher, die verzweifelt versuchten, des Chaos Herr zu werden. Der Boden vor der Bühne bestand nur noch aus blutigem Matsch, in dem sich abgetrennte Gliedmaßen unterschiedlichster Waldbewohner zu scheinbar neuen, bizarren Wesensformen zusammengelegt hatten. Die Quallen aber waren längst wieder zum Quacksilbersee zurückgekehrt.

Nie wieder wurde der Trans-Müützelwald-Inter-Wesen-Talentwettbewerb durchgeführt. Silver Howl wird bis heute nur noch in versteckten Baumkellerkneipen gespielt. Die meisten Wesen des Müützelwaldes brachen für lange Zeit jeglichen Kontakt mit den Quacksilberquallen ab.

Iggy aber benötigte Jahre, um nicht immer wieder Nacht für Nacht denselben Albdruck zu durchleben: versteinert am Rande dieser elenden Wiese zu stehen und mit anzusehen, wie ein Zuhörer nach dem anderen in blinder, silberner Wut umgebracht wurde.

Iggy schreckt aus seinen Erinnerungen hoch. Er schaut Gunnar aus tränennassen Augen an, bis dieser nach einem Moment betretener Stille das Schweigen bricht.

»Bitte entschuldige. Ich bin ein Glockenbold, wir sind eben Spötter, ob es nun passend ist oder nicht. Ich weiß, was diese Erinnerungen für dich bedeuten. Aber sieh es mal so, früher oder später hättest du sowieso wieder auf die Quallen treffen müssen. Und glaub mir, dieses Mal können sie dir helfen. Ausgerechnet wir Glockenbolde haben ganz gute Beziehungen zu ihnen. Deswegen werden wir dich auch dorthin begleiten. Dies ist der einzige Teil der Reise, bei dem du wirklich unsere Hilfe gebrauchen kannst.«

Der Wolfmorf wischt sich noch einmal müde über die verquollenen Augen.

»Danke, Gunnar, du bist ein echter Freund. Du hast wohl recht. Aber die Vorstellung, diese Monster wiederzusehen, ist vielleicht mehr, als ich ertragen kann.«

»Ich weiß. Aber es hilft nichts. Schau, die Sonne geht auf. Machen wir uns auf den Weg. Beim Wandern sieht der Wald ganz anders aus.«

Völlig unvermittelt tut der Glockenbold einen gewaltigen Satz und landet in hohem Bogen auf Iggys Kopf. Mit einem weiteren, zirkusreifen Sprung lässt er sich auf dessen Ohr hinabfallen, klammert sich mit allen sechs Ärmchen am Ohrläppchen fest und gellt in ohrenbetäubender Lautstärke: »NA KOMM, SCHWING DICH HOCH, DU POPPER-ARSCH, ODER WILLST DU HIER WURZELN SCHLAGEN? WILLST DU DARAUF WARTEN, DASS LILA DICH HIER ABHOLT, ODER WIE? GALOPPEL-GALOPPEL, DU FELLIGES STINKTIER!!!«

Wie von der Tarantel gestochen fährt Iggy auf und schlägt panisch nach dem winzigen Störenfried. Der ist aber in der

Zwischenzeit längst zum anderen Ohr hinübergeturnt und hat herzhaft hineingebissen. Das fühlt sich zwar nur wie ein Mückenstich an, reicht aber aus, um den Wolfmorf völlig aus der Fassung und aus dem Gleichgewicht zu bringen. Er schreit auf, stolpert über eine Wurzel und landet auf dem Allerwertesten.

Er flucht und blickt wild um sich, um sich ein für alle Mal an dem impertinenten Winzling zu rächen, aber der ist längst außer Reichweite und kräht: »Na komm, Wolfmorf, hierher! Uns nach! Wir sind zum Kaffee mit den Quacksilberquallen verabredet!«

Iggy schüttelt noch einmal den Kopf und rappelt sich ächzend auf. Mit einem letzten Seufzer trottet er der Bande von Glockenbolden hinterher, die unsichtbar vor ihm herziehen und einen fiepsigen und ziemlich asynchronen Wandergesang angestimmt haben.

Die kleinen Glockenbolde eilen Iggy voraus, wobei sie ihn durch kurze Zurufe und Hinweise auf den richtigen Weg lenken; oft aber hört er einfach nur, wo sie sind und wo sie hinlaufen.

Seine scharfen Ohren vernehmen ihre Gespräche, meist ist es Klatsch und Tratsch der banalsten Sorte aus allen Teilen des weiten Müützelwaldes, aber Iggy meint zu wissen, dass die kleinen Nachrichtenüberbringer in ihrem scheinbar so belanglosen Geschwätz eine Fülle an Informationen verbergen und austauschen, die anderen Wesen dadurch verborgen bleiben sollen. Manchmal verfallen die Glockenbolde aber auch mit ihren krähenden, zirpenden Stimmchen in absurde Gesänge, meist mit einfachen Melodien und vermeintlich einfältigen Texten; singen Spottlieder oder Moritaten, deren Wendungen mit witzigen Pointen überraschen. Häufig genug ist der Wolfmorf selbst Gegenstand dieser Lieder, doch bemerkt er das bisweilen erst, wenn die kleinen Quälgeister in wildes Gelächter ausbrechen. Aber er lässt sich von den Geschichtchen, Zoten, Anekdoten und Schwänken unterhalten, und so bessert sich seine Laune bereits nach kurzer Zeit spürbar.

Der Weg führt die ungleichen Reisegefährten zunächst in weitem Bogen immer am Rande des Schwarztanns entlang. Zur Rechten fällt das Gelände steil in einen Mischwald ab, der sich in sanften Wellen bis zum Horizont erstreckt.

Etwa um die Mittagszeit verlassen sie den Pfad um den Schwarztann an dessen nordwestlichen Ausläufern und steigen hinab in die ebenfalls bewaldeten Niederungen. Stunde um Stunde wandern Iggy und die Glockenbolde nun immer nach Nordwesten. Der Weg durch das dichte Unterholz ist oft beschwerlich, dennoch genießt Iggy den Marsch durch den friedlichen Forst.

Die Herbstsonne bricht durch das Geäst und lässt die letzten Blätter in vielerlei Rot-, Braun- und Orangetönen aufleuchten. Die Bäume sind in diesem Teil des Waldes nicht besonders hoch, kein Baumriese versperrt den Weg mit seinem dicht verschlungenen Wurzelwerk. Immer wieder brechen die Wanderer aus dem Unterholz hervor und betreten baumüberdachte, stille Säle mit raschelnden Böden aus gefallenen Blättern, die die müden Wolfmorfpfoten wohltuend kühlen. Sie begegnen nur wenigen Waldbewohnern, es ist eine einsame, verlassene Gegend, von einer friedvollen, herbstlichen Traurigkeit durchweht. Hier hat der Wald bereits seine nach Harz und Herbstblättern duftenden Bettlaken ausgebreitet, seine Vorräte inspiziert, Absprachen mit seinen Bewohnern getroffen und genießt, während er sich auf den Winterschlaf vorbereitet, ein letztes Mal die Sonne.

Im Laufe des Nachmittages aber werden die Bäume immer niedriger, der Wald spärlicher, die Lichtungen weiter und offener. Schließlich hört der Baumbewuchs völlig auf, und vor Iggy und den Glockenbolden öffnet sich eine weite Ebene, die von dichten Ginstergewächsen dunkel und fleckig bewachsen ist. Die Glockenbolde haben sich auf einem Baumstumpf zusammengefunden und warten auf den Wolfmorf. Der schließt zu ihnen auf und rümpft misstrauisch der Ebene entgegen. Die Weite behagt ihm nicht: Er ist ein Waldbewohner und fühlt sich in dem offenen Gelände unwohl und schutzlos. Hohe Kumuluswolken ziehen wie Schiffe über den Himmel und werfen ihre Schatten auf die Erde. In der Ferne ragen mächtige, gezackte schwarze Felswände empor, die sich drohend über den Horizont schieben. Die Neigung der Felswände und ihre Form lassen erahnen, dass sie kreisrund angeordnet sind. Es ist die Caldera eines lange erloschenen Vulkans. In seinem Inneren befindet sich der geheimnisvolle und gefürchtete Quacksilbersee.

»Na?«, kräht Gunnar, zu Iggy aufblinzelnd. »Ziemlich Herr-der-Ringe-mäßig, was?«

»Ziemlich was?«

»Keine Ahnung. Ich weiß auch nicht, warum ich das gerade gesagt habe. Komm, gehen wir weiter. Jetzt ist es nicht mehr weit. Wenn es dämmert, haben wir den Fuß des Vulkans erreicht.«

»Na dann. Rock 'n' Roll.«

»Rock 'n' was?«

»Kam mir so über die Lippen. Weiß auch nicht, was es bedeutet, aber irgendwie schien es hier zu passen.«

»Verstehe. Hab ich auch öfter.«

»Hab ich gemerkt.«

»Gna gna gna.«

»Ich frag schon nicht mehr.«

Müde stolpert Iggy hinter den Glockenbolden her über die namenlose Ebene, immer auf die schwarzen Felswände zu. Aber der Weg ist beschwerlich, mühsam müssen sie in zahllosen Windungen das Buschwerk umwandern, robuste, dickblättrige Gewächse, oft mit langen Dornen bewehrt, die auf der kargen Ebene dem kalten, entnervend gleichmäßigen Ostwind trotzen. Die einzigen Bewohner dieses tristen Landstriches scheinen kleine schwarze Vögel zu sein, die hier in großen Schwärmen nisten und oft ähnlich dunkle Schatten über das Land werfen wie die hohen, majestätisch vorüberziehenden Haufenwolken.

Eine unfreundliche Spezies übrigens: Außer gehässigen, unfreundlichen Kommentaren am Wegesrand (»Solln dit hier.« – »Jibt et doch jar nich.« – »Da komm se einfach so hierher, ohne hinter sich uffzuräum'n.« – »Wenn dit euch hier nich passt, könnt er ooch wieder jeh'n.«) ist ihnen kaum etwas zu entlocken.

Die bleiche Sonne nähert sich schon dem Horizont, als die müden Wanderer den Fuß der Berge erreichen. Selbst die sonst so unermüdlichen Glockenbolde wirken mittlerweile etwas angegriffen, was allerdings nicht ausschließlich der zurückgelegten Strecke geschuldet ist: Glockenbolde haben in aller Regel wenig Anlass, ängstlich zu sein. Mit ihrer geringen Körpergröße, ihrer grünen Farbe, Behändigkeit und – gewissermaßen als »Notbremse« – der Fähigkeit, sich im Zweifel aus jeder denkbaren Situation herauszuverhandeln, sind sie für das Überleben im Müützelwald bestens gerüstet. In der offenen Einöde aber, unter den scharfen Augen der hungrigen Vögel, sieht das allerdings ganz anders aus: Begehrliche Blicke und anzügliche Kommentare begleiten die Reisegruppe auf dem langen Marsch. Immer hämischer werden die Bemerkungen der Vögel, während die appetitlichen grünen Bolde vorbeiwuseln, immer aggressiver, tiefer und näher die »zufälligen« Tiefflüge, immer lauter das genüssliche Schnabelklappern, bis die armen kleinen Wichte sichtliche Nervenbündel sind. Aber Iggy bemüht sich trotz aller Müdigkeit stets redlich, dicht hinter ihnen zu bleiben und das schwarze Geschmeiß zu vertreiben, so gut ihm das eben gelingen will.

Für eine kleine Weile rasten Iggy und die Glockenbolde am Fuße der schwarzen Berge, der Wolfmorf im Windschatten eines großen Ginsterbusches, die Glockenbolde – nun ja – auf Iggy. Die acht Winzlinge haben es sich in einem kleinen Kreis auf seiner pelzigen Schulter bequem gemacht und diskutieren das weitere Vorgehen. Doch die Beratung dauert nicht lange: Noch bevor der Morf es sich erlauben kann einzudösen, lässt ihn aufgeregtes Getrappel und Gefiepe wieder hochschrecken. Aber ehe er den Kopf wenden kann, um das Ergebnis des winzigen Konklaves entgegenzunehmen, landet auch schon Gunnar mit einem beeindruckenden Satz mitten auf seiner empfindlichen Schnauze.

»Wir sind zu dem Schluss gekommen«, kräht der kleine Glockenbold dem ebenso verdutzten wie empörten Wolfmorf entgegen, »dass wir keine Zeit mehr zu verlieren haben. Wir werden heute noch eine letzte Anstrengung unternehmen und die Grenze zum Reich der Quacksilberquallen überqueren. Heute Nacht wird ein voller Mond scheinen, das wird uns den Aufstieg erleichtern. Schlafen können wir dann, wenn wir den Grat erreicht haben. Komm, Wolfmorf!«

Irgendetwas sagt er noch, aber was auch immer er Iggy mitteilen wollte, geht in einem gewaltigen Niesen unter, provoziert durch winzige Füßchen auf Iggys überempfindlicher Wolfmorfschnauze, und die Explosion befördert Gunnar und seine Freunde in hohem Bogen und mit einem begeisterten *Huiiiiiiiii* über den Ginsterbusch hinweg.

Die Abendsonne berührt schon den Horizont, als Iggy und die Glockenbolde sich an den Aufstieg machen. Immer wieder muss er die Zähigkeit der kleinen Wesen bewundern: In perfekter Übereinstimmung schwärmen sie vor ihm aus, erkunden die vor ihnen liegenden Pfade, kommen wieder zusammen, beraten sich schnell und schwärmen wieder aus, unermüdlich und immer aufs Neue. Der Aufstieg ist beschwerlich, die zerklüfteten Hänge des erloschenen Vulkans sind steil, aber die Glockenbolde zeigen ihm immer den kürzesten und direktesten Weg durch das hoch aufragende Lavagestein.

Unterdessen ist ein herrlicher Vollmond aufgegangen und enthüllt ein wunderbares Panorama: Sie sind schon so weit aufgestiegen, dass die buschbewachsene Ebene tief unter ihnen wie ein leicht gewelltes Gewässer an die schroffen Hänge der Berge schwappt. Dahinter beginnt der dichte, nun blauschwarze Forst, der ganz sanft ansteigt und sich dann zur düsteren Anhöhe des Schwarztanns erhebt. Dahinter aber setzt der Wald sich nach allen Richtungen endlos fort, beschienen von dem hellen Mond, der über das Meer der Bäume einige hell erleuchtete große Wolkentürme wie stolz dahinsegelnde Fregatten hinwegschickt.

Je länger der Aufstieg, desto öfter muss Iggy rasten, aber Gunnar und seine Freunde lassen Iggy nicht viel Zeit, die Schönheit des nächtlichen Müützelwaldes zu bewundern oder sich hinter einem großen Lavabrocken zusammenzukauern und ein wenig Atem zu schöpfen.

»Na komm, Wolfmorf, tu nicht so, als hättest du noch nie ein paar Bäume bei Nacht gesehen. Auf jetzt, frisch voran! Wir sind im Auftrag der Musik und der Liebe unterwegs!«

Iggy ist zu müde für eine schlagfertige Replik. Aber die legendäre wolfmorfische Sturheit zwingt ihn weiter den Berg hinauf. Er wird heute noch den Gipfel erreichen und die Wesen seiner schlimmsten Albträume sehen, das hat er sich geschworen.

Als schließlich der Gipfelgrat in Sicht kommt, hat selbst das eifrige Fiepsen der Glockenbolde einen etwas rauen Ton angenommen, aber noch immer schwärmen sie umher und weisen Iggy den Weg. Mit wildem Keuchen kraxelt er an einer letzten, besonders steilen Wand empor, schwingt sich über einen Felsbrocken und purzelt am Gipfel auf eine sacht abfallende Felsplattform. Er braucht einen Moment, um wieder zu Atem zu kommen, hebt dann den Kopf – und erstarrt.

Silbrige Symphonien

Unter ihm breitet sich der Quacksilbersee aus. Die schwarzen Felswände fallen steil zur Oberfläche hin ab, die im hellen Mondlicht unwirklich glüht und von einem leichten Dunstschleier überzogen ist. Auf der Oberfläche aber, wie auf einem gewaltigen Bühnenboden, spielt sich ein ergreifend schönes, aber in seiner Schönheit unerklärlich erschreckendes Schauspiel ab.

Dicht an dicht schweben Quacksilberquallen als große, transparente Kuppeln über den See. In einer langsamen, exakten Choreographie bewegen sie sich dahin, bilden Reihen, Kreise, verwirrende geometrische Formen, durchziehen sich bisweilen gegenseitig oder türmen sich übereinander auf. Manchmal brechen die Formationen auf und verteilen sich als kleinere Ensembles, um sich dann wieder mit der Hauptchoreographie zu vereinen.

Über allem aber liegt sphärische Musik von einer Intensität, dass es Iggy geradezu körperlich schwerfällt, sich zu erheben und näher an den Rand des Felssturzes heranzutreten. Die

Musik ist auf verwirrende Weise zugleich frei und streng mathematisch, in vielstimmigen, harmonischen Blöcken begleitet sie den Tanz der Quallen. Es scheint bei diesem Stück nur ganze zwei Notenwerte zu geben: einen langen, aus dem die harmonischen Blöcke geformt sind, die in gewaltiger Stetigkeit die Musik voranschreiten lassen. Dazwischen aber flechten sich regelmäßige, kompliziert verschlungene Tonketten in endlosen, melodiösen Reihungen, die sich treffen, miteinander spielen, wetteifern, sich gar zu necken scheinen, dann wieder in einem Aufbrausen parallel laufen.

Noch nie hat Iggy eine solch strenge, monströse, aber zugleich herzzerreißende Musik gehört.

Ein Räuspern lässt ihn herumfahren.

- - - - - - - - - - -

Sie werden sich jetzt sicher fragen, wie sich eine Quacksilberqualle räuspern kann, so ganz ohne Atemorgane. Berechtigte Frage. Sie denken mit, das ist ja schon mal was in diesen verstörenden Zeiten kulturellen Siechtums, literarischer Öde und intellektueller Atrophie. Aber sicher haben Sie es schon geahnt, nun folgt in einer brillanten Wendung eine Erklärung dergestalt, dass die Quacksilberqualle, die hinter Iggy aufgetaucht ist, gewisse anthropomorphe (Na, dann gucken Sie's halt nach. Auch wenn Sie dafür aufstehen müssen.) Züge aufweist, ohne die das vorliegende Feuerwerk des feinen Humors ja gar nicht möglich wäre. Die Alternative wäre die, dass Sie sich auf seitenlang geschilderte und letztendlich fruchtlose Kommunikationsversuche zwischen Iggy und dem exotischen Wesen einlassen müssten, auf die weder Sie noch ich besondere Lust hätten. Wenn ich ein Lehrbuch über das Kommunikationsverhalten von Quallen schreiben wollte, wäre ich Meeresbiologe geworden. Und wenn wir ehrlich sind, ist das auch nicht abendfüllend (sorry, liebe Meeresbiologinnen und -biologen). Die Frage, wie und warum eigentlich alle anderen Wesen, auf die Sie bisher gestoßen sind, so problemlos miteinander kommunizieren

können, lassen wir vielleicht an dieser Stelle auch mal besser offen, sonst kommen wir hier gar nicht weiter.
Wie dem auch sei, Iggy vernimmt also hinter sich ein Räuspern und fährt herum.

- - - - - - - - - - -

Eine augenscheinlich noch recht junge Quacksilberqualle *[Vergessen Sie's, erklär ich jetzt nicht. Hat sicher was mit der Größe zu tun]* von hoher, zylindrischer Gestalt schwebt mit sacht pumpenden Bewegungen vor ihm über dem Plateau.

In kalter Angst krampft sich alles in ihm zusammen. Doch durch eine elegante Bewegung öffnet und verbreitert sich die Qualle einladend, zieht sich wieder zurück und signalisiert so Beschwichtigung. Kurz darauf gerät ihre silbern schimmernde Oberfläche in Bewegung, formt verschiedene Kanäle und Schalltrichter, pumpt Luft in ihr Inneres und beginnt schließlich zu sprechen.

Verständlicherweise bereitet es Quacksilberquallen einige Mühe, die Lautsprachen der meisten Lebewesen des Waldes nachzuahmen, aber in aller Regel meistern die alten Geschöpfe die Aufgabe doch mit Bravour. Sie benutzen ihre Körper dabei im Grunde wie Orgeln, so dass ihre Sprache meist ein wenig pfeifend klingt, aber doch von angenehmer Melodiosität ist.

»Guten Abend, Wolfmorf. Ich bedaure, aber die Probe ist nicht öffentlich.«

»W… Wie bitte?«

»Die Probe. Sie ist nicht öffentlich. Ich weiß, ich weiß, es war anders angekündigt, aber es gab da einige Abstimmungsschwierigkeiten. Ich muss dich also bitten, wieder zu gehen. Wir …«

Die Quacksilberqualle hält inne und neigt sich leicht zur Seite. Iggys Augen folgen der Bewegung – und erspähen Gunnar, der selbstzufrieden neben ihr auf dem Boden hockt. Wobei in diesem Falle »neben« möglicherweise nicht das richtige Wort ist: Der Größenunterschied zwischen den beiden Wesen ist in etwa der zwischen einer Feldmaus und einer ausgewachsenen Eiche.

»Gunnar!«, flötet die Qualle entzückt, »schön dich …«

Auf ein winziges Winken des Glockenboldes beugt sich die Qualle noch weiter zu ihm hinunter. Gunnar legt verschwörerisch ein Fingerchen auf den Mund. Ein silberner Rüssel wächst aus der Qualle heraus und schlängelt sich zu ihm hinunter.

»So besser?«

»…«

»Ah, verstehe.«

»…«

»Meinst du?«

»…«

»Na, lass hören.«

»… … … – …«

»Ich weiß nicht, ob ich …«

»… …!!!«

»Ah, bitte entschuldige. Das wusste ich nicht.«

»…«

»Ich könnte natürlich …«

»… …«

»Verständlich. Aber er ist doch schon ziemlich erschöpft, oder nicht?«

»…«

»Okay, kein Problem. Na, dann wollen wir mal.«

Eine winzige Ausstülpung zeigt sich an der Seite der Qualle, gerade in Höhe des Glockenboldes. Sie hat die Form einer winzigen Faust, die selbst der Wolfmorf mit seinen scharfen Augen gerade noch so erkennen kann. Gunnar ballt seinerseits eines seiner Händchen zur Faust und erwidert die Bewegung mit einem sachten Stoß.

Iggy hat das Gespräch irritiert und fassungslos verfolgt. Er kommt sich zunehmend wie eine Marionette vor, der von den kleinen Quälgeistern eine neue Schnur nach der anderen angeknotet wird, bis er keinen seiner Schritte mehr selbst steuern kann. Aber ihm bleibt nicht viel Zeit, darüber nachzudenken, denn schon hoppelt Gunnar, den Trupp der übrigen Glockenbolde im Gefolge, auf ihn zu und blinzelt zu ihm hoch.

»Könntest ruhig ein bisschen dankbarer und vor allem optimistischer gucken, Dickerchen. Ich habe unseren Freund hier gerade davon überzeugt, dass er uns trotz der laufenden Probe hinunter an den See bringt. Und du magst dich daran erinnern, wie pingelig Quacksilberquallen sind, wenn es um ihre Probezeiten geht. Na komm, nur noch ein paar Schritte, und dann kannst du endlich schlafen.«

»Gunnar, mir ist das alles echt unheimlich.«

»Papperlapapp. Jetzt gibt's kein Zurück mehr. Was dir wirklich unheimlich sein sollte, ist die Essensfrage. Hast du eigentlich in der letzten Zeit mal in deinen Rucksack geguckt?«

Iggy kratzt sich am Kopf. Gunnar hat tatsächlich recht. Er hat seine Vorräte zwar tapfer rationiert, sich nur im Notfall aus seinem Rucksack bedient und ansonsten das verspeist, was er am Wegesrand aufgelesen hat: Wurzeln, Beeren, kleine Insekten. Aber auf dem Grund des Rucksackes finden sich mittlerweile nur noch ein paar kümmerliche Reste, kaum genug für eine Mahlzeit. Und der Quacksilbersee ist nicht der Ort, an dem Wolfmorfe königlich speisen könnten. Erst jetzt wird ihm wirklich bewusst, wie lebensfremd die Heimat der Quacksilberquallen ist: An das schwarze Vulkangestein klammert sich kein Baum, kein Strauch. Auch ist nirgendwo das Plätschern von Wasser zu hören. Ein kalter Wind streicht über den kahlen Fels und lässt ihn frösteln.

»Na, was soll's«, brummt er, »lange wollen wir hier ja eh nicht bleiben, oder?«

»Wer weiß«, entgegnet Gunnar boshaft, »das hängt davon ab, ob die Quallen deinen natürlichen Charme zu schätzen wissen. Also, gehen wir.«

Mit diesen Worten wuselt er auf den Felssturz zu, der zum See hinabführt. Die junge Quacksilberqualle ist ihm vorausgeschwebt und verschwindet bereits in der Tiefe. Leise vor sich hin maulend trottet Iggy seinen ungleichen Reiseführern hinterher. Auf steilen, gewundenen Wegen bahnt sich die seltsame Reisegruppe ihren Weg dem See entgegen. Die Felsen sind auf dieser Seite noch abschüssiger, noch glatter. Oft rutscht der Wolfmorf aus, stolpert auf tückischem Geröll, muss sich an Felsbrocken festhalten. Er ist bleiern müde, und die Quallenmusik, die von der Seebühne zu ihm hinaufdringt, lenkt ihn zusätzlich ab.

Offenbar ist man in der Zwischenzeit übergangslos von einem Akt des Werkes zum nächsten übergegangen. Die Musik hat den monumentalen, strengen Charakter völlig verloren. Es folgt nun nicht mehr Block auf Block erhaben übereinandergeschichteter Harmonien, bekränzt und geschmückt mit filigranen Verzierungsketten, nein, die Musik ist nun viel einfacher, und so auch die dazu aufgeführte Choreographie: Die Quallen, die bisher in exakten Formationen als große Kuppeln über den See zogen, haben sich nun in langen, dünnen, aufragenden Formen zusammengefunden. Vermutlich haben sich noch viele weitere Quallen zu ihnen gesellt, denn sie erscheinen nun wie ein weites, wogendes Algenfeld. Ein knappes Dutzend Solisten durchzieht die Halme wie schillernde Fische. Über einem tiefen, wandernden Bass erheben sich die hohen

Stimmen der Solisten mit einer einfachen, schüchternen Melodie. Sie hat keinen Anfang und kein Ende, fließt dahin um eine einzige, einfache Idee, die sie immer wieder abwandelt, zu der sie aber auch immer wieder zurückkehrt. Manchmal schert einer der Solisten aus der Gleichförmigkeit aus, führt seine Stimme aber schon bald wieder in den Schutz und die Sicherheit der anderen Solostimmen zurück.

Iggy stolpert weiter den Berg hinab. Er hat Mühe, sich auf den Weg zu konzentrieren. Es ist jetzt aber nicht mehr die Müdigkeit, das spürt er deutlich, sondern die Musik: Wie hat er Balladen immer gehasst! Dieses sentimentale Gejaule, diese abgeschmackten Gefühle, zusammengekleistert und eingewickelt in banale Melodien. Iggy Wolfmorf brauchte es schon immer hart und drängend, in der Liebe wie in der Musik. Er hat immer nach Musik gesucht, die ihn aufpeitscht und mitreißt, ihn mit unbarmherzigen Schlägen vorwärtszwingt, Aggressivität in ihm entfacht, um in ihrer Gewalt den tiefsten Frieden zu finden, den er sich denken kann.

Aber das hier ist anders. Schon bald merkt er, dass er sich seinen Weg durch einen Tränenfilm hindurch suchen muss. Die einfache Melodie der Quacksilberquallen spinnt ein feines, silbernes Netz um sein Herz, das sich langsam zusammenzieht. Er sieht sich selbst verbluten und empfindet dabei zugleich Traurigkeit und Dankbarkeit. So muss es sich anfühlen, den eigenen Tod herbeigesehnt zu haben und ihn aus der Hand eines mitfühlenden Wesens zu empfangen. Und auf einmal denkt er nur noch an Lila: Er sieht ihre hellbraunen Knopfaugen, die ihn prüfend und verwundert, aber liebevoll ansehen. Er sieht, wie ein Windhauch einige Härchen auf ihrem Kopf verwirbelt, während eine warme Frühlingssonne die Spitzen mit Gold besprenkelt. Er fühlt die Wärme einer kleinen Schaufelpfote, die sich sacht in die seine schiebt und sie zärtlich reibt. Er sieht sie lachen, über eine Geschichte, die er in unverständlichen Worten erzählt. Sie sitzen auf dem Balkon eines Baumhauses, ihres Baumhauses, das Moosbett ist noch warm von der Liebe, sie duften noch nacheinander, und der Schweiß ihrer Leidenschaft trocknet langsam im lauen Frühlingswind, der ihre plaudernden Stimmen über die Baumkronen hinwegträgt …

PONK.

»Aua!«

Iggy hält sich fluchend die Schnauze und tritt wütend gegen den hohen Basaltblock. Die Musik hat aufgehört, offenbar ist die Probe beendet oder unterbrochen. Der See liegt ruhig da, nur hier und da sieht man einige Quallen träge aus ihm auftauchen und wieder in ihn zurücksinken. Er reibt sich die Augen, sein Pelz ist nass vor Tränen. Benommen bleibt er eine Weile stehen, zu plastisch sind noch die Nachbilder des Traumes.

Er steht auf einem kleinen Plateau, schon recht dicht über der Oberfläche des Sees. Die Glockenbolde sitzen im Kreis auf der Spitze einer morfhohen Basaltsäule am Rande des Plateaus und debattieren etwas, das er nicht verstehen kann. Ein wenig abseits hat sich der junge Quallenführer niedergelassen. Er hat sich zu einem transparenten, fast rechteckigen Vorhang aufgefaltet, mit dem er die felsige Anhöhe gegen den mittlerweile wirklich beißenden Wind abschirmt. Inzwischen ist der Mond hinter hohen Wolken verschwunden, der Quacksilbersee hat seinen magischen Schimmer verloren und ist in der hoffnungslosen Tristesse der dunklen Stunden vor dem Morgengrauen versunken.

Mit einem misstrauischen Seitenblick auf die Quacksilberqualle tritt Iggy auf die Glockenbolde zu.

»Was machen wir jetzt?«, fragt er.

»Ganz einfach«, antwortet Gunnar, »wir schlafen. Es ist genug für heute. Wir alle brauchen ein wenig Ruhe, wir haben morgen viel vor.«

»Äh, was genau haben wir denn morgen vor? Wäre es nicht langsam an der Zeit, mir das zu verraten?«

Mit tiefempfundener Schadenfreude nimmt Iggy wahr, dass zu dieser Stunde selbst Gunnar die Fähigkeit zu genießerischer Boshaftigkeit abhandengekommen zu sein scheint. Zum ersten Mal in der langen Zeit, die sie sich kennen, erscheint ihm der kleine Nachrichtenüberbringer gereizt und ungeduldig.

»Nix da. Morgen ist auch noch ein Tag. Wir haben dich sicher hierhergebracht, und wir werden dich auch sicher von hier fortbringen, wenn du dir nicht vorher wieder irgendwo deinen Dickschädel einrennst. Wir werden auf diesem kahlen Fleckchen einen warmen Schlafplatz finden, verlass dich drauf. Fragen werden morgen beantwortet. Und jetzt werden wir es uns mal so richtig gemütlich machen.«

Und wie auf ein geheimes Zeichen springen die Glockenbolde auf und hoppeln zu der Qualle hinüber, die immer noch unbewegt den Rastplatz gegen den Wind abschirmt. Zögernd folgt ihnen der Wolfmorf. Im Schutze der Qualle kuscheln sich die Bolde aneinander, indem sie den für ihre Wesensart so typischen Haufen bilden, in dem kaum ein Glockenbold mehr von dem anderen unterschieden werden kann.

»Na komm! Worauf wartest du? Graumel dich neben uns zusammen!«

Iggy tut wie ihn geheißen, obwohl ihm die Nähe einer Quacksilberqualle noch immer nicht geheuer ist. Kaum hat er sich niedergelassen und sich in seinen Pelz gekuschelt, dehnt sich die Qualle abermals aus. Wie ein Schirm oder ein Zelt gar entfaltet sie sich über den müden Reisenden. Mit stummem

Schrecken verfolgt der Wolfmorf das Schauspiel. Platzangst legt sich schweren Eisenblöcken gleich auf seine Schultern. Dann bemerkt er, dass es warm wird. Die Qualle heizt sich auf, ein Hitzeschild schiebt sich über Iggy und die Glockenbolde, gleich wird sich das Quallenzelt über ihnen schließen. Die Bilder des Trans-Müützelwald-Inter-Wesen-Talentwettbewerbs schießen ihm aufs Neue durch den Kopf, ein panischer Schrei entfährt ihm. Aber dann dringt ein leises Fiepsen an sein Ohr. Es ist Gunnar, der blitzschnell an ihm hochgeklettert ist.

»Lass, Wolfmorf. Alles ist gut. Schlaf heute warm und tief.«

Er erschlafft in Erschöpfung und sinkt in sich zusammen. Über ihm wölbt sich nun ein warmes, silbernes Transparent, durch das verschwommen die Sterne zu sehen sind. Er versucht noch einen klaren Gedanken zu fassen, aber der entschwindet durch das Transparent in die Nacht, und der kleine Wolfmorf ist eingeschlafen.

VIII

Noch 4 Tage bis zum
237. ROCKING THE FOREST BAND CONTEST

O nein. Nicht so.

Iggy wacht erfrischt auf, aber trotzdem in dem Bewusstsein, immer noch viel zu wenig geschlafen zu haben.

Etwas Weiches lässt sich sanft auf seiner empfindlichen Schnauze nieder. »Lass das, Gunnar«, murmelt er schlaftrunken. Als jedoch der Schlaf seine Augen verlässt, erblickt er dort keinen Glockenbold, sondern nur kleine Schneeflocken, die einen anmutigen Tanz aufführen. Er rümpft skeptisch umher. Noch immer umhüllt ihn wohlige Wärme, obschon kalte, würzige Winterluft an ihn herandringt. Die Qualle hält weiterhin ihr schützendes Zelt über ihn, hat aber himmelwärts eine Öffnung gebildet, durch die das bleiche Licht des neuen Tages fällt. Nun bemerkt er, wie neben ihm ein leises Wuseln erwacht – die Glockenbolde lösen sich aus ihrem kleinen grünen Schlafhaufen.

»Morgen, Iggy!«, kräht es plötzlich und schrill in sein Ohr. Er fährt zusammen.

»Morgen, Gunnar. Ihr Bolde wart noch nie Freunde des sanften Weckens, was? Hast du wenigstens schon meinen Morgenbeerentee aufgesetzt? Eine Flockmooswurzel geschnitten und in Bramseleiern gebraten? Und war die Tickerschwalbe für mein Live-Abo des *Müützel Music Magnet* schon da?«

Mit einem »Huuuuuuiiiiiii« katapultiert sich Gunnar auf Iggys Schnauze, setzt sich rittlings darauf und kann sich gerade noch rechtzeitig an seinen Schnauzenhaaren festhalten, als ein gewaltiger Nieser über ihn hinweggeht.

»Nein, Wolfmorf, mir ist deine Teekanne runtergefallen, ich hab den Bratenwender nicht gefunden, und die Tickerschwalbe hat sich verflogen und vergnügt sich nun wild pimpernd mit der Kriechspinne von der Pilzwaldlichtung!«

Er duckt sich, um Iggys Pfote auszuweichen.

»Und meine Jungs haben sich für ein paar Tage deine Uga-Ugas ausgeliehen, wir würden deswegen heute ausnahmsweise nicht zur frühsommerlichen Jamsession auf deinen Baumhausbalkon kommen. Wir haben uns aber mit ein paar Libellenpoppern abgestimmt, die würden uns vertreten, wenn das für dich in Ordnung ist!«

WATSCH. Diesmal hat Iggys andere Pfote den Glockenbold erwischt, der sich mit einem zirkusreifen Looping wieder ins Gleichgewicht bringt und sicher neben den bereits wartenden anderen Glockenbolden auf dem Boden landet.

»Dann hätten wir dich also auch munter gekriegt, Wolfmorf. Komm, ein neuer Tag beginnt!«

Der schützende Schirm der Quacksilberqualle öffnet sich, weicht zurück, und das morgendliche Panorama des Quacksilbersees breitet sich vor den Reisenden aus. Die schwarzen Basalthänge sind von einer dünnen Schneeschicht überzogen, unter einem bleichen, frühwinterlichen Himmel liegt der See hinter einem leichten Dunstschleier. Der Schnee wird noch nicht liegen bleiben, und sicherlich werden noch einige weitere angenehme Herbsttage im Müützelwald einziehen, aber jetzt fröstelt der Wolfmorf im kalten Wind eines frühen, kurzzeitigen Wintereinbruchs.

Die Glockenbolde tuscheln verschwörerisch mit der Quacksilberqualle. Sie hat inzwischen eine Form angenommen, die vage an einen kahlen Baum erinnert: Ihre Oberfläche ist hart und glänzend, von einem mittig aufragenden Stamm stehen bizarre Spitzen wie Dornen und Äste ab, auf denen sich die Glockenbolde niedergelassen haben. Die Qualle kommuniziert wieder durch Öffnungen und Kanäle, die sich in ihrem Korpus neben den Glockenbolden öffnen. Schließlich dreht sich Gunnar um und winkt den Wolfmorf heran.

»Also, Iggy, pass mal auf. Es ist an der Zeit, dich einzuweihen, was wir im nächsten Teil deiner Reise für dich vorgesehen haben. Es wird dir nicht besonders gefallen, aber du wirst dich sicher ohne große Widerstände unserem überlegenen Intellekt beugen und alles machen, was wir für dich ersonnen haben, nicht wahr?«

Iggy bekämpft den Reflex, mit den Knopfaugen zu rollen, und presst ein kaum verständliches »Na, da bin ich ja mal gespannt« hervor.

Befriedigt fährt Gunnar fort: »Das hier ist übrigens ...«, und er bringt ein Geräusch hervor, das offenbar den Namen der jungen Quacksilberqualle darstellt. Es ist wohl überflüssig zu bemerken, dass sich die Aussprache solcher Quacksilberquallennamen aufgrund der wortlosen Kommunikation unserer sprachlichen Beherrschung entzieht. Im vorliegenden Fall handelt es sich um ein hohles, melodiöses Pfeifen, das nachfolgend mit einer möglichst willkürlichen Zeichenfolge wiedergegeben werden soll, und zwar mit: »... CHHHHHUUUUUMMXHH. Wie du sicher schon mitbekommen hast«, fährt Gunnar fort, »ist CHHHHHUUUUUMMXHH eine ziemlich dufte Type, manchmal ein bisschen schüchtern«, ein kaum merkliches Zittern geht durch ihren starren Körper, was Iggy irgendwie rührt, »aber sie wird uns an den Ort bringen, von dem du abfliegen wirst.«

»Abfliegen?«, fragt Iggy irritiert.

»Na klar. Sag mal, denkst du auch mal ein bisschen mit?

Hast du denn gar kein bisschen nachgedacht, während du hinter uns hergeeumelt bist?«

»Ich … äh … natürlich! Aber ich werde ganz bestimmt nicht. Wie soll ich denn überhaupt. Mit diesen Monstern?«

Er zuckt zusammen, als aus CHHHHHUUUUUMMXHHs Körper plötzlich einige besonders scharfkantige Spitzen und Zacken ausfahren.

»Niemals!«

»Iggy, mit allem nötigen Respekt: Jetzt halt endlich mal deine blöde Klappe. Du weißt schon, dass in vier Tagen Rocking the Forest beginnt, oder? Du kannst gerne zu Fuß gehen, aber dann brichst du besser jetzt gleich auf, sonst könnte es etwas knapp werden. Den Weg kannst du ja dann erfragen. Du wirst sicher so einige Bands treffen, die ebenso top vorbereitet wie du und deine Band auf dem Weg zum Konzertgelände sind. Aber warte mal. Hey, da fällt mir ein: Du hast ja gar keine Band mehr!«

Iggy starrt Gunnar hasserfüllt an. Schließlich knurrt er: »Und wie stellst du dir das vor? Wir fragen einfach eine von diesen Quallen, ›Hey, sorry, wie wär's, könntest du mich zum Pinken Teich bringen? Ist ja nicht so weit von hier!‹«

»Wir haben uns jemanden sehr Besonderes für dich ausgesucht, mein Guter. Mal sehen, ob sie Lust hat, dich mitzunehmen. Aber wir sollten bald aufbrechen, es ist noch ein gutes Stück bis zu ihr. Außerdem lenkt dich das Wandern vom Hungergefühl ab.«

»Danke, dass du mich darauf aufmerksam gemacht hast. Ich war gerade wütend genug, um nicht mehr ans Frühstück zu denken.«

»Keine Ursache. Übrigens, mir ist heute Morgen eine Wurzelkneipe unweit der Pilzwaldlichtung eingefallen, die ausgezeichnete Flockmooswurzel in Bramseleiern serviert, und zwar mit frischen saisonalen Torffarnknospen. Da müssen wir bei nächster Gelegenheit mal hingehen.«

»Gunnar?«

»Ja, Iggy?«

»Du bist ein Arschloch.«

»Ich weiß, Iggy, ich weiß. Das hat meine Königin auch immer gesagt.«

Mastermind

Blubb der Pfützengnom, genannt »die Pfütze«, hat sich am Boden der bauchigen Glasflasche zu einer kleinen Lache ausgebreitet und lässt seinen Kopf knapp unter der Oberfläche ruhig immer hin und her ziehen. Er weiß, dass das seine Bewacherin, eine Libelle von nicht gerade überschießender Intelligenz, total wahnsinnig macht. Dieses Verhaltensmuster weckt nämlich Ängste, die tief in das Erbgut der Rieseninsekten eingeschrieben sind: Wesen, die seit grauer Vorzeit gelernt haben, sich vor allem in Acht zu nehmen, was knapp unter der Wasseroberfläche lauert, können diese Furcht auch dann nicht einfach so ablegen, wenn das, was da lauert, in einer dickwandigen Glasflasche eingesperrt ist, die mit einem Korken fest verschlossen ist. Und so beobachtet Blubb mit tiefer Befriedigung, wie die Libelle starren Blickes vor der Flasche hockt und ihr großer Kopf jeder seiner Bewegungen langsam folgt. Gelegentliches zuckendes Flügelschlagen verrät ihre Nervosität.

Durch das dicke grüne Flaschenglas wird ihr Kopf monströs verzerrt, und die schillernden Insektenaugen scheinen Blubbs gesamtes Blickfeld einzunehmen. Aber das stört ihn nicht weiter: Aus diesem Blickwinkel kann er in ihren Augen nur umso besser diese alte Angst lesen, die so lange Zeit überdauert hat, und ganz langsam und genüsslich holt Blubb sie wieder hervor.

Auf einmal entsteht hinter der Libelle Bewegung. Sie wird beiseitegestoßen, und ein noch größerer, noch monströser verzerrter Kopf mit wütenden Augen schiebt sich vor das Grün des Flaschenglases. Es ist Bsssngng.

Blubb hält in der Mitte der Lache inne und taucht unter. Mit einer schnellen Bewegung taucht er kurze Zeit später an einer anderen Stelle wieder auf und registriert mit Entzücken, wie Bsssngng zurückzuckt und wütend mit den Kauwerkzeugen mahlt. Dann nimmt der Pfützengnom seine eintönige Beschäftigung wieder auf: Hin. Und her. Und hin. Und her.

Er hört die Stimmen von Bsssngng und seiner Bewacherin: »Irgendwelche Neuigkeiten? Was treibt er?«

»Nichts, Bsssngng. Er macht immer das Gleiche. Er … er … schwimmt immer hin und her. Ich mag das nicht.«

»Wenn ihm das Spaß macht. Beobachte ihn weiter. Er ist sehr wichtig für uns.«

»Gibt's was Neues von dem Wolfmorf?«

»Der Wolfmorf hat dich nicht zu kümmern. Du hast nur eine Aufgabe, erfülle sie gut. Das wirst du ja hoffentlich schaffen.«

Bsssngng entfernt sich. Doch kurz bevor sie außer Hörweite ist, dreht sie sich noch einmal um.

»Keine Sorge. Alles verläuft nach Plan.«

Da hast du recht, denkt Blubb, *alles verläuft nach Plan.*

Späte Reue

Iggy und die Glockenbolde folgen CHHHHHUUUUUMM-XHH auf einem schmalen, natürlichen Pfad entlang des westlichen Ufers des Quacksilbersees. Nur wenige Meter unter ihnen schwappt das Quacksilber in trägen Wellen gegen den schwarzen Fels, der hier der Oberfläche jäh entgegenstürzt. Eine milchige Sonne ist aufgegangen und hat die spärliche Schneedecke bald weggeschmolzen. Die Reisenden stillen ihren Durst an den dünnen Rinnsalen aus Schneewasser, das sich glitzernd seinen Weg zum See bahnt oder sich zwischen den Felsen sammelt.

Iggys Lebensgeister sind wieder erwacht: Bisher hat keine der Quacksilberquallen versucht, ihn auf bestialische Weise umzubringen. Er hat einige wenige, durchaus bemerkenswerte Einblicke in ihre Musik gewonnen, und nachdem er nun erfrischt und ein wenig ausgeruht ist, ist er damit beschäftigt, die vielen seltsamen Eindrücke aufzusaugen, die dieser erschreckende, aber doch irgendwie ergreifend schöne Ort für ihn bereithält.

Im Moment ist keine Musik zu vernehmen, der See liegt still da. Nur hin und wieder taucht eine Qualle aus ihm auf, meist in Form einer schillernden, transparenten Kuppel, die, sobald sie sich von der Oberfläche gelöst hat, dünne, in allen Regenbogenfarben schimmernde Quacksilberfäden hinter sich herzieht. Dann aber dauert es nicht lange, bis eine Verwandlung einsetzt: Ohne erkennbares Muster transformieren die Quallen in alle nur erdenklichen Formen, bisweilen in atemberaubendem Tempo, manchmal aber auch mit geradezu quälender Langsamkeit, die Iggys Neugier, wohin die Verwandlung wohl führen mag, auf eine harte Probe stellt. Dabei kann er Hagelstürme aus Quacksilber, die auf den See niedergehen, beobachten, geschmeidige, silberne Schlangen, die in eleganten Windungen über die Wanderer hinwegziehen, und komplizierte geometrische Formen, die auseinanderbrechen und sich wieder zusammensetzen. Er sieht Wolken, aus denen ohne erkennbaren Übergang gewaltige, feste Gebilde werden, und feine, wie von Blitzen durchzuckte Silbervorhänge. Nach einer Weile muss er den Blick abwenden und seine Aufmerksamkeit auf den Weg richten, um seine Gedanken sammeln und all die verstörenden Eindrücke verarbeiten zu können. Manchmal zieht doch ein musikalisches Fragment über den See zu ihm hin, ein Bruchstück einer Melodie, ein Rhythmus, einige Takte eines kammermusikalischen Werkes, manchmal auch eine kurze, donnernde Sequenz irgendeiner mächtigen Symphonie. Musiziert wird bei den Quacksilberquallen offenbar sowohl über als auch unter der Oberfläche des Sees, und manch eines dieser Fragmente wird alsbald von der trägen Masse verschluckt und vergeht mit einem dumpfen Nachhall, oder taucht aus ihm auf und erklingt dann plötzlich mit bestechender Klarheit.

CHHHHHUUUUUUMMXHH hat Iggy bislang nicht merkbar beachtet. Natürlich ist es schwer, dies von einem Wesen zu behaupten, das keine sichtbaren Augen besitzt, aber Quacksilberquallen verbergen es in der Regel nicht, wenn sie ihre Aufmerksamkeit auf ein Wesen richten. Tatsächlich scheint die junge Qualle noch recht schüchtern zu sein und kommuniziert ausschließlich mit den Glockenbolden. Nach einer Weile, während die Gruppe weiter am Ufer des Sees dahintrottet, beginnt sie jedoch, den Abstand zu Iggy zu verringern: Immer öfter lässt sie sich zurückfallen, schwebt in vielerlei Formen neben ihm her, wie um die für den Wolfmorf angenehmste Form auszuprobieren, und setzt sich dann wieder von ihm ab. Iggy bemerkt es wohl, zuerst misstrauisch und ängstlich, bald aber auch mit einer gewissen Belustigung. Einige schüchterne Bemerkungen werden ausgetauscht, dann herrscht wieder Schweigen. Als eine kleine Gruppe junger Quallen aus dem See auftaucht und einen rhythmisch komplizierten Tanz beginnt, unterlegt von frisch drängender Musik, erwacht das Gespräch richtig: Auf Iggys zögernde Fragen hin beginnt CHHHHHUUUUUMMXHH, ihm in ihrer hohlen, melodiösen Stimme die Musik der uralten Wesen zu erklären.

Sie berichtet, wie die Musik der Quacksilberquallen zunächst nur in tiefen Erd- und Felsschichten existierte, an dunklen und verborgenen Orten. Sie erklärt, wie sie dann nach vielen Jahrtausenden an die Oberfläche getragen wurde und sich im Licht entfaltete. Die junge Qualle erzählt von den unzähligen verschiedenen Formen und Stilen, die geprägt sind von der Körperlosigkeit ihrer Komponisten, aber auch von der Melancholie einsamer Wesen, die sich anderen lange Zeit nicht verständlich machen konnten, die gefürchtet wurden und denen ewiges Misstrauen entgegenschlägt. Daher ist ihre Musik aber auch geprägt von mancherlei Verachtung für eine Welt, die so schnelllebig und zerbrechlich und schwach ist, weswegen ihre Werke bisweilen ins Kalte, Herrische umschlagen können, gleichzeitig aber von wilden Gefühlsstürmen durchfegt werden, von Wut, Hass, Trauer, Freude, Vergnügtheit. Sie erzählen aber auch von der tiefen Liebe der Quallen zur Musik an sich, von ihrer Neugier auf die Musik anderer Wesen, die sie bisweilen – silbern bizarr verfremdet und zu etwas völlig Neuem verwandelt – in ihre eigene einfließen lassen.

Iggy schweigt und hört lange zu, was für einen Wolfmorf an sich schon eine beachtliche Leistung ist. Eine seltsame Sympathie beginnt, durchflochten von Respekt und Furcht, in ihm zu wachsen. So tastend, wie das Gespräch begann, verebbt es auch wieder, bis Morf und Qualle für lange Zeit schweigend nebeneinander herwandern, in seltsamer, aber angenehmer Übereinstimmung, während jeder das überdenkt, was der andere erzählt hat.

Und während sie sich unterhalten haben, ist die Sonne als Wintermittagssonne an den Himmel gestiegen.

Der Quacksilbersee ist nun zu vollem Leben erwacht. Noch immer pfeift ein eisiger Wind über ihn hinweg, aber die Sonne ist hervorgebrochen und taucht ihn in ein wunderbares weißes Winterlicht. Auf der Oberfläche tummeln sich unzählige Quallen, die die Sonnenstrahlen für allerlei Lichtspielereien nutzen: Zu weiten Vorhängen aufgefaltet, reflektieren sie das Licht und werfen es sich gegenseitig zu, vereinigen sich zu gewaltigen Kaleidoskopen und malen Regenbogenfarben auf die Oberfläche, lassen Lichtkegel entstehen oder jagen sich mit hellen Blitzen umher. An vielen Stellen haben sie sich zu kleinen Ensembles zusammengefunden und proben vergnügt, ohne sich aber gegenseitig in die Quere zu kommen.

Iggy beginnt den Hunger nun schmerzhaft zu spüren. Die lange Wanderung verlangt ihren Tribut, aber in dieser unwirtlichen Gegend ist für einen hungrigen Wolfmorf nichts Essbares zu finden. Er beißt die Zähne zusammen und versucht, sich abzulenken, indem er die Spiele der Quacksilberquallen beobachtet.

Schließlich kommt in der Ferne ein weiteres Plateau in Sicht, ähnlich dem, auf dem die Gruppe übernachtet hat. Es ist aber wesentlich größer und thront über dem Uferpfad.

»Da müssen wir hin! Komm, Wolfmorf, es ist nicht mehr weit!«, ruft Gunnar.

Nach einer weiteren Stunde ist das Plateau erreicht. Es ist eben, fällt aber an der seezugewandten Seite in einer langen Bahn in den See hinein ab. Als die Gruppe es erklommen hat, wird offenbar, dass es viel größer ist, als es zunächst den Anschein hatte: Es umschließt eine Art kleiner Lagune, die – vom Wind geschützt – einen Zugang zum See besitzt. Das

Plateau fällt zur Lagune in zerklüfteten, stufenartigen Blöcken ab, so dass der Eindruck eines natürlichen Amphitheaters entsteht.

Über den obersten Rängen des Theaters stehend sieht Iggy, dass sich in der silbernen Lagune eine Gruppe von Quallen versammelt hat. Sie haben sich zu einem kreisförmigen Schlauch verbunden und scheinen irgendein Werk zu proben, das aber wegen des Windes, der über das Plateau pfeift, nicht gut zu hören ist.

Gunnar ist in dieser für Glockenbolde so typischen entnervend heimlichen Art auf Iggys Schulter geturnt und kräht ihm nun ins Ohr, so dass der Wolfmorf erschrocken zusammenzuckt: »Hier müssen wir runter. Komm, wir hören erst ein wenig zu, und dann schauen wir, ob es nicht für dich eine Mitfluggelegenheit gibt!«

Und noch bevor Iggy den Bold mit einer wütenden Handbewegung von seiner Schulter wischen kann, ist dieser schon wieder auf den schwarzen Felsboden gehüpft und wuselt, von seinen Artgenossen begleitet, die großen Basaltblöcke hinunter dem See entgegen.

Der Wolfmorf folgt ihnen seufzend, CHHHHHUUUUUUMMXHH wie ein silberner Schatten an seiner Seite.

Noch bevor er die unteren Ränge des Amphitheaters erreicht hat, ergreift ihn eine seltsame Beklommenheit. Je tiefer er sich, unerreichbar für den pfeifenden Wind, im Schutz der Felsen bewegt, desto deutlicher kann er die Musik erfassen, die dort unten gespielt wird. Schon hat er die Gruppe der Glockenbolde eingeholt, die sich wie gewohnt in einem kleinen grünen Haufen auf einem großen Felsen niedergelassen haben. Aber nicht das typische wimmelnde Gefiepe ist zu hören: Still und angespannt beobachten sie die Musiker und lauschen. Iggy hockt sich hinter ihnen hin und lauscht ebenfalls.

Schon nach wenigen Augenblicken gibt es nur noch ihn und die Musik. Die Musik der Quacksilberquallen erfüllt das Felsentheater und schirmt es völlig von der Außenwelt ab.

Ein Klagelied durchströmt die Lagune, wie er noch keines gehört hat. In ihm ist kein wärmender Lichtstrahl der Hoffnung. Die Musik ist kalt, sie durchfährt ihn in langsamen, lähmenden Strömen, so dass er zu zittern beginnt, obwohl die Sonne seinen Pelz auf dem schwarzen Fels angenehm wärmt. Eine einzige mahlende Melodie wird immer und immer wieder aufgegriffen, variiert und wie mit einem Schraubendreher in seinen Kopf getrieben. Sie ist grausam und unerbittlich, und sie spricht von Verfehlung, von Hoffnungslosigkeit, vor allem aber von Schuld.

Schließlich hebt Gesang an. Bisher kannte Iggy nur quallische Instrumentalmusik, wenn man sie denn so nennen kann, denn Quacksilberquallen musizieren ja ohnehin nur mit ihren Körpern. Aber ohne es erklären zu können, erkennt er, dass das, was sich nun über die Melodie schiebt, Worte sind, wortlose Worte gewissermaßen, die eine Geschichte erzählen, die er instinktiv versteht. Bilder formen sich in seiner Vorstellung, zunächst unscharf wie durch ein Fernrohr, das noch nicht auf das Ziel eingestellt ist, dann aber immer klarer.

Ein Reigen von Wesen tanzt vor seinem geistigen Auge. Zunächst stehen sie in keinem erkennbaren Zusammenhang zueinander, außer dass sie alle recht jung zu sein scheinen: ein Iseltink, ein Wolfmorf, eine ziemlich unwillig aussehende Libelle, ein Knastbast, der durch seine zahlreichen grauen Membranen ganz offensichtlich viel zu viel getrunken hat, ein Hornreiher, ein noch sehr sehr junger Sandkäfer, der unter den anderen Wesen kaum zu erkennen ist, und noch eine Menge andere. Gemeinsam tanzen sie einen langsamen, traurigen Tanz, doch ihre Gesichter sind dabei in einem unheimlichen

Ausdruck des Vergnügens eingefroren, der einen Eindruck von Schrecken vorahnen lässt. Die erstarrte Maskenhaftigkeit unterbrochener Freude erfüllt Iggy mit Grauen. Ratlos und zitternd betrachtet er die Tänzer, versucht, den Sinn hinter den Bildern zu ergründen. Auf einmal durchfährt ihn eine Erinnerung: Er kennt diese Wesen! Ja, er erinnert sich an jedes ihrer Gesichter! Sie alle waren im Publikum beim 354. Trans-Müützelwald-Inter-Wesen-Talentwettbewerb. Sie alle blieben dort, um die *Quick Quacks* zu hören, einfache Konzertbesucher, Musikbegeisterte, Musikbesessene, wie fast alle Wesen des Müützelwaldes. Und sie alle starben, als die Quacksilberquallen zornig wurden. Keines starb auf dieselbe Art und Weise. Aber alle starben sie qualvoll.

Er ist aufgesprungen und hat die Schaufelpfötchen geballt. Mit wildem Blick starrt er auf die unwirkliche Szenerie, während die Glockenbolde erschrocken ein Stück vor ihm zurückweichen. Tränen rinnen ihm über das Fell.

Und immer weiter zieht der Totentanz an ihm vorbei, ein Wesen nach dem anderen erscheint ihm in der grotesken Parade. Bald kann er sie nicht mehr ertragen, diese starren, bizarren Totenmasken. Die kalte Musik legt sich um ihn wie ein Folterinstrument, schnürt ihm die Luft ab; er spürt ihr Gewicht wie Eisenketten um seine Gelenke, die ihn zu Boden ziehen, ihn auf die Knie zwingen. Ächzend kauert er auf dem Boden, die Pfoten verzweifelt auf die Ohren gepresst, aber obwohl er die Musik dadurch aussperren kann, sind die Bilder immer noch in seinem Kopf.

Als er glaubt, es nicht länger aushalten zu können, verändert sich die Musik und mit ihr die Bilder. Eine einfache, tröstliche Melodie beginnt, sich in das Mahlen zu flechten. Ganz leise erst, aber immer deutlicher umschlingt sie das kalte, grausame Schreiten. Ihre Struktur ist ähnlich wie die Melodie des Todes zuvor, auch sie gründet sich auf einem immer wiederkehrenden Motiv, das beständig abgewandelt und wieder zur Grundform zurückgeführt wird. Aber hier zerstören Wiederholung und Wiederkehr nicht alle Hoffnung, sondern beruhigen, wie die Rückkehr in das vertraute Baumhaus, wo befreundete Wesen mit offenen Armen warten. Auf Iggy hat die Veränderung der Musik die gleiche Wirkung wie auf die Bilder, die sie erschaffen hat: Die Ketten lösen sich, er kann wieder atmen, und seine Tränen sind nun Tränen der Erleichterung. Zugleich wandeln sich die Totenmasken in echte Gesichter, und die Erstarrung fällt von ihnen ab. Frohe junge Wesen ziehen nun an ihm vorbei, lächeln ihm zu. Selbst die griesgrämige Libelle, die eigentlich nur auf der Suche nach ihren Freundinnen in den Auftritt der *Quick Quacks* geraten war, schnarrt ihm aufmunternd zu. Die Toten scharen sich um ihn, trösten ihn und bedeuten ihm, nicht mehr um sie zu trauern.

Und auf einmal mischen sich sogar Quallen unter die Menge, es sind die Musiker der *Quick Quacks*. Allerdings sind es nicht mehr die jungen Quallen von damals, sie sind älter geworden, ihre Bewegungen sind schwerer, aber ihre Musik und ihre Stimmen facettenreicher. Traurig ziehen sie zwischen den Toten dahin, berühren jeden einzelnen mit einer liebevollen und zugleich um Verzeihung bittenden Geste. Sie beginnen einen Tanz mit den Toten, und Iggy erkennt, dass die musikalischen Bilder nun einen verwirrenden Tanz mit der Wirklichkeit begonnen haben: Denn hier tanzen die echten Musiker der *Quick Quacks* mit den Erinnerungen an die Wesen, die sie getötet haben, in dem Bemühen, endlich Frieden zu finden.

Noch lange währt dieser seltsame Tanz zwischen Erinnerung und Wirklichkeit, und die Sonne steht bereits hoch am Himmel, als Iggy wie aus einer Trance erwacht: Die Musik ist verklungen, die Quacksilberlagune liegt still da. Die Musiker haben sich in Wellen um ihn und die Glockenbolde ausgebreitet. Musiker und Zuhörer sind gleichermaßen erschöpft, aber die Tränen in seinem Fell sind getrocknet, die sanfte Wärme der Mittagssonne umgibt ihn mit schützendem Glanz, und er schläft ein.

Himmelwärts

Iggy schreckt hoch. Wachsam rümpft er der Sonne entgegen. Lange kann er nicht geschlafen haben, denn sie steht noch immer hoch am Himmel. Die Szenerie hat sich kaum verändert: Die Glockenbolde ruhen in einem behaglichen Haufen neben ihm, beobachten ihn aber still und aufmerksam. Vor ihm jedoch sitzt, steht oder liegt, je nachdem, wie man seinen Tee mag *[geläufiger Paukenkäfer-Ausdruck. Nicht gerade besonders geistreich, aber Sie haben gefragt]*, eine große Quacksilberqualle. Sie hat sich zu einer flachen, vierseitigen Pyramide zusammengezogen, deren Seiten langsam und gleichmäßig pulsieren. Iggy betrachtet die Qualle eine Weile prüfend, aber gleichzeitig von tiefer Ruhe erfüllt. Jede Angst vor den seltsamen Wesen ist von ihm gewichen, er fühlt sich erleichtert wie nach langem Schlaf mit schweren Albträumen.

»Wer bist du?«, fragt er schließlich.

»Das weißt du schon, glaube ich«, antwortet die Qualle ruhig, mit tiefer, brummender Stimme. »Ich bin der Leadsänger der *Quick Quacks*. Wir nennen uns aber nicht mehr so.«

»Das habe ich mir gedacht«, antwortet Iggy, »mit einem Comeback wärt ihr wahrscheinlich sowieso nicht allzu erfolgreich.«

»Wahrscheinlich nicht.«

Niemand hat Quacksilberquallen jemals lachen sehen, es ist vielmehr unklar, ob das Konzept des Lachens ihnen überhaupt zu eigen ist. Aber Iggy vermeint doch etwas zu verspüren, das man als Schmunzeln bezeichnen könnte; ein etwas bösartiges Schmunzeln, das ihm aber irgendwie sympathisch ist.

»Wie hat dir unser Stück gefallen?«

»Es war irgendwie … durchdringend.«

»So war es beabsichtigt. Du hast zwar nur den letzten Teil gehört, aber es war mir und uns sehr wichtig, dass du es hörst.«

»Ah. Vielen Dank.«

»Wir Quacksilberquallen haben nicht mehr allzu viel Kontakt mit den übrigen Bewohnern des Müützelwaldes. Wir haben uns … nun ja … etwas zurückgezogen.«

»Verständlich.«

»Aber wir wären dir dankbar, wenn du … draußen … davon erzählen könntest, was du heute gehört hast. Das wäre uns sehr wichtig.«

»Das werde ich gerne tun. Da kannst du sicher sein.«

Immer noch liegt die Qualle still vor ihm, gleichmäßig pulsierend, während sie das Sonnenlicht in allen Farben des Regenbogens reflektiert. Schließlich erhebt sie sich, indem sie sich zu einem schlanken Schlauch formt, der schnell emporsteigt und sich gen Himmel öffnet. Mit einem sanften Rauschen breitet sich die Schlauchöffnung pilzförmig aus und senkt sich wieder nach unten, bis die Qualle wie ein kreisrunder Teppich etwa auf Brusthöhe vor dem Wolfmorf schwebt.

»Nun, Gunnar hat mir gesagt, du seist eigentlich nicht zum Musikhören gekommen, sondern hättest ein Anliegen?«

Unsicher rümpft Iggy zu dem Glockenboldhaufen hinüber. Diese beobachten ihn nicht mehr still und aufmerksam, sondern betrachten still und aufmerksam die äußerst interessante Felsstruktur des Basaltuntergrundes. Wenn ein Glockenboldhaufen lautlos kichern könnte, dann täte es dieser Haufen mit großer Hingabe.

»Ich … Hat Gunnar nicht schon mit dir gesprochen?«

»Gesprochen? Über was?« Immer noch schwebt die Qualle fast unbeweglich als silberner Teppich vor ihm.

Er seufzt und sucht nach Worten. »Äh, es wäre mir ein großes Bedürfnis, möglichst schnell an den Pinken Teich zu gelangen.«

»Ah.« Eine leichte Bewegung kommt in die Qualle, flache, konzentrische Wellen, als habe jemand einen kleinen Stein in ein Gewässer geworfen. »Du solltest von hier aus einfach immer nach Süden wandern. Dann kommst du hin. Du kannst dich an der Sonne orientieren.«

»Äh, nein. Ich meine, ich müsste wirklich ganz schnell dorthin gelangen.«

»Kein Problem. Dann musst du einfach sehr schnell wandern.«

Ärger wallt in Iggy auf. Himmel, er kann eine Quacksilberqualle doch nicht wie ein Hoxi *[Anmerkung: geläufige Abkürzung für »Hornreiher-Taxi«]* bestellen. Warum müssen Glockenbolde einen immer in solche Situationen bringen?

»Folgendes, meinst du, es wäre möglich … Könntest du vielleicht … Ich meine, wäre es vorstellbar, dass … Ist es vielleicht möglich, dass eine Quacksilberqualle … mich dorthin bringt?«

Quacksilberquallen haben zwar keine Augen, mit denen man in einen »Wer zuerst blinzelt, verliert«-Wettkampf eintreten könnte, aber Iggy hat sich entschlossen, die fehlenden Augen dadurch zu kompensieren, dass er möglichst unverwandt eine willkürlich ausgewählte Stelle auf dem silbernen Teppich anstarrt. Nach einer Weile, die ihm wie eine Ewigkeit vorkommt, verliert er den Wettkampf gegen das augenlose Wesen. Wie zum Zeichen, dass sie mitgespielt hat, lässt die Qualle an genau dieser Stelle eine kleine Bewegung entstehen und antwortet plötzlich: »Ach so, sag das doch gleich. Na, darüber habe ich mit Gunnar natürlich schon gesprochen.«

So leise, dass nur scharfe Wolfmorfohren es hören können, ertönt fiepsendes Prusten aus dem Glockenboldhaufen. Iggy unterdrückt den Impuls, mit einem Schlag seiner Pfote ein wenig plötzliche Unordnung in den Haufen zu bringen.

»Ach so?«

»Jap. Sollen wir gleich los, oder hast du hier noch etwas zu erledigen?«

Der Wolfmorf starrt die Qualle perplex an. »Hey, echt jetzt?«

Sie rührt sich nicht und schweigt. Iggy starrt immer noch und raunzt dann: »Kein Feilschen? Keine mysteriösen drei Fragen, auf die noch nie jemand eine Antwort geben konnte, auf deren Nichtbeantwortung aber ein grausamer Tod steht? Kein ›Wir fliegen los, sobald es Frühling geworden ist und die Frühlingssonne die Berggipfel golden färbt‹? Sagt mal, verspürt ihr denn überhaupt keine Verantwortung gegenüber der narrativen Struktur dieser Geschichte?«

Wieder zeigen sich konzentrische Wellen auf der Oberfläche der Qualle, diesmal ein wenig stärker. Auf jene unerklärliche Weise, in der man bisweilen die Emotionen der Quacksilberquallen lesen kann, vermitteln sie so etwas wie trockene Belustigung.

Sie merken wohl schon, dass ich mich seit geraumer Zeit einem gewissen Dilemma gegenübersehe: Wie erkennt man, was ein Wesen fühlt, das im Wesentlichen aus der gesichtslosen Masse eines schillernden Materials besteht? Ganz ehrlich, ich habe nach wie vor keine Ahnung. Hand aufs Herz, könnten Sie auf Anhieb einen, sagen wir, sarkastischen Gesichtsaus-

druck beschreiben? Na also. Wir bewegen uns hier im Bereich des Erspürens und der Instinkte. Außerdem haben wir uns ja schon darauf geeinigt, dass Sie sich bei der Lektüre nicht einfach so berieseln lassen, sondern sich auch ein paar eigene Gedanken machen müssen. Aber vielleicht bin ich ja auch etwas zu streng mit Ihnen, und Sie haben sich bisher einfach genussvoll durch die Geschichte treiben lassen, ohne Details wie Gestik und Mimik von Quacksilberquallen zu genau zu hinterfragen. Das wäre mir einerseits nicht unrecht, wirft aber andererseits die Frage auf, ob Sie so unbedarft und kritiklos auch durch Ihr Leben gehen und was das über Sie als Mensch aussagt.

- - - - - - - - - -

»Nö«, pfeift die Qualle versonnen *[»versonnen«: wieder so was, merken Sie's?]*, »du willst ja schließlich was von uns, nicht umgekehrt. Und ich habe mich heute den ganzen Morgen mit diesem erschütternden, düsteren Zeugs auseinandersetzen müssen und könnte jetzt ein wenig Sonne und Ablenkung gebrauchen. Außerdem läuft die Probe zum ›Madrigal der 338 Nebenstimmen‹ schon, da komm ich jetzt nicht mehr so einfach rein. Also, können wir?«

Im Quallenkorpus entsteht eine Art Rampe, die den Wolfmorf einlädt, aufzusteigen. Er zögert nur kurz und betritt dann mit vorsichtigen Schritten den schillernden Aufgang. Das Quacksilber fühlt sich unter seinen Pfoten kühl an, zugleich aber verspürt er ein leichtes Kribbeln, das jedoch nach wenigen Minuten abebbt und verschwindet.

Er dreht sich zu den Glockenbolden um.

»He, Gunnar, was ist mit euch? Kommt ihr nicht mit?«

Gunnar und seine Freunde haben sich erwartungsvoll in einer Reihe aufgestellt. Der Glockenbold schüttelt das winzige Köpfchen.

»Nein, Iggy. Wir haben dir bis hierher geholfen, so gut wir

konnten, aber jetzt musst du deinen Weg alleine gehen.« Er grinst. »Keine Sorge, wir werden uns immer über deine weitere Geschichte auf dem Laufenden halten.« Er grinst noch ein wenig breiter. »Und du kennst uns Glockenbolde ja mittlerweile so gut, dass du dir die Frage stellen solltest, ob eigentlich du selbst deine Geschichte schreibst oder ob deine Geschichte nicht vielmehr von uns Glockenbolden geschrieben wird. Du musst entscheiden, was dir besser gefällt.«

»Danke, Gunnar, es war eine wahre Freude, mit euch zu reisen.«

»Na komm, jetzt werd mal nicht sentimental. Wir beide wissen, dass du irgendwie auch froh bist, uns los zu sein. Aber keine Sorge. Wir kommen wieder.«

»Ich weiß, Gunnar. Eine Aussicht, die mich mit extrem gemischten Gefühlen erfüllt.«

»Das ist genau das, wovon ich spreche. Also, gute Reise, Dickerchen.«

Iggy kann sich gerade noch auf der Oberfläche der Qualle zusammenkauern, als sie sich schon in einer eleganten Bewegung mit einem feinen Rauschen emporschwingt und himmelwärts strebt.

Iggys Erfahrungen mit Luftreisen waren bisher auf vereinzelte Hoxi-Flüge beschränkt, das heißt die Reisen mit den im Müützelwald verbreiteten Hornreiher-Taxis. Hornreiher sind eine alte Spezies: Ihre schwere Knochenstruktur und ihre großen Köpfe mit den charakteristischen Wülsten über den Augen und den großen, stumpfen Schnäbeln wecken Erinnerungen an die mächtigen Raubvögel der Müützel'schen Urzeit, als noch kein Baumriese über dem Vulkangestein Wurzeln geschlagen hatte und eisige Winde über die schwarzen Ebenen bliesen. Die heutigen Hornreiher aber sind eine behäbige, wenn auch extrem launische Gattung, die sich an die Gegebenheiten eines dichten Forsts bestens angepasst hat. Mit langsamen, kräftigen Flügelschlägen bewegen sich die großen Vögel wie Lastensegler zwischen den Bäumen und über die Lichtungen und dienen sich den ganz eiligen Kreaturen des Waldes als Fortbewegungsmittel an. Wer einen Hornreiher zum ersten Mal sieht, wird unwillkürlich befürchten, ihn in seiner Behäbigkeit gegen den nächsten Baumriesen krachen zu sehen. Aber so schwerfällig sie auch wirken mögen, so geschickt sind sie darin, jedem Hindernis blitzschnell auszuweichen, um dann ihren Flug fortzusetzen, als sei nichts geschehen. Nur in extremen Notfällen erheben sie sich über die Baumwipfel hinweg, um bei der nächsten Gelegenheit wieder in den Schutz des Waldes zurückzukehren.

Und deswegen hat Iggy den weiten Müützelwald noch nie von oben gesehen – bis heute, als sich die Quacksilberqualle mit dem kleinen Wolfmorf im Gepäck gen Himmel schwingt. Im Aufwärtsstreben hat sie unter ihm eine Art transparenten Beutel ausgestülpt, den sie – immer noch in ihrer runden, tellerartigen Form – unter sich herzieht. In diesem Beutel hockt der verängstigte Wolfmorf wie in einer Aussichtsgondel und sieht den Quacksilbersee unter sich kleiner und kleiner werden. Vor Angst wagt er kaum zu atmen und versucht, sich an den glatten Wänden des Beutels festzuhalten, aber bald muss er die Nutzlosigkeit seines Unterfangens einsehen: Glatt und durchsichtig umfängt ihn die schützende Hülle von allen Seiten. Er ist sich bewusst, dass er, sollte die Qualle den Beutel unversehens öffnen, unweigerlich in den sicheren Tod stürzen würde. Aber es ist deutlich zu spüren, dass die Qualle nichts dergleichen im Schilde führt. Stattdessen gewährt sie ihm, während die Mittagssonne hoch am Himmel steht und grelle Reflexe auf Iggys Aussichtsbeutel zaubert, den atemberaubendsten Ausblick über den Müützelwald, den man sich vorstellen kann.

Bald schon ist sie über die scharfgratigen Randberge des Quacksilbersees hinweggezogen, und unter den Reisenden erstreckt sich wieder das endlose Grün, Orange, Rot und Braun des herbstlichen Waldes. Die Qualle gleitet über die westlichen Ausläufer des Wogenden Pilzmeeres, das an diesem Ende sanft und gleichmäßig ansteigt und fast übergangslos wieder in den dichten Forst übergeht. Jenseits des Wogenden Pilzmeeres erstreckt sich das Hagebeerendickicht mit seinem rotsilbernen Schimmer, der in der Mittagssonne umso heller leuchtet. Ganz im Osten sind die gezackten, schneebedeckten Gipfel des Krazznuuf-Massivs hinter einem Dunstschleier erkennbar. Im Westen aber rollen die Wellen der Bäume bis zum Horizont, wo sie irgendwann das Ufer des mächtigen Ozeans erreichen werden, den Iggy selbst noch nie gesehen hat, wo aber angeblich riesenhafte walähnliche Wesen die Partituren ihrer Musik mit Wellen auf die Wasser schreiben. Vor ihm schließlich schlängelt sich das glitzernde Band des Maulebachs durch die Bäume, von weitem stumm beobachtet von den Riesendrillingen.

Iggy kann sich an der Schönheit des Waldes nicht sattsehen. Musik fällt ihm ein, Musik, die noch geschrieben werden muss, Forest Doom, der nur den Wald feiern soll, erdig und leicht, einfach und kompliziert zugleich. Behaglich kauert er sich in dem silbernen Beutel zusammen und schaut und staunt.

Unruhe ergreift ihn, als die Mittagszeit vorüberzieht und sich dichte Gewitterwolken am Himmel zusammenbrauen. Die Unruhe wandelt sich in Angst, und Angst wird zu Panik, als die Qualle Anstalten macht, direkt in die schwarz-drohende, wetterleuchtende Gewitterfront hineinzufliegen und erste Sturmböen Iggys Beutel … naja … beuteln.

Ein von Todesangst gelähmter kleiner Wolfmorfmusiker sitzt mit grotesk gesträubtem Pelz in dem Aussichtsbeutel, während der erste Blitz ihn umzuckt. Aber die Qualle spürt seine Verzweiflung: Ein tiefes, melodisches Summen erfüllt den Beutel, eine musikalische, warme Hand, die sich auf seinen Nacken legt und ihn mit Ruhe erfüllt.

»Hier bist du sicher«, scheint die Melodie zu sagen, »im ganzen Müützelwald gibt es bei diesem Gewittersturm keinen sichereren Platz als diesen. Schau, wie schön die Welt ist!«

Und tatsächlich: Nie wieder wird Iggy ein Gewitter so erleben wie an diesem Herbsttag im Aussichtsbeutel der Quacksilberqualle. Während um ihn herum Sturmböen Wasserwände an den Beutel klatschen lassen und schwarzblaue Finsternis die Reisenden einhüllt, tanzt die Qualle einen anmutigen Tanz mit den zuckenden Blitzen. Elegant gleitet sie durch das gleißende Inferno, unter und zwischen den Blitzen hindurch, lässt sie bisweilen über sich hinwegfließen wie ein Jongleur, der seine Bälle geschickt von einem Arm über den Nacken zum anderen Arm rollen lässt. Die Elektrizität scheint ihr nicht das Geringste anhaben zu können, sie scheint sie mitunter regelrecht zu genießen, sich darin zu baden und ein flirrendes, funkelndes Spiel mit ihr zu treiben. Und bei alldem spürt der Wolfmorf von der zerstörerischen Gewalt der Natur nicht das Geringste; nur manchmal vermeint er ein schwaches Kribbeln zu erahnen, wenn ein besonders starker Blitz die Qualle trifft.

Er vermag nicht zu sagen, wie lange sie durch das Unwetter geflogen sind. Aber urplötzlich öffnet sich die schwarze Wolkenfront, und mit einem melodischen Seufzer schwingt sich die Qualle, glitzernd und gleißend in einem dünnen Kleidchen aus Regentropfen, der strahlenden Nachmittagssonne entgegen.

Bisher hatte Iggy nicht allzu viel Gelegenheit gehabt, sich über die weiteren Schritte Gedanken zu machen, zu scharf und zu neu waren die Eindrücke gewesen, mit denen er konfrontiert worden war. Außerdem haben die Glockenbolde ihm in den letzten Tagen einen Großteil des Denkens abgenommen.

Aber damit ist nun Schluss, sagt er sich, während er in den hellen Sonnenschein blinzelt. Er muss die Suche nach Blubb der Pfütze und nach Lila wieder selbst in die Hand nehmen. Sobald es dämmert, werden sie den Pinken Teich erreichen. Aber es wäre sicherlich kaum ratsam, wenn die Qualle ihn mitten auf der Hauptbühne der Pink-Wing-Libellenpop-Arena absetzte? Gleichsam hinter den feindlichen Linien, ungeschützt, bei hellem Tageslicht und in Begleitung einer rotberockten Blaskapelle? Nein, er wird sich anschleichen müssen, denn sicher haben die geheimniskrämerischen Libellen Blubb irgendwo versteckt, so dass er Nachforschungen wird anstellen müssen, ohne zu wissen, wo er anfangen soll.

Er seufzt. Vor wenigen Tagen noch war eine durchschnittlich begabte Forest-Doom-Band sein einziges Problem gewesen, nebst der Aussicht, beim 237. Rocking the Forest Band Contest im schlimmsten Falle einen durchschnittlichen Gig abzuliefern, gegen irgendeine durchschnittliche Newcomerband zu verlieren und den Hohn der Popper-Presse ertragen zu müssen. Nun aber sieht er sich einer finsteren Verschwörung von Wesen gegenüber, die vor Gewaltverbrechen nicht zurückschrecken und die beabsichtigen, nicht nur seine Karriere, sondern womöglich auch sein Privatleben vollständig zu vernichten.

Der Pinke Teich, die Heimat der müützeler Riesenlibellen, ist weniger ein Teich als vielmehr ein ausgedehntes Sumpfgebiet, überschattet von Baumriesen, die an seinen Rändern ihre Wurzeln tief in den Morast gegraben haben und zwischen denen die Ausläufer der Sümpfe und Moore in weiten Armen in den Wald hinausgreifen. Der Müützelwald präsentiert am Pinken Teich – wie so oft – eine bemerkenswerte Vielfalt von Flora und Fauna. Wo unweit der Sümpfe noch raschelnde, stille Laubwälder stehen, flinke Wesen über weichen, duftenden Waldboden huschen, zeigt sich dort eine flirrende Vielfalt bizarrer Wesen und hektischer Farben: Badewannengroße Schilfblüten in satten Gelb-, Pink- und Orangetönen schwimmen auf den stehenden Gewässern und bieten vielerlei Vogelarten ein Zuhause, die durch grelles Gefieder, extravagante Federkämme und schrillen Gesang Aufmerksamkeit heischen. Die morastigen Ufer bringen eine Unzahl verschiedenster Sumpfblumen hervor, deren Vielfarbigkeit sich fast übergangslos in den Wasserpflanzen unter der Wasseroberfläche fortsetzt, so dass die Sonne ein Kaleidoskop von Farben zum Glitzern bringt. Im Schilf, in den Blumenwiesen, in den Uferweiden, im und über dem Wasser wimmeln Wesenheiten, die sich gegenseitig an Auffälligkeit zu überbieten trachten: große, prächtige Schmetterlinge in leuchtenden Farben, grellrote Krebse, die mit violetten Scheren durch den Schlamm staksen, große und kleine Insekten mit schillernden Flügeln und Panzern, die im Schilf umherwimmeln und die Luft mit einem beständigen Brausen erfüllen. Aber auch Wesen wie der Pinkschilfläufer sind hier zu Hause, der sich mit seinen langen, dünnen Spinnenbeinen zwischen den Schilfhalmen entlangzieht, während er mit seinen rot leuchtenden, unempfindlichen Stielaugen den Schlamm nach Nahrung durchsucht. Oder der Röhrenolm, dessen Körper aus einer krebsroten, röhrenförmigen Membran besteht, die an der Innenseite fast lückenlos mit lidlosen Fischaugen besetzt ist. Der Röhrenolm fängt seine

Opfer, indem er sie umschwimmt, um sie dann langsam zu zerquetschen. Im Todeskampf aus nächster Nähe von vielen hundert Augen angestarrt zu werden gehört vielleicht zu den grausamsten (und natürlich letzten) Erfahrungen, die ein Wesen im Müützelwald machen kann.

Dass man sich dem Pinken Teich nähert, erkennt man an dem schweren, fauligen, aber gleichzeitig würzigen Geruch, der diese seltsame Gegend überwabert, an dem leisen Brausen seiner Bewohner und schließlich an seinem weithin sichtbaren Erkennungsmerkmal, der Pinken Weide, die dem Pinken Teich eigentlich seinen Namen gegeben hat: Die Pinke Weide ist der einzige Baumriese, der sich aus den Schilfen des Pinken Teiches erhebt, und zwar auf einer großen Insel inmitten der Gewässer. Ihr mächtiger, weiß leuchtender Stamm schwingt sich elegant himmelwärts und teilt sich auf halber Höhe in eine Vielzahl sich im Wind wiegender Äste, die oft bis zum Boden reichen und leicht neckend die umliegenden Wasserflächen streicheln. Diese sind über und über mit prächtigen Wolken leuchtend pinker Blüten bedeckt, die wie klebriger Regen auf den Pinken Teich niederfallen, so dass sie sich überall auf Pflanzen, Wesen und Gewässern wiederfinden.

Im Schatten der Pinken Weide erhebt sich die Pink-Wing-Libellenpop-Arena, die Herzkammer, der Tempel, das Allerheiligste des Libellenpops. In mehreren Stockwerken aufeinandergeschichtete Erdwälle umgeben das Oval, in dessen Mitte die Hauptbühne aufragt. Die Bühne der Pink-Wing-Libellenpop-Arena ist ein monströser Aufbau, der in seiner makabren Düsternis in der musikalischen Architektur des Müützelwaldes seinesgleichen sucht: Sie besteht vollständig aus abgeworfenen, schwarz bemalten Larvenhüllen dahingeschiedener Heroen des Libellenpop. In engen Reihen neben- und übereinandergesetzt, grinsen sie mit den starren Fratzen ihrer einstigen Daseinsform auf das Libellenpop-begeisterte Publikum hinunter.

Die Nachmittagssonne hat bereits begonnen, sich zum Horizont hinabzusenken, und flutet Iggys Aussichtsgondel mit blendenden, goldenen Strahlen.

Ein Brummen holt den Wolfmorf aus seinen Gedanken. Er blickt sich um und sieht, dass die Quacksilberqualle ihre Flughöhe reduziert hat. Die Wipfel der Baumriesen wiegen sich bereits recht nahe unter ihnen, schon haben sie die Riesendrillinge links liegengelassen, und Iggy vermeint in einiger Entfernung zwischen den Bäumen die Furche der Torffarnschneise zu erkennen. Heimweh regt sich in ihm mit kleinen, brennenden Stichen; Heimweh nach seinem behaglichen Baumhaus, nach einem selbstgebrühten Tee, einer heißen Ragwurzsuppe mit knusprig gebratenen Flügelchips und nach einer gemütlichen Jamsession auf seinem Balkon, um die Strahlen der Abendsonne mit Selbstkomponiertem willkommen zu heißen.

Aber es bleibt ihm nicht viel Zeit, in Gedanken an sein Zuhause zu schwelgen: Irritiert bemerkt er, dass sich die Welt mit einem bläulichen Schleier überzieht. Verdutzt und ängstlich reibt er sich die Knopfaugen, aber das Blau wird nur noch satter und dunkler. Er betrachtet seine Arme und Pfoten, und eine Welle der Erleichterung durchströmt ihn: Es ist die Qualle, die den bläulichen Schimmer durch ihre silbrigen Membranen gepumpt hat, um optisch mit dem Herbsthimmel zu verschmelzen und sich den Blicken neugieriger Waldbewohner zu entziehen.

Iggy blickt nach vorn und kann nun zwischen den Baumriesen die Pinke Weide erkennen, die schnell näher kommt und in der Sonne des späten Nachmittags ihre Blütenpracht aufblitzen lässt.

Fragen schießen ihm durch den Kopf: Wo sollte ihn die Qualle am besten absetzen? Wie soll es weitergehen? Wo und wie kann er seine Suche nach Blubb und Lila beginnen? Auf welche Wesen wird er treffen, wer wird sich ihm möglicherweise in den Weg stellen?

Aber es scheint, als habe die Qualle zumindest bezüglich der ersten Frage nicht allzu viel Diskussionsbedarf: Schon schlagen die ersten Zweige gegen Iggys Aussichtsbeutel, näher und näher kommt die Pinke Weide, erhebt sich höher und höher vor den Reisenden.

Iggy schreit angstvoll auf, als die Qualle mit einer schnellen Bewegung den Beutel näher an sich heranzieht, so dass der Wolfmorf nun in einem schützenden, dickwandigen Kokon eingeschnürt ist. Zugleich hat sich die Qualle zu einer lanzettartigen Form zusammengezogen und taucht, während sie ihre Farbe von Himmelblau zu einem braungesprenkelten Waldesgrün verändert, mit einer eleganten Bewegung in die Wipfel ein. Der entsetzte Wolfmorf hält den Atem an, als Zweige wütend den Beutel peitschen und die Quacksilberqualle mit schlängelnden Bewegungen durch das Gewirr der Stämme braust. In rasender Geschwindigkeit bewegt sie sich durch den Wald, über- und unterfliegt Äste, dreht in letzter Sekunde ab, wenn sich ihr ein Baumriese drohend in den Weg stellt, setzt bisweilen gar im Tiefflug unter Wurzelarkaden hindurch, wobei sie Wolken aus Tannennadeln aufpeitscht, oder teilt sich, um einen schlanken Stamm einfach von beiden Seiten zu umfliegen.

Iggys Sinne halten mit dieser Geschwindigkeit nicht Schritt: Er möchte sich mit den Pfoten die Augen zuhalten, um nicht sehen zu müssen, wie die Stämme auf ihn zufliegen, doch er ist so fest in den Kokon eingespannt, dass er seine Pfoten nicht bewegen kann. Verzweifelt schließt er die Augen und spürt seinen Magen ob der wilden Achterbahnfahrt revoltieren.

Mit einem Mal verlangsamt die Qualle abrupt ihre Geschwindigkeit und sackt senkrecht nach unten. Iggy öffnet die Augen, Magensäure steigt ihm in den Mund, aber ehe er sich orientieren kann, öffnet sich der Beutel, und er wird nach draußen gespuckt. Er fällt etwa zwei Meter tief und landet mit einem dumpfen Klatschen auf einer weichen Mooswiese. Dann hört er nur noch ein freundliches Abschiedsbrummen, während die Qualle schon wieder nach oben schießt und wenige Sekunden später zwischen den Stämmen verschwunden ist.

Der Wolfmorf hockt auf allen vieren, atemlos, keuchend, benommen. Dann erbricht er sich auf das duftende Moos.

Einer ist immer der Heiner

»Hallooooo, naaaaa?«

Iggy öffnet die Augen. Er liegt auf dem Moosbett, rücklings und alle viere von sich gestreckt. Allerdings ist er ein wenig von der Lache aus Erbrochenem abgerückt, über die er mit letzter Kraft noch ein bisschen Gras und ein paar Zweige schieben konnte.

»Hallooooo. Ich bin Heiner. Und wer bist duuuuu?«

Iggy blinzelt gegen die Sonne und muss den Kopf ein wenig drehen, um den Neuankömmling sehen zu können. Vor ihm steht die schmächtige Gestalt eines Eumelschnecks. Der blickt ihn mit ineinander verschränkten Pfoten neugierig und unverwandt an, als gäbe es in diesem Moment nichts Wichtigeres auf der Welt als einen völlig erledigten und nach Magensäure riechenden Wolfmorf. An der rostbraunen Farbe seiner feucht glitzernden Haut ist er als verhältnismäßig junger Eumelschneck zu erkennen, denn schon bald nach Eintritt der Geschlechtsreife wandelt sich ihre Hautfarbe zu einem metallisch schillernden Blau. Auf dem plumpen Schneckenhinterleib, mit dem Eumelschnecks in leicht kreisenden, leise schmatzenden Bewegungen vorwärtskriechen, sitzt aufgerichtet ein kurzer Rumpf mit zwei Ärmchen, die in fächerförmigen Pfoten auslaufen. Auf dem schmalen Hals sitzt ein schlanker Kopf mit großen, wässrigen Augen. Der Kopf wiederum wird von einem wippenden Fächer aus ledriger Haut gekrönt. Ein gleichbleibendes Lächeln umspielt seinen Mund.

Die kurze Pause, während der der Wolfmorf die Verbindung zu einer Welt ohne Übelkeit und Schmerzen herstellen muss, scheint für Heiner bereits ein wenig zu lang zu sein.

»Hallooooo. Naaaaa?«, wiederholt er.

Iggy hustet, räuspert sich. »Hallooooo«, antwortet er gereizt. »Kann ich dir irgendwie helfen?«

Heiner mustert den Wolfmorf weiter mit diesem ruhigen, stetig interessierten Blick, der ihm schon jetzt, in Verbindung mit Heiners starrem Lächeln, ganz gewaltig auf die Ketten zu gehen beginnt.

»Hallooooo. Wer bist duuuuu?«

»Ich bin Iggy. Iggy Wolfmorf. Und du bist Heiner. Kann ich dir mit irgendetwas behilflich sein?«

»Jetzt erkenne ich dich. Du bist Iggy von den *Müützel Monotones.*«

»Nein, das bin ich nicht. Ich bin Iggy von den *Anstrengenden Flugreisen.*«

»Schade. Die kenne ich nicht. Sind die gut?«

Die Unkenntnis des Phänomens »Sarkasmus« hat sich unbemerkt von hinten an Iggy herangeschlichen und brezelt ihm mit voller Wucht einen großen Ast über den Kopf. Dann tritt die Unkenntnis des Phänomens »Sarkasmus« neben Heiner, schaut ihn verliebt an und haucht ihm einen zarten Kuss auf die feuchte Wange.

»Hör mal, Heiner.« Iggy setzt sich auf, greift sich mit einer Schaufelpfote an die Schläfe und wartet einen Moment, bis der Schwindel nachgelassen hat. »Ich freue mich ja, dass du mir hier so freundlich ›Hallooooo‹ sagst, aber ich bräuchte jetzt noch einen kleinen Augenblick für mich. Und dann muss ich weiter. Ich will dich auch gar nicht aufhalten, du bist sicher total beschäftigt.«

»Ach nein, ich hab heute ganz viel Zeit!«, verkündet der Eumelschneck fröhlich.

Iggy fragt sich, ob es eigentlich sehr anstrengend sein muss, dieses debile, starre Lächeln aufrechtzuerhalten, ob es sich um einen schweren Geburtsfehler handelt oder ob die Natur Heiner einfach einen ganz besonderen Platz in der Geschichte der Evolution zuweisen wollte – wobei die Weisheit der Natur, dies zu tun, an anderer Stelle noch zu diskutieren wäre.

»Wohin musst du denn weiter?«

»Ich muss ganz dringend zum Pinken Teich!« Das Geräusch von splitterndem Glas in seinem Kopf signalisiert Iggy nachdrücklich, dass es möglicherweise keine gute Idee war, Heiner diese Information zu geben.

»Prima. Da muss ich auch hin. Dann können wir ja zusammen gehen!«

»Nein, danke. Ich habe auf dem Weg dorthin noch etwas zu erledigen. Ich gehe lieber alleine.«

»Was hast du denn noch zu erledigen? Ich könnte dir dabei helfen!«

Iggys Wesenkenntnis ist auf Heiners Kopf geklettert und horcht mit äußerst empfindlichen Messgeräten in dessen Gehirn nach Signalen, die auf das Vorhandensein von Empathie hinweisen könnten. Fehlanzeige. Iggys Wesenkenntnis kratzt sich ratlos am Kopf und rutscht an Heiners Rücken wieder zum Erdboden hinunter.

»Ich … Nichts … Ich wollte nur … Hör mal, ich muss da einfach ganz schnell hin, deswegen …«

»Prima, dann kann ich dich ja hinführen. Ich kenne den Weg!«

»Ich würde wirklich lieber …«

»Dann kannst du mir auf dem Weg alles über die *Anstrengenden Flugreisen* erzählen!«

»Heiner, ich will wirklich nicht mit dir …«

»Und ich kann dich meiner neuen Freundin Lila vorstellen!«

»Heiner, nun versteh doch endlich, dass ich … Moment, du kannst was?«

»Ich kann dich meiner neuen Freundin Lila vorstellen! Die ist total nett!«

»Ist Lila denn … Ist Lila eine Wolfmörfin?«

»Na klar! Und sie ist auch Musikerin! Ihre Band heißt *Die Letzten leisen Lurche.*«

Religion ist im Müützelwald eine etwas komplizierte Geschichte. Es gibt hier so viele verschiedene Wesenheiten, körperliche, unkörperliche und solche, die sich in ihrer Erscheinungsform zwischen diesen beiden Polen bewegen, dass das Konzept von Gottheiten im weitesten Sinne jenseits der diesseitigen Sphäre nicht ganz einfach erscheint. Aber auch die Müützelwälder stellen sich Fragen nach dem Woher, Wohin und Wozu und leben aufgrund ihrer Unterschiedlichkeit viele verschiedene Arten von Spiritualität. Auch Wolfmorfe sind nicht frei von religiösen Vorstellungen, ganz im Gegenteil, pflegen diese aber anderen Wesen nicht unbedingt auf die Nase zu binden. Sie gestalten und leben ihren Glauben, wie es ordentlichen Wolfmorfen geziemt: geradlinig, robust und mit einem gerüttelt Maß Pragmatismus. Wolfmorfe glauben, dass sie nach dem Tode in das Andere Erdreich eingehen, um mit all den anderen Seelen toter Wolfmorfe zu musizieren und im

Wesentlichen eine Menge Spaß zu haben. Dort im Anderen Erdreich sind alle musikalischen Differenzen vergessen, und die Seelen vereinigen sich zu einer letzten, ewigen, endgültigen Jamsession, in der jeder seinen Part hat. Und über die Wolfmorfe, tot oder lebendig, wacht der Tiefe Morf, der Schöpfer, Vater und musikalische Mentor aller Morfe, der durch seinen immerwährenden Gesang den Wolfmorfen ihre Musikalität eingehaucht und einem jeden sein ganz invidueIles Talent mit auf den Weg gegeben hat. Meist ist der Tiefe Morf damit beschäftigt, gemeinsam mit den Seelen im Anderen Erdreich zu musizieren und ihre Musik in sein Werk einzuflechten, das er am Ende der Zeit abschließen und zur Aufführung bringen wird. Aber manchmal, wenn er sich das Dasein der lebenden Wolfmorfe besieht, greift er ein und korrigiert streng, aber weise die Geschicke seiner Kinder.

»Danke, Tiefer Morf ...«, flüstert Iggy. Müde schließt er einen Moment die Augen. Freude und Dankbarkeit über die Aussicht, Lila wiederzusehen, und die Gereiztheit darüber, beim Öffnen der Augen wieder Heiners immergleiches Lächeln ertragen zu müssen, halten sich auf verstörende Weise perfekt die Waage.

»Woher kennst du Lila?«, fragt er den Eumelschneck.

»Das ist eine etwas doofe Geschichte«, erläutert Heiner mit ernstem Gesichtsausdruck. »Lila war mit den *Letzten leisen Lurchen* für einen Gig am Pinken Teich gebucht, beim Cnic-Cnac-Festival, für eine Kooperation mit den Poppern von den *Neon Newbies*. Ursprünglich konnte sich Lila aber mit den *Neon Newbies* darauf einigen, dass sie aus dem Vertrag entlassen wird, um mehr Zeit für die Vorbereitung auf Rocking the Forest zu haben. Nun aber bestehen die *Neon Newbies* plötzlich auf der Erfüllung des Vertrages, was ihr gar nicht passt. Deswegen hat sie sich mit ihrer Band auf den Weg hierher zum Pinken Teich gemacht, um den Gig doch noch zu spielen.«

Iggy rümpft nachdenklich und verärgert vor sich hin. *Diese verdammten Popper.*

- - - - - - - - - - -

Anknüpfend an die eindimensionale Struktur dieser Geschichte, in der der Held und Protagonist, Iggy der Wolfmorf (der hinter seinem ach so behäbigen Äußeren im Laufe der Handlung – Überraschung! – doch Züge eines Abenteurers erkennen lässt), wirklich eindimensional fiesen und unsympathischen Widerlingen (den Libellenpoppern) entgegengestellt wird, soll dem Leser natürlich hier und jetzt noch einmal gezeigt werden, wie fies und unsympathisch die Libellenpopper-Widerlinge doch tatsächlich sind. Dies geschieht, indem noch eins draufgesetzt und erläutert wird, dass diese fiesen und unsympathischen Libellenpopper-Widerlinge auch nicht davor zurückschrecken, junge, sympathische und hilflose Musiker vermittels einer rechtlichen Zwangslage unter Druck zu setzen. Weitere Aspekte fieser, unsympathischer Widerlichkeit werden gewiss folgen.

- - - - - - - - - - -

»Na, und wie hast du Lila denn jetzt kennengelernt?«, bohrt er nach.

»Ach, das war wirklich ein lustiger Zufall!«, berichtet Heiner fröhlich. »Ich und mein Freund Brummel der Eumelschneck saßen hier ganz in der Nähe auf einem Stein in der Mittagssonne und haben Freundschaftsbändchen für unsere Lieblingsband, *Stig Banane und die Pralinés*, geflochten …«

»Die freuen sich ganz bestimmt über Freundschaftsarmbändchen«, wirft Iggy sarkastisch ein.

»Ja, total, oder?«, ruft Heiner begeistert. »Auf jeden Fall waren wir ganz vertieft und haben kaum bemerkt, dass auf einmal Lila neben uns auftauchte, um uns nach dem Weg zu fragen. Da haben wir uns gleich angefreundet, und sie hat uns auch wirklich hilfreiche Tipps für die Freundschaftsarmbänder gegeben!«

»Welche Tipps hat sie euch denn gegeben?«, fragt Iggy skeptisch.

Heiner zögert kurz, und ein Schatten des Zweifels huscht über seine Züge.

»Sie hat uns geraten, die Armbänder, wenn wir sie fertig haben, für etwa vier Wochen in einem besonders schlammigen Tümpel einzuweichen, weil sie dann schön geschmeidig werden und beim Musizieren nicht so stören. Das haben wir dann auch gemacht, aber mir ist noch nicht so richtig klar, wie wir sie nach den vier Wochen wiederfinden sollen.« Seine Miene hellt sich auf: »Aber wenn wir gemeinsam zum Pinken Teich wandern, kann ich Lila ja noch einmal fragen.«

Iggys Welt ist von einer zuckrigen Schicht Rosa überzogen.

»Naaaaa, kommst du mit?«

»Ob ich mitkomme? Da kannst du Gift drauf nehmen!«

»Super«, strahlt Heiner. »Komm, bis zum Pinken Teich ist es nicht mehr weit!«

Stumm trottet Iggy neben Heiner her. Seine Laune hat sich deutlich gebessert, was in Anbetracht seines Begleiters nicht selbstverständlich ist. Während der Eumelschneck leise schmatzend neben ihm dahingleitet, übergießt er den Wolfmorf langsam mit einem warmen und klebrigen Schwall von Erzählungen, vorgetragen in einem monotonen, heiteren Tonfall.

Und zwar: über seinen Wohnort (das Weinbergschneckhaus, tief vergraben in einem von Reben überschatteten Hügel unweit Iggys eigener Behausung), seine musikalischen Vorlieben (Schneckschnack, Müützelwald-Schlagermusik, die – obschon oft totgesagt – sich im Müützelwald doch immer wieder großer Beliebtheit erfreut, von Iggy allerdings eher als eine nur bedingt wirksame Methode zur Geburtenkontrolle betrachtet wird), seine Freunde (deren Namen Iggy sich nicht merken kann, von denen er aber vermutet, dass sie ähnliche Eumel sind wie Heiner) und allerlei weitere Dinge, die Iggy nicht mitbekommt, weil er längst nicht mehr zuhört. Er schaltet auf kommunikativen Autopilot und kommentiert Heiners Erzählungen mit gleichmütigen »Tatsache?«, »Ist nicht wahr«, »Du bist ja (H)einer«, »Wahnsinn«, »Hätte ich ja nie«, »Hajaklar«, »Das sind ja welche«. Mechanisch stapft er vor sich hin, lässt sich führen und hängt seinen Gedanken nach.

Die beiden Wanderer befinden sich – sehr zu Iggys Wohlwollen – wieder in einem deutlich belebteren und zivilisierteren Teil des Waldes. Je näher sie dem Pinken Teich kommen, desto lauter raschelt und rumort es in Unterholz und Baumkronen, allerlei Pfade schlängeln sich über den Waldboden, und Heiner grüßt so manch ein Wesen, das ihren Weg kreuzt, mit fröhlicher Begeisterung. Und der Eumelschneck freut sich wie ein kleiner König über die ebenso fröhlichen Erwiderungen, die ihm die Gegrüßten artig entbieten. »'n Abend, Eumel!« – »Na, Dumpfschneck?« – »Gleichfalls, Bengelschneck!« – »Fließ heim, du schleimige Banzar-Diarrhö« und dergleichen mehr. Beflügelt von so viel Aufmerksamkeit, Charme und Zuwendung der Waldmitbewohner, beschleunigt er seinen Schritt und Iggy mit ihm.

Schließlich beginnt es durch das Geäst zu blinken und zu schillern, und dann, nach wenigen Schritten durch dichtes Unterholz, stehen die beiden am Ufer eines schmalen Ausläufers des Pinken Teiches.

Die Sonne schickt letzte, breite Strahlenbahnen durch die kühle Abendluft, die die Wanderer bereits erschauern lässt, und lässt die Gewässer und Pflanzen aufblitzen. Deren würziger, methandurchwirkter Geruch kitzelt Iggy in der Nase. Noch einmal steigert sich das Brausen der Flugwesen, die die Sümpfe wie grobe Schleier überziehen, ehe die Sonne den Horizont berührt. In der Ferne ragt die Pinke Weide empor; ihre sonst grellpinken Blüten leuchten in der Dämmerung in einem edlen, zartsilbrigen Rosa.

Als die Sonne hinter dem Horizont versunken ist, erstirbt das Brausen nach und nach, und es beginnt über den Sümpfen zu funkeln und zu glitzern: Allenthalben werden im Schilf, in den Weiden, in den Büschen und Bäumen Lampen entzündet, kleine und große in vielerlei Gelb-, Rot-, Orange- und Pinktönen. Dichte Schwärme von kleinen Glühkäfern erheben sich aus dem Schilf und tanzen in anmutigem Licht- und Farbspiel, begleitet von feinem Gesang.

Niemand kann Iggy nachsagen, dass er diese Gegend je besonders mochte: Zu sehr ist sie ihm die Heimat der Wesen, die ihm im weiten Müützelwald am unsympathischsten sind, ja, die er am meisten verachtet. Aber auch er kann sich den Wundern des Pinken Teiches nicht entziehen. So steht er noch eine Weile neben dem ebenfalls (überraschenderweise) stummen Heiner und schaut zu, wie sich das Spiel der Lichter über dem Pinken Teich entfaltet.

Endlich bricht er das Schweigen. Zögernd sagt er: »Heiner, ich habe ein Problem. Ich muss tiefer hinein in das Gebiet des Pinken Teichs, und ich will total gerne deine neue Freundin Lila kennenlernen. Aber die Libellen dürfen mich nicht erkennen. Ich weiß nicht, wie ich das anstellen soll.« Widerwillig setzt er hinzu: »Kannst du mir helfen?«

Der Eumelschneck blickt Iggy mit seinen großen, wässrigen Augen lange an. Dann huscht ein feines Lächeln über seine Züge, das Iggy irgendwie Unbehagen bereitet.

»Kein Problem, Iggy«, sagt er schließlich. »Ich kümmere mich darum, lass mich nur machen.«

Der Pinke Teich ist eine der am dichtesten besiedelten Gegenden des Müützelwaldes und folglich auch eine der belebtesten und vielleicht aufregendsten. Und so fest er in der Hand der knurrigen Libellenpopper sein mag, so anziehend wirkt er andererseits auf alle Wesen des Waldes, die nach Gesellschaft, Inspiration, Förderung oder vielleicht einfach nur nach Neuem und Unbekanntem suchen.

Für Flug- und Schwimmwesen ist es natürlich nicht schwer, sich am Pinken Teich zurechtzufinden. Für Landwesen wie Iggy und Heiner stellen die weitverzweigten Sumpfarme, mäandernden Bäche und tückischen Tümpel allerdings eine nicht zu unterschätzende Herausforderung dar. Aber Zivilisation und musikalischer Tourismus haben dem Pinken Teich ihren Stempel aufgedrückt, und so helfen ausgeschilderte Straßen und Pfade den Wanderern, wenn nicht unbedingt trockenen Fußes, so doch zumindest lebend ihren Weg zu finden. Die größte dieser Straßen, der Gssst-Gssst-Boulevard oder auch »Der Streifen«, zieht sich in zahllosen Kurven und Windungen einmal rings um den Pinken Teich herum. Meist schlängelt er sich, überdacht von wogenden, turmhohen Halmen, durch hohes Schilf, manchmal überquert er Brücken und Stege oder gräbt sich bisweilen sogar Tunnel durch das feuchte Erdreich, von deren Decke feine, tropfende Wurzeln dem Wanderer über das Gesicht streichen.

Nachdem Iggy und Heiner das Gebiet des Pinken Teichs an seinen nördlichsten Ausläufern betreten haben, wenden sie sich nach Westen und wandern eine Zeitlang durch das Schilf an den sich windenden Ufern entlang. Heiner scheint sich in dieser Gegend bestens auszukennen: Ohne nur einmal zu zögern, führt er Iggy, weitab von allen größeren, belebten Straßen und Wegen, über schmale, einsame Pfade. Nach einer Weile entfernen sie sich wieder vom Ufer, der Boden wird fester, die umstehenden Bäume höher und die Nacht dunkler, das Funkeln und Leuchten der Lichter über dem Pinken Teich schwächer. Dann wendet er sich scharf nach rechts in den Wald hinein, durch ein dichtes Nadelgehölz hindurch. Nach wenigen Metern sieht Iggy Feuerschein durch die Zweige schimmern. Schließlich brechen die Wanderer auf eine kleine Lichtung, die so dicht von Zweigen umschlossen ist, dass sie das Lagerfeuer und die kleine Gruppe von Eumelschnecks, die sich dort versammelt haben, wie eine behagliche Höhle umgeben.

Großes Hallo empfängt Iggy und Heiner, den die Eumelschnecks offenbar nicht erwartet haben. Misstrauisch rümpft der Wolfmorf umher, aber er kann nichts entdecken, das ihm irgendwie bedrohlich erscheint.

Heiners Freunde sind emsig mit allerlei Handarbeiten beschäftigt: Überall auf der Lichtung liegen Stofffetzen, Bänder, Schnallen, Borten, kleine Glöckchen und sonstiger Tand in vielerlei Farben, vor allem aber in Gelb- und Rosatönen. Heiner begrüßt die Eumelschnecks einzeln und stellt sie Iggy reihum vor. Der bemüht sich gezwungen um Freundlichkeit, scheitert aber dennoch daran, sich alle Namen zu merken – außer Brummels, den er aus Heiners Geschichte mit den Freundschaftsarmbändchen für *Stig Banane und die Pralinés* wiedererkennt. Brummel scheint ein wenig älter als Heiner zu sein, denn seine Haut ist straffer und weniger feucht, und sie weist die Ahnung eines Blaustichs auf, was auf das Nahen der Geschlechtsreife hinweist.

Nachdem die Eumelschnecks in monotonem Singsang Herzlichkeiten ausgetauscht haben, räuspert sich Heiner wichtig: »Meine lieben Eumelschnecks, unser Gast hier, Iggy der

Wolfmorf, benötigt unsere Hilfe. Iggy möchte inkognito den Pinken Teich bereisen. Ich habe mir Gedanken gemacht, wie das zu bewerkstelligen sein könnte. Nun, ich habe einen Plan: Wir brauchen ein weiteres Kostüm!«

Voll unguter Vorahnungen blickt Iggy ihn an. »Ein Kostüm? Was für ein Kostüm denn?«

Wieder umspielt jenes feine Lächeln Heiners Züge, und dieses Mal beunruhigt es Iggy noch mehr. Er könnte schwören, auch einen Hauch Bosheit darin zu entdecken, aber er schiebt den Gedanken entsetzt beiseite, denn ein Eumelschneck, der zu Bosheit fähig ist, würde ihm richtig Angst machen.

»Nun«, antwortet Heiner langsam, »meine Freunde hier bereiten sich gerade auf den Auftritt unserer Lieblingsband *Stig Banane und die Pralinés* vor, die morgen beim CnicCnac-Festival auftreten werden. Wie du sicher weißt, ziehen sich Schneckschnack-Fans bei Konzerten gerne lustig und farbenfroh an, weil ja auch Schneckschnack so lustig und lebensfroh ist. Wenn du dich so anziehst wie wir, wird dich niemand für einen Forest-Doom-Musiker halten!«

Iggy lässt seinen Blick über die unfertigen Kostüme gleiten, über die bunten Quasten, Aufschläge, Rüschen und Schleifchen.

»Oh, ist mir schlecht …«, murmelt er.

»Was meintest du, Iggy?«

»Ach nichts, das ist eine ganz prima Idee!«

Iggy »Keeper of Doom« Wolfmorf, Gewinner der »Goldenen Dolde« beim 227. Rocking the Forest Band Contest, ist geneigt, diesen Moment als den absoluten Tiefpunkt seiner Karriere zu betrachten. Er stapft missmutig neben Heiner her, während seine Scham in einem schreiend roten Kleidchen und mit einer Narrenkappe auf dem Köpfchen auf seiner Schulter hockt und ihm mit einer Kindertröte ununterbrochen gellend ins Ohr tutet.

Der Wolfmorf zeigt sich heute auf den Wegen des Pinken Teiches in einem Traum von Gelb und Rosa. Geschickte Eumelschneck-Pfötchen haben ihm unzählige bunte Bändchen in den Pelz geflochten. Zwei etwas größere, strahlend gelbe Bändchen sind auf seinem Kopf in die nun wirklich beeindruckende Wutbürste eingewirkt worden und hüpfen beim Gehen keck auf und ab. Schräg über der Schulter trägt er eine leuchtend weiße Schärpe, auf der in kunstvoll kalligraphierter schwarzer Schrift eine Zeile aus einem der bekanntesten Hits von *Stig Banane und die Pralinés* prangt: »Komm zu mir ins Baumhaus und von dort in die Wolken!« Die eigentliche Krönung seines festlichen Konzertgewandes aber ist ein dünner, rüschenbesetzter gelber Schal, der sich wie in feinen Wolken um seinen Hals legt und elegant zu beiden Seiten bis fast zu den Hinterpfoten abfällt.

Neben ihm stolziert Heiner, ebenso eumelhaft festlich angetan, wobei aber der Schneck (was Iggy mit einer gewissen Verbitterung zur Kenntnis genommen hat) das Festliche eher durch das Schlichte zur Geltung bringt. Er hat sich als einziges Konzertaccessoire eine lange, wallende, gelb und rosa gestreifte Toga angelegt. Man muss neidlos zugestehen, dass er sie mit seinen schwingenden Bewegungen wirklich zu tragen weiß. Heiner sieht (zumindest in einer Welt, in der Songs wie »Juhuhuuu, nur duhuhuuu« die Musikkultur prägen) hinreißend aus.

»Ich finde das toll, dass du Schneckschnack gegenüber so aufgeschlossen bist, Iggy«, plaudert er fröhlich, während der kleine Wolfmorf in einer schwarzen Wolke aus Wut und innerer Pein neben ihm herstapft. »Ich wünschte ja, du würdest morgen mit uns zum Konzert gehen, du würdest sicher ganz viel Spaß haben! Aber was deine weitere Reise angeht, so brauchst du dir keine Sorgen zu machen, glaube ich: In diesem Konzertkostüm wird dich am Pinken Teich niemand erkennen. Kein aufrechter Forest-Doom-Musiker würde sich freiwillig so anziehen.«

Die Wolke um Iggy färbt sich in schnellem Wechsel von Nachtschwarz zu Blutrot zu Grellgelb zu Giftgrün und wieder zurück zu Schwarz.

»Nein, das glaube ich auch nicht!«, zischt er mehr zu sich selbst und windet sich den Schal um den Kopf, so dass nur noch seine Schnauze aus den gelben Rüschenwolken hervorrümpft.

Heiner hat ihn wieder auf den Pfad zurück zum Ufer und dann auf belebtere Wege geführt. Über den Pinken Teich beginnt sich die typische nächtliche Geräuschkulisse dieses seltsamen, aber so aufregenden Teils des Müützelwaldes zu spannen: Nicht nur Libellen in allen erdenklichen schrillen Farbgebungen, nein, Wesen aller Art sind zu dieser Zeit unterwegs, auf den Wegen und Pfaden herrscht ein beständiges Kommen und Gehen. Unterschiedlichste Gesangs-, Geräusch- und Klangfetzen sind von nah und fern zu hören, und darunter, darüber und dazwischen das Brausen und Knacken von Libellen, die ihrer Musik frönen. Wann immer Iggy am Pinken Teich ist, kann er sich seiner Wirkung nicht entziehen, das weiß er. Das Unbehagen, auf die Libellen mit ihrer albernen Musik zu treffen, verbindet sich mit dem nervösen Zauber dieses Ortes, der ihm ein Kribbeln über die Haut kriechen lässt.

Für den modisch und musikalisch gedemütigten Wolfmorf gibt es einen geringen Trost: Niemand kümmert sich in der Menge um die beiden ungleichen Wanderer, von denen der eine stolz dahingleitet, während sich der andere so tief wie möglich in seinem Gewand versteckt.

Als sie schließlich auf eine breite, dammartige Landbrücke treffen, die linker Hand ins Herz des Pinken Teiches hineinführt, werden sie sogleich von einem Strom von Wesen aufgesogen und mitgerissen. Immer tiefer führt der Damm ins hohe Schilf hinein, bis es sich vollständig hoch über den Köpfen der Reisenden schließt. Nach etwa einer halben Stunde erreichen sie ein hohes Tor, aus dem heller Lichtschein verheißungsvoll auf den Damm fällt und den Zugang zum Gssst-Gssst-Boulevard markiert.

Ich schau dir in die Augen, Kleines

Das Licht unzähliger bunter Lampen durchflutet in allen nur denkbaren Gelb-, Rot-, Orange- und Pinktönen den weiten, domartigen Tunnel aus Schilfhalmen. An seinem Grund wuseln Wesen aller Art, überflogen und übertanzt von großen und kleinen Flugwesen, so dass der gesamte Tunnel immer in Bewegung erscheint. Die schiere Höhe der Schilfdecke und das geschäftige Wuseln im künstlichen Licht, während zwischen den Halmen die schwarze Nacht eine samtene Decke über das brausende Treiben breitet, verleihen der Szenerie etwas Unwirkliches.

In seiner Geschäftigkeit ist der »Streifen« nur mit der Riesendrillingslichtung vergleichbar: Es wird gegessen, getrunken, geschlürft, ausgesaugt, man kloppt sich, verträgt sich, handelt, kauft, tauscht, schenkt, verleiht, unterschlägt, singt, grölt, spielt, komponiert; Tickets für Konzerte in der Pink-Wing-Libellenpop-Arena oder einer ihrer Nebenbühnen werden an das Wesen gebracht, Musik wird begutachtet, kritisiert, interpretiert, aufgeführt, geliebt oder verachtet.

Der Duft essbarer Köstlichkeiten, der sich über den Boulevard schlängelt, erinnert Iggy daran, dass er nach diesem anstrengenden Tag nicht nur erschöpft, sondern vor allem wirklich hungrig ist.

»Du siehst hungrig aus, Iggy. Sollen wir uns etwas zu essen holen?«, schlägt Heiner vor.

»Worauf du einen lassen kannst, Alter!«, schnauft Iggy und hat sich bereits zur gegenüberliegenden Seite des Boulevards in Bewegung gesetzt, von wo ein ganz besonderer Duft seine aufmerksame Nase erreicht hat.

Unzählige Buden und Stände reihen sich an dieser Seite des Boulevards aneinander, in denen jedes im Müützelwald nur denkbare Lebensmittel feilgeboten wird. Zunächst natürlich Libellennahrung, sprich Kleininsekten aller Art, ganz oder in Teilen, drapiert und angeboten auf diese unappetitliche, unordentliche und irgendwie unhygienische Weise, die jedem genuss- und stilbewussten Wolfmorf das Fell zu Berge stehen lässt. Horden übelgelaunter Riesenlibellen umlagern die Stände, viele von ihnen bereits in stark alkoholisiertem Zustand. Iggy versucht, möglichst großen Abstand zu ihnen zu halten, schon allein, um nicht auf die Panzer-, Flügel- und Fühlerreste zu treten, die den Boden um die Libellenstände herum bedecken.

Aber zum Glück gibt es auf dem »Streifen« nicht nur Libellenfraß zu kaufen: Es gibt Stände mit Wurzelbier in allen nur erdenklichen Sorten und Stärken; saftige Regenwurm-Pommes, gereicht auf frischen, essbaren Domo-Blättern; riesige dampfende Suppenkessel, in denen perfekt aufeinander abgestimmte Teams von Suppenkaspern aus den Trallala-Bergen eifrig herumrühren; Stände von Flugdingels, an denen in flachen Eisenpfannen wagenradgroße Omeletts brutzeln, die von den Dingels im Flug mit frischem Gemüse weniger belegt als vielmehr beworfen werden; schattige Hütten von Harzlingen, die in kleinen Kesseln klebrige, aber köstlich nach Tannen duftende Süßigkeiten kochen; große, eher schon hausähnliche Hütten, in denen Banzars ihre legendären Barbecues anbieten (wobei man es allerdings im eigenen Interesse unterlassen sollte zu fragen, von welchen Wesen die saftigen Steaks und Spieße denn eigentlich stammen); schmächtige Faume aus dem Krazznuuf-Massiv, die bedächtig große Platten von herrlich mürbem Knäckebrot backen, das sie dann mit kunstvoll gewürzten und geschichteten Kräutern belegen.

Daher bahnt Iggy sich energisch einen Weg durch die Menge, während Heiner etwas mühsam versucht, mit ihm Schritt zu halten – und dabei Schläge und Knüffe derjenigen einstecken muss, über die der Wolfmorf zu rüde hinweggestapft ist. Bisweilen stößt der Wolfmorf wilde Flüche aus, wenn er wieder einmal über seinen Schal zu stolpern droht oder ein unaufmerksamer Passant zu sehr an den Schleifchen und Bändchen zerrt, obwohl er sich die ja am liebsten selbst vom Leibe reißen würde.

Er weiß überhaupt nicht, wo er anfangen soll. Eine Weile wandert er unschlüssig umher und weidet sich an den Gerüchen und Bildern. Schließlich ersteht er von einem griesgrämig dreinblickenden Drilch eine große Schale Nussbrei mit Beeren, durchflochten mit Albkraut und mit Zuckereckern bestreut. An einem weiteren Stand bewaffnet er sich mit einer großen Tasse Pruppbeerentee, denn, ja, nach der langen Wanderung mit so vielen Gefahren und Abenteuern verlangt es ihn nun, an die Behaglichkeit seines heimischen Baumhauses erinnert zu werden.

Mit der Teetasse in der einen und der Schale mit Nussbrei in der anderen Pfote wendet er sich um, um nach Heiner Ausschau zu halten, den er schließlich ein paar Meter weiter in der Menge an einem Stand mit frittierten und gezuckerten Nesselfäden erspäht. Der Eumelschneck unterhält sich soeben mit einer Gruppe junger Wolfmorfe nebst einem Faulrindenkäfer. Moment, junge Wolfmorfe und ein Faulrindenkäfer? Iggy bleibt wie angewurzelt stehen. *Die Letzten leisen Lurche*! Wo sie sind, da kann auch Lila nicht weit sein! Und tatsächlich: Kaum ist der Gedanke wie ein Kugelblitz durch sein Bewusstsein gerast und hat alle Synapsen in einem Feuersturm entzündet, da teilt sich die Menge, und Lila tritt, mit einem großen Krug Wurzelbier in der Pfote, zu der Gruppe hinzu.

Die bunten Lampen des Gssst-Gssst-Boulevards werfen einen wunderbaren Schimmer auf ihren dunkelgoldenen Pelz. Aber sie sieht müde aus, ihre schwarzen Knopfaugen wirken stumpf, die feinen Härchen um ihre wohlgeformte Schnauze glanzlos. In liebevoller Anbetung steht Iggy, mit Tee und Brei in den Pfoten, inmitten der Menge und betrachtet still Lila, seine Lila.

Da teilt sich die Menge erneut, und ein weiterer Wolfmorf tritt zu der Gruppe hinzu. Er ist großgewachsen, das Gesicht ebenmäßig geschnitten, sein dichtes Fell von auffallend schwarzbrauner Farbe. Kräftige Muskelstränge spielen unter dem dunklen Pelz. Ein wirklich gutaussehender Morf, das muss Iggy neidlos zugestehen. Der Neuankömmling tritt hinter Lila und legt ihr seine große Schaufelpfote leicht auf den Nacken. Sie wendet sich ihm zu, und ein Strahlen tritt in ihre Augen. Er beugt sich zu ihr hinab, wispert ihr etwas ins Ohr. Ihr glockenklares Lachen weht zu Iggy hinüber und durchbohrt ihn wie mit Messerstichen.

»Iggy! Hier! Huhu, Iggy! Hier sind wir!«

Heiner wedelt aufgeregt mit den Fächerpfoten und winkt ihn heran. Iggy könnte nicht peinlicher berührt sein. Wie oft hat er sich das erneute Zusammentreffen mit Lila in leuchtenden Farben ausgemalt. Üblicherweise war er in diesen Tagträumen frisch und ausgeschlafen, alle seine Probleme lagen hinter ihm, er trat von einer Bühne, umjubelt von einem Publikum, das soeben den besten und härtesten Forest Doom gehört hatte, besser noch als der der *Müützel Monotones* zu ihren besten Zeiten. Und dort neben der Bühne erwartete ihn dann sie, Lila, die schönste, klügste Wolfmörfin des gesamten Waldes, seine Wolfmörfin, um ihn, ihren Forest-Doom-Helden, in ihre weichen Arme zu schließen.

Nun aber schiebt er sich knurrend, gnarfend und fluchend durch eine dichte Wesenmenge am Pinken Teich, Nussbrei und Tee verschüttend, völlig übernächtigt und am Ende seiner Kräfte, ohne Band und Perspektive, mit gelben und rosa Bändchen im Pelz und mit einer Schärpe angetan, auf der zu lesen steht: »Komm zu mir ins Baumhaus und von dort in die Wolken!«

»Lila, darf ich vorstellen? Das ist Iggy!«

»Hallo, Iggy.«

Er nimmt seine letzten Kräfte zusammen, um sich aufzurichten, um seiner Erscheinung trotz der albernen Schneckschnack-Verkleidung ein winziges bisschen Würde zu verleihen, vor allem aber, um unter der durchdringenden Kraft dieser wundervollen, tiefen, bernsteinfarbenen Augen nicht zusammenzuzucken.

»Hallo, Lila.«

Die Wolfmörfin lässt ihren Blick lange auf ihm ruhen, mustert ihn belustigt von oben bis unten. Ein Lachen umspielt ihre müden Augen, aber es liegen weder Spott noch Gehässigkeit darin.

»Was für ein Wiedersehen, Iggy Wolfmorf. Bei unserer ersten Begegnung ein sprachloser Forest-Doom-Held, und jetzt ein Schneckschnack-Anhänger mit einer Vorliebe für extravagantes Äußeres? Du bist wirklich ein wandlungsfähiger Morf!«

»Ich … Es ist nicht, wie du denkst, Lila. Es ist eine lange Geschichte.«

»Das glaube ich dir aufs Wort. Und ich bin wirklich neugierig, mir die Geschichte bei nächster Gelegenheit erzählen zu lassen!«

»Wirklich?«

»Na klar! Aber ich habe gehört, du hast eine neue Band gegründet?«

»Ich … Habe ich das?«

»Ach komm, jetzt tu mal nicht so geheimnisvoll. *Iggy und die Anstrengenden Flugreisen* sollen ja *die* angesagte neue Forest-Doom-Band sein! Ich bin schon ganz gespannt! Man sagt, du bereitest für Rocking the Forest dieses Mal etwas ganz Besonderes vor. Wann und wo kann man euch sehen?«

Aus den Augenwinkeln kann Iggy gerade noch den Blick auf einen winzigen Glockenbold erhaschen, der mit einem fast lautlosen »Huuuuuuiiiiiii!« über Lilas Schulter hinweg zu Boden entert und sich wie ein kleiner hellgrüner Blitz in Sicherheit bringt.

»Naja, das … die …« Er holt tief Luft. In seinem Kopf rasen die Gedanken umher wie ein aufgescheuchter Fauchbienenschwarm.

Irgendwo in seinem Unterbewusstsein ist auf einmal leises Getrappel zu hören. Irgendwelche winzigen Bewusstseinsteilchen haben genug davon, in seiner Hirnrinde den lieben langen Tag Schirmchencocktails zu trinken. Sie lassen alles stehen und liegen, eilen geschwind durch die Hirnrinde und holen eine große Papptafel hervor, die sie unter großem Tamtam und Hallo vor Iggys geistiges Auge halten. »SETZ ALLES AUF EINE KARTE, WAS HAST DU SCHON ZU VERLIEREN, VOLLMORF!«, steht darauf geschrieben.

»Das mit den *Anstrengenden Flugreisen* wird eine richtig

coole Sache, das kann ich dir flüstern«, hört er sich selbst wie durch eine dicke Moosdecke sagen, »aber zum jetzigen Zeitpunkt kann ich noch nicht zu viel verraten, sonst verderben wir uns den ganz großen Auftritt, den wir geplant haben! Aber du solltest uns unbedingt hören, wenn es so weit ist!«

»Cool. Ich freu mich drauf!«

»Und, was geht bei dir so, Lila? Was machst du in diesem illustren Teil des Waldes?«, fragt er, nimmt betont lässig einen Schluck von seinem Pruppbeerentee, nascht ganz cool von seinem Nussbrei und wischt sich echt entspannt eines dieser HIMMELDIEMACHENMICHNOCHKOMPLETTWAHNSINNIG!-albernen Bändchen aus dem Gesicht.

Tiefer Morf, warum habe ich das gesagt? Was sollte der Blödsinn mit den Anstrengenden Flugreisen? *Warum habe ich das bloß gesagt?*

»Aber das habe ich dir doch schon erzählt!«, wirft Heiner fröhlich ein. »Weißt du nicht mehr? Die Probleme, die Lila mit den *Neon Newbies* hatte, die sie nicht aus ihrem Vertrag beim CnicCnac-Festival entlassen wollten?«

Lila blickt irritiert von einem zum anderen, Iggy wiederum mustert Heiner finster.

»Doch, das weiß ich noch!«, blafft er den Eumelschneck an. »Aber weißt du, das …«

»Komm, lass, Iggy«, wirft Lila müde und mit einem langen Seitenblick auf Heiner ein. »Du scheinst es ja schon gehört zu haben, dass wir gewisse Probleme hatten. Eigentlich war alles klar: Wir besorgen Ersatz, werden aus dem Vertrag entlassen, müssen nicht bei dem blöden Festival mit den blöden *Neon Newbies* spielen und können uns besser auf Rocking the Forest vorbereiten. Aber auf einmal haben die blöden Popper sich quergestellt und darauf gepocht, dass wir morgen spielen. Aus heiterem Himmel! Wir hatten bisher eigentlich eine ziemlich gute Arbeitsbeziehung mit den Libellen von den *Neon Newbies*, aber als hätte ihnen jemand den Kopf umgedreht, wollten sie es auf einmal anders. Und das Schlimmste war, sie haben uns gedroht, falls wir nicht spielen sollten.«

»Gedroht?«

»Ja, gedroht! Sie kamen mit ein paar richtig widerlichen, riesigen Schwarzlibellen an, weißt du, die aus dem Umpfmoor, die uns ziemlich unzweideutig bedeutet haben, dass wir nicht nur niemals mehr einen Gig am Pinken Teich bekommen würden, wenn wir nicht spielten, sondern dass wir auch noch einiges anderes erleben würden. Richtig furchteinflößend waren die. Die sind fast zudringlich geworden, aber Lutz ist dazwischengegangen und hat Schlimmeres verhindert.«

»Lutz? Wer ist Lutz?«, fragt Iggy.

»Ich bin Lutz. Sehr erfreut, Iggy Wolfmorf.« Mit einem charmanten, selbstsicheren Lächeln macht der große Wolfmorf neben Lila einen halben Schritt auf Iggy zu.

»Ja, Lutz ist auch total nett!«, kräht Heiner. »Und so mutig!«

»Ja, das ist er«, schnurrt Lila und blickt voller Bewunderung zu Lutz auf. »Ich wüsste gar nicht, was ich ohne ihn getan hätte.« Und sie gräbt ihre Pfote in den schwarzen Pelz seines muskulösen Arms, zieht ihn zu sich herunter und reibt ihm einen zärtlichen Kuss auf die Schnauze.

Na, da habe ich Sie mal wieder auf dem falschen Fuß erwischt, was? Jetzt dachten Sie, na klar, der Zimmermann macht einen auf Liebesgeschichte, und weil's so schön ist, übertragen wir einfach menschliche Verhaltensweisen und Maßstäbe auf Wolfmorfe: Da gibt's dann schmachtende Blicke, muskulöse Arme und natürlich einen richtigen Kuss. Aber nein, nein, Sportsfreundinnen und Sportsfreunde, so einfach machen wir uns das natürlich nicht! Na klar übertrage ich menschliche Verhaltensweisen und Maßstäbe auf Wolfmorfe, Sie sollen sich ja mit unseren lustigen Pelztieren hier identifizieren können; aber eben immer mit diesem entscheidenden Detail, das Sie aus Ihrer Selbstgefälligkeit reißt. Also, sitzen wir jetzt wieder auf der Stuhlkante? Prima. Wolfmorfe haben's nämlich nicht so mit Zunge an Zunge. Das machen sie zwar manchmal auch, aber eher, um ihre Jungen zu füttern, gelegentlich auch mal beim Liebesspiel, kann, muss aber nicht. Weil aber Wolfmorfschnauzen so unendlich empfindlich sind, gibt's eben für den Wolfmorf und die Wolfmörfin (konservativ – Sie erinnern sich – »Wolfmorfette«) nix Schöneres, als die Schnauzen zärtlich aneinanderzureiben. So richtig schön durch den zarten Flaum rings um das Empfindlichste, um sich im Duft des anderen förmlich zu baden. Sind Sie im Bilde? Schön. Also, weiter geht's.

- - - - - - - - - - -

Iggy war von dem unerwarteten Zusammentreffen mit Lila so überrumpelt, dass er den ersten Schock, die Angebetete in liebevoller Innigkeit mit einem anderen und dazu noch so hinreißenden Morf zu sehen, fürs Erste verdrängt hatte. Aber nun hämmert die Wirklichkeit ihm die Botschaft mit Banzar-Vorschlaghämmern ins Bewusstsein: Lila ist vergeben.

»Was tut er da? Warum macht er das?«, kreischt die Libelle schrill.

Verzweifelt hält sie die Flasche fest, in der sich Blubb in seiner flüssigen Form rasend schnell im Kreis dreht. Der Wirbel, den er erzeugt, kriecht die Flaschenwände hoch, gleichzeitig bringt er die Flasche dadurch nicht nur zum Beben, sondern heizt sie auch auf. Schon beginnt die Wärme der Libelle an ihren Krallenfüßen unangenehm zu werden.

Hinter ihr kauert Bsssngng und mahlt nervös mit den Mundwerkzeugen, während sie über die Bewacherin hinweg die Flasche nicht aus den Augen lässt.

»Keine Ahnung, aber halt die Flasche fest, ich denke nach!«

»Dann denk schneller nach, die blöde Flasche wird immer wärmer!«

»Ich denke ja nach!«

»Aber ich … was ist das?«

Der Wirbel ist plötzlich zum Stillstand gekommen. Blubb hat sich auf der gesamten Innenseite der Flasche ausgebreitet, sich aber in der Mitte wie eine kleine Kerze aufgerichtet und betrachtet ruhig und prüfend die Libellen, die ihm mit ihren riesigen Facettenaugen entgegenstarren. Winzige Fingerchen trommeln auf einem winzigen Ärmchen einen unhörbaren Rhythmus.

»Ts, ts, ts«, macht Blubb. Selbst für das scharfe Libellengehör ist er von außen kaum zu hören.

Die Bewacherin hat die Flasche abgestellt und beobachtet fasziniert und entgeistert das Schauspiel. Der Pfützengnom nähert sich der Flaschenwand und klopft an das Glas. Automatisch nähern sich von der anderen Seite zwei Libellenköpfe. Blubb gestikuliert übertrieben, um seine Worte verständlich zu machen, aber sie wären nun auch so zu hören.

»Wisst ihr, was wir jetzt machen sollten?«, ruft er. Automatisch schütteln die Libellen die Köpfe. »Wir sollten die Korken knallen lassen!«

Auf einmal geht alles sehr schnell. Der Pfützengnom zieht sich auf dem Boden der Flasche zu einem kleinen, transparenten Klumpen zusammen. Ein Bruchteil einer Sekunde später schießt der Klumpen den Flaschenhals hinauf, mit einem lauten Knall löst sich der Korken, und der Pfützengnom fliegt in hohem Bogen dem Korken hinterher. Mit einem leisen »Pflatsch« kommt er auf dem schmutzigen Boden der Libellenhöhle auf und rast mit atemberaubender Geschwindigkeit dem Ausgang entgegen. Die Libellen werfen sich herum, um die Verfolgung aufzunehmen, stolpern übereinander, verheddern sich in ihren Flügeln, versuchen aber trotzdem, in höchster Eile zum Ausgang zu fliegen. Doch es ist zu spät.

Blubb ist entwischt.

»Und ich sag dir, du kannst … einem … Iseltink … nicht … trauen!«, lallt Iggy, und bei jedem Wort klopft er mit einer Schaufelpfote gegen die Brust von Zille, dem Iseltink, Barkeeper von *Zilles Bierbaum & Laublounge*. »Schau dir doch mal die Texte von Sip an, ›Sip der Große‹, jaja, genau. Alle Welt sagt immer, boah, was war der toll, Liedtexte bis heute unübersetzbar, aber der war so toll, jeder Zuhörer hat sie trotzdem verstanden. Natürlich hat sie jeder verstanden, der betrügerische Iseltink hat doch jedes Mal vor einem Konzert literweise Schwarze Libelle in die Biertanks gekippt, so dass das Publikum restlos zugedröhnt war und sich dann alles Mögliche bei den Texten ausgedacht hat. Und siehst du: Genau das meine ich. Man kann … einem … Iseltink … nicht … trauen.« Und wieder klopft er bei jedem Wort gegen die Brust von Zille – dem Iseltink.

Der poliert mit zwei seiner fünf grünen Tentakelarme einen Bierhumpen, wischt mit zwei anderen die Theke und trommelt nervös mit dem fünften einen schnellen Rhythmus auf seiner kreisrunden, platten grünen Nase, während er finster auf den betrunkenen Wolfmorf hinunterstarrt. Dessen glasiger Blick trifft den seinen, und für ein paar Momente hält der Wolfmorf ihm schwankend stand. Dann hebt er seine Pfote wieder und klopft ihm noch einmal auf die Brust: »Außer dir natürlich. Dich mag ich, Xil.«

»Zille.«

»Auch recht. Komm, gib mir noch einen.«

»Meinst du nicht, dass du langsam genug hast?«

»Ich? Genug? Ich bin ein Wolfmorf! Das hier ist wie Milch für mich!«

»Das hier ist Wilder Waldwutz, der stärkste Kräuterschnaps, den man in diesem Teil des Müützelwaldes bekommen kann. Und dein Schwanz hängt in deinem Glas. Ach, und jemand hat was auf deine komische Schärpe gemalt, jetzt steht da ›Komm zu mir ins Baumhaus, lass uns schmutzig Liebe machen!‹«

»Ich will noch einen Schnaps haben! Ich hab dir genug Kröten gegeben, um deine ganze schmutzige Kaschemme zu kaufen!«

»Du hast mir noch keine einzige Kröte gegeben, und wenn dir meine Kaschemme nicht gefällt, dann kannst du ja wieder gehen.«

»Oh, habe ich nicht?«

»Nein.«

»Hm. Na gut.«

Iggy angelt brummelnd nach seinem Reiserucksack, wischt eine undefinierbare, wahrscheinlich äußerst gesundheitsschädliche Mischung aus verschiedenen hochprozentigen alkoholischen Getränken von den Weidenruten, kramt eine Weile darin herum und lässt dann behutsam eine kleine Währungskröte auf die Theke hoppeln. Wieder starren sich Iggy und Zille wortlos an, bis der Wolfmorf seufzend eine weitere kleine Kröte auf die Theke entlässt, die sogleich anfängt, leise mit der ersten um die Wette zu quaken.

»Scheißjob«, murmelt Zille, greift hinter sich in das Regal aus dunkel gebeiztem Wurzelholz, entnimmt ihm eine bauchige Flasche mit einer dickflüssigen, braunen Flüssigkeit und schenkt nach.

Während Zille mürrisch weiter seine Gläser poliert, nippt Iggy schweigend an seinem Getränk. Ganz langsam sinkt sein Kopf der Theke entgegen, bis die Stirn schließlich auf seinem felligen Arm ruht. Das Gehör von Iseltinken ist nicht so gut wie das von Wolfmorfen, trotzdem vernimmt Zille noch ein leises Gebrabbel aus dem in sich versunkenen Fellbündel.

»Ach, Lila …«, ertönt es leise aus dem traurigen Haufen, und der Iseltink könnte schwören, dass es ein wenig erstickt klingt, wie unter Tränen.

IX

Noch 3 Tage bis zum
237. ROCKING THE FOREST BAND CONTEST

Schwerer Kopf und leichte Muse

Iggy erwacht von dem extrem unangenehmen Gefühl vieler kleiner, kratzender und kitzelnder Strohhalme an seiner empfindlichen Schnauze. Ein gewaltiger Nieser katapultiert ihn in den neuen Tag und verursacht außerdem eine beeindruckende Explosion von Heustäubchen in der hellen Lichtbahn, die durch eine Türöffnung direkt auf ihn fällt.

Ächzend und orientierungslos versucht er, sich aufzurappeln, tastet mit den Schaufelpfoten nach Halt, bekommt aber nur weiche Heuhaufen zu fassen, so dass er brummelnd eine Weile Paddelbewegungen ausführt, wie ein Rückenschwimmer in einem Heutümpel. Schließlich erkennt er die Nutzlosigkeit seines Unterfangens und liegt für einige Minuten still da.

Inzwischen hat sich die Erkenntnis, was vergangenen Abend geschehen ist, leise zu Wort gemeldet. Sie hebt schüchtern den Finger und ruft Iggy ins Bewusstsein, dass der helle Sonnenstrahl, der durch die Türöffnung fällt, ihm nicht nur angenehm das Fell wärmt, sondern auch eine Supernova des Schmerzes in seinem großen, hohlen Kopf entzündet. Es sei, so rät die Erkenntnis mit leiser, bedächtiger Stimme, vielleicht besser, für einen Moment die Augen zu schließen. Wer könnte einem so bedächtig vorgetragenen und dazu noch so vernünftigen Rat widersprechen? Also tut er wie ihn geheißen.

Eine fellige Schaufelpfote schließt sich wütend um den Hals der zappelnden Erkenntnis, als Iggy gewahr wird, dass er sich mit dem Schließen seiner Augen auf ein unzulässig schnell drehendes Karussell begeben hat. Er fängt an zu keuchen und zu würgen, was der Erkenntnis die Gelegenheit gibt, sich blitzschnell seinem Griff zu entwinden und hastig das Weite zu suchen.

In seiner Not entschließt sich Iggy nun zu einem gewagten Manöver: Während er unter mühsamer Anspannung seiner Willenskraft die Übelkeit niederkämpft, wirft er sich herum, um dem unheilvollen Einfluss des Sonnenstrahls auf seine Denkfähigkeit und Schmerztoleranz zu entfliehen. Gleichzeitig gräbt er sich blitzschnell, mit den Schaufelpfoten voran und den Hinterpfoten in der Luft, abwärts in das Heu hinein.

Nach kurzer Zeit stößt er auf festen Erdboden, was es ihm ermöglicht, sich auf die Hinterpfoten zu stellen und sich aufrecht, bis zur Brust eingegraben, ein Bild der Lage zu machen: Er befindet sich in einem niedrigen, kreisrunden Schuppen, dessen Wände aus den übermorfhohen, bräunlich grünen und holzigen Blättern des Tambabaumes zusammengesetzt sind. Der Schuppen ist im Wesentlichen von Wand zu Wand mit Heu angefüllt. Die kreisrunde Blatttür steht einen Spaltweit offen. Leises Schnarchen von mehreren im Heu eingegrabenen Gestalten lässt auf weitere Wesen schließen, die hier ihren Rausch ausschlafen. Einziger weiterer Gegenstand in dem Schuppen ist eine große Schubkarre, die neben der Tür an der Wand lehnt. Iggy ahnt, dass er und die anderen Schläfer möglicherweise mittels dieser Schubkarre ihren Weg in den Schuppen gefunden haben.

»Na? Wieder da? Gut geschlafen?«

»Danke. Es geht.«

Iggy lässt den Blick durch den kleinen Schankraum von *Zilles Bierbaum & Laublounge* schweifen, der im hereinflutenden Licht des hellen Morgens staubig und schäbig wirkt. Zilles Kneipe ist – genau wie der angrenzende Schuppen, in dem er aufgewacht ist – kreisrund und aus Tambabaumblättern errichtet, die, nebeneinander in der Erde verankert, eine niedrige Kuppel bilden. Mit ihren verjüngten Enden treffen sie allerdings nicht ganz zusammen, so dass eine Öffnung entsteht, durch die ein blasser, wolkenloser Herbsthimmel zu sehen ist. Bis auf die knorrige Theke ist der Schankraum nur mit kleinen und großen Baumstümpfen ausgestattet, die als Tische und Hocker dienen. Für einen späten Vormittag ist die Kneipe schon bemerkenswert gut gefüllt: Wesen aller Art, darunter aber nur vereinzelte Libellen, trinken und plaudern. Kneipenwirt Zille der Iseltink fuhrwerkt mit seinen fünf grünen Tentakeln hinter der Theke herum, während er den Wolfmorf prüfend mustert, der sich (noch etwas unsicher auf den Beinen) an die Theke lehnt.

»Sorry wegen der Schubkarre. Aber das ist bei mir so üblich. Irgendwie muss ich ja abends den Laden leer kriegen. Und erfrieren soll eben auch niemand.«

»Schon in Ordnung.«

»Habe ich dir gestern schon gesagt, wie gut dir dieses Schneckschnack-Outfit steht?«

»Ja, hast du. Sorry wegen des zerdepperten Glases.«

»Das war's absolut wert.«

Iggy beugt sich weit über die Theke und bringt seine Schnauze nahe an Zilles kreisrunde, platte grüne Nase. »Du hast doch niemandem verraten, wer ich bin, oder?«

Zille blinzelt zweimal ärgerlich mit seinem großen, bogenförmigen Auge – was schon bei einem einzigen Blinzeln ein recht beeindruckendes Schauspiel ist, bis das große, fleischige

Lid von rechts nach links und wieder zurück über das Auge gewischt ist.

»Iggy, wir kennen uns nun schon echt lange. Du weißt doch, dass du mir vertrauen kannst!«, zischt er und nimmt dann seine Tätigkeit wieder auf, ordnet Gläser und Flaschen und beobachtet die Gäste, um frische Bestellungen abzufangen. »Konterwaldwutz?«

»Nein, danke. Ich glaube, ich hatte genug.«

»BÄÄÄÄÄP. ›Sätze, die ein Wolfmorf hätte sagen müssen, um heute keinen grauenhaften Kater zu haben!‹« Zille bricht in das raue, keckernde Lachen der Iseltinke aus.

»Sehr lustig, Zille. Komm, gib mir was zum Ausnüchtern, du hast da doch immer was auf Lager.«

»Kein Problem. Sekunde.«

Mit einem Ächzen hievt sich Iggy auf einen Hocker an der nach langen Nächten und schalen Getränken riechenden Theke. Kurze Zeit später steht ein großer irdener Krug vor ihm, in dem eine dunkelgrüne, dickflüssige, schwer und würzig nach Erde und Tannenwald duftende Flüssigkeit schwappt. Er rümpft misstrauisch über Krug und Flüssigkeit. Etwas scheint sich darin zu bewegen. Er rümpft ein wenig aufmerksamer. Und stutzt; rümpft noch einmal. Er blickt auf den Krug, dann auf Zille, und wieder auf den Krug. In der grünen Flüssigkeit zieht ein kleiner, sehr platter Fisch langsam seine Kreise.

»Zille?«

»Hmmmm?«

»Das …«

»Sorry. Es waren immerhin 18 Waldwutze.«

»18?«

»18.«

»18.« Iggy seufzt schwer. »Na denn.« Und er leert den Krug in einem Zug.

Eine Welt ohne Schmerz ist eine sanfte, versöhnliche Welt. Eine Welt, in der die helle Morgensonne nicht tödliche Lichtschwerter schwingt, sondern zärtlich und heilend wärmt, ist eine Welt, in der es Hoffnung gibt.

Iggy fummelt sich umständlich die letzte kleine Gräte aus den Zähnen. Vor ihm steht eine große, dampfende Tasse Pruppbeerentee. Er hat eine Weile mit Zille geplaudert und nutzt nun die Zeit, während dieser sich um seine Gäste kümmert, um nachzudenken. Dank Zilles Auferstehungstrank sind zwar seine körperlichen Beschwerden im Wesentlichen abgeklungen, ansonsten aber ist seine Lage nach wie vor deprimierend, ja genau genommen deprimierender denn je zuvor. Er ist noch immer ohne Band, der Contest findet in drei Tagen statt, derjenige, der ihm angeblich helfen kann (ohne dass Iggy bisher eine Ahnung hätte, wie), ist nach wie vor verschwunden, noch immer steckt er in dieser albernen Schneckschnack-Verkleidung, und die Wolfmörfin, die ihm wie keine vorher sein Herz gestohlen hat, hat einen anderen. Der einzige Lichtblick ist vielleicht, dass ihm Heiner abhandengekommen zu sein scheint. Irgendwann im Laufe des gestrigen Abends muss er ihn …

»Hallooooo. Naaaaa?«

Na klar. Er widersteht dem Impuls, den Kopf auf die Tischplatte zu schlagen, und dreht sich betont langsam um.

»Hallo, Heiner. Ich hatte dich schon vermisst.«

»Ach, wirklich?«, strahlt Heiner. »Ich dich auch! Auf einmal warst du weg, und ich hab dich den ganzen Abend lang gesucht! Aber das ist ja ein Glück, dass ich dich wiedergefunden habe!«

»Ja, was ein Glück.«

»Aber sag doch mal, wie siehst du denn aus? Dein schönes Kostüm ist ja ganz dreckig und verrutscht und so. Warte, ich helfe dir ein bisschen.«

Ohne eine Reaktion abzuwarten, beginnt Heiner, an Iggy herumzuzupfen, Schleifchen und Schärpe zu ordnen, Strohhalme aus seinem Pelz zu pflücken und Heustaub abzuklopfen. Schicksal und Selbstbeherrschung haben sich links und rechts neben Iggy gesetzt und halten ihm ein ganzes Sammelsurium von Riechfläschchen unter die Nase.

»Heiner, lass das!«

»Oh, bitte entschuldige, ich wollte dir nur helfen.«

»Ja, danke, aber ich schaffe das schon, vielen Dank!«

Heiner betrachtet den Wolfmorf nachdenklich. Der versucht, sich wieder seinem Pruppbeerentee zuzuwenden, gibt das Unterfangen aber auf, weil Heiner ihn noch immer schweigend ansieht. Mit einer nervösen Bewegung zerwühlt er sich mit beiden Händen den Nackenpelz.

»Heiner, was ist denn? Wie kann ich dir helfen? Warum stehst du da einfach so rum und sagst nichts?«

»Du musst letzte Nacht ja ganz schön wenig geschlafen haben«, meint der Eumelschneck versonnen, die Fächerpfötchen vor dem Bauch verschränkt.

»Naja, es ging so«, brummt Iggy mürrisch, »irgendwann muss Zille mich rausgeworfen und in seinem Schuppen abgeladen haben. Dann habe ich wohl geschlafen wie ein schwer alkoholisierter Säugling.«

»Aber wie hast du es dann geschafft, die ganzen Plakate aufzuhängen?«

»Plakate?«

»Na, die Plakate für euren großen Auftritt heute Abend! *Iggy und die Anstrengenden Flugreisen* beim CnicCnac-Festival! Ich kann dir sagen, die Ankündigung und die Guerilla-Plakataktion gestern Nacht haben am Pinken Teich eingeschlagen wie eine Bombe!«

Iggy starrt den Eumelschneck blöde an. »Sag mal, was laberst du Eumel da eigentlich?«

Zum ersten Mal seit ihrer ersten Begegnung schleicht sich ein beleidigter Ausdruck auf Heiners Gesicht.

»Bitte sag nicht ›Eumel‹ zu mir. Wir Eumelschnecks mögen das nicht besonders.«

Ihr seid wirklich ein tragisches Völkchen, denkt sich Iggy. »Tut mir leid«, sagt er.

»Schon gut«, strahlt Heiner wieder versöhnt, »komm, du musst dir den Trubel ansehen, den du verursacht hast. Das wird eine ganz große Sache, da hast du nicht zu viel versprochen. Komm, na komm!«

Und er zerrt und zupft so lange an Iggy herum, bis der sich knurrend und brummelnd und in sich hineinschimpfend mit der Teetasse in der Pfote von seinem Hocker herunterbequemt und sich von Heiner durch das Wesen- und Stimmengewirr zum Ausgang drängen lässt.

Er blinzelt und rümpft ungnädig in das helle Sonnenlicht, das inzwischen zum Mittagssonnenlicht geworden ist, empfängt aber doch dankbar die warmen Strahlen, denn über Nacht ist es deutlich kühler geworden, und ein frischer, fast schon beißender Wind zieht über den Pinken Teich hinweg und kündet vom nahenden Winter.

Zilles Bierbaum & Laublounge, nach Iggys fester Überzeugung die einzig wirklich akzeptable Kneipe am Pinken Teich, liegt fast direkt am Gssst-Gssst-Boulevard inmitten eines dichten Schilfdickichts, das wiederum direkt hinter dem Gebäude in das große, sumpfige Seengelände übergeht, in dessen Mitte sich die Pinke Weide erhebt. Der Boulevard ist von der Kneipe aus über einen schmalen Pfad zu erreichen, der so dicht überwuchert ist, dass er vom »Streifen« aus leicht übersehen werden kann.

Heiner eilt mit dem widerstrebenden Wolfmorf im Schlepptau und unter allerlei »Was-ein-Blödsinn«-, »Pure-Zeitverschwendung«- und »Kann-mir-mal-jemand-erzählen-was-hier-eigentlich-los-ist«-Genörgel den Pfad entlang, bis sie nach wenigen Metern auf den Boulevard treffen.

Auf dem »Streifen« herrscht das übliche Gewühle unzähliger Wesen, aber Heiner lässt sich davon nicht beirren und zieht den Wolfmorf hinein in die lärmende, mahlende Menge. Nach kurzer Zeit erblickt Iggy mitten auf der breiten Straße eine große Anschlagtafel aus geflochtenen Ruten, die über und über mit Mitteilungen und Anzeigen hauptsächlich musikalischer Art bedeckt ist: »Für die heutige offene Probe mit *Krrrrzt und die Motten* sind noch Tickets erhältlich! Jetzt zugreifen!«, steht da zum Beispiel, oder »*Dzzzzagzag & Fuuut*: Jetzt mit neuen Songs! Nur noch morgen in der Gsasass-Nebenarena!«

Eine dichte Wesentraube hat sich vor der Tafel gebildet. Ein Trupp Kleisterlinge ist noch damit beschäftigt, dem Plakat den letzten Schliff zu geben, das nun die Hauptfläche der Schautafel bedeckt. Heiner zieht Iggy in die Menge hinein.

Kleisterlinge sind eine Spezies des Müützelwaldes, denen ihre einzigartige Physiognomie zu einer ganz besonderen Rolle innerhalb des soziomusikalischen Gefüges der Waldgesellschaft verholfen hat: Es handelt sich um kleine, beige Käfer mit kurzen Fühlern, deren Thorax igelartig mit kurzen Stacheln versehen ist. Ihre sechs Beine laufen in breiten, tellerartigen Füßen aus, die beständig ein klebriges Sekret absondern. Letzteres trägt nicht unbedingt zu ihrer allgemeinen Beliebtheit bei, denn wo eine größere Menge an Kleisterlingen auftaucht, da sollte man darauf gefasst sein, regelmäßig die Füße reinigen zu müssen, um nicht festzukleben. Kleisterlinge sind pflichtbewusste und recht dröge Zeitgenossen, die der Kunst im Allgemeinen und der Musik im Speziellen ziemlich gleichgültig gegenüberstehen. Nichtsdestotrotz sind sie eine gutartige Gattung, die sich im weiten Müützelwald auf ihre ganz eigene Weise nützlich macht: Man findet sie häufig im Werbegeschäft, wo sie im Umfeld von Konzerten und Festivals für die Aufstellung von Plakaten und sonstigen Werbeträgern verantwortlich zeichnen. Wer einmal gesehen hat, wie ein Werbekommando von 30 bis 50 Kleisterlingen ein Großflächenplakat zwischen zwei Baumriesen spannt, wird das Schauspiel so schnell nicht vergessen: Zunächst wird der Untergrund durch leise fräsende Beißwerkzeuge aufgeraut, dann stanzen kleine Beinchen in präziser Gleichmäßigkeit lange Reihen von Klebenestern hinein. Danach wird das zuvor in geheimer Falttechnik zusammengefaltete Plakat in wiederum perfekt synchronem Flug an die richtige Stelle gehoben, in fließender Eleganz aufgefaltet und auf die Klebenester aufgesetzt. Mit den nachwachsenden Stacheln, die die Kleisterlinge völlig unbedenklich ihren eigenen Körpern entnehmen können, wird das Plakat noch einmal zur Sicherheit fixiert und hält nun auch dem Aufprall eines ausgewachsenen Hornreihers stand.

So. Na? Gelangweilt? Recht so. Meinen Sie, ich mache das hier aus Jux und Tollerei, Sie mit diesen fliegenden Büroutensilien, diesen Tackern auf sechs Beinen, anzuöden? Natürlich nicht. Sie wollen doch nur wissen, was auf dem Plakat steht. Ja-ha-haaa, sage ich da nur, da sind Sie nicht die Einzigen! Millionen von Menschen jeden Tag in Waldkirch im Breisgau allein, die jetzt genau wie Sie diesen Epochenroman in den Händen halten, lechzen nur danach, endlich zu erfahren, welche unfassbar originelle Wendung diese unendlich spannende Geschichte nehmen wird. Aber wir lesen doch schon eine ganze Weile miteinander, deswegen wird Ihnen unmittel-

bar einleuchten, dass ich spätestens jetzt einen Ruf zu verlieren habe. Ich unterlasse es an dieser Stelle aber ausnahmsweise, Sie, den Leser oder die Leserin (ja, hier wird gegendert. Himmel, wir leben doch nicht mehr im 20. Jahrhundert), in gewohnter Weise zur Sau zu machen, denn ich will Ihnen freundlich und wohlwollend zugestehen, dass Sie im Laufe dieses Buches dazugelernt haben und sich nicht mehr wie eine Horde literarischer Lemminge die nächste Spannungsklippe hinunterstürzen. Aber mein guter Ruf erfordert es eben, dass Sie noch einmal ein bisschen zappeln müssen, als wären Sie durch Zufall auf einen Kleisterling-Stehempfang geraten und dort zu lange bei den Canapés stehen geblieben. Wodurch wir nun wieder einmal auf irrsinnig originelle Weise die Kurve gekriegt hätten.

\- - - - - - - - - - -

Die Kleisterlinge wuseln von der Schautafel herunter. Das Plakat ist noch von einer schützenden Folie aus halbtransparenten Blättern abgedeckt, doch jetzt ist es so weit: Auf ein Zeichen des Vorarbeiters lösen zwei Kleisterlinge die fixierenden Stacheln, die Folie löst sich, und aufgeregtes Gemurmel brandet auf. Iggy schaut, stutzt, reibt sich die Augen, schaut noch mal hin. Mit einem scharfen Zischen zieht er die Luft ein. Er packt Heiners Arm, um das Gleichgewicht nicht zu verlieren.

Ein riesenhafter Iggy blickt drohend von dem Plakat auf die Menge herab. Er sitzt auf dem Rücken irgendeines geflügelten Wesens und befindet sich offenbar auf direktem Kollisionskurs mit einem prächtigen Baumriesen. Seine Schnauze ist zu einem wilden Forest-Doom-Schrei verzerrt, und trotzig streckt er seine Gitana dem Betrachter entgegen. Darunter steht in knallroter Beerenfarbe:

IGGY UND DIE ANSTRENGENDEN FLUGREISEN

Und darunter, ebenso groß:

FOREST DOOM OVER MÜÜTZELWALD!

Und darunter, etwas kleiner:

Das Überraschungsdebüt des Jahres!
Heute ab Sonnenuntergang
beim CnicCnac-Festival auf der Nebenbühne im Rubinwald!

Sein fassungsloses Schimpfen geht fast völlig in dem Geplapper der Menge unter, die aufgeregt diese neue Musikattraktion des Müützelwaldes diskutiert.

Mühsam versucht Heiner, den rasenden Wolfmorf zurückzuhalten, der sich wie ein Besessener in die Menge gestürzt hat, um das Plakat von der Schautafel herunterzureißen. Schaum trieft ihm von der Schnauze, und viele Wesen weichen erschrocken vor dem roten Blitzen in seinen Augen zurück, während er sich mit wütenden Schlägen einen Weg durch sie hindurchzubahnen versucht. Aber er kommt nicht weit, die aufgeregte Menge stemmt sich gegen diesen offenbar verwirrten, fehlgeleiteten Wolfmorf-Schneckschnack-Anhänger mit der albernen und ziemlich schmutzigen Verkleidung. Er wird mit beherzten Knüffen, Schlägen und Tritten abgedrängt und steht wenig später, keuchend und zerknittert, wieder an Heiners Seite.

»Ich weiß gar nicht, was du hast, Iggy. Gefällt dir das Plakat nicht mehr?«

»NEIN, DAS PLAKAT GEFÄLLT MIR NICHT! ES GEFÄLLT MIR GANZ UND GAR NICHT! DIESES PLAKAT SOLLTE HIER NICHT HÄNGEN!«

»Oh, haben die Kleisterlinge es an der falschen Stelle aufgehängt? Na, das passiert manchmal. Aber natürlich ist das sehr ärgerlich. Du solltest sie darauf aufmerksam machen. Vielleicht geben sie dir einen Rabatt.«

»HEINER, ICH HABE DIESES PLAKAT NIE IN AUFTRAG GEGEBEN!«

»Na, das geht natürlich überhaupt nicht. Die Kleisterlinge müssen sich schon an den Auftrag halten. Aber ansonsten scheinen sie ja echt gute Arbeit geleistet zu haben. Und billig kann das alles auch nicht gewesen sein. Dir scheint dieser Auftritt ja wirklich sehr wichtig zu sein.«

Heiner schaut sich um, und Iggy folgt mit blutunterlaufenen Augen seinem Blick. So weit das Auge reicht, ist der Boulevard übersät mit Plakaten der *Anstrengenden Flugreisen*. Überall an Halmen, Buden und Anschlagtafeln hängen zwischen den übrigen Veranstaltungsankündigungen, die den »Streifen« bedecken, malfrische Plakate der unerwarteten Newcomer-Band.

»Ich verstehe das alles nicht«, murmelt Iggy.

»Was verstehst du nicht?«, fragt der Eumelschneck verständnislos.

Iggy dreht sich zu ihm um und starrt ihn durchdringend an: »Jetzt hör mir mal bitte gut zu. Beobachte meine Schnauze und achte auf jedes einzelne meiner Worte: Es gibt keine Band, die *Die Anstrengenden Flugreisen* heißt! Ich habe momentan überhaupt keine Band. Ich habe keines dieser Plakate in Auftrag gegeben, geschweige denn selber aufgehängt. Ich plane keinesfalls einen Auftritt beim CnicCnac-Festival, weder heute Abend noch sonst irgendwann. Der einzige Auftritt, den ich geplant hatte, war der bei Rocking the Forest, aber der wird mangels Band nun wohl auch ausfallen. Heiner, irgendetwas geht hier vor. Irgendjemand versucht, mich vor dem gesamten Müützelwald lächerlich zu machen, und dieser Jemand betreibt sein Vorhaben mit erschreckender Energie. Ich sage dir, das sind diese Libellen. Sie haben sich gegen mich verschworen. Sie wollen mich vernichten.« Er macht eine dramatische Pause, während in seinen Augen schwarzes Feuer lodert. »Und, beim Tiefen Morf, in diesem Augenblick bin ich geneigt zu glauben, dass sie es schaffen werden!«

Er wendet sich um und tappt unsicheren Schrittes zurück in Richtung *Zilles Bierbaum & Laublounge.* Dann bleibt er kurz stehen. Ohne sich umzudrehen, sagt er: »Vielen Dank für deine Hilfe, Heiner. Aber ich muss jetzt ein wenig alleine sein.« Er zögert, dann blickt er sich doch noch einmal nach dem Eumelschneck um. »Du bist zwar mit Abstand das Nervigste, was mir jemals untergekommen ist, aber du bist wirklich ein guter Kerl.« Dann geht er langsam den Boulevard hinab und verschwindet schließlich in der Menge.

Heiner blinzelt irritiert, kratzt sich mit einer Fächerpfote am Kopf. Ein seltsamer Ausdruck huscht über seine Züge. Dann blickt er kurz um sich und verschwindet ebenfalls in der Richtung, in die Iggy gegangen ist.

In seiner Verzweiflung war es Iggys erster Gedanke gewesen, der Wirklichkeit einfach zu entfliehen und zu diesem Zweck die tröstliche Gesellschaft eines doppelten Dutzends Waldwutze zu suchen. Aber dann hat sich wolfmörfischer Überlebenswille geregt. Nein, Iggy Wolfmorf wird sich so schnell nicht geschlagen geben. Diese miesen Dreckslibellenknackinsektenpfuscher sollen ihn kennenlernen.

Tief in Gedanken versunken, wandert er umher, immer in nördlicher Richtung den Boulevard entlang. Kann das wirklich nur das Werk von Bsssngng und Gngang gewesen sein? Nein, er kennt diese Unholde zwar schon lange und weiß, wozu sie fähig sind, und mittlerweile weiß er auch, dass sie auch vor Gewaltverbrechen nicht zurückschrecken. Aber die Aktion mit den Plakaten ist nicht ihr Stil – zu raffiniert, zu clever, viel zu aufwendig. Könnten sie Unterstützung von außerhalb der Popperszene gehabt haben? Er hat den Glockenbold gesehen, der Lila offenbar diese dämliche Geschichte mit den *Anstrengenden Flugreisen* eingeflüstert hat. Aber Iggy kann sich beileibe nicht vorstellen, dass Gunnar oder irgendeiner seiner Freunde ihn auf diese Weise verraten würde. Will man ihn vielleicht zwingen, sich zu erkennen zu geben, nachdem er sich inkognito an den Pinken Teich herangeschlichen hat? Das wiederum würde für die Täterschaft der Libellen sprechen. Aber was kann er jetzt tun? Heute Abend beim Festival einfach nicht auftauchen? Ausgeschlossen, man würde ihn nie wieder irgendwo spielen lassen. Das ist das eherne Gesetz der Müützelwälder Auftrittskultur: Man erscheint auf der Bühne, egal wie schlecht vorbereitet, nüchtern oder alkoholisiert, alleine oder mit Band, mit oder ohne Noten. Es ist ehrenvoller, alleine auf leerer Bühne im eigenen Erbrochenen zu ersticken, als die Bühne erst gar nicht zu betreten. Ein Müützelwälder Sprichwort lautet: »Wer das schadenfrohe Gelächter einer Wesenmenge nicht ertragen kann, sollte nicht Musiker werden.« Und recht hat man damit. Jawohl: Notfalls wird er, begleitet nur von gelegentlichem Zischen des Publikums, das die Stille durchschneidet, von der Bühne gehen, hocherhobenen Hauptes unter den Augen der Mörfin, die er liebt, die er aber niemals wird haben können. Aber vielleicht will man ihn ja gar nicht von der Bühne gehen lassen?! Vielleicht will irgend*jemand*, irgend*etwas* ihn heute Abend gerade alleine auf dieser Bühne haben! Ein Mord auf offener Bühne, der Tod im Angesicht einer total ausflippenden, vielleicht aber auch einer schweigenden Menge?

Er bleibt stehen. Seine Gedanken rasen, er macht einige fahrige Bewegungen, als wolle er den Nebel vor seinen Augen wegwischen. Schließlich richtet er sich auf und holt tief Luft. Ein einziger, klarer Gedanke arbeitet sich mühsam durch den Dunst: Wer sich auch immer hinter diesem Komplott verbirgt, Iggy Wolfmorf wird sich nicht verstecken. Iggy Wolfmorf wird heute Abend diese Bühne betreten, ohne Verkleidung, und seinen Gegnern in die Augen sehen. Es bleibt jetzt nur noch eines zu tun: Er braucht eine Uga-Uga.

Eine kleine Bongobongolei

Die Uga-Uga ist im Müützelwald mehr als nur ein Instrument, sie ist eine musikalische Legende: Ihre Anfänge liegen schon so weit zurück in Müützel'scher Vorzeit und sind derart überrankt vom Gestrüpp ihrer Entstehungsmythen, dass niemand mehr sagen kann, wie sie wirklich entstanden ist. Sie hat die Musikgeschichte des Müützelwaldes beständig begleitet, wurde für jede denkbare Stilrichtung eingesetzt und hat unzählige unterschiedliche Erscheinungsformen hervorgebracht. Grundform und -idee sind aber seit Wesengedenken unverändert geblieben: Zwei Trommeln unterschiedlicher Stimmung sind fest nebeneinander fixiert. Die Trommeln sind aus dem Holz des volltönenden Gruguug-Baumes gefertigt, die Bespannung aus dem getrockneten und in Scheiben ausgeschnittenen Saft der Mara-Weide. In den Trommelkorpus führen eine oder mehrere Röhren hinein, die der Musiker auf unterschiedliche Weise nutzen kann: Sie können während des Trommelns als Blas-, bei geschickter Atem- beziehungsweise Zungentechnik aber auch als Rhythmusinstrumente benutzt werden. Dadurch, dass die Röhren ebenfalls aus Gruguug-Holz gefertigt sind, können sie auch mittels Klopf- und Streichtechniken in die Komposition einbezogen werden.

Es ist allgemein akzeptiert, dass die Uga-Uga zum fundamentalen Kulturerbe des Müützelwaldes gehört. Wolfmorfe wären aber nicht Wolfmorfe, und Iggy wäre nicht Iggy, wenn er hierzu nicht, sagen wir, eigene Ansichten entwickelt hätte. Er ist im Wesentlichen der Meinung, dass der Tiefe Morf die Uga-Uga geschaffen hat, um Forest Doom darauf zu spielen. Er ist sich bewusst, dass er damit die überwiegende Mehrheit der Wesen des weiten Müützelwaldes gegen sich hat, aber es hat sich schließlich noch niemand deswegen bei ihm beschwert, und wenn jemand das täte, na, dann würde er ihm schon was trommeln.

Entschlossen und mit dem guten Gefühl, einen ehrenvollen Untergang vorzubereiten, schreitet er voran. Zufrieden grunzend hat er sich die Schneckschnack-Verkleidung heruntergerissen, denn nun hat er keinen Grund mehr, sich zu verstecken. Sie (wer auch immer »sie« sein mögen) wollen seinen Ruf und sein musikalisches Erbe vernichten? Sollen sie doch kommen und ihn holen. Und Lila, seine Lila schützen, das ist offenbar nicht mehr seine Aufgabe. Das soll »Lutz« übernehmen, und ja, im Wolfmörfischen gibt es eine eigene Intonation bei Worten, die hämisch in Anführungszeichen gesetzt werden!

Iggy weiß, was er jetzt zu tun hat: Er wird sich zu Gibangyiya der Cemeise begeben, einer der besten Instrumentenbauerinnen im gesamten Müützelwald. Gibangyiya war bisher nicht immer seine erste Wahl gewesen, was zum einen damit zu tun hat, dass sie ihre Werkstatt am Pinken Teich eingerichtet hat. Zum anderen aber waren er und Gibangyiya in der Vergangenheit bei bestimmten Themen, nun ja, nicht immer unbedingt einer Meinung gewesen.

Er zweigt vom Gssst-Gssst-Boulevard ab und folgt einem schmalen, sumpfigen Pfad, der ihn in südöstlicher Richtung tiefer in das Gebiet des Pinken Teiches hineinführt. Schon nach kurzer Zeit werden die Vegetation auffälliger, die Farben greller, der Gesang der Vögel schriller, die Luft wärmer und drückender. Große, grellrosa Pflanzen mit übermorfhohen, segelartigen Blättern wachsen am Wegesrand empor und umstehen ihn bald wie dichte Mauern. Dazwischen schlängeln sich fahlgrüne Schlingpflanzen über den Boden, aus deren dicken Strängen lange, lanzettförmige Stacheln wachsen. Schwere Gerüche überwabern den Pfad und legen sich auf ihn wie schwere Decken. Schläfrig blinzelnd stapft Iggy den Weg entlang und wischt sich ab und zu brummend durch den Pelz, um winzige Fliegen abzuwehren, die ihn mit ihren rubinroten Flügelchen frech umsummen. Er schwitzt in seinem dicken Winterpelz.

Nach etwa einer Stunde verbreitert sich der Pfad zu einer kleinen Lichtung. Sie ist von einer hohen Mauer jener grellrosa Segelblätter umstanden, die so dicht und ein wenig geneigt stehen, dass die Lichtung überwiegend in schwülem Schatten liegt. Die Luft stockt und steht, nur das träge Brummen von Insekten ist zu hören.

Auf der rückwärtigen Seite, gegen die Blätterwand geduckt, erhebt sich aus dem Boden die hölzerne Kuppel einer toten Zanzipnuss. Zanzipnüsse kommen nur einzeln und in feuchtem, sumpfigem Gelände vor. Aus tief im Morast vergrabenen Samen wachsen sie langsam zur Erdoberfläche empor, wo sie aufbrechen und ihren Kern den hungrigen Waldbewohnern preisgeben. Im Allgemeinen sind sie mehrere Meter im Durchmesser groß und haben im reifen Zustand eine dicke, verholzte Schale. Wenn sie abgestorben sind und jeder essbare Rest aus ihrem Gehäuse entfernt wurde, werden sie häufig als Wohnstätten benutzt, wobei eine Nuss mitunter als Wohnstätte mehrerer Wesen auf einmal dient, denn oft bilden sie unter der Erdoberfläche mehrere höhlenartige Ausbeulungen.

Vor der morfhohen Öffnung der Zanzipnuss räkelt sich, im

hellen Brennkreis eines einzeln einfallenden Sonnenstrahls, mit sichtlichem Behagen eine Cemeise.

Die Gattung der Müützel'schen Meisen gliedert sich zwar in Dutzende von Arten, doch unterscheidet man bzw. unterscheiden Meisen selbst meist nur drei Großarten: A-, Be- und Cemeisen. Der pragmatischen Denkweise der Meisen entsprechend, stehen die Vorsilben A-, Be- und Ce- im Meisischen für klein, mittel und groß. Die übermorfgroßen Cemeisen gibt es nur am Pinken Teich. Ihr charakteristisches Merkmal ist ihr leuchtend rotweiß gestreiftes Exoskelett, das sie ein wenig wie eine große Süßigkeit aussehen lässt. Es gilt aber allgemein als unklug, diese Assoziation allzu sehr zu strapazieren: Anmachsprüche wie »Was Rotweißes zum Naschen, groß, zum Mitnehmen, bitte« hören Cemeisen nicht besonders gerne, und können zur Folge haben, dass sich aus ihren vier zuckenden Fühlern eine ätzende Säure auf den Witzbold ergießt. Die führt nicht nur zur sofortigen Lähmung, sondern meistens auch dazu, dass sich besagter Witzbold leblos und ausgesaugt auf einem großen Haufen ebenfalls lebloser und ausgesaugter Wesen wiederfindet, die die stetige Fortentwicklung Müützelwälder Schlagfertigkeitskultur nicht aufmerksam genug beobachtet haben.

»Na schau mal einer an, wen der Wind hereingeweht hat«, hört Iggy die Cemeise sagen. Wenn ihre Stimme eine Flüssigkeit wäre, dann wäre sie zäh und klebrig, von schillernd giftig gelber Farbe, mit einem scharfen, süßlichen Geruch und von unsichtbaren Dämpfen begleitet, die in den Atemwegen beißen, noch bevor sich der Geruch bemerkbar gemacht hat. »Iggy der Wolfmorf. Unsere Wege haben sich schon lange nicht mehr gekreuzt, mein Lieber.« Und bei den Worten »mein Lieber« ist dem Wolfmorf, als stopfte man ihm mit Gewalt ein klebriges Bonbon in den Rachen.

»Hallo, Gibangyiya. Ich freue mich auch, dich zu sehen. Meine Gute. WiegehtsdirwasmachendieGeschäfte?«

Rätselhafte, rubinrote Facettenaugen beobachten ihn aufmerksam.

»Ich kann nicht klagen, mein Iggy. Ach, es gäbe ja so viel zu erzählen. Es wäre ja ganz allerliebst, wenn wir uns mal wieder so richtig unterhalten könnten. Bei einem kühlen Getränk. Nur du und ich. Das haben wir schon viel zu lange nicht mehr getan. Ich denke nämlich sehr viel an dich. Jeden Tag.«

Er muss fast unwillkürlich husten, während die Dämpfe um Gibangyiyas Stimme noch beißender werden: »Weißt du, ich führe ja sogar ein geheimes Tagebuch, in dem ich mit meinem Freund Iggy stille, zärtliche Zwiesprache halte.«

Iggy erwidert den leblosen Insektenblick eisern. Die drückende Schwüle der Lichtung scheint ihm auf einmal noch drückender geworden zu sein, das Brummen der Insekten leiser, und er könnte schwören, dass sich die großen, rosafarbenen Segelblätter noch tiefer über ihn neigen, ganz so, als horchten sie aufmerksam dem Gespräch.

»Aber du weißt ja«, fährt die Cemeise langsam, mit giftig gelber, säurehaltiger Stimme fort, »ich bin immer sehr beschäftigt, besonders jetzt gerade. Vielleicht willst du mir die Kurzfassung der Geschichte erzählen, warum es dich in diesen bunten Teil des Waldes verschlagen hat? Und alles Weitere müssen wir natürlich bei Gelegenheit in Ruhe besprechen.«

In Iggys Gesicht regt sich kein Muskel. »Natürlich, Meisterin Cemeise. Ich würde dir nie deine kostbare Zeit stehlen wollen. Gibangyiya, ich bin gekommen, weil ich dringend eine Uga-Uga brauche.«

»Ach.« Gibangyiya räkelt sich genüsslich in der nun entstehenden Pause. »Eine Uga-Uga? Die Königin, die Mutter der Instrumente! Hmhmhm. Ich bin sicher, du hast Großes damit vor.« Pause. »Sehr großes.« Pause. »Aber warum kommst du damit ausgerechnet zu mir? Uga-Ugas werden in diesem herrlichen Wald an jeder Straßenecke verkauft.«

Noch immer verzieht Iggy keine Miene, aber in seinen Augen flackert eine blaue, sehr heiße Flamme. »Ich bin zu dir gekommen, weil du die besten Uga-Ugas im gesamten Müützelwald baust.«

»Oh? Ich?« Die Cemeise ordnet ihre in der Sonne ausgestreckten Beine neu und beugt sich mit einem Ausdruck allerhöchsten Interesses leicht vor. »Ich fühle mich geehrt. So ein Kompliment hört man nicht alle Tage. Und schon gar nicht vom ›Keeper of Doom‹! Aber darf ich dir ein Geheimnis anvertrauen?«

»Natürlich. Du weißt doch, dass deine Geheimnisse bei mir immer sicher aufgehoben sind.«

»Gewiss, gewiss. Natürlich weiß ich das. Aber verstehst du, das Geheimnis, von dem ich dir erzählen möchte, ist ein wenig delikat. Es geht nämlich um mein geheimes Tagebuch.«

»Dein Tagebuch? Keine Sorge, Gibangyiya, wir leidenschaftlichen Tagebuchschreiber müssen uns doch vertrauen können!«

»Ach, du hast ja so recht. Wie dumm und unsensibel von mir.« Sie seufzt tief, begleitet von einer wegwerfenden und zugleich entschuldigenden Geste. Über Iggys Gesicht huscht die Ahnung eines bösen Lächelns. »Dann will ich dir von meinem Geheimnis erzählen.« Sie beugt sich noch ein wenig weiter vor. »In der letzten Zeit habe ich oft recht Trauriges in mein Tagebuch geschrieben.«

»Ach ja? Das tut mir sehr leid.«

»Es tut gut, das von dir zu hören. Es ging dabei nämlich um dich.«

»Um mich? Potzblitz!«

»Tatsächlich. Möchtest du wissen, um was es ging?«

»Natürlich! Wie könnte ich jetzt noch ruhig schlafen, wenn du es mir nicht verrietest?«

»Du hast recht. Ich sollte dich nicht länger auf die Folter spannen: Ich habe meinem Tagebuch viele, sehr viele traurige Gedanken anvertraut, die mich viele Nächte lang wach gehalten haben. Ich bin nämlich nie darüber hinweggekommen, dass du so hässliche Sachen über mich gesagt hast.«

Eine große orange Hummel summt träge vorbei, sie hört sich in der Stille der Lichtung unnatürlich laut an.

»Hässliche Sachen? Über dich? Das kann ich mir beim besten Willen nicht vorstellen! Wie könnte ich nur! Ich müsste mich ja in einem wahrhaft abnormen geistigen Zustand befunden haben, erklärbar nur durch große Mengen Alkohols oder halluzinogener Substanzen, ansonsten wäre mir ein solches Verhalten völlig unmöglich! Habe ich doch von dir und deiner Arbeit nur die allerhöchste Meinung!«

»Das dachte ich mir auch«, erklärt die Cemeise gedehnt und mit einer bewundernswerten Spur von Weinerlichkeit in der Stimme. »Ich dachte mir: Das kann doch gar nicht sein! Iggy! Von allen Wesen! Er! Und doch …« Sie stockt, ihre Stimme bricht.

Noch immer regt sich in Iggys Gesicht kein Muskel, aber an einem mikroskopischen Zucken von Gibangyiyas Facettenaugen erkennt er, dass er sich verraten hat: Auf seinem Kopf haben einige Härchen begonnen, sich im ersten Anflug einer Wutbürste verräterisch aufzurichten. Aber Wolfmorfe haben einen starken Willen. Nein, er wird dieses Duell auf gar keinen Fall verlieren. Widerwillig, aber am Ende doch gehorsam legt sich ein Härchen nach dem anderen wieder an den ihm zugewiesenen Platz. Eine kleine Welle der Genugtuung durchflutet ihn. Zeit also, sich ein wenig aus der Deckung zu wagen und einen Finger in die Wunde zu legen.

»Aber sag, Gibangyiya, erinnere mich, was war es, das ich Hässliches über dich gesagt haben soll?«

»Ach …« Mit dramatischer Geste bedeckt die Cemeise ihre Augen mit dreien ihrer Beine. »Ich will gar nicht daran denken. Aber es hilft ja nichts.« Pause. »Nach der Aussage einiger absolut vertrauenswürdiger Zeugen, und ich möchte betonen, dass sich hierunter nur äußerst wenige Libellen befanden, sagtest du bei mehreren Gelegenheiten …« Pause. Sie seufzt. Pause.

»Du sagtest, der einzige Unterschied zwischen meinen Uga-Ugas und einer halbverfaulten Matschwurmflöte sei der, dass man eine halbverfaulte Matschwurmflöte notfalls noch zum Mistrühren verwenden kann!« Pause.

»Gibangyiya, ich stehe vor dir voller Scham. Es ist mir völlig schleierhaft, wie mir eine solche Aussage entfleuchen konnte. Bitte glaube mir, ich konnte in diesem Moment nicht ich selbst gewesen sein!«

Sie mustert den Wolfmorf lange. »Ach, könnte ich es nur glauben. Aber ein stolzer, unbeugsamer Wolfmorf wie du würde sich ja lieber die Zunge abbeißen, als sein eigen Wort zu verhehlen, nicht wahr? Deswegen sag, was hältst du wirklich von meiner Handwerkskunst und insbesondere von meinen Uga-Ugas?«

»Du kannst mir glauben, Meisterin Gibangyiya, dass ich keine Instrumentenbauerin im mir bekannten Teil des Müützelwaldes höher schätze als dich. Und der Ruf deiner Uga-Ugas wird völlig berechtigterweise noch viele Jahrhunderte überdauern!«

Die Cemeise lehnt sich zurück. »Ich danke dir für deine ehrlichen Worte, Iggy Wolfmorf. Es muss also ein Missverständnis gewesen sein, was mir da zugetragen wurde. Dann kann ich also davon ausgehen, dass du meinen guten Namen auch weiterhin durch den Wald tragen wirst?«

Seine Stimme dringt wie durch einen Nebel, als er sagt: »Natürlich, Meisterin Cemeise, du hast mein Wort.«

Nur die trägen Geräusche des Nachmittages sind zu hören, während Gibangyiya Iggy mit ihren großen Facettenaugen lange anblickt.

Als sich die Cemeise mit einem Ruck aufrichtet, fährt er zusammen. Sie überragt ihn um fast seine eigene Körpergröße. Als sie wieder zu sprechen beginnt, ist die tödliche Giftigkeit aus ihrer Stimme gewichen. Statt einem grellen Gelb schimmert sie nur noch in einem gefährlichen Orange.

»Worauf warten wir noch? Lass uns dir eine gute Uga-Uga aussuchen. Ich glaube, ich habe da etwas, das dir gefallen könnte. Komm, Wolfmorf!«

Und Iggy und Gibangyiya gehen zusammen nach Hause.

Die Segelblattlichtung liegt schon tief im Schatten, und herbstliche Kühle fließt in dünnen, schwarz schimmernden Bächen in sie hinein, als Iggy die Uga-Uga beiseiteschiebt und die schmerzenden Gelenke massiert. Mehrere Stunden hat er auf ihr mit wilder Entschlossenheit geprobt, und andere, feinere Ohren als die seinen könnten vernehmen, wie die Natur um die Lichtung aufatmet, nachdem das Steingewitter, das der kleine Wolfmorf an diesem Nachmittag über ihr entfesselt hat, weitergezogen ist.

Vor dem Eingang ihrer Wohn- und Werkstattnuss kauernd, bearbeitet Gibangyiya die Cemeise bedächtig mit den Kauwerkzeugen ein Blip mittlerer Stimmung. Sie lässt das Werkstück sinken, ihr Blick trifft den des Wolfmorfs.

»Na? Sind wir zufrieden?«, fließt ihm ihre zähe Stimme entgegen.

Iggys Blick ist müde, aber es liegt ein ruhiges, fast friedvolles Leuchten darin. »Ja, Meisterin Gibangyiya, sehr zufrieden. Ich darf dir sagen, dass ich kaum jemals eine bessere Uga-Uga in den Händen gehalten habe.«

Die Cemeise nickt langsam. Für einen kurzen Moment ist jeder gefährliche Farbton aus ihrer Stimme verschwunden, und es liegen Stolz und Dankbarkeit darin.

»Ich danke dir, Wolfmorf. Ich weiß dein Urteil zu schätzen. Aber ich glaube, dass du heute noch Großes vorhast, wenn die Neuigkeiten stimmen, die mich über die verschlungenen Pfade des Pinken Teiches erreicht haben. Deswegen vermute ich, dass dein Besuch nicht mehr von langer Dauer sein wird?«

»Ja, so ist es. Ich habe heute Abend noch eine eher unangenehme Pflicht zu erfüllen. Deswegen sollte ich deine Gastfreundschaft nicht mehr allzu lange in Anspruch nehmen. Aber bevor ich gehe, werde ich noch zum zweiten Male auf deine Unterstützung angewiesen sein, fürchte ich.«

»Oh? Welcher Art könnte diese Unterstützung denn sein?«

»Meine Reisekasse wird nicht ausreichen, um deine Krötenschale in dem Maße zu füllen, dass sie den Wert dieser hervorragenden Uga-Uga vollständig aufzuwiegen in der Lage wäre. Ich muss dich daher bitten, auf mein Wort zu vertrauen und mir zu gewähren, den fehlenden Rest zur vollen Schuld zu einem späteren Zeitpunkt zu begleichen.«

Ein Ausdruck tritt in Gibangyiyas rote Insektenaugen, den Iggy nicht zu deuten weiß. »Das wird nicht nötig sein, Iggy Wolfmorf.«

»Ach nein?«

»Nein. Siehst du, ich habe heute Morgen etwas überraschenden Besuch bekommen.«

»Besuch? Von wem denn?«

»Ich fürchte, ich habe mich dem Besucher gegenüber zu Stillschweigen verpflichtet. Aber er hat dich bereits angekündigt. Du kannst von Glück reden, Wolfmorf, dass er in der Lage war, den Groll, den ich gegen dich hegte, teilweise von mir zu nehmen. Ansonsten hätte unser heutiges Gespräch wohl eine ganz andere, für dich äußerst unvorteilhafte Wendung genommen.«

Iggy blickt etwas betreten drein, während die Cemeise fortfährt: »Ich wurde gebeten, dir jede denkbare Unterstützung zu gewähren. Mir wurde signalisiert, dass du dich im Fall der Fälle – welche das auch immer sein mögen – äußerst großzügig und erkenntlich zeigen würdest.«

»Das ... das werde ich ganz sicher ...«, murmelt Iggy und tappelt verwirrt und peinlich berührt von einer Pfote auf die andere.

»Nun lauf schon. Ich werde sicher Nachricht über deine weiteren Abenteuer erhalten. Lebe wohl.«

»Lebe wohl, Meisterin Gibangyiya!«, erwidert Iggy und wendet sich zum Gehen. Als er die Lichtung verlässt, vermeint er, in der anbrechenden Dunkelheit von ferne ein leises, klingendes Lachen zu vernehmen, aber er könnte sich auch getäuscht haben.

Der Marsch zurück zum Gssst-Gssst-Boulevard tut Iggy gut, und mit deutlich besserer Laune als noch einige Stunden zuvor betritt er die breite, halmüberwachsene Straße, die zur Abendstunde bereits wieder vom Schimmer unzähliger bunter Lampen überzogen ist. Der Besuch bei Gibangyiya der Cemeise hinterlässt bei ihm zwar noch mehr Fragen als zuvor, doch zumindest scheinen sich die dunklen Mächte des Müützelwaldes ausnahmsweise nicht nur gegen ihn verschworen zu haben, sondern auch einmal zu seinen Gunsten – obschon er ihnen dankbar gewesen wäre, wenn sie ihn zuvor in ihre Pläne eingeweiht hätten.

Aber weil Iggy ein Wolfmorf ist, ist er stets dankbar, wenn sich komplizierte Dinge vereinfachen, und in diesem Augenblick liegt das Ziel klar vor ihm: Er wird sich auf den Weg in den Rubinwald machen und tun, was ein Wolfmorf tun muss. Er lacht grimmig auf, schiebt die dicke Ranke, mit der er sich die Uga-Uga über die Schulter gebunden hat, zurecht und geht in der wuselnden Wesenmenge auf, die auf dem »Streifen« hin und her wogt.

Der Rubinwald erstreckt sich an den südwestlichen Ausläufern des Pinken Teiches. Außerhalb des weiten Ringes, in dem sich der Gssst-Gssst-Boulevard um den Pinken Teich legt, gehen die Sümpfe mit ihrem hohen Schilfbewuchs in ein weitläufiges Gelände aus miteinander verbundenen Seen und Tümpeln über, zwischen denen ein Wald von Nunu-Bäumen seine Wurzeln tief in den Boden gegraben hat. Nunu-Bäume muss man erwähnen, wenn man von den vielen Wundern des Müützelwaldes spricht: Sie sind von vollständig grellroter Farbe, von den Wurzeln über die weiche, glänzende Rinde bis zu den weit ausladenden Ästen, die eine leuchtende Pracht kleiner, fleischiger Blätter über die Gewässer breiten. Da sich aber im Rubinwald ansonsten nur vereinzelte Pflanzen an die trockenen Stellen zwischen den Tümpeln klammern, spiegeln sich die Bäume ungestört in den Wassern, so dass der Betrachter vermeint, durch weite Fluchten rot glänzender Säle zu blicken, deren kunstvoll ornamentale Decken von baumartigen Säulen gestützt werden. Zwischen den Bäumen bilden deren starke Wurzeln natürliche Brücken und Leitern, auf denen die Müützeler Wesen den Rubinwald durchwandern können.

Je weiter man ihn durchschreitet, desto älter und knorriger werden die Bäume, verschlungener die Wurzeln und ausladender und komplizierter die Brückensysteme, die sie bilden. Auf einer kleinen Insel inmitten der Seen und Tümpel erheben sich schließlich einige besonders alte und ehrwürdige Nunu-Bäume, die so ineinander verknotet sind, dass es dem Betrachter schwerfällt, die einzelnen Bäume voneinander zu unterscheiden.

Eine Laune der Natur hat in ihrer Mitte einen schattigen, zylinderförmigen Hohlraum entstehen lassen. Dies ist die Nebenbühne im Rubinwald, eine der vielen abseits der Pink-Wing-Libellenpop-Arena, die über den gesamten Pinken Teich verstreut sind. Die Bühne selbst besteht aus einer fast kreisrunden Freifläche auf dem Grund des Zylinders; ringsherum winden sich die Zweige der Nunu-Bäume in die Höhe, bis ihre Wipfel den Zylinder wie ein natürliches Dach verschließen. Auf den Zweigen, die die Ränge bilden, können Wesen aller Art bequem Platz finden und auf die Bühne hinuntersehen.

Unter Musikern ist diese Nebenbühne wahrscheinlich einer der gefürchtetsten Auftrittsorte überhaupt: Obwohl die Akustik phantastisch ist, ist die Anordnung von Bühne und Zuschauerraum für sie äußerst unangenehm, müssen sie doch dem Publikum wie auf dem Grund eines gewaltigen Turmes entgegentreten und zu ihm emporspielen. Bei einem guten Auftritt hat eine Band daher die Chance, eine äußerst wirkungsvolle Klangsäule zu errichten, die auch die Zuhörer auf den obersten Rängen problemlos erreicht. Bei einem schlechten Auftritt aber ist sie den Wurfgeschossen des erbosten Publikums hilflos ausgesetzt.

Das CnicCnac-Festival gibt es am Pinken Teich schon seit vielen Jahren, hatte es aber anfangs recht schwer, sich zu etablieren: Es war gedacht als ein Festival, das gerade jungen Nicht-Libellenpop-Musikern die Möglichkeit eröffnen sollte, in der einzigartigen Atmosphäre des Pinken Teiches aufzutreten. Das passte den knurrigen Libellenpoppern natürlich gar nicht in den Kram, wodurch es in den Anfangsjahren immer wieder zu hässlichen Vorfällen kam, bei denen Konzerte gesprengt, Musiker schikaniert, bedroht oder brutal an der Anreise gehindert wurden. Nach und nach glätteten sich aber die Wogen, die Libellen erkannten, dass durch das neue Festivalformat auch für den Libellenpop ein neues Publikum gewonnen werden konnte, und man fand langsam zu einem gewissen friedlichen Nebeneinander. Heute ist das CnicCnac-Festival vor allem eine Möglichkeit der Begegnung von Jung und Alt: Frische Newcomerbands können neben etablierten Größen auftreten und gegebenenfalls mit ihren Heroen in Kontakt treten. Damit bietet das Festival auch eine ausgezeichnete Gelegenheit, entdeckt zu werden, weswegen jeder junge Musiker mit ein wenig Ehrgeiz versucht, im Rubinwald aufzutreten. Aber so wie das CnicCnac-Festival Hoffnungen wecken kann, so kann es sie auch jäh wieder zerschlagen: Die Konkurrenz ist groß und das CnicCnac-Publikum berüchtigt für seine Unbarmherzigkeit. So manches vielversprechende junge Talent hat die Bühne im Rubinwald gebrochen verlassen und niemals wieder ein Instrument in die Hand genommen.

Mit düsterer Miene, aber seltsam befreit lässt Iggy sich von der Menge mitziehen, die voller Erwartung gen Rubinwald strömt. Er kennt das CnicCnac-Festival, hat es unzählige Male besucht, ist oft selbst aufgetreten, aber noch niemals unter Umständen wie diesen. Der Auftritt kann ihn nun aber nicht mehr schrecken. Er denkt nicht mehr an morgen, denn es wird vielleicht keinen mehr geben. Was heute Nacht zählt, ist, zu bestehen oder in Würde unterzugehen. Alles Weitere wird sich zeigen.

»He! Vollmongf!«

Er fährt aus seinen Gedanken hoch und prallt beinahe gegen

die Riesenlibellen, die wie aus dem Nichts aus der Menge aufgetaucht sind und ihm den Weg versperren. Es sind Bsssngng und Gngang. Panik steigt in ihm auf, aber sie verfliegt schnell, als sich seine Wut in einer weißglühenden Stichflamme entzündet. Mit einem Ruck stemmt er die Hinterbeine in den Boden und richtet den buschigen Schwanz auf.

»Was wollt ihr denn hier? Aus welchem modrigen Loch seid ihr schon wieder gekrochen?«, schleudert er ihnen entgegen, und das Feuer in seinen Augen lässt die Menge einen respektvollen Abstand um ihn wahren. »Habt ihr nicht schon genug Schaden angerichtet? Was wollt ihr jetzt noch? Dass ich euch eure Flügelchen bügele? Eure albernen Facettenaugen poliere? Oder wollt ihr mich vielleicht bitten, eins von euren knackigen Liedlein auswendig zu lernen? Das wäre eigentlich gar keine so schlechte Idee, wisst ihr das? Alles, was ich bisher zur Kultur des Müützelwaldes beisteuern konnte, habt ihr mir eh schon genommen, ihr räuberisches Buntgesindel!«

Die Libellen zucken unter der emotionalen Gewalt des zwergenhaften Wolfmorfes kaum merklich zusammen, aber sie haben sich sofort wieder unter Kontrolle und lassen ein rasselndes Lachen vernehmen. Bsssngng tritt einen Schritt vor, und es ist ein unheimliches Knirschen zu hören, als die große Libelle mit einem ihrer Krallenfüße einen trockenen Ast langsam zerbricht.

»Du hast ausgespielt, Wolfmongf«, zischt sie drohend mit unterdrückter Stimme, »du hast schon viel zu lange dein Unwesen in diesem Wald getngieben, damit ist jetzt Schluss. Wir wengden dich vengnichten, zengschmettengn, zengquetschen. Dein Auftngitt heute Abend wingd dein letzteng in diesem Wald sein!«

Die Kontrahenten funkeln sich finster und feindselig an. Aber Iggy hält den toten Blicken der Insektenaugen stand.

»Heute Abend wird dein Schicksal besiegelt, Wolfmongf. Und wing wengden zung Stelle sein.« Mit diesen Worten machen die Riesenlibellen auf dem Absatz – oder eher auf dem Sporn – kehrt und verschwinden mit raschelnden Flügeln in der Menge.

Iggy schaut ihnen wortlos nach. Dann reißt er seine Knopfaugen weit auf, drückt sich mit der einen Schaufelpfote die Nase platt und hält sich die andere wie einen großen Fächer über den Kopf.

»Blblblblblblblblblbl!«, ruft er ihnen hinterher, lässt dann seinen buschigen Schwanz in der Pfote kreisen. »Huuuuubääääääääh!« Er dreht sich um, reckt der Stelle, an der die Libellen verschwunden sind, sein Hinterteil entgegen: »Pröööööööööööt!«, trampelt wie ein Verrückter mit den Hinterbeinen auf dem Boden und bricht dann in ein irres Gelächter aus. Er steht noch eine Weile keuchend inmitten der Wesenmenge, bis sein Atem ruhiger geworden ist und die Menge diesen bemitleidenswerten kleinen Wolfmorf wieder verschluckt, der ganz offensichtlich den Verstand verloren hat.

Nächster!

Die Nacht ist hereingebrochen, und die Ränge der Nebenbühne im Rubinwald sind schon dicht besetzt, als Iggy bei dem großen Tor aus dicken, rot schimmernden Zweigen anlangt, hinter dem ein natürlicher, dunkler Tunnel zur Bühne und zu den Aufgängen auf die Ränge führt. Noch immer krabbeln, fliegen, rollen und knistern Wesen durch das Tor. Um eine violett-giftgrün gemusterte Gnatter, die sich daneben zusammengerollt hat, drängen sich Wesen unterschiedlichster Art, viele von ihnen mit Instrumenten in Händen, Pfoten, Verschlingungen und sonstigen Körperteilen. Geduldig und gefasst stellt Iggy sich an. Es dauert nicht lange, bis er an der Reihe ist.

»Nächsssster!«, kreischt die Gnatter mit unangenehm krächzender Stimme. Auf dem feuchten Boden vor ihr liegt eine große, dünne Holztafel mit eingeätzten Schriftzeichen. Iggy tritt vor. »Wer bissst du?«, fährt ihn die Gnatter mit einem bösen Funkeln in den Schlangenaugen an.

»Iggy. Iggy Wolfmorf.«

Die Gnatter lässt ihren großen Kopf langsam über der Holztafel kreisen und studiert die Schriftzeichen. Mit einem Ruck zieht sie ihn wieder zurück, lässt ihn dann in Iggys Richtung schnellen und bringt ihr stumpfes Maul nur wenige Zentimeter vor seiner Schnauze zum Stehen. Ihr Kopf ist fast so groß wie der Wolfmorf selbst.

»Hier gibt esss keinen Iggy Wolfmorf. Nur *Iggy und die Anstrengenden Flugreisssen.*«

»Das bin ich. Ich bin *Iggy und die Anstrengenden Flugreisen.*«

»Ihr Sssolo-Gigs könnt auch nicht anders, alss euch die allerschwachsinnigsten Bandnamen auszudenken, wasss?«, faucht sie, und ihr unangenehm nach Säure riechender Atem weht über den kleinen Wolfmorf hinweg. Ihr Kopf zuckt zurück zur Tafel. Es zischt, und aus ihrem Maul ergießt sich ein scharfer Sprühstoß einer rauchenden Flüssigkeit auf die Tafel und zeichnet dort weitere Schriftzeichen. Dann wendet sie sich wieder Iggy zu.

»Du bissst dran, wenn du aufgerufen wirssst. Bisss dahin hassst du dich hinter der Bühne bereitzuhalten und niemandem auf die Nerven zu gehen. Denk daran, dasss Publikum issst genaussso genervt von dir wie du von ihm. Die Getränke hinter der Bühne sssind frei. Sssex mit Mitbewerbern issst erssst nach Ende desss Konzertesss erlaubt. Nächsssster!«

Und eine Band winziger Sandkäfer krabbelt herbei und versammelt sich verschüchtert vor dem riesenhaften Ungetüm.

Es ist dunkel, schwül und feucht. Von irgendwoher dringt flackernder Feuerschein, gerade genug, um die Umrisse eines Eumelschnecks zu erkennen, dessen markanter, wippender Kamm sich gegen den Widerschein abzeichnet. Es ist Heiner, wie man an der Stimme schnell erkennen kann. Sein Gesprächspartner ist nicht zu sehen, er wird durch Heiner verdeckt, der etwas nach unten gerichtet spricht, so als ob sein Gesprächspartner deutlich kleiner ist als er selbst.

»Du hast *pffffüüüüt* also alles erledigt, was ich dir *schschschsch* aufgetragen habe *pffüüt*?«

»Ja, das habe ich«, erwidert Heiner.

»Sehr gut. Du hast jetzt nichts weiter zu tun, als *blbblbblbb* dich unter das Publikum zu mischen. Und hab *pfffüüt* keine Angst, es wird dir nichts passieren. Er braucht jetzt einfach *kschschsch* jede Hilfe, die er bekommen kann. Hast du *sch* verstanden?«

»Aber was ist, wenn sie mich … uns … daran hindern wollen?«

»Habt keine Angst. Hört einfach auf, wenn es euch *gllb-b* zu heiß wird. Es geht nur um den Impuls, weißt du?«

»In Ordnung.«

»Mach dir keine Sorgen. Wenn wir ihm nur ein bisschen helfen, dann schafft er das. Geh jetzt.«

Das Licht wird schwächer, für eine Weile sind noch murmelnde Stimmen zu hören. Dann wird wieder alles ruhig, und nur Dunkelheit bleibt zurück.

Sonnenstrahlen, die in langen Bahnen auf den Baumhausbalkon fallen. Ein kleiner Vogel, der langsam krächzend vorbeizieht. Die

Sonne wärmt und durchdringt allmählich jede Faser des Körpers. Das angenehme Gefühl beginnt an den äußersten Haarspitzen des Pelzes und kriecht Millimeter um Millimeter an den Haaren herunter, bis es auf die Haut trifft und dort einen leichten Schauer auslöst. Von jeder einzelnen Haarwurzel breitet sich die Wärme dann weiter in Kreisen aus, die immer größer werden, sich immer großflächiger überlappen, wodurch die Wärme immer intensiver wird, bis sie den gesamten Körper durchstrahlt.

Ein kleiner Vogel, der langsam krächzend vorbeizieht. Sein Ruf wird durch die Wärmedecke gedämpft. Alle Geräusche des Waldes sind gedämpft, dringen nur noch von ferne durch die dicke Schicht aus Wärme.

Ein kleiner Vogel, der langsam krächzend vorbeizieht. Er ist kaum noch zu hören, es ist jetzt alles Wärme, Wärme.

Der kleine Vogel ist nicht mehr zu hören. Warm. Warm.

»Du bist gleich dran, Wolfmorf!«

Iggy öffnet die Augen und atmet langsam aus. Er blickt den Drilch, der ihn angesprochen hat, mit frischen, klaren Augen an. »Danke. Ich bin bereit. Ich warte auf das Zeichen.«

»Hmhm«, brummt der Drilch und stapft missmutig davon. Iggy bleibt still sitzen, die Schaufelpfoten ruhen ruhig auf der Uga-Uga vor ihm. Eine unsichtbare Blase höchster Konzentration umgibt den kleinen Wolfmorf.

Um ihn herum herrscht das geschäftige, nervöse Treiben des Backstagebereichs: Musiker aller Art und Gattung stehen, liegen, sitzen, flattern umher, machen Finger- und Pfotenübungen, massieren ihre Muskeln, memorieren noch einmal Noten, komponieren letzte Takte, sprechen Abläufe durch – oder weinen still in sich hinein, wie das verschüchterte, flaumige Hornreiherküken, das sich in einer Ecke des schattigen Raumes verkrochen hat.

Von der Hinterbühne führt ein Blättervorhang zum Bühnenaufgang. Durch den Vorhang dringt das orgiastisch bejubelte Finale des Auftrittes von *Stig Banane und die Pralinés.* Stig und die Seinen haben sich als Schlussnummer ihren absoluten Megahit ausgesucht: »Wenn du mich willst, dann zeig mir den Weg zum Sonnenaufgang!« Nach allem, was Iggy vernehmen kann, sind die Schneckschnack-Anhänger im Publikum total aus dem Häuschen und machen ihre geringe Anzahl mit umso stürmischerer Begeisterung wett. Die letzten Takte des Songs gehen in einem unglaublichen Tohuwabohu unter, als die fanatisierten Schneckschnack-Fans den Refrain immer und immer wieder anstimmen. Der Beifall will kein Ende nehmen, und immer wieder steigert sich der Schlussjubel aufs Neue.

Iggy strafft sich und massiert noch einmal seine Handgelenke. Dann öffnet sich der Vorhang, und getragen von Wellen tosenden Applauses stolpern *Stig Banane und die Pralinés*, verschwitzt und aufgekratzt, auf die Hinterbühne. Beim Anblick der Kostüme mit ihren Rüschen, Bändchen, Glöckchen, Schärpen, Freundschaftsarmbändchen und glitzernden Applikationen entscheidet sich der kleine Vogel, der bislang nur langsam krächzend vorbeigezogen ist, für spontane Selbstentzündung und findet seine letzte Ruhe in einem der Tümpel des Rubinwaldes. Nur ein kleines Rauchwölkchen bleibt über den Wassern stehen und legt Zeugnis ab von dem kleinen Vogel, der im Dienste der Kultur und des guten Geschmacks sein kurzes, meditatives Leben gelassen hat.

»MeinesehrverehrtenWesenzuLandezuWasserundinderLuft, wer wollte sich anmaßen, einen Auftritt von Stig und seinen quietschigen Jungs noch toppen zu wollen, aber es gibt doch einen, der das immer und unter jeden Umständen versuchen würde, hier ist er, meinesehrverehrtenWesenzuLandezuWasserundinderLuft, für die einen ist er der Gralshüter des echten, unsterblichen Forest Doom, für die anderen ein Fossil, dessen Knochen schon ein wenig zu lange im feuchten Moder herumgelegen haben, aber eines ist sicher, meinesehrverehrtenWesenzuLandezuWasserundinderLuft, eines ist er nicht, Iggy Wolfmorf ist niemand, der vom Abendessen beim Libellenpop aufsteht, ohne vorher noch einmal seine Gastgeber beleidigt zu haben, und heute Abend ist er hier, für Sie, für euch, und von einer langen Reise durch den Müützelwald hat er den ab-so-lu-ten Überraschungsact mitgebracht, der Ihnen mit Sicherheit heute die Ohren oder was auch immer Sie zur akustischen Wahrnehmung benutzen, so vollhauen wird, dass Sie auch im tauben Zustand noch einen Nachschlag haben wollen, liebes Publikum, hier, heute, für Sie, für euch, beim CnicCnac-Festival auf der Nebenbühne im Rubinwald: *IGGY UND DIE ANSTRENGENDEN FLUGREISEN*, APPLAUS!«

Beifall brandet Iggy entgegen (oder vielmehr: auf ihn hinunter), als er die Bühne betritt. Aber er bemerkt sofort, dass sich der Beifall in keiner Weise mit dem messen kann, der gerade noch *Stig Banane und den Pralinés* galt. Er ist verhalten, zaghaft und ebbt rasch ab, als das Publikum sieht, dass nicht eine ganze Band die Bühne in Besitz nimmt, sondern dass nur ein einzelner, kleiner Wolfmorf bedächtigen Schrittes zur Mitte der kreisförmigen Fläche schreitet.

Als er die Mitte der Bühne erreicht hat, ist der Beifall atemlosem Schweigen gewichen; trotzdem spürt er das Gewicht der Menge, das in dem hohen Turm der Nebenbühne im Rubinwald auf ihm lastet. Nur der Bühnengrund selbst ist mit kreisförmig angeordneten weißen Lampen hell ausgeleuchtet, nach oben hin sind lediglich in größeren Abständen rote Lampen angebracht, die sich in einer weiten Spirale bis zur Decke des Zylinders emporschrauben und ihn in ein schummriges, blutrotes Licht tauchen. Das Schweigen der auf den dichtbesetzten Rängen versammelten Wesen ist durchsetzt von ihrem Rascheln, Knacken, Brausen.

Ein schneller Blick umher macht ihm die Situation klar: Seine Erzfeinde und kosmischen Gegner, die tiefermorfverdammten Libellenpopper, haben ganze Arbeit geleistet: Überall im Publikum erblickt er – strategisch zwischen den übrigen Wesen verteilt – die hämischen Visagen der bunten Gesellen, neben denen sich die Zuschauer kaum zu rühren wagen.

Aber was soll's, Iggy ist bereits ganz in seinem Element: Mit einem wilden, stummen Lachen wirft er den Kopf in den Nacken und breitet die felligen Arme weit aus. Genussvoll saugt er die modrige, von Schweiß, Musik, Niederlage und Erfolg dampfende Luft ein und badet in der bedrohlichen Stille. Schließlich beginnt er zu sprechen, und es ist nicht mehr die Stimme von Iggy Wolfmorf, der noch am Vortag mit einer Tasse Pruppbeerentee und in einem Schneckschnack-Kostüm vor die Liebe seines Lebens treten musste, der noch vor wenigen Tagen wie ein felliges Bonbon durch das Hagebeerendickicht wankte. Nein, es ist die Stimme von Iggy »Keeper of Doom« Wolfmorf, und die stolze Arroganz darin steigt mit provozierender Leichtigkeit vor den Augen des Publikums empor:

»ICH BIN IGGY WOLFMORF. Ich bin aber auch *Iggy und die Anstrengenden Flugreisen.* Und wenn ich das will, dann bin ich *Iggy und die Gepfählten Popper* oder« (extrem wirkungsvolle Kunstpause) »*Iggy und die süßen Hornreiherküken,* die euch jetzt mal zeigen, wie man anständige Musik macht!«

Vereinzelt aufbrandender Beifall, Gelächter, das aber unter Geräuschen wie von Schlägen und leisen Schmerzensschreien schnell wieder abebbt.

»ICH BIN IGGY WOLFMORF. Ich habe eine weite Reise

hinter mir, habe unaussprechliche Gefahren ausgestanden, um das zu retten, was mir wichtig ist, und habe etwas verloren, von dem ich vorher nicht einmal wusste, dass es mir wichtig ist. Und jetzt bin ich hier. Und ich werde für euch Forest Doom spielen. Es ist mir gleichgültig, was ihr für Wesen seid, aber wenn euch meine Musik nicht gefällt, dann seid ihr herzlich eingeladen, mir einmal kräftig auf den Kopf zu spucken!«

Wieder brandet Beifall auf, noch lauter diesmal, und noch deutlich hörbarer sind starke Insektenarme darum bemüht, keine allzu unbeschwerte Festivalatmosphäre aufkommen zu lassen. An manchen Stellen im Publikum brechen Prügeleien aus, als eine schrille, unsichere Stimme die düstere Unruhe durchschneidet: »Iggy, du machst das! Zeig uns, was du draufhast!«

Und ein vielstimmiges »Yayyyiiii!« aus wesensverwandten Kehlen antwortet dem Rufer.

Iggy stutzt, seine scharfen Augen suchen flink umher, aber er hat ihn schon erkannt, bevor er ihn inmitten seiner Freunde und eines bedrohlichen und verärgerten Pulks von Libellen erspäht: Es ist Heiner der Eumelschneck. Ein grimmiges Lächeln zuckt über seine Züge.

»Geht doch kacken, ihr Penner!«, knurrt es den Eumelschnecks aus einem gegenüberliegenden Rang entgegen, gefolgt von einer wechselseitig beantworteten Kanonade von Früchten über die Bühne hinweg.

So lasset die Spiele beginnen, denkt der Wolfmorf gallig. Mit ein paar gezielten Tritten feuert er einige Gegenstände, die von dem Auftritt von *Stig Banane und die Pralinés* liegen geblieben sind, an den Bühnenrand. Dabei scheucht er auch einen kleinen Trupp Noten auf (Sky Wave- oder Käferbluesnoten vielleicht, aber definitiv nichts, was mit Forest Doom zu tun hat), die sich vor den *Pralinés* unter einem kleinen Stein in Sicherheit gebracht hatten. Er kann es ihnen nicht verdenken und zwinkert ihnen kurz zu, als sie in einer perfekten zweioktavigen Dur-Tonleiter davonsausen.

Mit schnellen, geübten Handgriffen positioniert er die Uga-Uga exakt in der Mitte des Bühnenbodens und kauert sich mit gesenktem Kopf dahinter. Während über ihm das Krakeelen des Publikums immer lauter wird, lässt er für einen Moment die Schaufelpfoten in einer Haltung der Meditation über den Trommelfellen schweben. Als er merkt, dass sich die Unruhe des Publikums nicht mehr steigern wird, entfesselt er das Steingewitter.

Schon nach den ersten Takten wird es dunkel um ihn. Er hockt inmitten eines schwarzen Wirbels aus Klang, der sich rasend schnell um ihn dreht.

Er hat mit einem zwingenden, namenlosen Intro angefangen, das Elemente aus »Stones Make No Forest« und »Coopamaja« miteinander verwebt, um dann den Reigen gleich mit einem echten Knaller zu eröffnen: einer extralangen Version von »Earth, Leaf and Fire« mit einem Effekt, den er persönlich ganz besonders liebt, nämlich die Bridge geradezu unerträglich auszudehnen und aufzublähen, bis der Wiedereinstieg in den eingängigen Refrain das Publikum völlig aus dem Häuschen bringt.

Von hier leitet er zu etwas Verträglicherem über, nämlich einer extrem soliden Version von »Doch Doch Doch Doch Doch!«, mit der er den schwarzen Wirbel aus Musik bis direkt unter die Turmdecke schraubt und seine wuchtig hämmernden Ebenen tief in jeden einzelnen Zuschauerrang hineintreibt.

Nach einem kurzen Ausflug in noch einmal härtere Gefilde mit »Der Wald wird brennen« zieht er sich ein wenig zurück, lässt die Musik um das Leitmotiv kreisen und begutachtet die Lage. Die Libellenpopper haben, trotz aller gewalttätigen Versuche, der Situation Herr zu werden, die Kontrolle über die Veranstaltung längst verloren; auf den Rängen liefern sich Gegner und Anhänger des Forest Doom wüste Prügeleien.

Iggy erspäht Heiner und seine Schneckschnack-Freunde, die sich in regelrechten Rudeln und mit ungeahnter Zähigkeit einem Libellengeschwader entgegenwerfen, das sie sowohl auf ihrem Rang als auch aus der Luft schwer bedrängt. Auf einem anderen Rang hat sich eine Gruppe von Libellen mit einem Schwarm Trapp-Spatzen verbündet: Gemeinsam nehmen sie eine befestigte Position von Blauspinnen mit einer gezielten Früchtekanonade unter Feuer, der die Spinnen mit eilends gesponnenen Netzen zu begegnen suchen. Inmitten der kriegsähnlichen Zustände aber haben sich trotzdem Gegner wie Anhänger des Gebotenen auf ihren Sitzen verbarrikadiert und verfolgen Iggys Auftritt mit größter Aufmerksamkeit.

Iggy genießt das wilde Treiben und erlaubt sich einige weitere Minuten entspannten, improvisierenden Lärmens, als sein Blick auf einen Rang etwa im ersten Drittel des Zylinders fällt. Dort ist Lila. Sie sitzt ruhig inmitten des Tumultes, ihre Augen fest auf ihn geheftet, und lauscht der Musik.

Es ist weniger eine Entscheidung denn eine unwillkürliche Reaktion, als er die Musik noch einmal aufbranden lässt und dann in einer schnellen Kaskade auf ein ruhigeres Niveau herunterfährt. Jetzt ist es an der Zeit, das entgegengesetzte Spektrum der Möglichkeiten auszuspielen, die eine Uga-Uga bietet: Durch eine bestimmte Reibetechnik entlockt er dem Instrument ein pulsierendes Dröhnen, das sich zunächst nur leise aus den Nachbildern des Forest-Doom-Gewitters herausarbeitet, dann aber präsenter wird und nach und nach den Puls in drückenden Wellen hinauf in den Turm schickt. Mit der anderen Pfote aber besprenkelt er auf der Uga-Uga-Röhre die

Wellen mit verwirrenden, sich stetig verändernden Rhythmus-Patterns.

- - - - - - - - - - -

Sie erinnern sich – Iggy Wolfmorf hasst Balladen. Aber wenn Iggy Wolfmorf Balladen schreibt, dann sollen und müssen sie gut werden.

- - - - - - - - - - -

Auf diesem Fundament nun erbaut er eine der wenigen Balladen, die er jemals komponiert hat: »A Light of Darkest, Gentle Green«.

Trotz des bisweilen übersteigerten musikalischen Selbstbewusstseins, das Wolfmorfen zu eigen ist, hat sich Iggy das Bewusstsein dafür bewahrt, dass er ein bestenfalls durchschnittlicher Sänger mit einer ebensolchen Stimme ist. Er ist zwar der Ansicht, dass sich seine grollende, erdige Singstimme für den Forest Doom bestens eignet – das war es dann aber auch schon mit dem Eigenlob. Ironischerweise liegt jedoch seine Stärke dort, wo es ihm eigentlich so gar nicht behagen will, weil es doch zu sehr seinem Selbstbild widerspricht: Er kann dieser grollenden, erdigen Singstimme bei Bedarf ein zärtliches, goldenes Timbre verleihen, das schon den härtesten Forest-Doom-Anhänger zum Schmelzen gebracht hat. Vielleicht ist das auch der Grund dafür, dass er bisher so wenige Balladen geschrieben hat. Spitznamen wie »Die Goldene Stimme von der Torffarnschneise« und dergleichen mehr könnte er einfach nicht ertragen.

Feine goldene Wirbel flechten sich in die dröhnenden, mit Rhythmusgirlanden übertanzten Wellen, als er zu singen beginnt. Er schickt sie immer wieder hinauf, hinauf in den weiten Zylinder der Nebenbühne im Rubinwald, aber die Wellen branden zurück und schäumen glitzernd vor der Loge mit dem einzigen Wesen, das jetzt sein Publikum ist: Lila die Wolfmörfin. Auch jetzt fällt es ihm schwer, den Glanz ihrer bernsteinfarbenen Augen auszuhalten, ihren Blick festzuhalten, aber während er Welle um Welle ausschickt, hält er tapfer stand und streut weiter goldene, immer schönere und filigranere Verzierungen hinein.

Obschon sich viele Wesen von ihren Kontrahenten gelöst haben und gebannt Iggys Ballade lauschen, sind die Unruhen auf den Rängen nur unwesentlich abgeflaut, so dass die Luft noch immer erfüllt ist vom Geschrei, Gebrüll, Geflatter, Gezische und Gezeter der tobenden Menge. Aber ihm ist's egal, die zischenden Wurfgeschosse durchschneiden sein Werk wie Feuerwerkskörper, und vielleicht ist das gar nicht der schlechteste Beitrag zu einer Ballade.

Genug jetzt mit der Zuckerwatte

Erschöpft fängt er die letzten Wellen des Liedes wieder ein, pflückt die letzten Goldornamente von den Zweigen vor Lilas Sitzplatz und nimmt alle Kraft zusammen, um seinen Blick von ihrem zu lösen. Es fällt ihm unendlich schwer. Dennoch kann er das dunkle Leuchten nicht deuten, das in ihren Augen funkelt.

Eine Pause darf er nicht machen. Nun gilt es, das Finale zu entzünden. Auf denn: Er holt tief Luft, massiert sich noch einmal kurz die Gelenke, dann beginnt er zu spielen.

»Tausendmal habe ich's dir gesagt, dass du ›Popper's Death‹ hier nicht spielen darfst! Was war daran nicht zu verstehen?«, brüllt der Drilch Iggy an. »Hör dir doch an, was da draußen los ist! Die nehmen mir die Bude auseinander!«

Der riesenhafte Drilch stakst auf seinen roten Insektenbeinen vor Iggy auf und ab, Flüssigkeit tropft, während er vor sich hin tobt, von seinen aufgeregt mahlenden Kauwerkzeugen. Der Vorhang zum Bühnenaufgang ist wieder geschlossen, aber dahinter geht soeben die Welt unter. Der akustische Eindruck von den Vorgängen über der Nebenbühne im Rubinwald, wie er sich von der Hinterbühne aus darstellt, ergibt in etwa das folgende Bild:

Das Publikum hat sich entschlossen, in einer spontanen Gemeinschaftsaktion eine Grundrenovierung anzugehen. Dazu müssen zunächst vertikale Durchbrüche durch die Ränge vorgenommen werden, durch die dann die verantwortlichen Handwerker unter lautem Geschrei hinuntergeworfen werden, um ihre Arbeit auf dem Bühnenboden fortsetzen zu können. Offenbar kommen bei den weiteren (akustisch nur schwer spezifizierbaren) Renovierungsarbeiten auch Dampframmen mit explosiv bestückten Köpfen zum Einsatz, die wiederum von ziemlich großen, aber recht unkoordinierten Arbeitstrupps bedient werden müssen. Bei der Anstrengung lassen sich die beteiligten Wesen anscheinend von mehreren Chören unterhalten, wobei es sie nicht zu stören scheint, dass die Chöre parallel unterschiedliche Werke aufführen und versuchen, sich dabei wechselseitig zu übertönen.

Erschöpft kauert Iggy neben seiner Uga-Uga vor dem ununterbrochen tobenden Drilch. Sein Fell ist schweißnass, die Arme zittern, seine Augen aber leuchten: Iggy Wolfmorf hat seine Ehre behalten. Er hat die Nebenbühne im Rubinwald nicht nur als glanzvoller Überraschungsact verlassen (weitere Acts wird es heute Abend nicht geben, so viel ist – nach den Geräuschen von der Bühne zu urteilen – sicher), sondern auch lebend. Von einigen Beulen und Schrammen abgesehen, wo ihn Wurfgeschosse unabsichtlich oder gezielt getroffen haben, geht es ihm gut. Mag sein, dass es im Sinne friedlichen Auskommens mit den Veranstaltern nicht besonders weise war, ausgerechnet »Popper's Death« als Finalstück auszuwählen, aber hey, das ist nun mal Forest Doom. Man weiß eben nie im Voraus, wann die Welt enden wird, für diesen großen, hässlichen Drilch endet sie eben heute, da kann er jetzt auch nichts daran ändern. Er beginnt schon, sich unter dem nicht enden wollenden Gebrüll des Drilchs zu langweilen, als dieser plötzlich entnervt von ihm ablässt und davonstapft. Im nächsten Moment zupft etwas schüchtern an seinem schweißnassen Pelz. Träge dreht er sich um.

Es sind – wer hätte das gedacht – die *Freaky Coconuts* aka Bapf der Hirschkäfer, Johnny-Bo der Wilde Weberknecht und Sichssss-P die Mondwespe, die sich da verschämt vor ihm herumdrücken und vom einen Bein auf die anderen tippeln.

»Eieiei ... na schau mal, wen der Wind hereingeweht hat«, imitiert Iggy die gedehnte, säurehaltige Sprechweise von Gibangyiya der Cemeise. Seine alten Bandmitglieder zu sehen, die ihn erst vor wenigen Tagen so schmählich verlassen haben, bringt in ihm eine ... eine ... naja, eine ziemlich cemeisige Stimmung hervor.

»Hallo, Iggy«, brummt Bapf.

»Hallo, Jungs. Was führt euch denn in den Rubinwald?«

»Wir, äh ... Wir haben gehört, dass du heute hier auftrittst, deswegen dachten wir, wir schauen einfach mal vorbei. Um ... um dich moralisch zu unterstützen. Sozusagen. Weißt du?«

»Ah. Vielen Dank. Das ist ja total nett von euch. Da freue ich mich aber total. Aber ›moralisch‹ unterstützen? Das hätte ich von euch ja nun wirklich nicht erwartet.« Iggy findet mit wachsender Begeisterung in seine neue Rolle als Iggangyiya die Doommeise. Seine Stimme ist so zähflüssig und giftig schillernd wie die einer Cemeise an ihrem dritten Hochzeitstag.

»Aber sagt, wie fandet ihr den Auftritt? So aus einer professionellen Funky-Forest-Doom-Perspektive?«

»Wir, äh«, nimmt Johnny-Bo der Wilde Weberknecht mit seiner leise raschelnden Stimme den Gesprächsfaden auf, »wir sind, glaube ich, und ich meine … ich glaube, ich kann hier für uns alle drei sprechen … ehrlich beeindruckt. Das war ein wirklich … durchdringender Auftritt. Meint ihr nicht auch, Jungs?«

Eifriges Nicken der übrigen Kokosnüsse.

»Vielen Dank. Es bedeutet mir viel, das von euch zu hören.«

»Wirklich?«

»Nein, war nur Spaß.«

»Iggy, es tut uns wirklich leid, dass wir …«

»ES TUT EUCH LEID? ES TUT EUCH LEID? ES TUT EUCH LEID, DASS IHR *DIE MÜÜTZEL MONOTONES* KAPUTTGEMACHT HABT? DIE BESTE UND LEGENDÄRSTE BAND DIESSEITS DES FLUSSES? DAS TUT EUCH EINFACH NUR LEID?«

Irgendjemand hat Iggy geholfen, blitzschnell das »Iggangyiya die Doommeise«-Kostüm auszuziehen, hat ihn mit Benzin übergossen und angezündet. Die *Freaky Coconuts* drücken sich vor dem feurigen Fanal aus Wut und Verzweiflung angstvoll aneinander wie eine Sandkäferherde.

»Iggy, wir …«

»Jetzt hört mir mal genau zu, ihr freakigen Singvögelchen, habt ihr eigentlich eine Ahnung, was ich seit jenem Tag in meinem Baumhaus alles durchgemacht habe? Ich wurde gejagt, körperlich und emotional gedemütigt, habe unvorstellbare Gefahren ausgestanden, habe dem Tode, meinen tiefsten Ängsten und Eumelschnecks in die Augen geblickt, wurde meiner Zukunft und aller Hoffnung beraubt, und alles, was euch dazu einfällt, ist: Es tut euch leid?«

»Iggy, nachdem wir deinen Auftritt gehört haben, wollten wir dich eigentlich fragen, ob wir …«

»Lasst mich mit euren Fragen in Ruhe! Ihr habt mich nichts mehr zu fragen! Nie wieder!«

»Hör doch mal zu, wir hatten die Idee, ob wir nicht …«

»ES IST MIR SCHEISSEGAL, WAS IHR FÜR IDEEN HABT! ICH HABE GENUG VON EUCH DILETTANTEN! JA, GENAU, DAS SEID IHR! DILETTANTEN! UND NICHT NUR DAS: DAS UNFÄHIGSTE, UNMUSIKALISCHSTE PACK, DAS MIR JEMALS DIESSEITS DES FLUSSES ÜBER DEN WEG GELAUFEN IST! UND JETZT SCHERT EUCH FORT!!!«

Sein Gesicht ist eine wutverzerrte Fratze, der Geifer läuft ihm aus den Mundwinkeln, die Schaufelpfoten sind zu Fäusten geballt. Wortlos starrt die Band ihn an. Nach kurzem Schweigen verständigen sich Bapf, Johnny-Bo und Sichssss-P durch Kopfnicken, drehen sich um und lassen den tobenden Wolfmorf stehen.

Kaum ist sein Atem ein wenig ruhiger geworden, zupft es leicht von der anderen Seite. Lila prallt zurück, als sie Iggys noch immer schreckenerregend verzerrtes Gesicht mit den blutunterlaufenen Augen sieht.

»Iggy! Tiefer Morf, was ist denn mit dir los?«

»Lila! Ich … Wie? Oh, bitte entschuldige.« Er wischt sich rasch einen Speichelfaden von der Schnauze. »Ich hatte nur. Naja, ich habe gerade meine alte Band getroffen, wir sind, sagen wir, im Unfrieden auseinandergegangen.«

»Ja, das habe ich gehört. Aber ich wollte dir eigentlich nur sagen, wie sehr mich dein Auftritt beeindruckt hat.«

»Wirklich? Oh …« Er weiß gar nicht, wo er hinschauen soll, so schwer und lähmend liegt ihr Bernsteinblick auf ihm, und er fühlt, dass sein Pelz schneller trocknet als erwartet … »Das freut mich natürlich ungemein. Wel… Welcher Song hat dir denn am besten gefallen?«

Sie blickt ihn lange und prüfend an. Dann sagt sie: »Das kannst du dir doch sicher denken, du dummer kleiner Wolfmorf.«

Iggy findet seine Fassung wieder, und ein Grinsen umspielt seine Schnauze. »Darauf hatte ich gehofft. Ich habe mir bei dem Song auch große Mühe gegeben.«

»Ja, das habe ich gemerkt.«

Sie zögert. Zum ersten Mal, seitdem er sie kennengelernt hat, erscheint ihm die sonst so schlagfertige Wolfmörfin unsicher.

»Äh, und Lutz hat dein Auftritt auch total gut gefallen!«, setzt sie hastig nach.

»Lutz.« Iggys Blick verdunkelt sich. »Lutz war also auch da.«

»Na klar!«, beeilt sich Lila mit etwas erzwungener Fröhlichkeit zu sagen. »Schließlich ist er ein ganz großer Forest-Doom-Fan!«

»So, ist er das. Na, das ist ja prima. Ich hatte bisher geglaubt, dass ›Lutz‹« (Lilas Augenbrauen ziehen sich zusammen, als Iggy bei der Nennung von Lutz' Namen die wolfmörfischen Anführungszeichen benutzt) »eher ein Freund der leichten Muse ist.«

Eine Blumenwiese irgendwo in Iggys Kopf. In einer lauen, seidigen Brise wiegen sich silberblättrige Träumereien, Verliebtheiten mit unendlich feinen zartrosa Blüten, mit glitzerndem Tau besprenkelte Zukunftsbilder und hoch aufragende Projektionen, die von elegant dahinschwirrenden Illusionen bestäubt werden. Aber auf einmal regt sich etwas im Erdreich unter der Blumenwiese. Eine Art Maulwurfshügel bildet sich, als sich irgendetwas unter Röcheln, Knurren und missmutigem Gemurmel zur Oberfläche emporgräbt. Der Hügel platzt auf, und eine kleine schwarze Gestalt mit wirren, verfilzten Haaren und rotglühenden Augen krabbelt zwischen den Krumen hervor. Sie hält kurz inne, um zu Atem zu kommen, und erbricht kleine Erdbrocken. Mit einem unangenehmen Fauchen streckt sie sich. Dann schaut sie prüfend um sich, mustert die Blumenpracht mit einem Ausdruck unaussprechlichen Ekels. Sie öffnet ihr kleines Maul, und zwischen den spitzen, kohlschwarzen Zähnchen blitzt ein bedrohliches Glimmen hervor. Die Gestalt spannt ihren Körper an und scheint sich zu konzentrieren. Eine dünne Rauchsäule steigt aus ihrem Maul auf, aus dem Glimmen wird ein rotes Glühen. Dann ergießt sich ein Flammenstrahl aus dem kleinen Maul und setzt die nächstgelegene Träumerei in Brand. Ruhig und bedächtig beginnt die kleine Gestalt nun umherzuschreiten und lässt die gesamte Blumenwiese, eine Blume nach der anderen, in Flammen aufgehen.

»Was soll das denn bitte heißen?«, fragt Lila irritiert.

»Naja«, antwortet Iggy, und eine boshafte Note hat sich in seine Stimme geschlichen, »ob jemand wie Lutz dem Forest Doom wirklich gewachsen ist? Folk Doom, ja, okay. Aber Forest Doom erfordert dann doch ein bisschen mehr, als jeden Morgen einmal für Brust und Arme an einer Ukka-Ranke hoch- und wieder runterzuklettern.«

»Willst du damit sagen, dass Lutz für Forest Doom nicht – Morf genug ist? Und willst du in Bezug auf Folk Doom irgendetwas andeuten?«

Ärger liegt nun in Lilas Stimme, und der schimmernde Bernsteinton ihrer Augen hat einen deutlichen Phosphorstich bekommen.

»Nein, nein, überhaupt nicht. Ich glaube, Forest Doom ist einfach eine Frage des Charakters. Und da sehe ich Lutz und

Forest Doom nicht unbedingt gemeinsam in einem Baumhaus wohnen. Und was Folk Doom angeht, bin ich mir sicher, dass *Lila und die Letzten leisen Lurche* das Beste daraus machen …«

Der Phosphor in Lilas Augen hat sich mit einer heißen Stichflamme entzündet. Paradoxerweise ist die Flamme von Eiseskälte umgeben.

»Na gut, Iggy. Anscheinend musst du dich noch von deinem großen Auftritt erholen. Eigentlich wollte ich dich ja heute Abend zu unserer Probe einladen, jetzt, wo du uns den Auftritt mit den *Neon Newbies* erspart hast. Aber ich glaube, wir proben dann doch lieber für uns alleine. Offenbar hättest du ja an Folk Doom eh keine große Freude gehabt.«

Abrupt wendet sie sich um und geht mit federnden Schritten dem Ausgang zu.

»Lil …«, setzt Iggy an, aber eine schnelle Bewegung ihrer rechten Schaufelpfote über ihre Schulter hinweg drückt ihm den Laut in den Rachen zurück und lässt ihn mit einem hässlichen Würgegefühl auf der nunmehr dunklen Hinterbühne zurück.

Eine »Wundergrube« irgendwo am Pinken Teich. Neben Iggy haben sich insgesamt acht weitere Wesen um das grün schimmernde Feuer versammelt: ein Iseltink, ein Karottenbär, eine Erdsumse, ein Duales Reh *[falls Sie mitzählen: Ein Duales Reh gilt immer als zwei Wesen. Das lernt man in der Baumschule]*, eine Herdbremse, eine Tippechse und ein Tippechsenjunges.

- - - - - - - - - - -

»Wundergruben« sind im Müützelwald … Wie? Ach. Ob Sie eine Frage stellen können? Na, selbstverständlich. Ich nehme mir ja gelegentlich die Freiheit, nicht nur Ihre Aufmerksamkeit als Leser auf die Probe zu stellen, sondern auch Ihre Lesedisziplin und literarische Sensibilität zu überwachen

und mit väterlicher Strenge zu schulen. So zeugt es natürlich auch von literarischer Reife, wenn Sie, geneigter Leser, geneigte Leserin, inzwischen dem Stadium entwachsen sind, in dem Sie als metaphorische Enkelschar vor meinem ebenfalls metaphorischen Ohrensessel kauerten und mit kindlicher Ehrfurcht und Kritiklosigkeit alles aufsogen, was ich Ihnen vortrug. Nun aber haben Sie gezeigt, dass Sie in der Lage sind, sich über den Text zu erheben und sich Ihre eigenen, kritischen Gedanken zu machen. Und so haben Sie recht mit Ihrer Beobachtung, dass ich soeben anhub mit einem Stilmittel zu arbeiten, das Sie in diesem epochalen Roman immer wieder gefunden haben und noch finden werden: Ich nenne es den Zimmermann'schen akademischen Einschub. *Er dient natürlich dazu, den Handlungsfaden an geeigneter Stelle zu unterbrechen, um durch gezielt herbeigeführte Sachlichkeit respektive Langeweile die Erwartungshaltung gegenüber dem Kommenden zu steigern.*

Beispiel gefällig? Gerne: »Iggy verliert durch den Stoß das Gleichgewicht, strauchelt, rudert verzweifelt mit den Armen, aber es ist zu spät: Unter seinen Pfoten löst sich ein Stein, und mit einem Schrei stürzt er über den Rand der Klippe. Absatz. Klippen der geschilderten Art sind in diesem Teil des Müützelwaldes eine häufige Erscheinung. Ihre Entstehung geht zurück auf urzeitliche Muschelablagerungen, die …« Sie verstehen? Gut. Was Sie aber auch verstehen sollten, ist, dass dieser soeben geschilderte »gemeinsame Lernprozess«, wie ich ihn mit väterlicher Güte nenne, aus Ihrer Sicht völlig bedeutungslos ist: Wissen Sie, nach dem aufklärerischen Bildungsideal, dem Sie wahrscheinlich in Ihrer liberalen Einfalt anhängen, gilt ja die Maxime, dass Ihnen ein Lernprozess zum selbständigen Denken und damit zu einem selbstbestimmten Leben verhelfen soll. Sehen Sie, und genau damit liegen Sie im Kontext dieses Jahrtausendromans völlig falsch: Die Macht über das Geschriebene und Gedachte bleibt bis zur letzten, von Ihrem eigenen Blut besudelten Seite ganz in meinen Händen. Und wenn ich mich dazu entschließen sollte, an einem von mir willkürlich ausgesuchten Punkt in der Geschichte eine Seite aus der Wikipedia von 2003 über Olivenöl einzufügen, dann können Sie gar nichts dagegen machen, und das

Wissen um das von mir verwendete Stilmittel geht völlig ins Leere. Herzlichst, Küsschen, Ihr Autor. Es folgt ein Zimmermann'scher akademischer Einschub.

»Wundergruben« sind im Müützelwald ebenso eine Institution wie die Uga-Uga, Baumwurzelkneipen und gemeinschaftliches Prächtigen-Sonnenaufgang-hinter-den-fernen-Gipfeln-des-Krazznuuf-Massivs-Gucken. Das Prinzip ist einfach: Man versammelt sich um eine Grube, in der ein Feuer entzündet wurde. Im Feuer werden halluzinogene Stoffe verbrannt, die sich die Teilnehmer über den würzigen Rauch zuführen. Man könnte auch sagen: nachts am Feuer hocken und gemeinsam high werden.

- - - - - - - - - - -

Momentan verbrennt im Feuer »Grüner Faum«, eine sehr angenehme Droge, um nach einem anstrengenden Konzert ein wenig runterzukommen und die Welt unkompliziert zu sehen. Das ist genau das, was Iggy gerade gut gebrauchen kann, denn er hat das unbestimmte Gefühl, dass die Welt in den letzten Stunden erheblich komplizierter geworden ist. Zugegeben, der Plan der »Dunklen Mächte Nr. 1« (also derjenigen, die sich zuerst gegen ihn verschworen hatten, nicht der »Dunklen Mächte Nr. 2«, die ihm zu der neuen Uga-Uga verholfen haben) scheint nicht aufgegangen zu sein: Schließlich hat er gerade einen umjubelten Auftritt beim CnicCnac-Festival hingelegt und darüber hinaus seiner alten Band mal so richtig die Meinung gegeigt. Nichtsdestotrotz haben sich seine Probleme dadurch nicht wirklich gelöst: Noch immer hat er keine Ahnung, wie er Blubb die Pfütze finden soll, geschweige denn, wie Blubb ihm im Falle des Falles überhaupt helfen könnte. Außerdem weiß er nicht, ob er beim schon in zwei Tagen stattfindenden Rocking the Forest auftreten wird. Die Begegnungen mit den *Freaky Coconuts* f.k.a. *The Müützel Monotones* als auch mit Lila Wolfmörfin haben ihn mit extrem widersprüchlichen Gefühlen zurückgelassen, und es ist wohl überflüssig zu sagen, dass extrem widersprüchliche Gefühle für einen ordentlichen Wolfmorf höchst ungewöhnlich, ja, unschicklich zu nennen sind. Insbesondere die Art und Weise, wie er Lila abgekanzelt hat, erscheint ihm irgendwie … irgendwie …

»Na, da haste ja wirklich mal *fffft* wieder ganze Arbeit geleistet, was?«, blubbert eine leise, aber deutlich vernehmbare Stimme.

Träge dreht Iggy den nebligen Kopf nach links und starrt den Karottenbären an. Der starrt glasig zurück, bis dem Wolfmorf einfällt, dass die blubbernde Stimme ja von rechts gekommen ist. Er dreht den Kopf in ebendiese Richtung, was eine Weile dauert, aber endlich ist er in der gewünschten Beobachtungsposition angekommen. Er starrt das Duale Reh an, das in dieser verflixt dualen Weise zurückstarrt, von der ihm immer gleich so schlecht wird … Eine hartnäckige, absurderweise noch nicht benebelte Stimme in seinem Kopf insistiert aber, dass das Duale Reh nicht der gewünschte Gesprächspartner sein könne, von wegen falsche Größe, falsche Stimmmodulationwasauchimmerdasnochmalwar und so weiter.

»Hier unten *pffüüüt* Iggy«, blubbert die Stimme gemütlich.

Iggy justiert mit einiger Mühe die Beobachtungsposition seines Kopfes neu und erblickt neben sich auf der Erde einen kleinen Pfützengnom. Der Pfützengnom hat die Form eines aus Wasser bestehenden Männleins angenommen und baumelt mit den Beinchen über dem Rand der Grube. Ab und zu bringt er spielerisch ein winziges Fingerchen in die Nähe der grünen Flammen und beobachtet vergnügt, wie sie aufzischen. Als er zu dem Wolfmorf aufschaut, bemerkt dieser mit einer gewissen Genugtuung, dass auch der wässrige Körper des Pfützengnoms von grünen Schlieren durchzogen ist.

»Was hast du gesagt?«

»Ich habe gesagt, dass *pfffüüüt* du mal wieder ganze Arbeit geleistet hast.«

»Oh, danke, ich fand auch, dass das ein guter Auftritt war.«

»Das meine ich nicht, Dummerchen.«

»Was soll das heißen, ›Dummerchen‹?«

»›Dummerchen‹ heißt ›Dummerchen‹, Dummerchen.«

»Würdest du jetzt bitte mal zum Punkt kommen?«

»Zu welchem Punkt?«

»Zu dem Punkt … bei dem … wo ich … wo du sagtest … worüber haben wir noch mal gesprochen?«

»Ich habe *blblblbl* gesagt, dass du *pffüüüt* wieder mal ganze Arbeit geleistet hast, und ich *pssscht* meinte nicht deinen *fffffft* Auftritt.«

»Ja, aber was meintest du denn dann?«

Der Pfützengnom lässt sein Fingerchen wieder mit den Flammen reagieren.

»Der ewige Optimist, was? Na, *kscht* zum einen hast du dir die Chance vermasselt, wieder *blblblbl* mit deiner alten Band zusammenzukommen. Ich kann dir *bschschbsch* sagen, dass die *pffffüt* Jungs von deinem Auftritt wirklich beeindruckt waren. Und selbst die *Freakschschschy Coconuts* haben in der Zwischenzeit *rschschp* gemerkt, dass Funky Forest Doom im Müützelwald doch ein eher *glblblb* temporäres Phänomen bleiben wird. Die Jungs sind zwar *pffffüsch* extrem gutmütig, aber bei der nächstbesten *pffff* Gelegenheit gleich wieder von dir zusammengefaltet zu werden *glb* wirkt jetzt nicht unbedingt motivierend auf sie, weißt du.«

Iggy starrt in die grünen Flammen. Ein flaues Gefühl in der Magengrube sagt ihm, dass die oben geschilderten, extrem widersprüchlichen Gefühle in den nächsten Minuten einer plötzlichen Klärung zugeführt werden könnten, und das flaue

Gefühl sagt ihm weiter, dass das Ergebnis dieser Klärung ihm höchstwahrscheinlich gar nicht behagen wird.

»Sie wollten die Band wieder zusammenbringen?«

»Du hast es erfasst, Dummerchen.«

»Hör auf, mich Dummerchen zu nennen!«

»Entschuldige, aber mir fällt gerade nichts Passenderes ein.«

»Und was war das andere?«

»Willst du mich nicht mal fragen, wer ich denn eigentlich bin?«

»Interessiert mich nicht. Was war das andere? Du hast ›zum einen‹ gesagt.«

»Na gut. Dir ist also nach einem wirklich bombastischen Auftritt auf der Nebenbühne im Rubinwald, *kschschsch* bei dem du deiner Angebeteten ein wirklich anbetungs*blblblbl*-würdiges Ständchen gesungen hast, nichts *pffffüüüüüüt* Besseres eingefallen, als nicht nur den *pfffff* Bruder deiner Angebeteten, sondern *blschsch* auch sie selbst zu beleidigen? Ernsthaft?«

Definitiv zu viele Wörter. Viel zu viele Wörter. Und alle grün. Wer soll das denn im Kopf aushalten. Iggy wischt fahrig mit den Schaufelpfötchen vor seiner Schnauze umher, um ein paar von ihnen zu zerstreuen, aber es wollen nicht wirklich weniger werden. Na gut. Dann wird er sie eben ein wenig ordnen. Unter den prüfenden Blicken des Pfützengnoms schafft er es unter allerlei Gestikulieren tatsächlich, sie in einen einigermaßen verständlichen Sinnzusammenhang zu bringen. Als er ihre Bedeutung erfasst hat, springt er auf, schlägt wild um sich, worauf die vielen kleinen grünen Wörter sich erschrocken in den lodernden grünen Flammen in Sicherheit bringen.

Geschockt plumpst er wieder auf seinen Platz zwischen Karottenbär, Pfützengnom und Dualem Reh, wobei Ersterer und Letzteres von der plötzlich entstandenen Unruhe bemerkenswert wenig mitbekommen.

Fassungslos starrt er den Gnom an: »Lutz ist Lilas Bruder?«

»Die beiden sind Zwillinge, Dummerchen.«

»Hör auf, mich …«

»Ich denke ja gar nicht daran. Du hast jedes einzelne Mal verdient.«

»Ich lasse mich nicht von irgendeinem dahergelaufenen … He, wie heißt du eigentlich?«

»Blubb. Angenehm.«

»Blubb. Die Pfütze?«

»Bingo.«

»Wie hast du? Wie bist du? Woher? Warum? Aber die Libellen!«

»Kommt Zeit, kommen Erklärungen, kleiner Wolfmorf. Lass uns erst mal noch ein paar tiefe Atemzüge nehmen. Glaub mir, du willst nicht, dass morgen zu schnell kommt.«

X

Noch 2 Tage bis zum
237. ROCKING THE FOREST BAND CONTEST

Auf der Flucht

»… und deswegen kam ich auf die Idee, das ganze *Bonk! Tetralogie* zu nennen, jaja, ich weiß, was du jetzt sagen wirst, vielleicht ein bisschen zu lautmalerisch *kschsch* aber weißt du *pffff* immer diese total abgefahrenen Songtitel, bei *blblblbl* denen keiner weiß, was sie eigentlich mit dem Text *bschsch* zu tun haben, bloß damit man sagen *glugluglu* kann, man hat mal wieder einen auf Avantgarde gemacht, das *pffffiiisch* geht mir mittlerweile ziemlich auf die Ketten, und deswegen habe ich eines schönen Tages zu Gilgong dem Tuma gesagt, *schuuuuu* Gilgong, habe ich gesagt, ich mach das nicht mehr *pfffüüüüt* mit, und er dann so, ja, das *gschscht* kann ich verstehen, man muss ja auch nicht immer mit *blblblbl* der Herde rennen, das sind wir unserem Ruf ja auch mal schuldig, und dann habe ich *blib* gesagt, recht hast du, wir haben uns nicht so lange *fffsvisch* den Arsch aufgerissen, damit wir uns vorschreiben lassen müssen, was wir *mschsch* mit unseren Songs machen, weißt du …«

Iggy öffnet vorsichtig ein Auge. Unangenehm helles Tageslicht flutet hinein und lässt Wellen des Schmerzes aufbranden, so dass er es schnell wieder schließt. Eine Weile liegt er mit geschlossenen Augen still da und lauscht verwundert dem monotonen Brabbeln. Nach und nach stellt sich Erinnerung ein: Blubb die Pfütze. Die Wundergrube. Ein grüner Nebel, der immer dichter wurde und irgendwann alles verschluckte. Seltsame Bilder, noch seltsamere Musik. Zwillinge, wer war das noch mal gewesen? Ach richtig, Lila und Lutz. Wellen des Glücks und der Erleichterung überrollen die des Schmerzes und brechen sich am Strand seiner Erinnerung. Er beugt sich nieder, um die Schmerzen mit ihrer wohltuenden Kühle zu lindern, als der beißende Gestank des Wassers in seine Schnauze steigt: die Begegnung mit Lila! Wie ein Riesenvollidiot hat er sich verhalten! Verletzend war er, beleidigend, unentschuldbar sein Verhalten! Er stöhnt gequält auf, das Gebrabbel zerrt an seinen Nerven. Als es plötzlich abbricht, öffnet er langsam die Augen und blickt sich vorsichtig um.

Über ihn breitet sich das fahle Blau eines frühwinterlichen Himmels, aber ihn umgibt die seltsam laue Luft des Pinken Teiches. Er liegt auf einem Fleckchen Gras mit ungewöhnlich fleischigen Halmen, das von hohen, wippenden Blumen mit leuchtend gelben, blau gepunkteten Blütenblättern umstanden wird. Ein leise murmelndes Rinnsal zwängt sich zwischen den Stängeln hindurch und verschwindet nach wenigen Metern wieder. Blubb der Pfützengnom hockt in der Mitte des Rinnsals, verbindet sich wohlig mit dem Wasser, wechselt fröhlich immer wieder seine Form und beobachtet den Wolfmorf dabei aufmerksam.

»Guten Morgen. Na?«

»Guten Morgen, Blubb. Wo sind wir hier? Au!« Iggy fährt zusammen, als ein stechender Schmerz seinen Kopf durchzuckt, während er ächzend versucht, sich aufzurichten.

»An einem Ort, an dem uns *pffffiiisch* die Libellen nicht sofort finden werden.«

»Die Libellen? Was ist denn jetzt wieder mit den Libellen?«

»Aufwachen, Wolfmorf! Du weißt doch schon längst, dass ich meine behagliche, beschauliche *glb* Behausung im

Schwarztann nicht ganz freiwillig aufgegeben habe. Ich bin *gsch* auf der Flucht, und du, Meister *pffff* bist es jetzt auch.«

»Bin ich das?«

»Jupp.«

»Na toll.«

»Na, das kannst du laut sagen.«

»Und was machen wir jetzt?«

Blubb schüttelt sich noch einmal, und winzige Wassertröpfchen spritzen funkelnd im Sonnenlicht. Dann blinzelt er Iggy fröhlich an: »Frühstücken!«

Wenn es im Müützelwald Wesen gibt, die in der Lage sind, gastronomische Gewinnmargen gnadenlos gegen null zu fahren, dann sind es Pfützengnome, denn sie ernähren sich im Wesentlichen von Nährstoffen in mikroskopisch kleinen Mengen, die sie aus gewöhnlichem Wasser herausfiltern.

Und so beobachtet Iggy wenig später den Gnom, der in einer flachen Wurzelschale hockt und mit Behagen und leise schlürfend das frische Quellwasser durch seinen Körper leitet. Aber seine Aufmerksamkeit gilt dem speisenden Blubb nur kurz, schließlich ist er glücklich, endlich einmal wieder ein echt wolfmörfisches Frühstück genießen zu können: einen großen Teller geschnittene Flockmooswurzel, in Bramseleiern gebraten, dazu einen kräftigen, würzigen Pruppbeerentee. Blubb hat den Wolfmorf über verschlungene Pfade in eine von Eisenwürmern betriebene Erdbar geführt, ein großes, ungefähr kugelförmiges Erdloch mit einer gen Himmel kreisförmigen Öffnung.

Iggy hat zu Eisenwürmern ein eher gespaltenes Verhältnis: Charakterlich sind sie ziemlich in Ordnung, und er mag ihren trockenen Humor. Aber ihre unangenehm blechern-krächzenden Stimmen muss er nicht öfter als unbedingt nötig hören.

Hauptsächlich sind es aber ihre Wohngebräuche, weswegen er ihre Gastfreundschaft nur selten sucht: Wie es von Würmern zu erwarten ist, können Müützel'sche Mehrbeiner mit dem Mobiliar der Eisenwürmer nicht allzu viel anfangen: So besteht die einzige Einrichtung der Bar aus langen, schaukelartigen Schlaufen aus einem getrockneten, aber elastischen Sekret, die von der Decke herabbaumeln, und in die sich die Eisenwürmer behaglich einhängen können. Blubb hat darauf bestanden, sich den Gebräuchen der Gastgeber anzupassen, und so balanciert er seine Wasserschale mit bewundernswerter Geschicklichkeit in einer der Schaukeln, während Iggy in der benachbarten Schlaufe hockt und brummend versucht, gleichzeitig Teller, Tasse und Gleichgewicht zu halten. Um sie herum herrscht das typische Gewimmel und Krakeelen einer Eisenwürmer-Bar.

Kaum hat der Wolfmorf den letzten Bissen vertilgt und den letzten Schluck Beerentee getrunken, steigt ein Eisenwurm vor ihm empor, schnappt ihm mit einem blechernen Röhren das Geschirr aus den Pfoten und entschwindet wieder unter ihm. Auch Blubb hat sein frugales Mahl beendet und wird höflich, aber lautstark gebeten, die Schaukel unverzüglich zu verlassen. Er macht einen Satz und landet auf Iggys Hinterbein, wo er sich in dessen Fell zu einer kleinen, transparenten Kugel formt. Auf irritierende Weise fühlt sich der Pfützengnom zugleich feucht und trocken an.

»Komm, wir gehen nach draußen. Du hast sicher eine Menge Fragen. Und wir haben viel zu besprechen.«

Ächzend hangelt sich der Wolfmorf von der Schaukel herunter und klettert mit Blubb aus der Bar ins Freie. Milder Sonnenschein fällt auf eine kleine, baumumstandene Lichtung mit für den Pinken Teich fast schon überraschend normal aussehenden Gewächsen.

Draußen, außerhalb des Pinken Teiches, schneit es vielleicht schon!, denkt sich Iggy, fast ein wenig wehmütig. So aufregend diese Gegend auch ist, so sehr sehnt er sich doch nach »seinem« Teil des Müützelwaldes, dem Teil, in dem es im Herbst kalt, trübe und neblig ist und wo im Winter große Schneeflocken auf seinen Baumhausbalkon purzeln.

Blubb springt mit einem leisen »Pflatsch« auf den Boden und breitet sich unter einem Baum zu einer kleinen Pfütze aus, in der er sein Köpfchen behaglich hin und her schwimmen lässt. Iggy rollt sich daneben zusammen. Sein Kopf ist noch etwas schwer, aber frische Luft und ein gutes Frühstück haben seine Lebensgeister geweckt. Nichtsdestotrotz ist der Radius seiner Vorstellungskraft noch erheblich eingeschränkt, und nur langsam dringen die vielen Fragen, die in ihm arbeiten, zu den gedankenverarbeitenden Sprachmechanismen vor. Schließlich hebt er seinen felligen Kopf, rümpft kurz in Richtung der kleinen, seltsamen Pfütze im Gras vor ihm, rümpft wieder, sucht nach Worten.

»Na komm, Wolfmorf, es ist doch *glb* gar nicht so schwer. Du weißt doch schon fast alles, *gulb*, was mir bisher widerfahren ist. Du kannst *pfüüt* dir wahrscheinlich auch denken, dass *bffff* ich aus gewissen Quellen über *bschsch* gewisse Dinge gut unterrichtet bin. Und jetzt hast du eigentlich nur eine Frage. Sie lautet … *Kschschsch* … Na, wie lautet sie?«

»›Wie kannst du mir helfen, Blubb?‹«

»Ganz richtig. ›Wie kannst du mir helfen, Blubb.‹«

»Und? Wie kannst du mir helfen, Blubb?«

Übermütig und ein wenig provozierend schwimmt Blubb nun in einer adretten Acht in seiner Pfütze umher.

»Ach, ich fürchte, du wirst das nicht so wirklich mögen«, blubbert er vor sich hin, »es ist eben nicht wirklich *blblbl* wolfmörfisches Verhalten, *pffff* aber es gibt *blib* manchmal Dinge, die getan werden müssen.«

Iggy seufzt. »Was ist es, Blubb?«

»Du musst dich mit deiner Band versöhnen.«

»Wie, mit diesen Dilettanten? Nach allem, was sie mir, was sie den *Müützel Monotones* angetan haben?«

»Was haben sie dir denn angetan?«

»Was sie mir … Was für eine Frage, was haben sie mir angetan? Ich meine … sie haben die *Müützel Monotones* kaputtgemacht!«

»Ach ja *ksch*?«

»Ja!«

»Wodurch?«

»Wie, wodurch?«

»Wodurch haben sie die *Müützel Monotones* kaputtgemacht?«

»Sie haben sie verlassen! Und die *Freaky Fucking Coconuts* gegründet! Sie haben sich …«, und hier tritt ein Ausdruck heiliger Empörung auf Iggys Züge, »vom Forest Doom abgewandt!«

»O nein!«

»O doch!«

»Das ist ja *pffff* … Das ist Apostasie!«

»Genau! – Moment, machst du dich über mich lustig?«

»Natürlich.«

»Warum machst du dich über mich lustig?«

»Weil du ein Trottel bist, Iggy Wolfmorf.«

»Ich bin was?«

»Ein Trottel. Und willst du *pfüüüt* auch wissen, warum?«

»Oh, ich bitte darum!«

Blubb macht eine Pause. Sein Köpfchen verbreitert sich und verschmilzt kurz mit der Pfützenoberfläche, dann taucht es an anderer Stelle wieder auf. Die Pfütze zieht sich zusammen, und der Gnom nimmt wieder die Gestalt eines wässrigen Männleins an, das vor dem Wolfmorf hin- und herzustolzieren beginnt.

»Iggy Iggy. *Pfüüüt* du bist so ein hirnverbrannter Sturkopf. Ich vermute *blibib*, dass es angenehmer wäre, sich *gulblib* die *Lange Nacht der Drilch-Karaoke* anzusehen, als an einer von dir geleiteten Bandprobe teilzunehmen. Glaubst du nicht, dass manchmal alles ein wenig einfacher wäre *ksch*, wenn du nicht so ein Forest-*gulp*-Doom-Tyrann wärst?«

Iggy sagt nichts, er starrt nur finster vor sich hin.

»Weißt du, ich werde dir jetzt mal eine *gsch* unangenehme Wahrheit nahebringen.«

Na toll, unangenehme Wahrheiten sind so ziemlich das Letzte, was Iggy sich im Augenblick anhören will.

»Das goldene Zeitalter des Forest Doom ist vorbei. Er ist zwar noch nicht tot, aber er riecht schon ein bisschen komisch. Du *blsch* kannst dich nicht mehr darauf *pfffsch* ausruhen, dass der Forest Doom, den du mitgeholfen hast großzumachen, das Maß *blib* aller Dinge ist. Er muss sich weiterentwickeln, oder *ksssch* er wird den Weg der Höhlenmusik gehen. Und du *gulsch* weißt, was mit der Höhlenmusik passiert ist.«

Iggy weiß, was mit der Höhlenmusik passiert ist. Er schluckt hörbar.

»Aber, Wolfmorf, vielleicht liegt hier deine Berufung. Du kannst dem Forest Doom helfen, ohne *ischisch* ihn nur aufs Sterben vorzubereiten. Dafür wirst du aber junge Ideen und Energie brauchen. Und hier, du kleiner, großer dummer Wolfmorf, kommen Bapf der Hirschkäfer, Johnny-Bo der Wilde Weberknecht und Sichssss-P die Mondwespe ins Spiel.«

Auf der Lichtung wird es still. Iggy brütet trotzig vor sich hin und meidet Blubbs Blick. Der hat sich wieder in eine gemütliche Pfützenform begeben, auf der hin und wieder leichte Wellen spielen.

Schließlich knurrt Iggy leise: »Und dafür habe ich den ganzen weiten Weg auf mich genommen?«

»Es hat dich niemand gezwungen, nach mir zu suchen. Ich kann dir helfen. Aber ich kann dir nur helfen, den Forest Doom zu erneuern. Dann, und nur dann hast *blibsch* du auch eine Chance bei Rocking the Forest.«

Iggy schweigt noch einen Moment. Dann richtet er sich auf, schüttelt sich und verlässt die Lichtung, wortlos und ohne sich noch einmal umzusehen.

- - - - - - - - - -

Pfützengnome werden sehr alt. Wie alt, das kann ich Ihnen leider auch nicht sagen, das habe ich mir nämlich noch nicht überlegt. Warum? Naja, weil das hier keine Rolle spielt. Wissen Sie, irgendwie hat man ja auch eine Verantwortung gegenüber sich selber. Da sitze ich nun des Nachts in meinem spartanisch eingerichteten Kämmerlein beim Schein einer blakenden Weihnachtskerze vom Vorjahr, eingehüllt in ein dünnes, härenes Gewand, das mich nur dürftig vor der winterlichen Kälte schützt, und sauge mir dieses Feuerwerk phantastischer Erzählung aus den klammen, gichtgeplagten Fingern. Da müssen Sie mir ab und zu auch mal ein bisschen Freiraum geben. Ich schließe überhaupt nicht aus, dass die Lebenserwartung von Pfützengnomen irgendwann einmal eine tragende Rolle spielen wird. Aber ich kann Ihnen hier und jetzt und heute gerichtsfest versichern, dass sie – wenn überhaupt – nur in einer Fortsetzung eine Rolle spielen wird, dann aber vielleicht in einem ganz großen Zusammenhang, wer weiß. Sie wissen doch: Auf den »Hobbit« folgte »Der Herr der Ringe«. Und während der »Herr der Ringe« als Buch viele Jahrzehnte der Oberknaller war und den »Hobbit« berechtigterweise völlig in den Schatten stellte, wurde Letzterer dann doch noch viel aufgeblähter verfilmt als seinerzeit der »Herr der Ringe«. Woran wir sehen, dass wirkliche Kunst, in welcher Darreichungsform auch immer, stets eine Balance erzeugt. Was natürlich auch für den wirtschaftlichen Aspekt stimmt: Man kann noch so viel Kohle scheffeln, im

Ganzen, nämlich auf die gesamte Lebenszeit gesehen, ist Profit doch auch immer auf die große Balance, nämlich das finale Nullsummenspiel, angelegt: Von null kommen wir, zur Null gehen wir. Womit wir a) bewiesen hätten, dass das Leben ein Kreislauf, b) der Kapitalismus im Endeffekt doch gerecht ist und c) … und c) … Warten Sie, ich glaube, ich habe mich jetzt etwas verplaudert.

Wo waren wir? Ach ja …

Pfützengnome werden sehr alt. Deswegen sind Pfützengnome äußerst geduldig, und wenn man dann auch noch so viel von Müützel'scher Musikgeschichte gesehen und gar selber mitgestaltet hat wie Blubb, dann hat man sowieso komplett die Ruhe weg.

- - - - - - - - - - -

Und so verbringt Blubb zwei sehr behagliche Stunden im Schatten des Baumes und genießt die Möglichkeit, in guter, frischer Luft und in aller Ruhe ohne die zweifelhafte Gesellschaft von Bewacherlibellen entscheidende Passagen seines Opus magnum, der *Bonk! Tetralogie*, zu durchdenken.

Die Mittagsstunde ist längst verstrichen, als es im Gebüsch raschelt und Iggy die Lichtung betritt. Wütender Trotz sitzt ihm auf der Schulter, zerrt und zupft ärgerlich an den Fransen seines schwarzen Kleidchens und hält immer wieder die Luft an, bis sein kleines Köpfchen schier zu platzen droht.

Schweigend rollt er sich vor Blubb zusammen. Schließlich hebt er die Schnauze und blickt den Pfützengnom finster an.

»Na gut«, sagt er, »ich bin dabei.«

»Sehr gut«, antwortet Blubb. »Dann lass uns die Band wieder zusammenbringen.«

»Wir befinden uns auf einer heiligen Queste, das ist dir schon klar, oder?«, erklärt Blubb ernsthaft, während Iggy mit dem Pfützengnom auf der Schulter den schmalen Pfad entlangstapft. »Wir wollen die Band wieder zusammenbringen. Welch edleres Unterfangen, welch nobleren Dienst an der Musik könnte es geben, als die Wesen zueinanderzuführen, die zum Dienst an ihr bestimmt sind? Ich habe schon zu viel in meinem Leben gesehen und gehört, Wolfmorf, um bei jedem neuen musikalischen Borkenschroll, der durch den Müützelwald getrieben wird, entzückt aufzuquietschen. Aber auch ich habe immer noch Ideale und Überzeugungen, die ich mir nicht nehmen lasse! Woran glaubst du, Iggy? Iggy?«

»Was? Sprichst du mit mir?«

»Natürlich spreche ich mit dir, Vollmorf. Ich sitze auf deiner Schulter, und außer uns gibt es hier nur Mücken. Hast du mir denn gar nicht zugehört?«

»Doch, na klar.«

»Und?«

»Was und?«

»Woran glaubst du?«

»Ich?«

»Nein, das trockene Gestrüpp in deinem großen, hohlen Kopf! Natürlich du!«

»Oh. An den Tiefen Morf.«

»Na, geht doch. Was für ein bekloppter Name. Also, anstatt hier so miesepetrig herumzuschleichen und dich selbst zu bemitleiden, weil du einmal bei anderen Leuten zu Kreuze kriechen musst anstatt umgekehrt, solltest du es so sehen: Dein Tiefer Morf hat dich dazu ausersehen, etwas Wundervolles zu vollbringen, nämlich Seine Kinder um Ihn zu scharen, um

Ihm durch die Musik zu huldigen. Oder hat's euer Tiefer Morf nicht so mit Musik?«

»Was soll das denn bitte heißen? Der Tiefe Morf *ist* die Musik. Er ist der erste und der letzte Ton, der tiefste und der höchste, die langsamste und die schnellste Note …«

»Der begabteste und der unbegabteste Musiker?« PFLATSCH! »Aua! Jetzt mal nicht handgreiflich werden, Wolfmorf!«

Iggy grinst. »Das passiert, wenn man unziemlich über den Tiefen Morf spricht, Pfützengnom. Aber ich hab's ja verstanden. Wir befinden uns auf einer heiligen Queste. Um drei kleine dilettantische Vollidioten ausfindig zu machen und mich bei ihnen allem Ehrgefühl zum Trotz so einzuschleimen, dass sie sich bereit erklären, sich in einer, maximal zwei kompakten Proben für den wichtigsten Forest-Doom-Wettbewerb des Waldes fit machen zu lassen. Ach ja, und dann müssen wir den Wettbewerb nur noch gewinnen, richtig?«

»Exakt. War doch gar nicht so schwer, oder?«

Iggy brummelt Unverständliches in sein Fell. Selbst am Pinken Teich mit seinem seltsam versetzten Klima ist inzwischen der nahende Winter zu spüren. Wolken sind aufgezogen und haben sich vor die milde Herbstsonne geschoben, die noch am Morgen dünne, aber angenehm wärmende Strahlen über die Sümpfe gebreitet hat. Nun pfeift ein schneidender Wind über den schmalen Pfad, auf dem Iggy und Blubb während der vergangenen Stunde gewandert sind, und die grellfarbigen Schilfblüten ringsumher erscheinen im fahlen Licht des Nachmittages matt und kraftlos. Der von hohen Sumpfpflanzen überschattete Pfad führt die Wanderer immer tiefer in das Gebiet des Pinken Teiches hinein. Er wird selten benutzt und ist sogar vielen einheimischen Wesen nicht bekannt, so hat es Blubb dem Wolfmorf versichert.

»Woher weißt du eigentlich, wo die Jungs sich aufhalten?«, hat Iggy den Pfützengnom gefragt, aber der hat heimlichtuerisch abgewiegelt.

»Du weißt doch, in diesem Wald gibt es unendlich viele Möglichkeiten, an Informationen zu kommen. Aber wenn man nicht aufpasst und zu viel plaudert, dann bekommt man eines schönen Tages gar keine Informationen mehr.«

Iggy gibt es auf, weiter nachzubohren. Wenn er ehrlich ist, dann hat er es sowieso nicht allzu eilig, den *Freaky Deppennuts* wieder unter die Augen zu treten.

Selbst die Geräusche der Vögel, Insekten und anderen Sumpfbewohner, die sonst Schilf und Gewässer mit Gekreisch, Geraschel und Gebraus erfüllen, wirken herbstlich gedämpft, und die an diesem Ort so ungewöhnliche melancholische Herbststimmung senkt sich langsam wie ein weicher, grauer Flaum auf den Wolfmorf. Trotzdem ist er von einer gewissen Unruhe erfüllt, die er nicht erklären kann, und es ist nicht die bevorstehende Begegnung mit seinen ehemaligen Bandmitgliedern oder der nahende Band Contest.

Nach einer weiteren halben Stunde erkennt er vor ihnen eine Weggabelung. Der Pfützengnom auf seiner Schulter schweigt, auch die Wesen im Schilf und in der Luft sind verstummt. Eine seltsame Ruhe liegt über dem Weg.

Iggy tappt weiter auf die Weggabelung zu, aber er hat seinen Schritt verlangsamt.

»Welchen Weg müssen wir nehmen?«, fragt er gedämpft.

»Das werden wir gleich sehen«, antwortet Blubb geheimnisvoll.

»Was soll das heißen, ich dachte, du …«

»Pssst!«, zischt Blubb. »Geh langsam!«

Vorsichtig macht Iggy einige weitere Schritte auf die Gabelung zu, als ein Rascheln in seinem Rücken ihn herumfahren lässt.

Eine riesige Schwarzlibelle, fast dreimal so groß wie er selbst, steht drohend mitten auf dem Weg hinter ihnen. Feindseligkeit glitzert in ihren großen, schwarzen Augen. Schwarzlibellen haben nichts mit Musik am Hut. Sie sind die vielleicht unmusikalischsten Wesen im gesamten Müützelwald. Es sind Krieger.

»Geh ganz langsam weiter bis zur Weggabelung«, raunt Blubb. »Mach keine hektischen Bewegungen, geh einfach weiter.«

Der Wolfmorf tut wie geheißen. Ihm ist kalt. Er dreht der Schwarzlibelle den Rücken zu und setzt einen Fuß vor den anderen, während sie einfach nur dasteht und ihnen hinterherstarrt. Nach wenigen Schritten erreicht er die Weggabelung.

Blubb gibt ein leises Geräusch von sich, wie das Brodeln eines winzigen siedenden Kessels. Beide Wege sind versperrt: Etwa zwanzig Meter hinter der Gabelung steht mitten auf dem Pfad je eine Schwarzlibelle, wartend, schweigend, lauernd. Es raschelt im Schilf vor ihnen. Die Rohre teilen sich, und Bsssngng und Gngang treten auf den Pfad hinaus.

Iggy ist zu Stein erstarrt. Der Pfützengnom auf seiner Schulter hat seine Körpertemperatur spürbar verändert und fühlt sich nun an wie ein kleiner Eiszapfen.

»Hallo, Iggy«, zischt Bsssngng und ordnet mit provozierender Umständlichkeit ihre grellgemusterten Flügel. »Es ist sonst niemand hieng. Nur wing und ihng.« Sie macht eine lange Pause. Keiner spricht ein Wort. Dann sagt sie gedehnt: »Damit endet es wohl jetzt.«

Iggy fühlt eine Bewegung auf seiner Schulter. Eine kaum hörbare Stimme blubbert in sein Ohr: »Wenn ich springe, springst du hinter mir her. Denk nicht nach. Wenn du nicht schwimmen kannst, hast du ein Problem.«

Der Wolfmorf nickt leicht, verzieht aber keine Miene. Er kann nicht schwimmen.

Findet Iggy

Blubb springt von Iggys Schulter. Mit zwei, drei hohen Sätzen wirft er sich in das Schilf zur Linken und verschwindet zwischen den Halmen. Iggy hört nur noch ein leises »Pflatsch«, als der Pfützengnom in das Brackwasser taucht. Er zögert nur kurz: Die Schwarzlibellen, die sofort ihre großen Flügel entfaltet haben und sich flugbereit machen, haben ihm die Entscheidung bereits abgenommen. Er duckt sich und hechtet hinterher in das Schilf, genau dort, wo Blubb verschwunden ist. Scharfkantige Halme schlagen hinter ihm zusammen, als er auf der Wasseroberfläche auftrifft. Das Wasser ist überraschend warm, fühlt sich aber unangenehm schleimig an.

»Hierher, Wolfmorf!«, zischt Blubbs Stimme zwischen den Halmen hindurch. »Tiefer hinein!«

Hinter sich hört Iggy das Keifen und Rasseln erboster Libellen. Er rappelt sich auf, seine Hinterpfoten finden im schlammigen Grund Halt, panisch arbeitet er sich weiter durch das Schilf. Schnell wird das Wasser tiefer, die Halme spärlicher, und immer näher kommen die Verfolgerinnen, die wütend durch das Dickicht brechen. Schon hört er über sich Flügelschlagen, dunkle Schatten zucken über das Wasser. Das Keuchen einer Verfolgerin ist ganz nah, und er vermeint zu spüren, dass sich ihm ein ausgestreckter Krallenarm nähert, als er auf einmal den Boden unter den Füßen verliert. Der Grund fällt abrupt ab, etwas Dünnes, Weiches schließt sich um seine Hinterpfote, er rudert verzweifelt mit den Armen, aber auf einmal wird er unter die Wasseroberfläche gezogen. Er kann gerade noch die Luft anhalten, als sich das schleimige Wasser über ihm schließt und die wütenden Schreie der Libellen verschluckt.

In wilder Panik strampelt er gegen die Kraft an, die ihn an der Pfote immer weiter hinunterzieht. Doch je heftiger er strampelt, desto mühsamer wird es, die Luft anzuhalten. Er blickt durch das trübe, flaschengrüne Wasser nach unten, kann aber nur vage ein dünnes, silbernes Band erkennen, das sich um seinen Knöchel geschlungen hat. Auf einmal löst sich das Band, nimmt blitzschnell eine lanzettartige Gestalt an, schießt zu ihm hinauf und positioniert sich direkt vor seiner Schnauze. Es ist Blubb. Prüfend mustert der Pfützengnom Iggys Gezappel.

»Kannst du denn nicht schwimmen, Wolfmorf?«, blubbert er ihm seltsam verzerrt entgegen.

Iggy schüttelt wild den Kopf.

»Oh. Scheiße.«

Iggy packt die Gelegenheit, dass der Pfützengnom von ihm abgelassen hat, beim Schopfe: Mit instinktiven Schwimmbewegungen arbeitet er sich, unterstützt von kreisenden Bewegungen seines Schwanzes, der Wasseroberfläche entgegen. Während sich die letzten Sauerstoffreserven in sein Gehirn pressen, beschließt er, nie wieder in die Nähe von Wasser zu kommen.

Er erreicht die Oberfläche, und mit wilder Genugtuung füllt er seine Lungen mit Luft. Aber ihm bleibt nicht viel Zeit, die wiedergewonnene Lebenskraft zu genießen: Aus den Augenwinkeln sieht er schwarze Schatten auf sich zurasen. Im letzten Moment, ehe die Kauwerkzeuge der beiden Schwarzlibellen nach ihm schnappen können, spürt er wieder die weiche Umklammerung an seinem Knöchel und wird von neuem nach unten gezogen.

Kaum ist das Wasser über ihm zusammengeschlagen, da umblitzt ihn schon wieder der kleine, silbrige Pfützengnom. Das Wasser scheint ihm zu dreckig zu sein, als dass er sich mit ihm verbinden wollte, und so ist er in der brackigen Plörre für den Wolfmorf gut zu erkennen. Blubb hält direkt neben Iggys linkem Ohr inne.

»Jetzt hör gut zu. Ich werde dich an eine Stelle ziehen, wo du noch einmal Luft holen kannst. Dann geht es abwärts. Ich habe eine Idee, aber ich kann dir nicht garantieren, dass sie funktioniert.«

Iggy zögert, dann nickt er.

»Gut. Also los.«

Blubb schließt sich wieder um den Knöchel des Wolfmorfs, der sich jetzt widerstandslos mitziehen lässt. Wie eine Ewigkeit erscheint es ihm, bis der Pfützengnom mit seiner pelzigen Fracht im Schlepptau wieder zur Oberfläche strebt. Iggy taucht auf, japst nach Luft, blickt sich um. Sie befinden sich schon weit außerhalb des Uferdickichts, offenbar inmitten eines ausgedehnten Sees, in dem in größeren Abständen Inseln bizarr geformter Wasserpflanzen treiben. Er dreht sich einmal um die eigene Achse und erspäht in einiger Entfernung die Schwarzlibellen, die in schnellem Tiefflug die Wasseroberfläche nach den Flüchtigen absuchen. Von Bsssngng und Gngang ist nichts zu sehen.

Ein rauer Schrei verrät ihm, dass er entdeckt worden ist: Eine der Schwarzlibellen hat sich herumgeworfen und rast auf ihn zu. Er spürt den mittlerweile vertrauten Druck um seinen Knöchel und holt noch einmal tief Luft, bevor er wieder in die Tiefe gezogen wird.

Immer dunkler wird das flaschengrüne Wasser, immer leiser die Geräusche von der Oberfläche. Trotz seines dicken Winterspecks fröstelt ihn. Weit kann er nicht blicken, nach wenigen Metern verliert sich die Sicht in braungrünen Schlieren. Dann sieht er, dass sie sich dem schlammigen Grund des Sees nähern; zwischen den Algen und Schlingpflanzen zuckt verborgenes Leben.

Vor ihm fällt der Boden über einen felsigen Vorsprung hinweg noch einmal steil ab: Blubb zieht ihn über den Vorsprung hinweg und in die Tiefe. Als er kurz darauf stehen bleibt, ist unter ihnen nur trübe Schwärze. Iggy merkt schon jetzt, dass er nicht mehr lange die Luft wird anhalten können. Er dümpelt im kalten Wasser vor der abfallenden Felswand. Sie ist zerklüftet, dunkle Höhlungen und Spalten tun sich in ihr auf. Eine besonders große Öffnung gähnt direkt vor ihm. Ihr Inneres ist zu dunkel, als dass er irgendetwas erkennen könnte.

»*Was sollen wir hier?*«, signalisiert er nervös dem Pfützengnom. Ihm wird die Luft wirklich knapp.

»Warte«, antwortet Blubb. Er hat sich ein Stück hinter den Wolfmorf zurückgezogen und beobachtet aufmerksam die Felswand.

Iggy geht die Luft aus.

»*Was ist?*«, gestikuliert er erregt.

»Geduld!«, antwortet Blubb, aber besonders selbstsicher hört es sich nicht an.

Iggy beginnt sich schon verzweifelt an die Kehle zu greifen, als sich der Pfützengnom nähert und ihn anstupst, so dass der Wolfmorf langsam der dunklen Öffnung entgegentrudelt.

Als er panisch zu zappeln beginnt, geschieht es: Ein dunkler Schatten schießt aus der Höhle und bläht sich auf. Für einen Augenblick schwebt er wie eine drohende Wolke vor dem verängstigten, erstickenden Wolfmorf. Dann hüllt er ihn blitzschnell ein und zieht sich mit ihm in Sekundenschnelle wieder in die Höhle zurück. Man sieht noch ein kurzes Aufblitzen, als

Blubb dem Schatten verstohlen in die Höhle folgt. Dann ist wieder alles ruhig, und nur ein paar Algen wiegen sich langsam vor der dunklen Öffnung.

Höhlenmusik

Iggy kann wieder atmen. Er weiß zwar nicht, warum, aber seine dankbaren Lungen arbeiten wieder mit Sauerstoff. Genau genommen arbeiten seine Lungen einigermaßen widerwillig, denn was sie hier einsaugen müssen, läuft eher unter »Zumutung« als unter »Atemluft«. Es ist stockdunkel, und ein schwerer, fauliger Gestank umgibt den japsenden Wolfmorf. Er versucht, sich zu bewegen, tastet umher und stellt fest, dass er sich in einem ringsherum geschlossenen, eiförmigen Hohlraum befindet. Die Wände bestehen aus einem glatten, elastischen und ein wenig feuchten Material, das in flachen Strängen verwoben ist. Wie eine überdimensionale Lunge pulsieren die Wände langsam und regelmäßig.

Iggy ist zunächst so erleichert, wieder ungehindert Luft holen zu können, dass er erst nach einiger Zeit bemerkt, wie sich der Hohlraum langsam, aber stetig um ihn herum zusammenzieht. Zuerst hat er an eine Sinnestäuschung geglaubt, aber jetzt gibt es keinen Zweifel mehr: Der Hohlraum wird enger. Panik überflutet den Wolfmorf in schwarzen Wellen.

»Magst du Höhlenmusik?«

Er fährt zusammen. Die dunkle, hohle Stimme dröhnt ihm in den Ohren, als kauere er im Inneren einer großen Glocke.

»Was?«, fragt er verdattert und mit dumpfer Stimme.

»Ich sagte: Magst du Höhlenmusik?«

»Ich … warum? Ich meine: Warum fragen Sie? Du. Wer sind … wer bist du?«

»Das ist doch keine so schwere Frage! Magst du sie, oder magst du sie nicht?«

»Höhlenmusik? Ich … ich weiß nicht. Kein Wesen hört mehr Höhlenmusik!«

»Das weiß ich. Aber ich mag Höhlenmusik. Sie beruhigt mich. Und dass sie ein wenig aus der Mode gekommen ist, heißt doch nicht, dass man sie nicht immer noch mögen kann.«

»Natürlich nicht!« Iggy hat trotz seiner Verwirrung ob des plötzlichen Gespräches über eine schon seit langer Zeit nicht mehr populäre Musikrichtung bemerkt, dass sich der Hohlraum nicht mehr verengt, seitdem das Gespräch begonnen hat. »Was … was gefällt dir denn daran am besten?«

»Naja, sie passt zu mir. Ich wohne schließlich in einer Höhle.«

Die Wände haben wieder begonnen, sich zu bewegen. Hastig sagt Iggy: »Ich wusste gar nicht, dass Höhlenmusik auch unter Wasser populär war … ist.« Er zögert. »Was bist du für ein Wesen?«

»Ich bin ein Algenlurch. Früher haben Algenlurche sehr viel Höhlenmusik gehört. Die war hier unten total der Renner. Es war ein bisschen schwierig, sie hier einzuführen. Als wir das erste Mal versuchten, Musiker zu einem Gig hier im Grünen Grund zu ermutigen … Naja … Wir waren wohl etwas zu enthusiastisch. Sie sind ertrunken. Das hat man uns erst mal eine Weile übelgenommen.«

»Oh. Das kann ich irgendwie verstehen.«

»Aber es gibt ja so einige amphibische Wesen, die konnten dann aushelfen und sich als Vermittler betätigen, sozusagen. Hier unten passiert manches langsamer als anderswo, weißt du?«

»Das hätte ich ja nie gedacht.«

»Doch, das ist so. Nun, ich würde ja gerne noch eine Weile mit dir plaudern, aber ich bin ziemlich hungrig. Normalerweise plaudere ich gerne noch etwas mit meinen Mahlzeiten über Musik und so, aber heute müssen wir das wohl etwas abkürzen. Tut mir leid.«

»Ich. Was? Du willst mich essen?«

»Na, was glaubst du denn, was wir hier machen?«

»Aber … du kannst mich nicht essen! Man spricht nicht mit seinem Essen! Das ist barbarisch! Und schon gar nicht über Musik!« Iggy gerät jetzt richtig in Fahrt: »Und über Höhlenmusik spricht man mit seinem Essen gleich dreimal nicht! Ich finde, wenn man dazu ausersehen ist, zu einer Mahlzeit zu werden, dann hat man ein Recht darauf, sich zumindest über Aktuelles zu unterhalten! Wenn der Tiefe Morf mich zu sich ruft und mich fragt, Iggy, wie bist du gestorben, dann kann ich doch unmöglich sagen, Tiefer Morf, bevor ich vor Dein Angesicht getreten bin, habe ich als Letztes über Höhlenmusik geplaudert??«

»Hm. Das tut mir leid, dass du so denkst. Aber ich kenne mich mit anderer Musik einfach nicht so gut aus, weißt du?«

Iggy hat auf seiner Reise schon allerhand Absurdes erlebt. Im Magen eines Wesens zu sitzen und selbiges Wesen kurz vor dem Einsetzen des Verdauungsprozesses wegen sozio-kommunikativer Details seines bevorstehenden Ablebens anzuschreien, das toppt dann doch alles bisher Erlebte. Noch wütender als die Ausweglosigkeit seiner Lage macht ihn allerdings, dass ihn ausgerechnet Blubb die Pfütze, für den er diese Odyssee auf sich genommen hat, in diese Lage gebracht hat.

»Aber das ist doch nicht mein Problem! Weißt du, Algenlurch, es gibt in diesem Wald, ob zu Wasser, zu Lande oder in der Luft, noch so etwas wie Anstand! Jawohl, Anstand, Moral,

Sitte und Geschmack! In deinem Magen sitzt nicht irgendwer, kapiert? Ich bin Iggy ›Keeper of Doom‹ Wolfmorf!«

»Tatsächlich? Nie von dir gehört.«

»Aber genau das ist doch das Problem! Du schickst dich an, eine musikalische Legende zu verspeisen. Das kannst du mit *Stig Banane und den Pralinés* machen …«

»Hm, von denen hab ich auch noch nie was gehört.«

»… das spielt überhaupt keine Rolle! Das hat etwas mit Achtsamkeit gegenüber Natur und Schöpfung zu tun, deine Zähne … äh … was auch immer, nicht einfach so ohne nachzudenken in irgendein Wesen zu schlagen, ohne dir wenigstens für einen Moment Gedanken darüber zu machen, wen oder was du da gerade in dich reinschlingst!«

»Hm, da hast du natürlich recht.«

»Ach ja? Und zu welchem Schluss führt dich das?«

»Also, ich habe mir gerade Gedanken gemacht, genauso wie du das vorgeschlagen hast.«

»Dann hättest du wohl auch die Güte, mir diese mitzuteilen?«

»Gerne. Ich finde es völlig in Ordnung, dich zu essen.«

»AAAAARGH!« Rasend vor Wut trommelt der Wolfmorf gegen die feuchten Wände des Algenlurchs.

Plötzlich hält er inne. Er hört wieder die Stimme des Algenlurchs, aber sie scheint wie durch eine geschlossene Tür zu kommen. Ganz offenbar spricht der Lurch nicht mehr mit ihm, sondern mit einem anderen Wesen, dessen Stimme Iggy nicht hören kann.

»Huch. Hallo! Das ist ja eine … Wie?«

»…«

»Ja, ich höre.«

»…«

»Du meinst … Bitte entschuldige, aber das kann ich nun wirklich nicht machen.«

»…«

»Na, weil ich wirklich hungrig bin! Was würdest du denn sagen, wenn jemand zu dir käme und dich bäte, einfach mittendrin dein Essen …«

»…«

»Entschuldige mal, aber wir kennen uns doch überhaupt nicht!«

»…«

»Na, da hast du auch wieder recht.«

»…«

Der Algenlurch hört diesmal deutlich länger zu. Dann seufzt er tief.

»Na gut. Ich werde für einen Moment über dein Angebot nachdenken. Aber glaube ja nicht, dass ich dir irgendeinen Gefallen tun will. Es handelt sich um eine rein geschäftliche Angelegenheit, klar?«

»…«

»Ja, warte bitte draußen.«

Iggy hat dem seltsamen Gespräch gespannt gelauscht. Was geht hier vor? Minute um Minute vergeht in völliger Stille. An diesem Ort hat er ohnehin kein Zeitgefühl. Schon bald kommt es ihm vor, als ob schon Stunden vergangen seien, doch er wagt weder, sich zu rühren noch zu sprechen.

Er zuckt zusammen, als er wieder die entfernte Stimme des Algenlurchs vernimmt: »Also gut. Ich mache es, aber bitte denk dran, dass du mich an einem wirklich nachgiebigen Tag erwischt hast. Wir haben eine Abmachung!«

»…«

»Ja, das kannst du laut sagen.«

Wieder senkt sich die stinkende, stickige Stille über den gefangenen Wolfmorf. Er wartet gespannt. Das Pochen des Blutes in seinen Schläfen zählt die Minuten. Immer zäher und länger werden sie, Platzangst umklammert ihn mit steinernen Klauen. Haben die Wände sich wieder bewegt, oder bildet er sich das nur ein? Das Warten zerrt an seinen Nerven, und er beginnt fahrig an seinem Fell herumzurupfen, das schweißdurchtränkt an ihm klebt.

Er schafft es gerade noch, die Luft anzuhalten, als völlig unvermittelt ein Schwall kalten Wassers in sein Gefängnis strömt und ihn überspült. Nach der langen Wartezeit in der erstickenden Wärme raubt die Kälte ihm fast das Bewusstsein. Fahlgrünes Licht folgt der Flut, die den Wolfmorf von den Füßen reißt, herumwirbelt und aus dem Magen des Algenlurchs in den See hinausschwemmt.

Lange Algenarme greifen nach ihm, fühlen sich in beunruhigender Weise genauso wie die Oberfläche des Magens an, dem er soeben entronnen ist. Hektisch schlägt er um sich, um sich einer neuen Gefangenschaft zu erwehren. Dann aber erkennt er, dass er in ein dichtes, wogendes Algenfeld getrieben wurde. Da er sich noch immer tief unter der Wasseroberfläche befindet, beginnt Iggy schnelle Schwimmbewegungen zu machen, um an die Oberfläche zu gelangen. Aber die Algen legen sich um ihn, als wollten sie ihn in dem trüben Wasser zurückhalten. Immer dichter umfangen sie ihn mit eleganten Bewegungen und spinnen ihn stumm ein. Wieder ergreift ihn Panik, denn lange wird er die Luft nicht mehr anhalten können. Wild kämpft er gegen seine Fesseln an. Dann, endlich, gelingt es ihm, sich freizukämpfen, und er schwimmt aufwärts. Ihm tritt schon schwarzer Nebel vor die Augen, als er prustend und japsend die Wasseroberfläche durchbricht und über sich voller Dankbarkeit den grauen Herbsthimmel erblickt. Auf dem Rücken liegend treibt er eine Weile dahin, bis sein Atem wieder etwas ruhiger geht.

Ein leises Räuspern lässt ihn herumfahren. Direkt hinter

ihm sitzt auf einer violetten Blüte Blubb der Pfützengnom. »Huhu, Iggy!«, blubbert Blubb vergnügt. »Warst ja ziemlich lange da unten, hast du da auch …« WATSCH. Der harte Schlag einer Schaufelpfote trifft den Pfützengnom und katapultiert ihn in hohem Bogen von der Blüte und ins Wasser.

»Dir ist schon klar, dass ich dir deinen pelzigen Arsch gerettet habe, oder?«

Blubb sitzt in einem kleinen Tümpel vor Iggys Hinterpfoten und planscht verärgert vor sich hin.

»Wenn ich nicht gewesen wäre, dann hätten die Schwarzlibellen dich ausgesaugt und zu Wolfmorf-Chips verarbeitet!«

»Blubb, ich wäre beinahe verdaut worden! Warst du dir denn wirklich so sicher, dass du alles im Griff hattest?«

»Ich hatte überhaupt nichts im Griff, mein Guter. Den Algenlurch anzulocken war in dem Moment die einzige Möglichkeit, dich vor dem Erstickungstod zu bewahren, bis die Libellen verschwunden sein würden!«

»Das heißt, du wusstest überhaupt nicht, ob das klappen würde?«

»Nein. Aber das habe ich dir schließlich auch gesagt.«

»Oh … Du spielst ganz schön gedankenlos mit dem Leben anderer Wesen, findest du nicht?«

»Ich habe überhaupt nicht gedankenlos mit deinem Leben gespielt, Wolfmorf. Ich habe in sehr gedankenvoller Weise deinen pelzigen Arsch gerettet. Aber jetzt gib mal Ruhe. Ich muss dich hoffentlich nicht daran erinnern, dass du immer noch wie ein Algenlurch aussiehst und dass die Libellen aller Wahrscheinlichkeit nach immer noch hinter uns her sind, oder?«

»Nein, das musst du nicht.«

Iggy zupft ärgerlich an sich herum. Biologie und Botanik waren noch nie seine Stärke gewesen, und so hatte Blubb ihn darüber aufklären müssen, dass der Algenlurch ihn geradewegs in ein Feld von Riesenklebetang (Chlorophyta Müützeli tenacia maxima) gespuckt hatte. Sein gesamter Pelz ist mit langen, klebrigen Algenfäden durchflochten, und jeder Versuch, sie abzuziehen, scheint sie noch fester darin zu verwickeln. Schließlich gibt er es mit einem gereizten Grunzen auf.

»Und, was machen wir jetzt?«

»Nett, dass du so aufmerksam fragst, Wolfmorf. Wie du schon leise, artig und dankbar angemerkt hast, habe ich den Algenlurch davon überzeugen können, uns auf der anderen Seite des Grünen Grundes abzusetzen, von wo es nicht mehr weit bis zum Probenort deiner so geschätzten Ex-Bandkollegen ist.«

»Woher weißt du denn schon wieder, wo die *Freaky Fucking Coconuts* proben?«

Blubb sieht Iggy lange an, bis diesem unter dem Blick des winzigen Wesens mulmig wird. Dann zischt er: »Du scheinst immer noch nicht begriffen zu haben, wie überlegen ich dir bin, oder? Wenn du nicht aufpasst, Iggy Wolfmorf, dann könnte ich auch mal auf die Idee kommen, deine Karriere und dein Privatleben zerstören zu wollen, und glaube mir, ich würde dann keine halben Sachen machen wie diese Libellenstümper!«

»Ich … Tut mir leid. Ich bin sehr froh, dass du mir hilfst.«

»Ach, Schwamm drüber«, plaudert Blubb in aufgeräumtem Ton, als wäre nichts geschehen, »lass uns losgehen. Es ist nicht mehr weit, aber du hast einiges zu erledigen, wenn wir angekommen sind.«

Ich fürchte auch, denkt Iggy düster, und er rappelt sich auf und trottet dem kleinen Pfützengnom hinterher.

»Ach, eins noch, Blubb.«

»Hm, wasn?«

»Mir ist aufgefallen, dass du beim Sprechen gar nicht mehr diese Blubber- und Pfeifgeräusche von dir gibst.«

»Das stimmt. Das wurde beim Schreiben irgendwann anstrengend, und dann hab ich's gelassen.«

»Oh. Na dann.«

»Alles für die Literatur, Iggy.«

»Alles für die Literatur, Blubb.«

Chlorophyta Müützeli tenacia maxima

Iggy trottet vor sich hin gnarfend hinter Blubb her einen gewundenen Pfad entlang, über den sich nickend die leuchtend blauen Blütenkelche hoher Sumpftrompeten neigen. Einige große Schmetterlinge flappen träge an den Wanderern vorbei, aber ihnen ist anzusehen, dass sich der nahende Winter schon schwer auf ihre Flügel gelegt hat. Der Weg windet sich durch ein Gewirr aus kleinen Tümpeln und verschwindet hier und da in grasigem Morast, so dass Iggy höllisch aufpassen muss, nicht mit einem falschen Tritt in einem Wasserloch zu versinken.

Nach einer Weile spitzt der Wolfmorf die Ohren: Musik dringt aus der Ferne an sein Ohr! Nervosität kriecht in einer kleinen Ameisenparade seinen Nacken hinauf. Blubb hat seine Schritte beschleunigt, und Iggy tut es ihm – zunächst widerwillig – nach. Schließlich erkennen seine scharfen Ohren Einzelheiten. Er stutzt und rümpft. Das hört sich nicht nach den *Freaky Coconuts* an. Die *Freaky Coconuts* spielen keinen – Moment, Folk Doom? Tatsächlich, bei dem, was dort gespielt wird, handelt es sich unverkennbar um Folk Doom! Über einen murmelnden Rhythmus schieben sich melodische Ebenen tiefer Gitanas, die mal parallel, mal versetzt schwer auf ihm liegen. Aus diesem erdigen Grund aber erwächst eine hohe Singstimme, die sich weit emporschraubt oder absinkt, um mit den fließenden Gitanas zu verschmelzen.

Iggy ist nie ein großer Fan des Folk Doom gewesen. Na gut, es ist nicht so, dass er ihn geradezu nicht mag. Aber er war einfach immer der Ansicht, dass Folk Doom, naja, einfach nicht das Richtige ist, nicht das Original. Wenn man Düsternis in den Müützelwald bringen will, dann wartet man eben nicht einfach nur darauf, dass es Nacht wird, und legt noch eine Decke über das Feuer. Nein, man beschwört die Finsternis am helllichten Tage herauf, und zwar mit einem musikalischen Ascheregen. Das war immer sein Weg gewesen: ganz oder gar nicht. Aber diese, diese … (er beginnt bei dem Gedanken ratlos mit der Pfote zu schnippen) diese Mischung aus Leichtigkeit und Schwere, aus Gewalt und Anmut, aus Düsternis und Glanz, die hat ihn immer irgendwie nervös gemacht. Genau wie Lila eben.

Die Ameisenparade in seinem Nacken hat sich mittlerweile zu einer rauflustigen Ameisenmenge zusammengeballt, die aufgeregt hin und her wogt. Plötzlich aber schlagen die kleinen Biester synchron ihre winzigen Kauwerkzeuge in seine Haut, so dass er aufkeucht.

Es ist Lila, die dort singt! Ihre Stimme, die eben noch über einem dunklen Rasen der Gitanas leise umherirrte, schwingt sich auf einmal mit einem Jauchzen empor, und im Hochsteigen bringt sie die graue, traurige Wolkendecke zum Glitzern. Sie hat einen zarten Schmelz, ist aber zugleich von einer feinen Rauchigkeit durchflochten. Iggy eilt nun vorwärts, er möchte ganz nah heran, möchte sie hören und dabei zusehen, wie ihre helle Stimme den tiefliegenden Himmel berührt.

Der Pfad strebt nun fast schnurgerade zwischen schlammigen Gewässern auf eine hohe Wand ungesund aussehender, violettgrüner Schilfhalme zu. Die Musik scheint von unmittelbar hinter der Schilfbarriere zu kommen. Plötzlich bleibt der vor Iggy hereilende Pfützengnom wie angewurzelt stehen und schaut zurück. Seine winzigen Äuglein mustern den Horizont.

»Was ist denn …«

»Pssst!«, macht Blubb, »halt die Klappe!«

Iggy blickt um sich, kann aber nichts erkennen. Noch immer lärmen *Lila und die Letzten leisen Lurche*, aber Blubb scheint nicht mehr auf die Musik zu achten.

»Schnell, ins Wasser!«, zischt er aufgeregt.

»Was, schon wieder?«

»Du sollst ins Wasser springen!«

»Wieso?«

»Weil ich es dir sage, Vollmorf!«

Doch Iggy zögert. Dann sieht er vor sich noch etwas Wässrig-Silbriges aufblitzen, ein scharfer Stich durchzuckt seine empfindliche Schnauze. Blind vor Schmerz taumelt er, verliert das Gleichgewicht und fällt rücklings in den nächsten Tümpel. Das Wasser schlägt über ihm zusammen, sanft umfangen ihn weiche Algenarme.

Kaum hat sich die Wasserdecke über ihm geschlossen, als er gegen den Himmel drei große, dunkle Schatten sieht, die in niedriger Flughöhe über ihn hinwegrasen. Dann hört er nur noch das Gluckern des Wassers.

Als er die Luft nicht länger anhalten kann, taucht er vorsichtig auf. Von den drei Libellen, die da offenbar über ihn hinweggebraust sind, ist nichts zu sehen. Ächzend klettert er wieder zum Pfad hinauf.

Dort hockt schon Blubb und zwinkert ihm entgegen: »Na, das haben wir ja mal wieder genau zur richtigen Zeit hinbekommen!«, blubbert er vergnügt. »Und ein neues Alias haben wir dir auch noch verpasst!«

»Was? Alias? Was redest du da wieder für einen Blödsinn?«

Iggy hat jetzt langsam, nein, schon längst die Schnauze voll. Er ist in den letzten Stunden mehr mit Wasser (und Algen) in Berührung gekommen, als es sich für einen ordentlichen, standesbewussten Wolfmorf schickt, und jetzt ist allmählich Sense mit Kopfüber-in-irgendwelche-Tümpel-Hüpfen.

»Na, dann schau dich mal im Spiegel an!«, kräht der Pfützengnom.

Iggy beugt sich widerwillig über die Uferböschung und späht in das dunkle, schlammige Wasser. Zunächst kann er nichts erkennen, aber dann beruhigt sich die Wasseroberfläche langsam: Eine unförmige Gestalt glotzt ihm blöde entgegen. Sie hat die Größe eines ausgewachsenen Wolfmorfes, aber die ungefähren Umrisse einer Zwergweide, die man zu allem Überfluss noch mit jeder Menge Lametta behängt hat.

- - - - - - - - - - -

Wobei es natürlich Lametta im Müützelwald nicht gibt, gibt ja auch kein Weihnachten und so, doch sonst könnten Sie es sich ja mal wieder nicht oder nur schlecht vorstellen, aber ist ja eigentlich egal, Sie hätten's ja eh nicht gemerkt, wenn ich es jetzt nicht aufgebracht hätte, was dann heißt, ich hätte es am besten gar nicht erklären sollen. Prima, und jetzt habe ich den Faden verloren.

- - - - - - - - - - -

Iggy blickt an sich herunter. Er ist über und über mit Algenfäden bedeckt. Ihm dämmert Schreckliches. Der Riesenklebetang! Sein Fell war ja immer noch von diesen lästigen, klebrigen Fäden durchzogen. Dann der Sturz in den Tümpel, mitten in ein Algenbeet hinein. Er rupft an sich herum, aus Ärger wird Panik. Aber es hilft nichts, er ist von einer dicken

Algenschicht überzogen, die sich hoffnungslos in seinem dichten Winterpelz verknotet und verheddert hat. Selbst vor seinen Augen, von Ohren und Schnauze baumeln dünne grüne Vorhänge. Nach einigen Minuten des Zupfens und Zerrens und Schimpfens gibt er es auf: Es wird stärkere Mittel brauchen, um sich wieder algenfrei zu machen.

»Kicher doch nicht so blöd!«, faucht er den Pfützengnom an.

»Ach komm, Wolfmorf, sieh es mal von der anderen Seite«, gluckert Blubb, »dein neues Outfit könnte dir in den nächsten Stunden einige Probleme ersparen.«

»Ach ja? Und was willst du mir damit sagen?«

»Jetzt keif mal nicht so. Schließlich bist du in den Tümpel gesprungen, nicht ich.«

»Aber du hast mich doch ...«

»Das kannst du nicht beweisen. Niemand hat es gesehen.«

Iggy keucht in hilfloser Wut.

»Jetzt reg dich mal wieder ab. Ich habe schon eine Idee, wie wir dich von den Algen befreien können. Aber zuerst musst du dort hinein.«

Blubb zeigt mit einem winzigen Fingerchen auf die Schilfwand, hinter der noch immer die eingängige, rhythmische Folk-Doom-Düsternis brütet.

»Aber ... das sind doch gar nicht die *Freaky Coconuts*!«, protestiert Iggy.

Blubb antwortet nicht. Er steht vor Iggy wie angewurzelt und rührt sich nicht von der Stelle.

Der Wolfmorf seufzt. Auf seiner Reise wurden ihm bislang nur wenige Handlungsalternativen geboten. Es wäre schön, zur Abwechslung einmal wieder etwas entscheiden zu können, aber Blubb macht nicht den Eindruck, als würde er dem Wolfmorf in absehbarer Zeit die Gelegenheit dazu bieten. Iggy wirft ihm noch einen finsteren Blick zu und stapft dann voraus durch das Schilfdickicht.

Er teilt die letzten Halme mit den Schaufelpfoten und stolpert auf eine von Schilf umgebene, grasige Freifläche. Der Anblick, der sich ihm zuerst bietet, überrascht ihn nun nicht mehr: In der Mitte der Lichtung haben sich *Lila und die Letzten leisen Lurche* versammelt. Sie brechen ihr Spiel erschrocken ab, kaum dass der Wolfmorf in seiner grotesken Algentracht durch das Schilf taumelt. Zu seiner Rechten aber (und hier entfährt ihm ein überraschtes Zischen) haben es sich die *Freaky Coconuts* gemütlich gemacht, die bisher den *Lurchen* aufmerksam gelauscht haben, nun aber aufspringen. Als Iggy schließlich nach links schaut, kann er einen Aufschrei nicht unterdrücken: Dort steht, flankiert von zwei riesigen Schwarzlibellen-Schergen, Bsssngng. Drohend wenden sich die finsteren Gesellen dem Wolfmorf zu.

Hilfesuchend dreht er sich zu Blubb um. Aber der ist spurlos verschwunden.

»Was willst du hier? Das ist eine private Probe!«

Lilas Stimme hat einen etwas schrillen Klang. Ihre Bandmitglieder drücken sich ängstlich hinter ihr herum.

Sie beschützt sie. Sie schauen zu ihr auf. Was für eine starke Mörfin, geht es Iggy durch den Kopf. »Ich bin auf der Suche nach den *Freaky Coconuts*«, sagt er mit fester Stimme.

»Du hast sie gefunden«, schnarrt Bsssngng. »Aber du stöngst, Algenwesen. Du solltest besseng hieng vengschwinden, sonst könnten dich meine beiden changmanten Begleitenginnen« – und er deutet lässig auf die Schwarzlibellen – »ein wenig zengzausen. Und das wollen wing doch nicht ngiskiengen. Meinst du nicht auch, Algenwesen? Du willst doch sicheng nicht – zengzaust wengden, odeng?«

Nein, Iggy möchte nicht zengzaust werden. Aber Iggy hat auch keine Lust, einfach so mir nichts, dir nichts wieder zu verschwinden. Und tatsächlich, in seinem absurden Algenkostüm erkennen ihn weder Lila und ihre Band noch die *Freaky Coconuts* (das zeigt ihm ein schneller Seitenblick) oder gar die Libellengangster. Heiße Wut kocht in ihm hoch, die noch dadurch befeuert wird, dass es ihm unter der dicken Algenkruste mittlerweile ziemlich warm ist. Wenn er schon in diese lustige Teegesellschaft hineingeplatzt ist, dann will er wenigstens herausfinden, welche Art von Tee hier getrunken wird. *[Sie werden es geahnt haben: wieder ein gängiger Paukenkäfer-Ausdruck.]*

Etwas unbeholfen stapft er auf Lila zu, die unwillkürlich einen Schritt vor dem seltsamen Wesen zurückweicht, dabei fast über ihre Bandkollegen stolpert, sich dann aber mit einem Ruck aufrichtet und dem Algenmorf zugleich ängstlich und stolz entgegenblickt. Er bleibt dicht vor ihr stehen. Ein Hauch Verwirrung überzieht ihre Bernsteinaugen, als sich ihre Blicke treffen, aber dann wird ihr Blick wieder fest und kühl.

»Was willst du, Wesen?«, fragt sie barsch.

»Ihr braucht keine Angst zu haben«, raunt er mit gedämpfter Stimme, so dass die Libellen ihn nicht hören können. »Was geht hier vor? Was wollen die Libellen von euch? Braucht ihr Hilfe?«

Lila stutzt. »Wir werden hier festgehalten«, antwortet sie dann leise. »Wir haben nur geprobt und wollten eigentlich schon gehen. Dann kamen die Libellen angeflogen. Sie warten auf irgendetwas. Sie haben uns gezwungen weiterzuspielen. Wenn wir aufhören, werden sie böse.«

»He! Ihng sollt spielen!«, keift Bsssngng. »Weitengspielen! Sonst enggeht es euch schlecht!«

»Jahaaa, wir spielen ja gleich weiter!«, ruft sie hastig und wendet sich wieder dem Algenmorf zu: »Hör zu, Algenwesen, wenn du keine Bombenidee hast, wie du uns hier rausbringen kannst, dann solltest du wieder verschwinden. Du hast hier nichts zu schaffen.«

Iggy hält ihren Blick fest und überlegt. Aus den Augenwinkeln sieht er, dass die Libellen immer wieder ungeduldig die Stelle beobachten, an der er die Lichtung betreten hat.

Offenbar ist diese Schrillmotte mit ihren Dumpfgorillas doch nicht so blöd, wie ich dachte. Sie haben den bereits ausgeworfenen Köder gefunden und denken sich jetzt, dass sie ihn nur benutzen müssen. Na wartet.

»Okay«, raunt er dann, »ich kann euch helfen. Folk Doom spielt ihr also? Dann lasst uns Folk Doom spielen!«

Er dreht sich um und watschelt zu den *Freaky Coconuts* hinüber, wobei er achtgibt, nicht auf die Tangenden zu treten, die von ihm herunterbaumeln. Er baut sich vor Sichssss-P der Mondwespe auf und starrt böse zu ihr hinauf. Die blinzelt ihn irritiert an (ja, Mondwespen haben Lider über ihren Facettenaugen. Eigentlich cool, oder? An was die Natur so alles denkt!) und keucht dann überrascht auf, als er ihr mit einer schnellen Bewegung das Sopran-Blip entreißt. Sichssss-P macht schon Anstalten, dem Wolfmorf zur Strafe den Kopf abzubeißen, aber Lila bedeutet ihr mit einer diskreten Bewegung, es zu unterlassen.

Iggy marschiert zu Lila zurück, stellt sich vor der Band auf und führt das Blip durch die lästigen Algenzotteln zur Schnauze. Er kann von Glück sagen, dass auch seine Schaufelpfoten algenüberzogen sind, sonst hätten sie ihn sicherlich verraten. Er beginnt einen schnellen Folk-Doom-Rhythmus zu spielen, und zwar in einer Tonlage, die dort anknüpft, wo die Band zuvor aufgehört hat. Wie auf stummen Befehl heben die *Letzten leisen Lurche* ebenfalls ihre Instrumente, und als er mit einer eleganten Wendung eine musikalische Tür für sie öffnet, steigen sie geschickt ein. Er sieht Lila lächeln, und im nächsten Moment hat er Bsssngng und seine ungemütliche Begleitung komplett vergessen.

Was nun folgt, wäre für lange Zeit eine denkwürdige Begebenheit in der Geschichte der Müützelwälder Jamsessions geblieben, hätte es ein Publikum gegeben. Iggy, Lila und die *Letzten leisen Lurche* spielen, als hätten sie schon immer zusammengespielt. Mit einer Hingabe, die er sich selber gegenüber dem Folk Doom nie zugetraut hätte, baut Iggy auf dem Blip emsig an dem rhythmischen Fundament, auf das die übrigen Bandmitglieder dunkle, geheimnisvoll verzierte Klangteppiche schieben. Bald schon steigt auch Lila mit ihren wohlgeformten Pfoten auf die Teppiche und flicht mit anbetungswürdiger Anmut goldene Muster hinein.

Als Iggy das Gefühl hat, sich endgültig in das Zusammenspiel gefunden zu haben, wendet er sich um. Noch immer kauern die *Freaky Coconuts* an der Seite und beobachten – mittlerweile mit sichtlicher Eifersucht – das Zusammenspiel der *Lurche* mit diesem seltsamen Wesen, das da soeben erst auf die Lichtung getorkelt kam. Aber jetzt ist es an der Zeit: Mit einem rhythmischen Winken bittet er sie heran. Zögernd nähern sie sich, und er öffnet auch ihnen eine Tür. Dankbar treten Bapf der Hirschkäfer, Johnny-Bo der Wilde Weberknecht und Sichssss-P die Mondwespe ein.

Ja, er muss sich eingestehen, dass die Jungs doch Talent haben. In seiner Wut hat er sie verdammt und ihnen alles abgesprochen, was sie zu Musikern macht, aber tief in seinem Herzen wusste er es besser. Mit jugendlichem Überschwang, zu dem er selbst nicht mehr fähig ist, stürzen sie sich auf die Klangteppiche und beginnen eifrig damit, einen seidigen Glanz hineinzubürsten, der die Musik aufstrahlen lässt.

Sichssss-P hat den Verlust ihres Sopran-Blips schon verwunden und unterstützt die Arbeit ihrer Mitstreiter mit mondwespischer Flügel-Percussion.

Lange lassen Iggy, *Lila und die Letzten leisen Lurche* und die *Freaky Coconuts* sich so treiben, durchflechten die Musik mit immer neuen originellen Wendungen, erfüllen die Lichtung mit einem düsteren Leuchten, mit schwarzgoldener Melancholie, wie sie nur echter Folk Doom hervorbringen kann.

Aber dann verändert Iggy den Rhythmus. Er fühlt Lila erschrocken stocken, als er beginnt, ein dumpfes Stampfen zwischen die Klangteppiche zu treiben. Gewissenhaft rammt er musikalische Steinsäulen in den Boden der Lichtung. Die Musik verliert ihren goldenen Glanz, Lilas Stimme sinkt dem nunmehr felsigen Boden entgegen, wird dunkel, hoffnungslos. Ein großer Steindeckel senkt sich über die Lichtung und sperrt das Licht aus. Die *Freaky Coconuts* haben es bemerkt, zögern, aber dann (Iggy muss lächeln) ziehen sie nach. Auch die *Lurche* versuchen sich an den wuchtigen Forest-Doom-Schlägen, die nun über die Lichtung donnern, aber es wirkt doch immer ein wenig zu zaghaft, um es wirklich mit Iggy und seinen Jungs aufnehmen zu können. Nicht so bei Lila: Herausfordernd ist Iggy mit dem Forest Doom in den Folk Doom eingebrochen, und sie hat die Herausforderung angenommen. Mit Ärger in der Stimme, das kann er hören: Sie ist nun nicht mehr golden, sondern grau, nicht mehr melodisch, sondern mächtig. Sie beginnt, ihn vor sich herzutreiben, in ihre Stimme ist Grausamkeit eingezogen, dass es ihm die Nackenhaare aufstellt.

Irgendwann bemerkt er, dass die *Letzten leisen Lurche* aufgehört haben zu spielen. Atemlos hocken sie abseits und verfolgen das steinerne Wüten, das Iggy, Lila und die Ex-*Monotones* entfesselt haben. Immer weiter hämmern sie auf die Natur ein, bis Iggy schließlich die Musik noch einmal emporpeitscht und dann mit einem letzten Schlag plötzlich verstummen lässt.

Für eine Weile herrscht erschöpfte Stille. Die Libellen sind verschwunden, und auf der Lichtung beginnt es bereits nach Abend zu duften. Lila wendet sich zu Iggy um: »Was machst du hier, und was ist das für eine bekloppte Verkleidung, Iggy Wolfmorf?«, herrscht sie ihn an.

Brummend wischt er sich ein paar Algenfäden von der Schnauze und versucht, andere zu entwirren, die sich hoffnungslos im Blip verfangen haben.

»Ich war eigentlich auf der Suche nach meinen Jungs, und auf dem Weg hierher, naja, da ist so einiges vorgefallen«, murmelt er und zupft und zerrt immer ärgerlicher an den Algenfäden herum.

»Okay-okay, das war jetzt wirklich eine interessante Jamsession, aber …«

»Hör zu, Lila, eigentlich wollte ich ja nur … Weißt du … Lila, es tut mir total leid, was ich zu dir, was ich über Lutz und Folk Doom gesagt habe. Ich …«

»Ach komm, spar dir das doch, du arroganter Baumhaushocker! Du glaubst, nur weil du hier mit diesem … diesem Zeug bedeckt in unsere Probe platzt und dann einen auf Folk Doomer machst, um deine alte Band zu beeindrucken, um mich zu beeindrucken, du glaubst, dass du dadurch ein geringeres Arschloch wirst, als du eigentlich bist? Bild dir das bloß nicht ein, Iggy. So einfach lösen sich Probleme im Leben nicht, und so einfach wenden sich dir die Wesen nicht wieder zu, die du vor den Kopf gestoßen hast, hast du mich gehört? Wage es nicht, mir noch einmal unter die Augen zu treten, mit oder ohne Algen in deinem schmutzigen Zottelpelz. *Lurche*! Wir gehen!«

Und ein kurzes, herrisches Rümpfen genügt, um die *Lurche* aufspringen und ihre Instrumente zusammenpacken zu lassen. Traurig starrt Iggy ihnen, während sie die Lichtung zur gegenüberliegenden Seite verlassen, hinterher.

Minutenlang steht er einfach nur in sich zusammengesunken da. Er dreht sich um, als er neben sich ein Rascheln hört: Dort stehen die *Freaky Coconuts* und beobachten ihn schüchtern.

»Ihr seid ja immer noch da. Warum?«, knurrt er, aber es ist ein etwas klägliches Knurren, nicht zu vergleichen mit dem Knurren von 10 744, als der Iseltink in der Kneipe nebenan ihm ein verdorbenes Wurzelbier verkauft hatte, und schon gar nicht zu vergleichen mit dem legendären Knurren von 10 742, als seine Frühstücks-Bramseleier anzubrennen drohten.

»Wir wollten dir eigentlich nur für das Jammen von eben danken«, raschelt Johnny-Bo der Wilde Weberknecht. »Das war schön. Wir haben schon lange nicht mehr so gespielt, auch mit dir nicht.«

»Jaja, schon recht.«

»Du siehst nicht gut aus, Iggy.«

»Ach nein?«, nölt er und spürt wolfmörfischen Jähzorn in sich emporbrodeln. »Warum sollte es euch irgendetwas ausmachen, wie ich aussehe?«

»Iggy, wir sind doch immer noch deine Freunde! Hoffentlich …«

»Meine … Was? Bo, ihr habt die Band verlassen! Die *Müützel Monotones*!«

»Ja, das wissen wir. Aber weißt du, es ging einfach nicht mehr. Es war zuletzt nur noch furchtbar, mit dir zu proben. Du hast nur noch gewütet und geschrien und uns gesagt, was für hoffnungslose Musiker wir sind.«

»Habe ich das?«

»Ja, das hast du. Und deshalb haben wir uns nach dem letzten Streit entschlossen, die Band zu verlassen und es auf eigene Faust zu versuchen.«

Wut kocht noch einmal in ihm hoch. Aber dann werden die rotglühenden Blasen kleiner, zerplatzen, lösen sich schließlich ganz auf. Graue Flecken huschen durch sein Blickfeld, er fährt sich mit den Pfoten über die Knopfaugen. Er ist auf einmal unendlich müde.

Schließlich hebt er den Kopf und blickt langsam und traurig von einem zum anderen: »Es tut mir leid, Jungs. Es tut mir wirklich leid. Ihr seid keine hoffnungslosen Musiker.«

»Nein? Und was ist mit dem ›unfähigsten, unmusikalischsten Pack, das mir jemals diesseits des Flusses über den Weg gelaufen ist‹?«, schnarrt Sichssss-P (Mondwespen und ihr exzellentes Gedächtnis: Iggy hat es schon immer gehasst).

»Ihr seid nichts von alledem. In der Tat habt ihr Talent, wie ich es kaum jemals irgendwo im Müützelwald angetroffen habe. Und das sage ich nicht, weil mich ständig so ein kleiner TIEFERMORFDERMACHTMICHWAHNSINNIG!!! Algenfaden an der Schnauze kitzelt!«

Er holt tief Luft: »Ja, ich war ungerecht. Ja, ich war beleidigend, aufbrausend, gemein, und ich habe eure Leidenschaft, eure Begeisterung und euer Können mit Füßen getreten. Und deswegen möchte ich euch fragen, nein, bitten (*›bitten‹? Ich habe ›bitten‹ gesagt??*), ob ihr mit mir morgen beim Rocking the Forest Band Contest einen Auftritt hinlegen wollt, der sich gewaschen hat und echter Forest Doomer würdig ist. Wir bringen die Band wieder zusammen.« Und er erinnert sich an Blubbs Worte: »Ich bin im Auftrag des Tiefen Morfs unterwegs.«

Bapf schaut zu Johnny-Bo, der schaut zu Sichssss-P. Dann räuspert sich die Mondwespe schnarrend und antwortet: »Ja, Iggy, das wollen wir.«

Iggy seufzt erleichtert. »Gut. Dann haben wir heute Abend noch viel Arbeit vor uns.«

Blutprobe

Eine Stunde vor Sonnenuntergang: Iggy verlässt die Lichtung, »um mal kurz die Schnauze in den Wind zu strecken«.

Eine halbe Stunde vor Sonnenuntergang: Iggy verlässt die Lichtung, »um sich geschwind mal ein paar Gedanken zum weiteren Probenablauf zu machen«.

Eine Viertelstunde vor Sonnenuntergang: Iggy verlässt die Lichtung, »um sich kurz in Ruhe über die Lyrics klarzuwerden«.

Bei Sonnenuntergang: Eine von Iggy provisorisch hergestellte Übungs-Uga-Uga zerspringt in seinen Pfoten. Er entschuldigt sich mit dem Hinweis, dass die Verbindungsranken wohl zu schwach gewesen seien.

Eine Stunde nach Sonnenuntergang: Bapf unterbricht die Probe, weil Iggy angefangen hat, seinen Kopf rhythmisch auf den Boden zu schlagen. Iggy entschuldigt sich und merkt an, dass der Boden hier im Grunde zu feucht sei, um Elemente von Floor Percussion in das Stück einzuflechten.

Zwei Stunden nach Sonnenuntergang: Johnny-Bo weist Iggy freundlich darauf hin, dass der Text »Smoking The Leaf«, nicht »Smashing The Tree« heißt. Iggy entschuldigt sich mit dem Hinweis, dass es wohl einfach ein langer Tag gewesen sei.

Drei Stunden nach Sonnenuntergang: Sichssss-P weist Iggy besorgt darauf hin, dass Blut zwischen dessen Fingern hervorquillt. Iggy entkrampft die verschränkten Schaufelpfoten und entschuldigt sich für einen Moment, um sie sich zu waschen.

An einem Tümpel außerhalb der Lichtung hockt Blubb im

niedrigen Schilf und blubbert stillvergnügt im brackigen Uferwasser vor sich hin: »Huhu. Na? Wie läuft's?«

»Da bist du ja. Wie's läuft? Ich könnte jetzt sagen, ›an meinen Pfoten klebt Blut‹, und es wäre nicht mal metaphorisch gemeint. Aber irgendein Urinstinkt sagt mir, dass du das schon längst weißt.«

»Jaja, ich hatte mir schon so etwas gedacht. Aber die Frage, die mich dabei am meisten beschäftigt, ist: Wie fühlt es sich an, den Forest Doom zu erneuern?«

»Ich … wie? Ach nein, jetzt fängst du wieder mit diesem Kram an?«

Blubb mustert den Wolfmorf streng: »Sag mal, du dickes Pelztier, muss ich jetzt noch mal ganz von vorn anfangen? Was habe ich heute Morgen zu dir gesagt?«

»Naja, weißt du, wir waren die ganze Zeit unterwegs, und du hast gar nichts mehr dazu gesagt, und da habe ich mir gedacht, Iggy, habe ich mir gedacht, das war bestimmt mehr so als Ermunterung gedacht oder so …«

»Als Ermunterung. Ich ermuntere dich auch gleich mal, mein Freund!« Blubb seufzt. »Ich sehe schon, da muss der alte Blubb wohl mal wieder persönlich ran.« Er steigt umständlich aus dem Wasser, schüttelt sich und verspritzt dabei eine kleine, schillernde Wolke aus winzigen Wassertröpfchen.

»Komm, Wolfmorf. Wir haben immer noch viel Arbeit vor uns.«

»Warte mal. Wie werde ich diese Klebealgen wieder los?«

»Keine Sorge, darum kümmere ich mich nachher. Versprochen.«

»Na gut. Dann ans Werk.«

Die Nacht ist tiefschwarz, kalter Nebel schiebt sich über das Wasser. Die nervösen Geräusche des Pinken Teiches sind fast vollständig verstummt, nur hier und da sind wie durch ein Daunengefieder das Gurgeln und die Rufe der Wasserbewohner zu vernehmen. Iggy und Blubb kauern am Ufer, schweigend. Genau genommen kauert nur Iggy, der winzige Pfützengnom hockt neben ihm und planscht leise in den kleinen Wellen, die gluckernd ans Ufer schlagen. Der Wolfmorf starrt mit leerem Blick über das schwarze Wasser in die Dunkelheit.

»Sieh es doch mal so«, bricht Blubb das Schweigen, »sie haben sich doch wirklich gut gehalten seit eurer letzten gemeinsamen Probe. Im Grunde konntest du genau dort weitermachen, wo du aufgehört hast.«

Iggy antwortet nicht.

»Und außerdem«, fährt der Pfützengnom fort, »finde ich, dass ihr meine Impulse sehr verständig aufgenommen habt.«

Iggy schweigt noch immer.

»Und schließlich lässt sich der Forest Doom ja auch nicht von heute auf morgen revolutionieren.«

Iggy murmelt etwas.

»Was sagtest du, Iggy?«

»Ich sagte, dass es in Anbetracht der Tatsache, dass wir morgen bei Rocking the Forest auftreten sollen, eigentlich schon gut wäre, wenn der Forest Doom von heute auf morgen revolutioniert werden könnte.«

»Jajaja«, winkt Blubb aufgeräumt ab, »sei mal nicht so ungeduldig. Morgen früh ist auch noch Zeit zum Proben. Wir sind jetzt alle ein wenig erschöpft. Mit einer Mütze voll Schlaf wird das schon. Such dir einen Schlafplatz, Wolfmorf. Wir sehen uns morgen bei Sonnenaufgang zur Probe.«

Er will sich schon ins Wasser gleiten lassen, als Iggy ihn zurückhält.

»Blubb, du hast vorhin gesagt, du wüsstest, wie man die Klebealgen wieder abbekommt?«

»Nee, sorry, Iggy, keine Ahnung. Gute Nacht.« Und mit einem silbrigen Blinken flutscht der Pfützengnom ins Wasser und ist verschwunden.

Iggy bleibt noch eine Weile stumm sitzen. Dann murmelt er etwas in seinen Pelz. Er sagt es immer und immer wieder: »Alles ist aus. Alles ist aus.«

XI

Der Festivaltag. Nur noch wenige Stunden bis zum 237. ROCKING THE FOREST BAND CONTEST

Rumspinnen

Iggy öffnet die Augen und erblickt einen fahlen, kalten Himmel. Er erinnert sich, zu später Stunde in tiefen Schlaf gefallen zu sein, einen Schlaf, auf den Kummer und Dunkelheit eine schwere, schwarze Decke gebreitet hatten. Hohe, bizarr gezackte Schilfhalme mit leuchtend roten Rispen nicken in sein Blickfeld hinein. Ein beißender Wind fährt ihm um die Schnauze. Er möchte in die Morgenluft rümpfen, stellt aber irritiert fest, dass er seine Schnauze nicht bewegen kann. Er möchte den Kopf wenden, um sich umzusehen, aber es gelingt ihm nicht. Er versucht, Arme und Beine zu bewegen, sich aufzurichten, aber auch das vermag er nicht.

Ich muss träumen, denkt er, *aber dafür erscheint mir alles zu klar. Was ist mit mir los?*

Er kneift die Augen zusammen. Das geht. Er zählt bis zehn, öffnet sie dann wieder. Alles ist wie bisher: Noch immer nickt das Schilf vor dem Himmel hin und her, immer wieder hinein in sein Sichtfeld und wieder heraus. Aber er kann sich noch immer nicht bewegen.

Als sich der gewaltige, blau schimmernde Körper einer Kriechspinne in sein Blickfeld schiebt, sich acht große, schwarze Augen vor ihm auftun und sich acht Beine um ihn schließen, schwant ihm, dass etwas ganz gewaltig nicht in Ordnung ist. Der Eindruck verfestigt sich, als die Spinne beginnt, dicke

Webfäden um ihn zu schlingen, die nach und nach das Morgenlicht aussperren, bis es völlig dunkel um ihn geworden ist.

- - - - - - - - - - -

Eines können Sie sich merken: Wenn Sie einen Fantasy-Roman schreiben wollen, dann müssen Spinnen vorkommen. Große, fiese Spinnen. Kleine Spinnen bringen nix, die gibt es schließlich überall, deswegen taugen sie auch nicht als Endgegner für Ihren Helden (oder Ihre Heldin, wenn Sie progressiv drauf sind – dann aber müssten wir frühzeitig in die Diskussion über anatomisch geformte Brustpanzer einsteigen, und dieses Fass wollen Sie nicht aufmachen, glauben Sie mir). Ich prophezeie Ihnen feierlich, dass das Fantasy-Genre einen unrühmlichen Tod sterben wird, sobald die Wissenschaft herausgefunden hat, warum jeder gerade denkende Mensch sich vor Spinnen fürchtet, wohingegen Säbelzahntiger im Grunde cool und schleimige Riesenkalmare mit tellergroßen Saugnäpfen auch irgendwie funky sind.

Sie könnten natürlich einwenden: Aha!, warum ist der Zimmermann bisher ohne schreckliche, überdimensionierte Monster ausgekommen (von den Quacksilberquallen mal abgesehen, die allerdings – wie wir gesehen haben – eigentlich gar keine Monster sind)? Warum kommt er jetzt, zum rauschenden Finale seines Opus magnum, mit diesem traditionalistischen Kniff daher? Wissen Sie, ein wenig Tradition hat noch niemandem geschadet, solange man es nicht übertreibt. Was übrigens eine echt wolfmörfische Haltung ist, wie ich mir zu bemerken erlaube. Aber ich denke, ich habe Sie mittlerweile so weit sensibilisiert, dass Sie schon ahnen, dass dieses scheinbare Bekenntnis zur Tradition in Fantasy-Romanen nur eine Finte ist, um sie von den nun folgenden erzählerischen Geniestreichen abzulenken, mit denen Sie hier in so nicht abreißender Folge bombardiert werden.

Apropos Fantasy-Roman: Ich möchte den Diskussionen ja nicht vorgreifen, die nach Erscheinen dieses Buches über viele Generationen hinweg

Familien spalten und Nationen in kriegerische Konflikte treiben werden, nämlich um die Frage: »Handelt es sich hier wirklich um einen Fantasy-Roman?« Ich bin mir meiner Verantwortung für den Weltfrieden vollauf bewusst, kann aber leider keine eindeutige Antwort geben und muss daher schweren Herzens den Tod vieler Millionen Menschen in Kauf nehmen: Es handelt sich um ein Rock-'n'-Roll-Märchen, ein Genre, das sicher mit Fantasy eng verwandt und in Teilen möglicherweise auch wesensgleich ist, aber den Mief Tolkien'scher Universitätsbibliotheken der 1950er Jahre endgültig hinter sich gelassen hat. Haben Sie vielleicht irgendwo im Müützelwald Zwerge, Orks, Elfen oder Trolle herumlaufen sehen, auf der Suche nach irgendeinem magischen Schwert oder dem Heiligen Amulett von Fffarz? Sehen Sie, ich nämlich auch nicht.

- - - - - - - - - - -

Dieses ewige Schaukeln geht Iggy wahnsinnig auf die Nerven. Es ist gerade heftig genug, um eine beständige Übelkeit in ihm auszulösen, aber doch nicht so heftig, dass er sich übergeben muss – was in der Enge seines derzeitigen Aufenthaltsortes auch nicht ratsam wäre.

Inzwischen befindet er sich in einem Zustand schicksalsergebenen Gleichmutes, der von Wut, Erschöpfung, Verzweiflung, Hoffnungs- und Ausweglosigkeit hervorgebracht wird. Die Kriechspinne hatte sich Zeit damit gelassen, den armen gelähmten Wolfmorf einzuwickeln. Als sie jedoch den Kokon auf ihren Rücken geladen hatte und sich mit schaukelnden Bewegungen auf die Reise nach sonst wohin begab, da hatte das Spinnengift schon aufgehört zu wirken, und der Wolfmorf hatte angefangen zu schreien und, zunächst mit schweren Gliedern, dann aber immer heftiger und wütender, gegen das elastische Gefängnis anzustrampeln. Auf die Kriechspinne schien das allerdings keinen Eindruck zu machen; stoisch und schweigend tappte sie weiter voran, während Iggys Wutgeheul zuerst heiser und dann immer leiser wurde. Seitdem mögen etwa zwei Stunden vergangen sein, und er hockt still in dem stickigen Spinnenkokon, durch dessen Fäden nur vereinzelte Sonnenstrahlen wie feine Nadeln dringen. Aber etwas hat sein Wüten und Strampeln doch erreicht: Inzwischen kann er sich in dem Kokon ein bisschen bewegen und die Glieder strecken. Und: Der Riesenklebetang hat ihn aus seinen übergriffigen Armen entlassen. Das klebrige Gewächs ist nämlich, sobald es vollständig getrocknet war, einfach zu Staub zerfallen. Das hat zwar den Nachteil, dass ihn nun ein dünner, grüner Staubnebel umgibt, der ihn zu beständigen Hustenanfällen zwingt, aber das ist immer noch besser, als zu allem Überfluss an Kokonwänden festkleben zu müssen. Ansonsten brütet er dumpf vor sich hin und lauscht den gedämpften Geräuschen von draußen in der Hoffnung, doch etwas über Route und Ziel der Reise zu erfahren.

Sein scharfes Gehör verrät ihm, dass sich die Kriechspinne zunächst über die sumpfigen Pfade des Pinken Teiches fortbewegt. Na gut, das war zu erwarten, wo hätten sie auch sonst sein sollen? Nach einer Weile scheint sie festeren Boden unter ihren Klauen zu gewinnen, und Zweige beginnen gegen die Außenwände des Kokons zu schlagen. Sie verlässt also das Gebiet des Pinken Teiches, in welcher Richtung, kann er jedoch nicht sagen. Aber noch etwas anderes erregt seine Aufmerksamkeit: ein dumpfes, gleichmäßiges Schlagen gegen eine Seite seines Gefängnisses. Es könnte ein Körperteil der Spinne sein, doch das erscheint ihm unwahrscheinlich. Nachdem er eine Weile gehorcht hat, ist er sich sicher: Ein weiterer Kokon auf dem Rücken der großen Spinne schlägt im Takt ihrer Bewegungen gegen den seinen. Wer oder was mag sich wohl darin befinden? Iggy hat nichts zu verlieren, und so versucht er durch heiseres Rufen mit dem möglichen Leidensgenossen

Kontakt aufzunehmen. Aber kein Laut ertönt von der anderen Seite.

Der Wolfmorf hat schon längst wieder aufgegeben, als ein ersticktes Stöhnen an sein Ohr dringt. Zunächst vermeint er sich getäuscht zu haben, doch dann hört er es wieder: ein leises Stöhnen, ein Scharren und Rumoren, dann ein schwaches Klopfen. Iggy fängt an, gegen die Wände seines Gefängnisses zu trommeln.

»He, hallo! Ich bin hier!«, brüllt er. Warum er das tut oder wozu es gut sein soll, das weiß er auch nicht so genau.

Schließlich vernimmt er eine gedämpfte Stimme: »Wer ist da? Wo bin ich hier?«

»Hier ist Iggy! Iggy Wolfmorf! Wer bist du?«

Das Scharren und Rumoren stockt. Für eine Weile hört er nichts mehr. Gespannt legt er ein Ohr an die Wand des Kokons, horcht.

Als sich die Stimme wieder vernehmen lässt, ist ihre Temperatur deutlich erkennbar um einige Grad ins Eisige abgesunken: »Iggy Wolfmorf. Das hätte ich mir ja denken können. Ich wäre dir sehr verbunden, wenn du mir erklären könntest, was dieser Unfug soll.«

Lila! Es ist tatsächlich Lila, die dort in dem anderen Kokon steckt! Iggy ist erfreut, erschrocken und peinlich berührt zugleich.

»Lila! Du bist hier?«

»Ja, ich bin hier«, knurrt sie. »Könntest du mir bitte sagen, wo ›hier‹ ist, was ich ›hier‹ mache und wie ich ›hier‹ wieder herauskomme?«

Jedes der wolfmörfischen Anführungszeichen trifft ihn wie die Ohrfeige einer sehr, sehr kalten Hand.

»Hör mal, ich habe wirklich nichts damit zu tun, dass du …«

»Iggy, ich will den Scheiß nicht hören! Soll ich noch mal mit den Anführungszeichen anfangen, oder sagst du mir endlich, was hier los ist?«

»Okay, okay. Wir sind von einer Kriechspinne betäubt, eingewickelt und entführt worden. Genau wie du bin ich in einem Kriechspinnenkokon gefangen. Sie hat den Pinken Teich mit unbekanntem Ziel verlassen. Ich habe keine Ahnung, was sie mit uns vorhat oder wie wir hier wieder rauskommen sollen.«

Wieder hört er eine Zeitlang nichts mehr, diesmal aber länger als beim letzten Mal.

»Lila?«, flüstert er besorgt.

»Es ist alles deine Schuld!«, faucht es schließlich zu ihm herüber.

»Meine Schuld? Ich … warum denn meine Schuld?«

»Weil alles immer deine Schuld ist!«

»Aha.«

»Tu doch nicht so. Seit ich dich getroffen habe, geht alles immer nur schief!«

»Was soll denn das bitte heißen?«

»Du bist ein Unglücksbringer, Iggy Wolfmorf. Überall, wo du in diesem Wald auftauchst, sorgst du für Ärger.« Ein leises Schniefen ist zu hören. Es wird wieder still. Dann schnieft es leise: »Ich hasse dich, Iggy Wolfmorf.«

Er presst noch immer ein Ohr an die Wand des Kokons und lauscht bedrückt dem kaum hörbaren Weinen. Mit einer Pfote streichelt er sacht und zärtlich die raue Wand an der Stelle, die der Stimme am nächsten ist. Er streichelt sie lange, bis das Weinen abebbt und schließlich nicht mehr zu hören ist.

»Und? Was machen wir jetzt?«

Iggy fährt hoch. Er muss eingenickt sein. Jede Spur von Weinerlichkeit ist aus Lilas Stimme verschwunden. Sie klingt entschlossen und hart wie Stein.

»Ich hab keine Ahnung. Ich habe alles versucht, wir kommen nicht aus eigener Kraft aus den Kokons raus. Sie sind zu fest versponnen.« Er überlegt. »Ich glaube, wir sollten …«

»Ich kann euch hören und verstehen, ihr schmutzigen kleinen Zweibeiner *ktktktktkt*«, schneidet drohend eine Stimme in das Gespräch hinein.

Er fährt zusammen. *Warum musst du dein Gehirn nur immer an der Konzertkasse abgeben, Vollmorf!*, schimpft er in sich hinein.

Aber auch Lila muss die Spinne gehört haben. Iggy überlegt fieberhaft. Wenn sie überleben wollen, wenn es ihnen gelingen soll, aus ihrem Gefängnis auszubrechen, dann brauchen sie eine Möglichkeit, miteinander zu kommunizieren. Nervös trommelt er mit den Fingern gegen die Kokonwand. Dann stutzt er. Ein grimmiges Lächeln huscht über seine Züge. Für einen Moment sitzt er ganz still da. Dann hebt er seine Schaufelpfoten langsam zur Wand. Viel Platz hat er nicht, aber es muss gehen.

Er beginnt, einen einprägsamen Rhythmus zu trommeln. Nach einer kurzen Pause beginnt er wieder von vorne. Das Ganze wiederholt er ein paarmal. Dann lässt er die Pfoten sinken und wartet. Die Minuten tropfen langsam und zäh in sein stickiges Gefängnis. Gebannt horcht er.

Als aus dem anderen Kokon endlich ein Geräusch zu ihm hinüberdringt, seufzt er erleichtert auf. Es ist eine Art Schnalzen, denn Lila (das hat er wohl bedacht) hatte ja noch nicht die Gelegenheit, sich ein wenig Raum freizukämpfen, wie es ihm in seinem stundenlangen Wutanfall gelungen ist, und kann daher ihre Schaufelpfoten nicht benutzen. Sie antwortet ihm ihrerseits mit einem Rhythmus, aber es ist ein anderer als der von ihm vorgegebene.

Nachdem sie geendet hat, sinkt er erleichtert in sich zusammen. Es klappt! Er hat den Rhythmus eines frühen Forest-Doom-Hits mit dem eingängigen Titel »Ich will hier raus!« getrommelt. Lila hat es offenbar verstanden, denn sie hat mit einem (ebenfalls frühen) Folk-Doom-Titel geantwortet: »Please release me«.

Voller Genugtuung massiert er sich die Handgelenke. Auf denn. Er denkt kurz nach: Die Titel und Zitate dürfen nicht zu bekannt sein; Kriechspinnen sind zwar nicht gerade für Musikalität und musikalischen Einfallsreichtum berühmt, aber wie fast jedes Wesen im Müützelwald lieben sie Musik, obschon in aller Regel nur ihre eigene. Nicht, dass Iggy Gefahr liefe, sich zu nah an die abstrusen musikalischen Vorlieben der gewaltigen Achtbeiner heranzuwagen, aber er sollte doch darauf achten, Titel zu wählen, die eine durchschnittliche Kriechspinne nicht unbedingt kennt.

Er trommelt einen weiteren Rhythmus an die Wand: »500 und noch 500 Meilen« von den *Einsamen Rufern im Wald*, die vor vielen Jahren eine etwas abseitige Nebenrichtung des Forest Goth begründet hatten. Nicht besonders inhaltsreich, aber als Gesprächseinstieg sollte es trotzdem taugen.

»Wo gehen wir hin, was werden wir finden?«, antwortet Lila nach einer Pause. Fast hätte er es nicht erkannt, aber dann erinnert er sich und muss lächeln: natürlich, ein uralter Hit der *Seidenraupen*, der Begründer des Schneckschnacks! Oh, das muss ihr peinlich sein. Er spürt förmlich, wie Lila in ihrem Kokongefängnis rot wird.

»Freiheit!«, trommelt er, ein Müützelwald-Dauerbrenner, in der schnellen Version von *Ulf und den Ulmen* – eine seltene Idiotenkombo, davon war er nie abzubringen gewesen.

Lilas pessimistische Antwort gefällt ihm ganz und gar nicht: »Alles verloren, alles aus«, einer der bekanntesten Hits der *Rawurzels*. Die hatten sich zwar irgendwann vom Forest Doom abgewandt und eine ziemlich anarchische, pessimistische Nebenlinie begründet, den sogenannten Forest Down, aber Iggy verehrt sie trotzdem immer noch wie Götter.

Er grübelt. Noch hat er zwar keinen Plan, wie sie der Gefangenschaft entrinnen können, aber es gilt, die Hoffnung nicht aufzugeben und ein wenig unangebrachten Optimismus zu verbreiten. Außerdem, wer die *Rawurzels* sät, wird sie auch ernten: »Macht kaputt, was euch kaputtmacht«, gibt er zurück.

Lila antwortet nicht.

»Kommt Zeit, kommt Rat« setzt Iggy ungeduldig nach, ein weiser Spruch und zugleich der einzige Erfolg des One-Hit-Wonders *Die Schrillen Grillen.*

Lila antwortet immer noch nicht.

Na gut, Zeit also, unheilige Allianzen zu schmieden: Grimmig lässt er die Schaufelpfötchen knacken und räuspert sich. Reines Trommeln genügt nicht mehr. Er beginnt mit einem eingängigen Rhythmus, über dem er dann eine ziemlich kitschige Melodie brummt: »Solange es Sonne gibt, gibt es Hoffnung«, wieder von den *Seidenraupen.*

Er lächelt befreit, als aus dem anderen Kokon ein unterdrücktes (weinerlich ersticktes) Kichern dringt. Aber jetzt kommt sein Trumpf: Wozu gab es denn die Band *Die beste Band des Waldes* mit ihren so entnervend eindeutigen Texten? »Ich habe einen Plan«, intoniert er, einer ihrer größten, zugleich aber auch langweiligsten Hits. Er wartet die Antwort nicht ab, jetzt muss noch finale Aufmunterung her.

»Eine Spinne ohne Beine ist nicht einmal ein Wurm«, trommelt er. Zack! Das waren die *Prasselnden Rassel-Asseln.* Und wenn die Kriechspinne in den letzten zwei Jahren auch nur ein einziges Mal vor die Tür gegangen ist, dann kennt sie diesen Song. Offenbar tut sie das, denn sie lässt ein wütendes Zischen hören, und ein dumpfer Schlag trifft Iggys Kokon, der seinen Kopf hart und schmerzhaft gegen die Wand schleudert.

Das war's wert, denkt er sich, während der Schmerz nachlässt.

Er horcht und lacht laut auf, als ihn nun auch Lilas Antwort erreicht: die *Offenders* mit »Yay, yay, yay!«.

Iggys Laune ist jetzt so weit wiederhergestellt, dass er es wagen kann, noch einmal die *Seidenraupen* zu bemühen: »Warte, Liebste, warte, warte noch ein bisschen, dann wird alles gut«.

Zwei einzelne Klopfsignale zeigen ihm, dass Lila verstanden hat.

Er muss wieder eingenickt sein, denn er schreckt hoch und ist zunächst ein wenig orientierungslos. Der Kokon hat sich auf die Seite geneigt, so dass er nun auf dem Rücken liegt, was darauf schließen lässt, dass die Spinne mit ihrer Last eine steile Wand hochklettert. Diese Art der Fortbewegung ist zunächst nicht unangenehm, trotzdem wird es ihm ein wenig mulmig, denn wo es hinaufgeht, da muss man irgendwann auch wieder runter. Seine scharfen Wolfmorfohren sagen ihm, dass sich die Spinnenklauen an etwas Steinigem hochziehen.

Dann aber werden die Bewegungen der Spinne unruhig, und hölzernes Rascheln ist zu hören. Iggy überlegt noch, was das nun wieder zu bedeuten hat, als er einen spitzen Schrei ausstößt: Der Kokon sackt plötzlich ab und fällt in die Tiefe! Nur wenige Sekunden später schlägt er rücklings auf hartem Untergrund auf. Mit einem scharfen Keuchen wird die Luft aus seinen Lungen gepresst, und ihm wird schwarz vor Augen, als ein schwerer Körper auf dem Kokon auftrifft und den kleinen gefangenen Wolfmorf zusammenquetscht. Er hört Lila neben sich schrill schreien. Wilde Panik steigt in ihm auf, er kann sich nicht rühren, denn der zusammengepresste Kokon lastet so schwer auf ihm, dass er nicht einmal mehr atmen kann. Der Körper auf ihm bewegt sich, wirft sich herum. Iggy hört seine Rippen krachen, weißglühende Dolche des Schmerzes schneiden durch ihn hindurch, als sich die Spinne auf ihm noch einmal aufzurichten versucht. Dann auf einmal ist es vorbei – das Gewicht lastet nicht mehr auf ihm, er saugt dankbar wieder Luft in seine Lungen.

Keuchend dreht er sich um und erstarrt: In dem dämmrigen Licht, das in dünnen Fäden durch die Kokonverstrickungen fällt, sieht er direkt vor seiner Schnauze einen armlangen, rasiermesserscharfen Dorn in den Kokon hineinragen. Offenbar ist die Spinne mit ihrer Ladung gestrauchelt und in ein Gebüsch gefallen; der Dorn hat den Kokon durchstochen und den Wolfmorf nur um wenige Millimeter verfehlt.

Iggy hat sich noch nicht von dem Schrecken erholt, als die Spinne an dem Kokon zu zerren beginnt. Aber er steckt fest, und sie hat Schwierigkeiten, ihn aus dem Gestrüpp zu lösen. Während sie zieht und zerrt, schneidet der Dorn bedrohlich dicht an Iggys Schnauze vorbei. Hektisch versucht er, ihm auszuweichen, als der Kokon plötzlich mit einem Ruck in die Höhe schnellt: Mit einem hellen Geräusch ist der Dorn abgebrochen, der Kokon löst sich und wird weiter emporgetragen.

Iggy seufzt erleichtert und rappelt sich auf. Der Dorn, der nun die Gefangenschaft mit ihm teilt, hat sich in der Wand des Kokons verhakt. Vorsichtig löst er ihn aus den Fäden und dreht ihn so, dass er sich an den scharfen Kanten nicht verletzen kann.

»Lila, geht's dir gut?«, ruft er besorgt.

Zunächst antwortet ihm nur ein Scharren und Keuchen. »Alles gut!«, tönt es schließlich schwach und außer Atem von der anderen Seite. »Ich habe nur das Moosbett frisch aufgeschüttelt. Wir können bald essen, Schatz! Kommst du dann?«

Iggy antwortet nicht. Nachdenklich mustert er den langen Dorn.

»Hallooooo«, sagt er schließlich, mit einem bösartigen Grinsen um seine Schnauze.

- - - - - - - - - - -

Irgendwo im Müützelwald. Fahles Licht fällt durch die Baumwipfel auf eine stille Lichtung. Plötzlich bricht aus dem Unterholz ein Ork hervor. In seiner Klaue hält er einen bluttriefenden Krummsäbel. Mit der anderen zieht er einen toten Elf an dessen blondem Haarschopf hinter sich her. Der Ork ist auf der Suche nach dem Heiligen Amulett von Fffarz. Er schaut wild um sich, knurrt und verschwindet wieder.

Na toll. Das hätte jetzt nicht passieren dürfen.

- - - - - - - - - - -

Lila versteht das alles nicht mehr. Bisher ist sie doch eigentlich ohne größere Schwierigkeiten durch den Wald gekommen, wenn auch mit den üblichen Problemen einer jungen, ehrgeizigen Wolfmorf-Musikerin: eine Band, die man manchmal ein wenig scheuchen muss; schmutzige, dumme Banzars, die einen um die sauer verdienten Kröten bringen wollen; und die missgünstigen Schreiberlinge des *Müützel Music Magnet*. Und ab und zu stolpert auch irgendein hirnloser Morf durch ihr Leben, der für eine gewisse Zeit ihre Aufmerksamkeit und ein bisschen NaSiewissenschon weckt, der aber irgendwann doch nur noch wie der Blaurindenkaffee von gestern schmeckt – abgestanden, fad und eigentlich zum Wegschütten.

Und nun? Die letzten Tage sind eine einzige Katastrophe gewesen: Wieder stolpert da irgend so ein hirnloser Morf durch ihr Leben; die *Neon Newbies*, eigentlich sehr anständige Jungs, wirken auf einmal wie ferngesteuert und nötigen sie mit Hilfe dieser Schwarzlibellengorillas an den Pinken Teich;

die schlaflosen Nächte mit verstörenden Gedanken an einen wirklich, wirklich total hirnlosen Morf; der Auftritt beim CnicCnac-Festival, der dann doch nicht stattfand; und wieder dieser wirklich ausnehmend hirnlose Morf, der sie so verletzt hat, obwohl sie ihm doch eigentlich nur sagen wollte, dass für sie dort auf diesem Rang in der Nebenbühne im Rubinwald auf einmal die Zeit stehengeblieben war und dass sie sich gewünscht hätte, dass die Zeit nie wieder anfangen würde zu fließen … Aber Lutz, ihr lieber, verständnisvoller Lutz, dem sie alles erzählen kann (naja, von echt hirnlosen Morfen erzählt sie ihm nicht so gern), der hat sie getröstet. Und Lutz hatte auch die gute Idee, sich mit den *Freaky Coconuts* zusammenzutun, um sich wechselseitig für den Contest zu coachen. Dann, nach einer langen abendlichen Probe mit den *Letzten leisen Lurchen*, hatte sie sich abseits der Band zum Schlafen zusammengerollt, und das Nächste, woran sie sich erinnern kann, ist der strenge Geruch von Spinnenfäden an ihrer Schnauze.

Und jetzt hockt sie zusammengeschnürt in einem Kriechspinnenkokon, unfähig, Arme, Beine oder sonst irgendetwas zu bewegen, und verständigt sich mit einem echt hirnlosen Morf in einer Mischung aus Schnalzen und Brummen.

Lila Wolfmörfin hat selten wirklich Angst. Aber jetzt hat sie Angst, fürchterliche Angst. Sie weiß, dass Kriechspinnen niemanden nur deswegen einspinnen, um an die besten Rezepte für Pruppbeerentee zu kommen, sondern um sie langsam und genüsslich wie Schirmchencocktails ausschlürfen zu können.

Aber in die trockene, stickige Dunkelheit des Kokons schleicht sich doch immer wieder ein kleiner, vorwitziger Gedanke. Er findet sich in der Dunkelheit bestens zurecht, kriecht mit seinen warmen, ein bisschen kitzelnden Füßchen an ihr hoch und pustet ihr neckisch ins Ohr. Dann flüstert ihr der Gedanke mit leiser, beruhigender Stimme zu, dass sie, wenn sie einmal ehrlich ist, niemanden sonst im Kokon neben sich haben wollte als diesen seltsamen, hirnlosen Morf.

Um den Kokon ist Stille eingekehrt. Iggy passt das eigentlich gar nicht. Denn das kann nur bedeuten, dass die Kriechspinne am Ziel ihrer Reise angekommen ist. Und das wiederum bedeutet, dass er möglicherweise in Kürze ebenfalls am Ziel seiner ganz persönlichen Reise angelangt sein könnte. Denn genau wie Lila kennt er den Zusammenhang zwischen Kriechspinnen und Schirmchencocktails. Aber irgendetwas sagt ihm, dass seine Zeit als Partyolive noch nicht gekommen ist – vorerst. Denn auch von der Spinne ist nichts zu hören: Nachdem sie ihre Fracht abgesetzt hat, ist sie hinweggestakst oder vielmehr hinweggekrochen und hat diese hohle Stille zurückgelassen. Die feinen Lichtnadeln, die eben noch in die Kokons hineinstachen, sind verschwunden. Es ist kühl.

Nervös umklammert er den Dorn. Wo soll er ihn am besten ansetzen? Die Spinne könnte jederzeit zurückkommen, und falls er dann noch nicht fertig wäre, sollte der Ausbruchsversuch nicht allzu offensichtlich sein. Er entscheidet sich also, an der Seite zu beginnen, die Lilas Kokon am nächsten ist, denn dort wird ein Schnitt nicht sofort auffallen. Und so beginnt er, mit seinem scharfen Werkzeug mühsam Faser um Faser zu durchtrennen, denn die einst elastischen Spinnenfäden sind umso härter, je älter und trockener sie werden.

Lila kann hören, dass Iggy etwas im Schilde führt. »What's the name of the game?«, schnalzt sie *(Die Vierfachen Rehe).*

»Cut it out!«, trommelt er zurück *(Die Rawurzels).*

»Ah!«, entgegnet sie anerkennend *(The Monosyllables).*

Schon bemerkt er, dass das Geflecht dünner wird und sich ein fahler Schimmer dahinterschiebt, als ihn ein Geräusch zusammenfahren lässt. Er hält inne und horcht atemlos.

Das leise Trappeln von Spinnenklauen nähert sich. Ihr steinernes Scharren und ein kaum wahrnehmbares Echo führen ihn zu der Annahme, dass sie sich in einer Felshöhle befinden. Aber er rümpft irritiert vor sich hin, als dem Spinnentrappeln die Geräusche zweier weiterer Klauenpaare folgen. Dann verraten ihm aufgeregtes Rascheln und Flattern von Flügelpaaren die Neuankömmlinge, und ein hasserfülltes Glitzern tritt in seine Augen: Libellen!

Eine knackende Stimme durchdringt die Stille: »Das sind sie also?«

»Ja *ktktktktkt*, das sind sie«, antwortet die Spinne rasselnd.

»Sehng gut. Du hast exzellente Angbeit geleistet.«

»Was *ktktktktkt* ist mit meiner Bezahlung?«

»Du wingst angemessen entlohnt wengden, so wie wing es vengabngedet haben.«

»Ich bin gespannt *ktktktktkt*, welche Bezahlung ihr als angemessen betrachtet *ktktktktkt*. Die Kokons waren schwer, und ich bin lange mit ihnen gewandert.«

»Was hältst du von vieng mittelalten Feuengngaupen, die nicht längeng als eine Stunde tot sind?«

»Ja *ktktktktkt*, das wäre eine angemessene Bezahlung.«

Undefinierbare Geräusche sind zu hören, die in ekelerregender Weise auf Essensvorfreude hindeuten.

Erleichtert und beunruhigt zugleich, wagt es der Wolfmorf nicht, sich zu rühren. Ganz offenbar sollen sie nicht der Spinne zum Fraß vorgeworfen werden. Aber was die Libellen mit ihnen vorhaben, beinhaltet sicher ebenso wenig gemeinsames Prächtigen-Sonnenaufgang-hinter-den-fernen-Gipfeln-des-Krazznuuf-Massivs-Gucken, ein langes Frühstück im Moosbett und danach ein bisschen NaSiewissenschon. Doch man spannt ihn nicht lange auf die Folter.

»Was *ktktktktkt* werdet ihr mit ihnen machen?«

»Oh, wing wengden sie ausstellen.«

»Ausstellen? Was soll das heißen, ausstellen *ktktktktkt*?«

»Sobald du sie ausgesaugt hast, wengden wing sie zung Hauptbühne deng Pink-Wing-Libellenpop-Angena bngingen. Wing wengden ein Tngibute-Konzengt füng diese angmen, unglücklichengweise im Wald vengunglückten Wolfmongfe veranstalten. Und zu Ehngen ihnges musikalischen Engbes wengden wing sie unteng die Langven unsengeng toten Helden einngeihen!«

Iggy unterdrückt einen Schrei. Von Lila ist nichts zu hören. Er hofft inständig, dass sie aus irgendwelchen Gründen rechtzeitig das Bewusstsein verloren hat.

Wie ein Wilder sägt Iggy an den zähen Spinnenfäden. Kriechspinne und Libellen haben sich wieder entfernt, werden aber sicher bald zurückkommen, um ihr abscheuliches, mörderisches Vorhaben in die Tat umzusetzen. Das ist vielleicht seine letzte Chance, einem grauenhaften Tod zu entrinnen, und er wird sie nutzen.

Im Kokon Nr. 2 wurde der unheilvolle Fortgang der Dinge mit erstaunlicher, eiskalter Ruhe aufgenommen. Nach einer kurzen musikalischen Abstimmung zwischen Kokon Nr. 1 und Nr. 2 hat Lila es geschafft, ihr Gefängnis so weit zu neigen, dass er nun stabil an Kokon Nr. 1 lehnt. Das wiederum wird es Iggy hoffentlich ermöglichen, nicht nur ein Loch in seinen eigenen, sondern im Schutze der einander zugeneigten Kokons auch ein Loch in Lilas zu schneiden.

Der Plan scheint zunächst aufzugehen. Die Pfoten schmerzen ihm schon, als er die letzten Fäden durchtrennt und in das fahle Halbdunkel einer großen Felshöhle blinzelt. Er streckt vorsichtig seine Schnauze hinaus und rümpft wachsam nach rechts und links.

Der Kokon steht auf einer kleinen Erhebung inmitten der Höhle. Der graue Stein ist trocken, die kühle Luft riecht muffig. Zur Linken endet die Höhle nach wenigen Metern an einer Felswald. Zur Rechten ist nach etwa 20 Metern über einem balkonartigen Felsvorsprung eine niedrige, dunkle Öffnung erkennbar. Sie scheint weiter in das Innere des Berges zu führen, denn der Lichtschein, der die Höhle nur schwach erhellt, kommt von rückwärts und ist Iggys Sicht entzogen. Direkt vor ihm lehnt sich Lilas Kokon an den seinen. Er verliert keine Zeit: Sofort beginnt er wütend, die Fäden ihres Gefängnisses mit dem Dorn zu bearbeiten. Jetzt, da er sich frei bewegen kann, geht ihm die Arbeit leichter von der Pfote. Sie müssen leise sein, aber Lila feuert ihn immer wieder mit gezischten Bemerkungen an, was ihn nicht nur zu schnellerem Arbeiten anstachelt, sondern auch – naja – ein bisschen erregt. Zwischendurch horcht er aufmerksam in Richtung des dunklen Höhleneinganges. Sollten ihre Kerkermeister überraschend auftauchen, kann er Lilas Kokon leicht an den seinen ziehen, so dass das Loch einigermaßen verdeckt wird.

Er hat sich schon so weit vorgekämpft, dass er bereits ihre Bewegungen hinter den Fäden sehen kann, als er Schritte vernimmt. Hastig verdeckt er die Öffnung, schlüpft in seinen Kokon zurück und hält den Atem an.

Das Geräusch eines einzelnen Klauenpaares nähert sich. Flügelrascheln und mahlende Kauwerkzeuge verraten den Ankömmling als eine einzelne Libelle. Sie steht zunächst nur da, scheint nachzudenken. Schließlich durchschneidet ihre gedämpfte, knackende Stimme die Stille:

»Nun endet es wohl wingklich, Wolfmongf.« Es ist Bsssngng. Sie hört sich nicht spöttisch an, nein, eher voller Genugtuung, fast schon friedvoll, als habe sie eine schwierige, zeitraubende Aufgabe endlich erfolgreich zu Ende gebracht.

»Das hättest du wohl gern, du Buntheuschrecke«, knurrt Iggy trotzig.

»Nun komm, Wolfmongf. Du bist uns schon oft entwischt, abeng dieses Mal wingd ding das nicht gelingen. Du solltest dich aufs Stengben vongbengeiten.«

»Ich will mich aber nicht aufs Stengben vongbengeiten. Ich werde euch alle überleben, dich, die anderen Libellen, den Libellenpop, den Schneckschnack und was es in diesem Wald sonst noch so an ansteckenden Krankheiten gibt!«

»Wangum sich so stngäuben, Wolfmongf? Du solltest ding ein Beispiel an uns Libellen nehmen. Wing haben nicht gengade den Nguf, besondengs nguhige Zeitgenossen zu sein, aber unsenge Kultung lehngt uns, im Angesicht des Todes nguhig zu wengden und ihn gefasst entgegenzunehmen.«

»Ach. Ist das so.«

»Abeng natünglich. Es ist übengliefengt deng Ausspnguch unsenges Gngoßen Spingituellen Lehngengs, des Ngoten Meistengs, deng da sagte: ›Im Angesicht des Todes wingd jedeng Flügel nguhig‹.«

»Na, da ist der Ratschluss eures ›Roten Meisters‹ aber nicht weit genug gegangen!«

»Ach ja? Wangum denn nicht?«

»Weil es hätte heißen müssen: ›Im Angesicht des Todes sollt ihr geflügelten Staubwedel auch eure dumme Klappe halten und zum Roten Meister fahren!‹«

»… und eure Flügelchen sollt ihr euch abrupfen und hübsche Liedlein darauf komponieren, auf dass niemand mehr im Müützelwald vom Libellenpop und seiner Dummdideldei belästigt werde!«, kräht es dumpf aus Lilas Kokon. Iggy muss grinsen.

Die Libelle zuckt zusammen. Ihr griesgrämiges Gesicht verzieht sich zu einer wütenden Fratze – soweit das noch möglich ist, ohne die Bedeutung des Ausdrucks »doppelt gemoppelt« allzu sehr zu strapazieren. Macht aber nix, Iggy kann's ja eh nicht sehen.

»Euch wingd eunge Impengtinenz noch venggehen, wenn die Kngiechspinne euch aussaugt!«, zischt sie. »Ehe dieseng Tag vongübergeht, wengden eunge leblosen Hüllen die Hauptbühne deng Pink-Wing-Libellenpop-Angena schmücken. Und es wingd das Ende des Fongest Doom im Müützelwald sein.« Ihre Stimme nimmt eine schrille Färbung an, und dramatisch bebend ruft sie aus: »Eunge Leben sind verwingkt, Mongfe! Hieng endet es!«

Die Wolfmorfe können noch hören, wie die Libelle mit einem Rauschen ihre Flügel auseinanderfaltet, sich umdreht und fortstolziert.

Gespannt horchen sie ihr nach, bis nichts mehr zu hören ist.

»Was für eine Flitzpiepe«, sagt Iggy schließlich. »Komm, lass uns abhauen!«

»Gute Idee!«, entgegnet Lila.

In Windeseile zerschneidet Iggy die restlichen Fäden von Lilas Gefängnis, und mit einem trockenen Krachen reißen die letzten Fasern. Hastig arbeitet sie sich aus dem Kokon heraus. Ihr goldbrauner Pelz ist schweißverklebt, die Augen von einem Schleier der Müdigkeit überzogen, aber mit wilder Befriedigung rümpft sie befreit in die muffige Höhlenluft. Sie blicken sich an. Dann umarmen sie sich schweigend. Verwundert, aber dankbar saugt er ihren Duft ein, spürt ihren weichen, warmen Pelz unter seinen Pfoten, ihren schweren, aber gleichmäßigen Atem an seiner Brust.

Als sie hinter sich ein Geräusch hören, lösen sie sich gleichzeitig aus der Umarmung. Iggy dreht sich um, tritt aus dem Schatten der Kokons, die nun aufgebrochen und leicht zur

Seite geneigt auf der felsigen Erhebung thronen. Im Licht eines schwachen Sonnenstrahls, der indirekt durch eine schlauchartige Öffnung in die Höhle dringt, kann er sie nun vollends überschauen. Ihm stockt der Atem.

Zwischen ihnen und dem Ausgang ins Freie ist der Höhlenboden von Hunderten weißer Spinneneier übersät. Dicht an dicht stehen sie, hüfthoch, von einer Seite der Höhle bis zur anderen, und versperren den Fluchtweg. Da ist das Geräusch wieder, aber es kommt nun von mehreren Seiten. Einige der Eier bewegen sich! Die Wolfmorfe sind starr vor Entsetzen, als die Eier, eines nach dem anderen, aufbrechen. Zuerst zeigen sich durch die Risse, weiß und seidig glänzend, einzelne Spinnenbeine, schon kräftig und lang wie Wolfmorfarme. Dann schieben sich nach und nach die gegliederten Körper hinterher, ebenfalls in strahlendem Weiß, gepunktet von den schwarz glänzenden Perlen ihrer vier Augenpaare, die sie sofort nach dem Schlüpfen auf Iggy und Lila richten. Eine unheimliche Stille liegt über der Szenerie, kein Kreischen, kein Zischen, kein Gemurmel ist zu hören, nur das Streifen, Klacken, Reißen und Getrappel der vielen hundert Jungspinnen, die instinktiv einen Ring um diese felligen Wesen ziehen, die ihnen ihre Mutter so aufmerksam als erste Mahlzeit in der neuen Welt dargereicht hat. Untereinander und übereinander klettern sie, beobachten neugierig die verstörten Morfe, nähern sich ihnen langsam wie eine vielgliedrige Wand.

Wieder ein Geräusch, aber ein anderes, robusteres, lässt die beiden noch einmal herumfahren. Es ist die Mutterspinne. Stumm hockt sie auf dem Felsvorsprung vor dem rückwärtigen Höhleneingang, den schweren, blauen Körper tief über den Boden geneigt, so wie er ihrer Gattung den Namen gegeben hat, und starrt mit ihren acht schwarzen Augen reglos in die Höhle hinunter. Gleichmütig, kalt, mitleidlos sind diese Augen. Vor ihnen ist jede Bitte um Gnade vergeblich. Ihr großer Körper verdeckt etwas, nur ein leises Geraschel ist zu hören, aber Iggy weiß, wer sich dort hinter ihr herumdrückt. Er dreht sich wieder zu den wimmelnden Jungspinnen um. Ihm ist kalt. Allmählich wird ihm klar, dass er mit seiner ersten Vermutung recht hatte: Sie sollten nicht der Kriechspinne zum Fraß vorgeworfen werden. Nein, nicht ihr. Ihren zahllosen Jungen.

»Was machen wir jetzt?«, flüstert Lila, kaum hörbar.

»Ich überlege«, wispert er ebenso leise.

Langsam, mit kleinen Schritten, weichen sie zur Höhlenwand zurück. Aber sie spüren und hören, dass sich hinter ihnen der Kreis mit leisem, vielhundertfachem Getrappel schließt.

Plötzlich zischt Lila: »Iggy, ich hab eine Idee!«

»Was für eine Idee?«, zischt er zurück.

»Kannst du dich noch an ›Schrei-o-rama‹ erinnern?«

Iggy stutzt. Schrei-o-rama? Irgendwo in seinem Gedächtnis klingelt ein helles Glöckchen. Verdammt, was war das noch mal gewesen? Dann dämmert es ihm: Natürlich, diese total absurde musikalische Eintagsfliege aus den Futzelbergen! Ausgedacht hatten sich diesen seltsamen Stil niemand Geringeres als die Stülpadler der Futzelberge, die normalerweise für ganz vernünftiges musikalisches Wirken bekannt sind. Das Prinzip war dem des Libellenpop ziemlich ähnlich, nur dass hier über wildes Trommeln schrilles Geschrei gelegt wurde. Kein Wunder, dass die Idee kaum jemandem so recht behagte, ganz im Gegenteil: Die neue Musikrichtung hatte in den Futzelbergen bald einen regelrechten Nachbarschaftskrieg ausgelöst, als die dort beheimateten Kriechspinnen … Moment, na klar! Das andauernde Geschrei hatte die Kriechspinnen beim Schlüpfen gestört, einige der Jungtiere sollen sogar eingegangen sein.

Sie sehen sich an, nicken stumm. Lila räuspert sich.

»Auf drei«, wispert Iggy.

»Auf drei«, antwortet Lila.

»Also los. Und … zwei, drei …«

Unvermittelt beginnt Iggy mit den Hinterpfoten ein wildes Getrommel auf dem Steinboden. Es ist ein komplizierter Rhythmus, der sich aber nach wenigen Takten beständig wiederholt. Lila legt den Kopf in den Nacken und fängt mit aller Kraft zu singen an. Ein hohes Kreischen entfährt ihrer Kehle. Es steigt zur Höhlendecke auf und wird von dort in alle Ecken des schattigen Raumes zurückgeworfen. Nach wenigen Sekunden vibriert die muffige Luft von durchdringendem, auf- und abschwellendem Lärm.

Wie eine unsichtbare Peitsche trifft das Schrei-o-rama auf die Kriechspinnen, fährt in die weiße, vielbeinige Wand und treibt sie zurück. Heilloses Chaos bricht unter den Jungspinnen aus, die verzweifelt versuchen, sich über-, unter- und hintereinander in Sicherheit zu bringen. Die Mutterspinne hat sich mit spasmodischem Zucken zusammengekrümmt, den Leib auf den Boden gepresst, die Augen hilflos auf ihre verängstigte Brut gerichtet. Ein dünnes, vielstimmiges Fiepen und Zischen erfüllt die Luft.

Die Wolfmorfe lassen die Musik noch einen Moment wirken, dann brechen sie ab. Wieder verständigen sie sich durch einen kurzen Blick.

»Jetzt!«, schreit Iggy. Sie rennen los in Richtung des Höhlenausganges, direkt auf die Spinnen zu. Die weichen zurück, bilden eine Gasse. Aber weil die Musik notwendigerweise pausieren musste, schließt sich die Spinnenwand nach wenigen Metern wieder.

Die Wolfmorfe halten an, holen tief Luft.

»Noch mal: Auf drei! Und … zwei, drei …«, keucht Iggy. Wieder beginnt er sein wildes Trommeln, wieder schickt Lila ihr infernalisches Gekreisch zur Höhlendecke. Wieder krümmen sich die Spinnen zusammen, krabbeln kopflos durcheinander, weichen vor diesen furchtbaren Wesen zurück, die in der Lage sind, einen so schmerzhaften Lärm zu verursachen.

Mit dem zweiten Anlauf haben die Wolfmorfe die ersten aufgebrochenen Eier erreicht. In stinkenden, dampfenden Scherben liegen sie auf dem Höhlenboden verstreut.

»Noch dreimal! Zwei, drei!«, ruft Iggy, und ein weiteres Schmerzgewitter entlädt sich über den Kriechspinnen. Aber mit Schrecken erkennen die Wolfmorfe, dass die Langbeiner sich wieder zu fangen scheinen. Noch immer verursacht die Musik ihnen fürchterliche Pein, aber es erwacht der Instinkt in ihnen, die Störenfriede zu töten, koste es, was es wolle. Wieder weichen sie zurück, aber diesmal mit deutlichem Widerstand. Kaum pausieren Iggy und Lila zum dritten Mal, da schließt sich sofort ein enger, weißer Kreis um sie; ihnen bleibt kaum Zeit zum Verschnaufen. Aber der Sprint hat sie tief in das Eierfeld hineingeführt, so dass der Höhlenausgang schon recht nahe ist.

Trommeln und Kreischen sind anstrengend, und die beiden Morfe fühlen ihre Kräfte schwinden. Sie müssen nicht nur den Höhlenausgang erreichen, sondern auch noch einen Abstieg bewältigen, sicherlich verfolgt von den wütenden Vielbeinern.

Während sie ein weiteres Mal pausieren, tasten schon weiße Spinnenbeine nach ihnen, können sie ihre Spiegelbilder in den schwarzen Augen erkennen. Und ehe Lila zum vorerst letzten Mal ihr Gekreisch anstimmt, hören sie schwere, dumpfe Schritte. Sie müssen sich nicht umdrehen, um zu wissen, um was es sich handelt: Die Spinnenmutter eilt ihren Kindern zu Hilfe und hat ihrerseits die Verfolgung aufgenommen.

Mit letzter Kraft erbricht Lila noch einmal eine ätzende

Wolke aus Geschrei, die sich in einem gesanglichen Kugelblitz entlädt, die Wolfmorfe durch den schlauchartigen Höhlenausgang peitscht und sich darin wie in einem riesigen Verstärker ohrenbetäubend aufbläht. Die Verfolgerinnen zögern, weichen erneut zurück, tasten mit ihren Beinen hinter den Flüchtigen her, sind aber für einen Augenblick von der Verfolgung abgehalten.

Die Wolfmorfe nutzen die Gelegenheit und rennen wie die Verrückten.

Ein kalter Wind bläst ihnen ins Gesicht, als sie blinzelnd ein kleines Plateau vor der Höhlenöffnung erreichen. Vor ihnen fällt ein zerklüfteter Felsabhang steil ab und stürzt schließlich hinein in den weiten Müützelwald, der unter ihnen fort und fort bis zum Horizont rollt. Sie überlegen nicht lange und beginnen in größter Eile den Abstieg.

Wolfmorfe sind Baumbewohner, die Kunst des Kletterns ist ihnen angeboren. Und so hüpfen, hangeln, springen und kraxeln Iggy und Lila behände über die übermorfhohen Felsbrocken, setzen über Spalten und Vorsprünge hinweg, immer abwärts. Wie befreiend, endlich wieder frische Luft um die Schnauze zu spüren!

Aber die Freude währt nicht lange: Über sich hören sie leises Zischen und Getrappel. Sie halten kurz inne und schauen schaudernd zurück. Der Berghang über ihnen ist unter wimmelndem Weiß verschwunden. Eine lebende Lawine rast den Abhang hinab, fließt über Gestein und Spalten hinweg, direkt auf sie zu. Inmitten ihrer Brut klettert mit für ihre Größe erstaunlicher Geschicklichkeit die Mutterspinne. Verzweifelt eilen die Wolfmorfe weiter den Hang hinab. Das Getrappel hinter ihnen wird immer lauter, und noch immer ist der Fuß des Berges weit entfernt, zu weit. Während der kalte Wind ihnen entgegenpeitscht, lässt die Angst sie immer öfter straucheln. Schon sieht Iggy aus den Augenwinkeln, dass sie rechts und links überholt werden. Die Nackenhaare stellen sich ihm auf, als das Wimmeln näher kommt. Morf und Mörfin haben sich an den Pfoten gefasst, helfen sich gegenseitig über die größten Felsbrocken, stützen sich, wenn sie im schnellen Abstieg unachtsam werden und zu fallen drohen. Ein verzweifeltes »Nein!!!« entfährt Iggy, als der erste Spinnenarm von hinten an seinem Fell zupft. Von Verzweiflung und Ekel erfüllt, erwartet er, in den nächsten Sekunden unter Hunderten wimmelnder Beine begraben zu werden – da verdunkelt sich auf einmal die Sonne.

Die Adler kommen!

Sie bleiben abrupt stehen. Etwas Großes richtet sich vor ihnen auf, hat sich mit einem Rauschen zwischen die Wolfmorfe und den Wald geschoben, landet auf dem steilen Hang. Weiße Jungspinnen prallen gegen das plötzliche Hindernis oder werden mit schnellen Bewegungen von den Felsen gefegt. Das Wimmeln und Trappeln verlangsamt sich, scheint umzukehren. Staunend hebt Iggy seinen Blick. Er stutzt. Reibt sich die Augen. Schüttelt den Kopf. Seine Pfote drückt Lilas, so dass sie einen leisen Schrei ausstößt. Dann fängt er an zu lachen, so befreit, wie er schon lange nicht mehr gelacht hat.

»Gugu!«, ruft er, »Gugu, was machst du denn hier?«

Die großen Krallen des Eulerichs setzen mit einem scharfen Scharren auf dem Fels auf, mit einem hässlichen Knirschen zerquetscht er dabei eine Kriechspinne, der die Flucht nicht schnell genug gelungen ist. Rauschend ordnet er seine Flügel, faltet sie, öffnet sie wieder und breitet sie dann um die zitternden Wolfmorfe aus.

»Hallo, Iggy«, gurrt er mit tiefer Stimme, »schön, dich zu sehen. Und hallo, Mörfin, du bist Lila, nehme ich an.«

Lila antwortet nicht, starrt den Eulerich nur an wie ein Gespenst.

Der bewegt ruckartig seinen großen Kopf nach links und rechts, nach hinten und wieder nach vorne, und betrachtet dann Iggy mit seinen Bernsteinaugen.

»Weißt du, ein kleines Vögelchen hat mir gezwitschert, dass ich in dieser Gegend mal nach dem Rechten schauen sollte. Wie bist du denn nun wieder in diese unangenehme Situation geraten?«

»Gugu, ich bin so froh, dich zu sehen«, schluchzt Iggy. »Ich dachte schon, ich müsste heute vor den Tiefen Morf treten, ohne mein Lebenslied zu Ende geschrieben zu haben.«

»Da mach dir mal keine Sorgen. Wer schlechte Musik schreibt, lebt länger.«

Der Morf starrt den Eulerich böse an. Der starrt zurück, ohne zu blinzeln.

»Ich …«, beginnt Iggy, aber der hauchzarte Schlag eines Eulenflügels, der ihn beinahe von den Pfoten hebt, schneidet ihm das Wort ab.

»Halt die Klappe. Du bist immer noch so eingebildet wie eh und je. Aber jetzt lass uns von hier verschwinden, das ist kein Ort für einen ordentlichen Morf. Und …« Gugus Stimme wird streng. »Es ist auch kein Ort, an den ein ordentlicher Morf eine Mörfin mitnehmen sollte!«

Iggy und Lila gucken wie die Schulkinder auf ihre Pfoten.

»Aber das ist jetzt nicht das Thema«, fährt der Eulerich wichtig fort, »ich sollte euch jetzt von hier fortbringen, ihr habt schon viel zu viel Zeit vertrödelt.«

»Fortbringen? Wohin?«, fragt Lila, die mittlerweile ihre Sprache wiedergefunden hat.

»Wie, wohin?«, fragt Gugu barsch. »Zur Prasselfffarz-Arena natürlich! Zum Festivalgelände! Rocking the Forest fängt gleich an!«

- - - - - - - - - - -

Sehen Sie, und hier lernen wir ein weiteres wichtiges Stilmittel dieses Genres kennen: die Rettung durch große, nicht notwendigerweise mächtige Flugwesen. Wenn an dieser Stelle Frodo … nein, nicht Frodo … der Dings … na, Sie wissen schon … sagen Sie's mir gleich … Iggy, danke. Also, wenn an dieser Stelle Fr… der Iggy von einem gewaltigen Eulerich dem schon sicher geglaubten, gewaltsamen Tod in letzter Sekunde entrissen wird, dann bekenne ich mich hierbei natürlich zu einer gewissen Tradition, die uns im Fantasy-und-Märchen-Gewerbe bekanntermaßen wichtig ist. Wenn Sie's innovativ haben wollen, dann müssen Sie ein paar Türen weiter gehen, zu den langhaarigen Jungs mit den Science-Fiction-T-Shirts. Aber hier kriegen Sie gute, ehrliche, rückwärtsgewandte Hausmannskost. Wenn die Ihnen nicht schmeckt, dann können Sie ja gerne schauen, ob Ihnen NASA-Standardnahrung besser mundet. Ich will's bezweifeln, aber probieren Sie's halt, ist Ihr Leben.

- - - - - - - - - - -

Kalter Wind pfeift über die beiden Wolfmorfe hinweg, aber sie spüren die Kälte nicht: Zu Tode erschöpft, aber immer noch aufgekratzt von den Ereignissen der letzten Stunden, kauern sie im warmen Flaum des Eulerichs, der hoch über den Wipfeln des Müützelwaldes dahinbraust. Es will Iggy scheinen, als sei er noch nie an einem sichereren, besseren Ort gewesen: Ihm wurde soeben das Leben geschenkt, er fliegt hoch über dem Wald, fern von Schmach, Enttäuschung und Libellen, und er hat Lila neben sich. Der Wind hat ihren im Kokon durchgeschwitzten Pelz entzwirbelt, sie hat sich neben ihm zusammengerollt und beobachtet müde, aber erstaunt und mit glänzenden Augen den Himmel und den Eulerich, der mit bedächtigen Flügelschlägen die Lüfte streichelt.

Eng beieinander kauern sie, schweigend, verwundert, allerdings auch ein wenig scheu. Hin und wieder scheint es, als hebe einer der beiden zu sprechen an, lässt es aber dann doch bleiben, denn dazu besteht keinerlei Notwendigkeit. Die Daunenfedern des Eulerichs halten sie warm, aber trotzdem suchen sie die wohlige Nähe des anderen: Ihre buschigen Schwänze haben sich umeinandergeschlungen, Lilas goldbrauner um Iggys – naja – gewöhnlich braunen. Tief und doch etwas nervös saugen sie den Duft des anderen ein, Iggy Lilas feinen, würzigen und Lila Iggys kräftigen, erdigen. Sie haben es kaum bemerkt, dass sich ihre Schaufelpfoten wie von selbst ineinandergeschoben haben, nur ein zärtliches Drücken hier und da erinnert sie daran, dass sie noch enger zusammengerückt sind.

Sie müssen schon eine ganze Weile so gekauert und sich immer mehr ineinander verschlungen haben, als sie fast überrascht bemerken, wie heftig sie beide atmen. Aber sie ignorieren das Gegrolle des peinlich berührten Eulerichs, denn was spielt das jetzt noch für eine Rolle, und Iggys geschickten Schaufelpfoten ist es auch gleichgültig, denn sie haben einen Weg dorthin gefunden, wohin Lila sie eingeladen hat; dorthin, wo ein ordentlicher Wolfmorf seine geschickten Schaufelpfoten wirklich nur auf ausdrückliche Einladung hin gleiten lassen würde. Mit geschlossenen Augen hat Lila sich dem Himmel zugewandt und schickt einen langen Seufzer in das fahle, winterliche Blau. Ihre Schaufelpfoten versuchen nicht zu sehr zu zittern, als sie sich dann um das schließen, was selbst eine Wolfmörfin nur manchmal auf offener Bühne besingen würde, und das will etwas heißen unter Wolfmörfinnen und Wolfmorfen, die doch sonst keine Gelegenheit auslassen, über das zu singen, was der Tiefe Morf Seinen Kindern als das vielleicht schönste Geschenk neben der Musik gegeben hat. Und so ist es dann Iggy, dem ein so unwolfmörfisches Keuchen entfährt, dass Gugu noch einmal eine Schleife gegen den Wind fliegt, um nicht zu viel hören zu müssen, denn auch und gerade Euleriche wissen ganz genau, was sich gehört.

Dann aber wird aus dem Umschlingen noch etwas anderes, und so versinken Iggy und Lila schließlich ganz in dem dichten Gefieder des großen Eulerichs, der zu singen anfängt, und nur er könnte etwas von dem erzählen oder andeuten, was sich in der nächsten Stunde dort, hoch oben über dem Müützelwald, in seinem dichten Gefieder ereignet hat.

- - - - - - - - - - -

So, Zeit für ein bisschen Abkühlung, würde ich sagen. Und höchste Zeit, dass Sie Ihre Gedanken wieder aus der Gosse holen. Bitte? Nein, das will ich gar nicht wissen, behalten Sie das bitte für sich. Sie warten jetzt natürlich auf einen Zimmermann'schen akademischen Einschub, *aber weil wir ja gemeinsam saubere Arbeit abliefern wollen, muss ich Sie insoweit enttäuschen, als es sich bei den nun folgenden Ausführungen strenggenommen gar nicht um einen* ZaE *handelt. Zwar werde ich gleich kurz aus der Handlung ausbrechen, um Sie mit wichtigem Hintergrundwissen über den Müützelwald zu füttern. Weil hier aber die so wichtige »Cliffhanger-Funktion« fehlt, sind dessen Tatbestandsvoraussetzungen nicht erfüllt. Sorry. Aber seien Sie nicht allzu traurig, denn die Informationen werden Ihnen dennoch nützlich sein.*

- - - - - - - - - - -

Der Rocking the Forest Band Contest ist in seiner langen Geschichte von bemerkenswerter Kontinuität gekennzeichnet, denn er findet seit seinen Anfangstagen in der Prasselfffarz-Arena statt. Es könnte auch gar nicht anders sein, denn diese ist für Forest Doom geradezu wie geschaffen.

Die Arena liegt dort, wo der Müützelwald die »Große Stufe« hinabsteigt: Südöstlich des Pinken Teiches, wo der Wald längst wieder zu seiner vertrauten, raschelnden, nach Harz und moderndem Laub duftenden Form zurückgefunden hat, öffnet sich vor dem überraschten Wanderer auf einer geraden Front von mehreren Kilometern auf einmal ein tiefer Abgrund. Stellt sich der mutige Wanderer ganz dicht an diesen Felssturz und linst über die letzten Grasbüschel hinweg in die Tiefe, dann erblickt er unter sich eine fast senkrechte Felswand. Am Fuße der Felswand aber setzt sich der Wald mit seinen in die Ferne wandernden Baumriesen fort, als sei nichts geschehen, und wogt weiter bis an den Horizont.

Direkt am Rande des Felssturzes, der »Großen Stufe«, liegt die Prasselfffarz-Arena: ein großes, halbrundes Amphitheater, erbaut aus mächtigen grauen Felsblöcken, das sich entlang des Felssturzes nach Südosten hin öffnet, so dass direkt hinter der Bühne das leere Nichts beginnt – eine passende Metapher für die Vergänglichkeit des Ruhmes, die in der Geschichte des Forest Doom so oft eine tragende Rolle gespielt hat.
Die Sonne beginnt schon, sich dem westlichen Horizont zuzuneigen, als der Eulerich mit dem Sinkflug beginnt. Die letzte halbe Stunde haben Eulerich und Passagiere in betretenem Schweigen verbracht, und so klammern sich Morf und Mörfin noch still aneinander, während die ersten Zweige an Gugus Flügelspitzen klatschen und er sich in eine lange, schattige Schneise hinabstürzt. Mit hoher Geschwindigkeit geht es abwärts, und Iggy möchte schon »Nicht schon wieder …« murmeln, als der Eulerich den Sturzflug geschickt abfängt und ihn mit kaum hörbarem Aufsetzen elegant zu Ende bringt.

Ein ausgestreckter Flügel weist Iggy und Lila den Weg zum Erdboden. Während sie im Schatten des großen Vogels stehen und dankbar wieder weiche Tannennadeln unter den Pfoten spüren, blickt Iggy zu Gugu auf.

»Vielen Dank, Gugu. Für alles.«

Der Eulerich hüstelt. »Keine Ursache. Das war ein … interessanter Flug.«

Seine Gesichtszüge rotieren in schneller Folge von Scham über Ärger, Freude und Betretenheit wieder zurück zu Scham. Dann blickt er streng auf Lila hinab, die seinem scharfen Blick mutig standhält: »Und du, junge Dame, du passt bitte gut auf diesen Morf auf! Nur Unfug macht er, ich glaube, eine steuernde Hand würde ihm guttun!«

Lila lächelt. Milde gurrt sie: »Natürlich, Meister Gugu, das werde ich tun. Haben Sie vielen Dank für alles, was Sie für uns getan haben. Fliegen Sie hoch und gut, wir werden Sie niemals vergessen.«

Und sie streckt eine Pfote aus und streicht sanft über den Flügel des großen Vogels, der sie um ein Vielfaches überragt. Ein kaum merkliches Zittern durchfließt den Eulerich.

»Ich, äh, ich sollte euch jetzt wohl verlassen«, murmelt er, »ihr habt schließlich noch viel vor heute Abend. Auf denn, macht's gut, junge Morfe!«

Hastig wendet er sich um, entfaltet seine Flügel, schwingt sich mit einem Rauschen elegant in die Höhe und ist kurz darauf über den Wipfeln verschwunden.

Iggy wirft Lila einen liebevollen Blick zu. »Du böses, böses Ding«, grinst er, »einen armen, alten Eulerich so zu verzaubern.«

»Papperlapapp«, sagt Lila, »glaub mir, er hatte auch etwas davon.«

»Lila!«, ruft Iggy empört, doch dann muss auch er lachen.

Mehrere breite, dicht überwucherte Pfade führen strahlenförmig auf die Prasselfffarz-Arena zu. Es dauert nicht lange, bis die Wolfmorfe auf einen von ihnen stoßen. Bis zum Festivalgelände werden sie noch mindestens eine Stunde brauchen, aber der Pfad wimmelt schon von Wesen aller Art, die aufgeregt durcheinanderschnatternd, einzeln oder in Gruppen, der Arena zustreben.

Iggy und Lila haben sich beieinander eingehakt und tappen wortlos nebeneinanderher. Teils genießen sie das Schweigen, schnuppern von Zeit zu Zeit verstohlen nach dem Duft von Eulenfedern, der noch zwischen ihnen schwebt, teils rümpfen sie nervös einer gewissen Spannung nach, die gespeist wird aus Verwunderung, Freude, Ungewissheit und Angst. Lila bricht als Erste das Schweigen. Im dichter werdenden Gedränge der Wesenmenge mit ihrem Geschrei, Geschnatter, Krakeelen, Singen und Musizieren muss sie lauter sprechen, als ihr lieb ist.

»Was sollen wir tun, Iggy? Es geschieht alles so plötzlich und so schnell. Es gibt so viele Fragen, und ich weiß nicht, wo die Antworten sind!«

Iggy ist dankbar, dass sie den Anfang gemacht hat, er ist bei so was nicht wirklich gut. Gefühle mit Musik auszudrücken ist eine Sache, aber sie in Worte zu fassen, die dafür zu spröde, zu unpräzise sind, ist einfach zu, naja, zu unmörfisch.

»Ich weiß nicht. Vielleicht … vielleicht sollten wir uns einfach auf die Suche nach den Antworten machen?«

»Aber es sind so viele Fragen! Schon unsere erste Begegnung ging ja für mich mit einer Frage los: ›Wer ist dieser hirnlose Morf, der da so halb besinnungslos auf mich zuwankt?‹ Und später dann: ›Warum macht mich dieser hirnlose Morf so neugierig und lässt mich nachts nicht schlafen?‹«

»Aber ich habe auch viele Fragen …«, entgegnet er leise.

»Ach ja? Welche denn?«

»Zum Beispiel: ›Wie werde ich neben dieser Mörfin jemals bestehen können? Dieser Mörfin, die so stark, so selbstbewusst ist und die mich mit ihrem Blick jedes Mal bis ins Innerste aufschneidet und entblößt? Warum fühle ich mich neben ihr so klein und unbedeutend?‹«

»Aber Iggy«, lacht Lila überrascht, »du bist Iggy ›Keeper of Doom‹ Wolfmorf! Du bist eine lebende Legende! Wie kannst du nur glauben, dass es mir dir gegenüber nicht genauso geht?«

»Lila, ich …«, setzt er an, aber er kommt nicht weit: Ein plötzlich einsetzender, hoher, schriller Ton neben seinem linken Ohr lässt ihn zusammenfahren. Etwas Kleines trappelt über seinen Kopf hinweg auf die rechte Schulter, dann zupft etwas kurz und schmerzhaft an dem zarten Flaum des rechten Ohres.

»Na? Wie geht's euch zwei Hübschen?«, kräht es ohrenbetäubend hinein.

Fahrig greift sich Iggy an die Schulter, will den Störenfried wegwischen, fortschlagen. Er kriegt ihn nicht zu fassen und fuchtelt noch vor sich hin, als etwas auf seiner rechten Pfote landet. Er dreht den Kopf – und knurrt verärgert auf: »Gunnar …«

»Hallo, Iggy!«, grüßt Gunnar fröhlich, stützt sich auf seine mittleren Beinchen und putzt sich mit den Hinterbeinen den Kopf.

Noch ehe sich der Wolfmorf von seiner Überraschung erholen kann, hört er Lila neben sich erschrocken aufkeuchen. Sie führt ähnliche Abwehrbewegungen aus, aber es ist kein Glockenbold, der da plötzlich auf ihrer rechten Schulter aufgetaucht ist: Es ist Blubb die Pfütze.

»Hallöchen«, blubbert der Pfützengnom mit einem Ausdruck größter Selbstzufriedenheit. »Da seid ihr ja wieder. Hattet ihr euch verlaufen?«

Fassungslos schnellt Iggys Blick von einem zum anderen: »Das darf doch nicht wahr sein. Ich hätte nie gedacht, dass das Universum es mir zumutet, gleichzeitig auf euch beide zu treffen.«

»Oh, das Universum hält noch viel mehr Überraschungen bereit, als du es dir vorzustellen vermagst, mein Guter«, plaudert Gunnar und fährt fort, sich mit provozierender Hingabe zu putzen. »Schon allein die Tatsache, dass dich die Begegnung mit uns überrascht, sollte dir zeigen, dass du, was die Gesetzmäßigkeiten des Universums angeht, noch eine Menge zu lernen hast.«

»Was soll denn das jetzt bitte wieder heißen?«

»Iggy, Iggy, Iggy«, fällt Blubb behaglich ein, »meinst du im Ernst, dass man im Musikbusiness an den Glockenbolden vorbeikommt? Und an Gunnar, was das angeht?«

Der Glockenbold deutet eine neckische Verbeugung an.

»Informationen, Gerüchte und Nachrede«, doziert Blubb wichtig, »sind doch der Waldboden, auf dem die Baumriesen echten Ruhms wachsen. Glaubst du wirklich, dass du zu dem geworden bist, was du bist, bloß weil dir einmal im richtigen Moment die Gitana vom Baumhausbalkon gefallen ist?«

»Gut gesprochen, gut gesprochen«, bemerkt Gunnar gönnerhaft. »Weißt du, Iggy, auf die Gefahr hin, eine kleine Regenwolke in deinen ansonsten so sonnigen, beschaulichen und ereignislosen Tag zu bringen« (Iggy ballt die Schaufelpfoten), »aber du solltest doch eigentlich wissen, dass du im Grunde mein Geschöpf bist.«

»So. Bin ich das.«

»Ja natürlich.« (Gunnar lässt ein albernes Kichern hören.)

»Dir sind einfach die winzigen grünen Pünktchen unter deinem Pelz noch nicht aufgefallen.«

»Sehr witzig, Gunnar.«

»Gell? Das habe ich mir eben ausgedacht.«

»Du bist echt ein Witzbold, Gunnar.«

»Ich weiß, mein Guter. Und über dich lache ich am liebsten.«

»Das ist schön, Gunnar.«

»Aber deswegen sind wir ja nicht hier. Weshalb sind wir noch mal hier, Blubb?«

»Oh, du hast recht, wir haben uns mal wieder etwas verplaudert. Tja, weshalb sind wir noch mal hier? Warte mal. Ach ja. Wir wollten mit Iggy über seinen Auftritt sprechen.«

»Stimmt!« Gunnar schnipst in einer perfekt eingeübten Geste mit einem winzigen Fingerchen. »Blubb, du hast ja heute Morgen noch mit den *Müützel Monotones* geprobt, nicht wahr? Willst du vielleicht davon erzählen? Iggy hatte die Probe ja verschlafen, deshalb …«

»GUNNAR, DU WEISST DOCH SICHER GANZ GENAU, DASS ICH VON EINER RIESIGEN KRIECHSPINNE GEKIDNAPPT WURDE!«, schreit Iggy fassungslos. Ihn beschleicht die unangenehme Ahnung, dass es noch Schlimmeres unter dieser Sonne geben könnte als Gunnar im Verein mit seinen Glockenboldfreunden: nämlich Gunnar im Verein mit Blubb dem Pfützengnom.

Der Glockenbold hat die unschuldigste Miene aufgesetzt, mit der er ein Kichern gerade noch unterdrücken kann: »Aber Iggy, sei doch nicht böse. Du machst dir gar keine Vorstellung davon, was gerade im Nachrichtengewerbe los ist: das Auseinanderbrechen der *Müützel Monotones*. Das CnicCnac-Festival. Rocking the Forest beginnt in wenigen Stunden. Die *Harzigen Henrietten* haben überraschend ihren Auftritt abgesagt.

Besorgniserregende Nachrichten über dein plötzliches Verschwinden. Ich weiß ja gar nicht mehr, wo mir der Kopf steht!« Und er legt mit einer affektierten Geste ein Händchen vor den Kopf.

»Nun komm, mein Lieber«, wirft Blubb beschwichtigend ein, »wir sollten Iggy nicht noch mehr belasten. Lass mich ihm von der Probe mit seinen Jungs erzählen.«

Blubb ist ein weit schlechterer Schauspieler als Gunnar, dennoch genießt er sichtlich die ihm zugedachte Rolle als guter Bulle.

»Du hast sicher recht«, erklärt Gunnar, »was interessieren unseren Wolfmorf hier meine beruflichen Sorgen?«

Iggy knirscht hörbar mit den Zähnen.

»Also«, beginnt der Pfützengnom umständlich, »wir haben uns heute Morgen wieder zur Probe getroffen und eine Weile auf dich gewartet. Als du nicht kamst und auch nicht aufzufinden warst, haben wir einfach ohne dich angefangen.«

»Und? Hat's was gebracht?«, knurrt Iggy mit hörbar mäßigem Interesse.

»Nun ja«, blubbert Blubb gedehnt, »die Jungs haben ja schon Talent, das muss man ihnen lassen. Und sie haben sich wirklich bemüht, das aufzunehmen, was ich ihnen zu vermitteln versucht habe.«

»Aber?«

»Naja, weißt du, es ist … Ich glaube, für euren nächsten Auftritt solltet ihr euch einfach noch ein bisschen mehr Zeit nehmen, denke ich.«

»Ja, das hatte ich eigentlich auch vor«, merkt Iggy patzig an, »aber es gab da so gewisse Umstände, die uns davon abgehalten haben!«

»Ja, das weiß ich natürlich«, meint Blubb beruhigend, »aber ich würde mich an deiner Stelle jetzt nicht davon runterziehen lassen. Es sind schon so viele Bands schlecht vorbereitet und chancenlos auf die Prasselfffarz-Bühne getreten. Ist alles nicht so schlimm. Ihr werdet einen soliden, weitestgehend unbeachteten Auftritt hinlegen, und nächstes Jahr ist es dann wieder so weit.«

Iggy blickt Blubb müde, aber mit einem gefährlichen Leuchten in den Augen an. Irgendetwas läuft hier ganz gewaltig falsch. Da steht er Blubb dem Pfützengnom gegenüber, den zu finden er unaussprechliche Gefahren auf sich genommen hat. Er hat den Rat eines weisen Freundes befolgt, nach ihm zu suchen, hat wider jede Vernunft alle Hoffnung auf dieses lächerliche Wesen gesetzt. Und nun sitzt diese Kreatur vor ihm und erklärt, er, Iggy »Keeper of Doom« Wolfmorf solle sich damit zufriedengeben, auf der wichtigsten Bühne und beim wichtigsten Festival des weiten Müützelwaldes aufzutreten, nur um vergessen zu werden?

»Oh, da fällt mir noch etwas ein!«, kräht Gunnar plötzlich. »Was sagtest du noch gleich über das nächste Jahr?«

»Ich sagte, nächstes Jahr ist es dann wieder so weit«, wiederholt Blubb geduldig.

»Wie gut, dass es mir jetzt wieder einfällt!«, ruft Gunnar, und Iggys blutunterlaufene Augen wenden sich drohend dem kleinen Glockenbold zu.

»Was ist dir jetzt wieder eingefallen?«, knurrt er leise.

»Es wurde mir heute zugetragen, dass es Rocking the Forest nächstes Jahr so gar nicht mehr geben wird!«

- - - - - - - - - - -

Wolfmorfe können nicht eigentlich blass werden. Ich meine, denken Sie doch mal nach: Pelz, braun, mit ledriger Haut darunter. Na? Eben. Aber Sie wissen ja, ich nehme Sie immer wieder mit väterlicher Güte an meine literarische Hand und führe Sie wohlbehalten über alle metaphorischen

Unebenheiten. Wir lesen jetzt schon so lange gemeinsam, dass ich inzwischen auch eine gewisse emotionale Bindung zu Ihnen aufgebaut habe und Sie sicherlich auch zu mir. Ist Ihnen nicht auch manchmal bang, was sein wird, wenn wir gemeinsam zum Ende der letzten Seite gekommen sind? Beklommen? Ja, das geht mir auch so. Aber irgendwie ist es auch eine süße Beklommenheit, finden Sie nicht auch?

\- - - - - - - - - - -

Unwillkürlich greift Iggy nach Lilas Pfote. Für einen Augenblick ist ihm schwarz vor Augen geworden.

»›So nicht mehr geben‹? Was meinst du damit?«, hört er sich wie durch eine Wand sagen.

»Ach, Iggy«, plaudert der Glockenbold, »du weißt doch, wie es manchmal ist: Musikrichtungen kommen und gehen, alle Welt spricht immer von zeitloser Musik, aber irgendwann ist der Punkt erreicht, an dem die Zuhörerzahlen sinken, irgendwelche jungen Wilden auftauchen mit irgendwelchen abgefahrenen Ideen, und eines schönen Morgens merkst du, dass du in einem anderen Wald aufgewacht bist. Rocking the Forest ist nicht mehr das, was es einmal war, das haben auch die Veranstalter gemerkt. ›Zeit, zu neuen Ufern aufzubrechen, Gunnar‹, haben sie zu mir gesagt. Weißt du, ich verstehe ja nicht so viel von guter Musik wie du, ich bin ja eigentlich nur eine Zeitung auf sechs Beinen …«

»Das wird das letzte Rocking the Forest sein?«, flüstert Iggy entgeistert.

»Nein, natürlich nicht«, winkt Gunnar ab, »es wird nur ein bisschen anders werden, weniger Forest Doom, mehr Funky Forest Doom, mehr Piepschnack, weniger Mountain Doom, insgesamt weniger Doom, dafür mehr Tanzbares, so was …«

Iggy hat sich auf den Boden sinken lassen. Er spürt Lilas Hand nicht, die ihn sanft im Nacken berührt. Der Lärm der

Wesenmenge ist wie ausgeblendet. Er schweigt eine Weile. Dann rappelt er sich wieder auf. Vor Blubb, Lila und Gunnar steht ein gebrochener Morf. Mit stumpfen Knopfaugen blickt er langsam vom einen zum anderen.

»Ich werde nicht auftreten. Nicht mehr. Nicht jetzt. Ich werde nicht der Totengräber für Rocking the Forest und den Forest Doom sein.«

»Oh, du musst auftreten«, merkt Blubb besonnen an. »Ich habe euch ja schließlich schon angemeldet!«

»Du hast was?«, ruft Iggy entgeistert.

»Ich habe euch schon angemeldet. Nach allem, was du durchgemacht hast, würde ich doch um nichts im Wald den Auftritt von Iggy Wolfmorf und den *Müützel Monotones* verpassen!«

Für einen Augenblick ist es still.

Weniger bekannt als der legendäre 10745er Herbstschrei ist der legendäre 10745er Frühwinterschrei. Dies mag daran liegen, dass die Auswirkungen des Letzteren auf Flora und Fauna des Müützelwaldes bisher nicht in dem Ausmaß erforscht wurden wie die seines ehrfurchtgebietenden Vorgängers.

Schwarz und drohend zeichnet sich der gewaltige Schattenriss der Prasselfffarz-Arena gegen den sich verdunkelnden Abendhimmel ab. Flackerndes Flammenglühen aus dem Inneren schärft noch die gezackten Ränder, die in den blauen Samt des Abendhimmels schneiden. Außerhalb des Lichtscheines beginnen sich auf dem Samt die kalten Eiskristalle winterlicher Sternbilder zu formen. Es riecht nach Schnee.

Niemand weiß mehr, wer denn dieses architektonische Ungetüm errichtet hat, das als steinernes Bauwerk den Baugewohnheiten im Müützelwald doch eigentlich widerspricht. Niemand baut im Müützelwald mit Stein. Das tut man einfach nicht. Die Prasselfffarz-Arena wird deswegen für gewöhnlich wahlweise mit »beeindruckend«, »höchst beeindruckend«, »geiler Forest-Doom-Scheiß« und »Wat soll'n dit hier?« beschrieben.

Iggy steht alleine vor den Mauern in der Dunkelheit. Um ihn herum wogt und schiebt laut lärmend die schwarze, in der Finsternis fast unsichtbare Zuschauermenge, die in breiten Strömen in die unterirdischen Zugangstunnel zur Arena hinunterfließt. Lila ist nicht mehr bei ihm, ebenso wenig Gunnar und Blubb. Die Wolfmörfin hat sich taktvollerweise von ihm verabschiedet, um die *Letzten leisen Lurche* zu suchen, Gunnar und Blubb waren irgendwann einfach nicht mehr da. Lila hat ihm dabei noch einen sanften Schnauzenkuss gegeben: »Du wirst das schon machen, du großer dummer Vollmorf«, hat sie leise gesagt. Und: »Ich komme wieder. Lauf nicht weg.«

Iggys Gedanken sind so schwarz wie die brodelnde Wesenmenge. Aber ein rotes Funkeln ist irgendwo in der Schwärze zu erahnen. Der Wald ohne Rocking the Forest? Bei der Vorstellung legt sich ihm ein grauer Schleier wie Asche über das Bild des Waldes. Ein Wald ohne Forest Doom? Undenkbar. Genauso gut könnte eine gewaltige Feuersbrunst den Müützelwald verschlingen und in der Aschewüste nur die verkohlten, rauchenden Stümpfe der Baumriesen zurücklassen. Er starrt weiter auf die schwarzen Mauern und knirscht mit den Zähnen. Der Auftritt beim CnicCnac-Festival ist dagegen Pillepalle gewesen. Worum ging es da schon? Nur um die bedrohte Ehre eines kleinen Wolfmorfs, der eine Fußnote in der langen Musikgeschichte des Müützelwaldes, in der Geschichte des Forest Doom ist. Iggys Ego kann sich bisweilen zu beträchtlicher Größe aufblähen, doch alles in allem ist er doch von der realistischen Sorte, ohne dabei sein Talent unter den Scheffel zu stellen. Aber jetzt? Worum geht es jetzt bei dem Auftritt hinter diesen düsteren Mauern? Voll schwarzer Wut ballt er die Schaufelpfoten, bis ihm die Knöchel schmerzen. Es geht um das nackte Überleben des Forest Doom, und damit für ihn um mehr als nur um das Weiterbestehen einer Musikrichtung. Forest Doom ist ihm Lebensweise, Philosophie, Weltanschauung und Religion (was der Tiefe Morf dazu sagen würde, weiß er nicht so genau, ist aber wahrscheinlich auch nicht so wichtig. Der Tiefe Morf kommt da sicher drauf klar, davon ist er einigermaßen überzeugt). Das CnicCnac-Festival war nur ein Probelauf, das weiß Iggy jetzt mit noch schärferer Klarheit: lediglich ein Scharmützel vor der gewaltigen Schlacht am Ende aller Zeit, ein Geplänkel vor der apokalyptischen Entscheidung zwischen Licht oder ewiger Dunkelheit. Und deswegen wird dieser Auftritt für ihn die Entscheidung zwischen allem oder nichts bringen. Dass das Schicksal ihm für den Endkampf gegen die Unkultur nur mittelmäßige Chargen vom Format der *Müützel Monotones* zur Seite gestellt hat, spielt jetzt keine Rolle mehr. Wenn es so vorherbestimmt ist, dass er mit den *Müützel Monotones* untergehen soll, dann wird er mit ihnen untergehen. Wenn aber die Kultur im Müützelwald ewig ist, wird er, wenn der Morgen doch wieder anbricht, auch mit ihnen in das strahlende Licht einer neuen Zeit blinzeln.

Er streckt seine müden Glieder. Dann wird er wohl mal nach seinen Endzeit-Entchen suchen. Und er weiß schon, wo er sie finden wird: in den *Tunneln der Totgesagten.*

Die *Tunnel der Totgesagten* sind ein Feature der Prasselfffarz-Arena ganz nach Iggys Geschmack. Es handelt sich hierbei um die unterirdischen Zugänge zu den Zuschauerrängen. Sie stoßen außerhalb der Mauern zunächst als modrige Gänge tief ins Erdreich hinein und treffen unter der Tribüne auf ein System unterirdischer Katakomben. Bis die Gänge über breite Treppen wieder in den Zuschauerraum emporstreben, winden sie sich, von langen Säulenreihen abgetrennt, durch die steinernen Säle der Katakomben hindurch. Diese selbst sind den Künstlern vorbehalten und dienen ihnen als Aufenthaltsraum vor dem Auftritt. Hier, im flackernden, unsteten Feuerschein niedriger Holzfeuer, die unheimliche Schatten an die Felswände werfen, bereiten sie sich auf den Auftritt vor, memorieren Songtexte, stimmen ihre Instrumente oder geraten sich noch einmal so richtig in die Haare.

Die Zuschauer schieben sich also vor Beginn des Konzertes dichtgedrängt durch die Zugangstunnel und haben durch die Säulenreihen freien Blick auf ihre Heroen – oder auf Bands, denen sie den schmählichsten musikalischen Untergang wünschen. Rocking the Forest ist der wahrscheinlich wichtigste Wettbewerb des gesamten Müützelwaldes. Auch ohne die *Tunnel der Totgesagten* sind der Druck und die Anspannung, die auf den Teilnehmern lasten, schier unerträglich. Aber in den langen Stunden des Wartens und der Vorbereitung auf den Contest von Tausenden vorbeiziehenden Wesen begafft, verspottet, verhöhnt und in jeder denkbaren Weise gepiesackt zu werden ist mehr, als viele Musiker ertragen können. Schon so mancher vielversprechende Teilnehmer hat die Katakomben unter der Prasselfffarz-Arena gebrochen und entmutigt verlassen, ehe der erste Ton erklang.

Iggy löst sich aus der Menge und strebt einem Torbogen auf der linken Tribünenseite zu, durch den nur vereinzelt Wesen kommen und gehen. Flackernder Feuerschein weist ihm den Weg über eine Flucht unregelmäßiger Stufen hinab in die Gewölbe. Ihm ist unbehaglich zumute: Ein echter Waldbewohner läuft nicht gerne über Stufen oder durch künstlich geschaffenes Gemäuer. Es ist einfach nicht richtig. Vernünftig konstruierte

Baumhäuser sind in Ordnung, so was hier aber nicht. Andererseits macht das aber auch den Reiz dieses Ortes aus. Forest Doom eben: Ein wenig psychische und emotionale Gewalt gehören einfach dazu.

Am Fuß der Treppen angekommen, schlägt ihm eine Wand aus Hitze, scharfen Gerüchen, Musik und Geplapper entgegen. Es herrscht ein unruhiges Gewimmel von Wesen, die sich in unterschiedlichster Weise auf den Contest vorbereiten. Mit langsamen Schritten, unruhig lauernd, bewegt er sich durch das Treiben und späht suchend umher.

Wie immer bei Rocking the Forest blickt er in eine Unmenge ihm unbekannter Gesichter. Das Besondere am Wettbewerb ist die Chancengleichheit, die er bietet: Antreten kann jeder, und allein die Sympathie des Publikums bringt die teilnehmenden Bands in die dritte Runde, nach der die »Goldene Dolde« und der mit ihr verbundene Ruhm winken.

Seit jeher folgt der Wettbewerb einem strengen Reglement. Strenges Reglement heißt nun aber nicht, dass es sich bei Rocking the Forest um eine minuziös durchgeplante, diszipliniert ablaufende Veranstaltung handelte. Ganz im Gegenteil, der Wettbewerb ist berüchtigt für sein aggressives Publikum, die unbarmherzige Härte, die die Zuschauer gegenüber den Teilnehmern an den Tag legen, und die anarchischen Züge, die den Ablauf bisweilen kennzeichnen.

Die erste Runde läuft gemeinhin unter der Überschrift »Forest Doom Symphonic«. Alle Teilnehmer betreten gleichzeitig die Bühne, was allein in Anbetracht der Massen von Wettbewerbern ein totales Chaos garantiert. Das Publikum ist zu diesem Zeitpunkt bereits vom sogenannten Zeremonienmeister in Stimmung gebracht worden und hat unter dessen Leitung den düsteren Forest-Doom-Klassiker »Der Weg nach unten« angestimmt. Dumpf und trotzig schiebt sich der

Gesang über die Große Stufe hinweg in die Nacht hinein und lässt den Wald um die Prasselfffarz-Arena erwartungsvoll verstummen. Die versammelten Bands nehmen sodann das Stück auf und jammen für eine Weile gemeinsam in einer gewaltigen Klangwolke. Eine Band nach der anderen ist nun aufgefordert, im Rahmen eines kurzen Solos einen eigenen Song sinnvoll in das Gesamtwerk einzufügen. Dies ist für alle Beteiligten, insbesondere aber natürlich für die jungen Neuzugänge, die Feuertaufe. Chancenlose Ensembles werden durch das Publikum gnadenlos ausgesondert (oder durch »besondere Maßnahmen« entfernt) und müssen unter Hohngeschrei die Bühne verlassen. Nur diejenigen Bands kommen in die zweite Runde, die erkennbar die Gnade des Publikums empfangen haben.

Diese zweite Runde ist unter der Spottbezeichnung »Das Leben ist ein Wunschkonzert« bekannt: Wieder sind alle verbliebenen Teilnehmer auf der Bühne versammelt. Diesmal eröffnet eine Band die Runde, aber mit einem ihrer eigenen Songs, bei dem sie eine Weile verweilen darf. Dieser muss dann zu einem bekannten Forest-Doom-Klassiker ihrer Wahl überleiten, den die nächste Band aufnimmt, wiederum in einen ihrer eigenen Songs überführt, zu einem weiteren bekannten Forest-Doom-Klassiker abwandelt und so den Ball ihrerseits weitergibt. Das Auswahlprinzip ist sodann wieder das bekannte: Das Publikum entscheidet, ob eine Band weiterkommt oder schmählich davongejagt wird, allein durch die Macht und die Majestät und die Herrlichkeit seines lautstarken Vernichtungswillens.

Dann folgt das große Finale in der dritten Runde: Eine verbliebene Band nach der anderen tritt vor und gibt ihren Finalsong zum Besten. Zum Schluss lässt der Zeremonienmeister abstimmen. Auf die unterlegenen Bands wird mit grausamer Freude Hohn und Verachtung ausgeschüttet, die alles übertreffen, was das Publikum in der Prasselfffarz-Arena sich bis dahin in bösartiger, verdrehter Kreativität ausgedacht hat. Den Sieger aber erwarten Ovationen, die den Wald über viele Meilen hinweg zum Beben bringen. Nicht selten sind zu diesem Zeitpunkt bereits gewalttätige Unruhen in der Arena ausgebrochen, die erahnen lassen, weshalb die Prasselfffarz-Arena aus Stein erbaut wurde.

Iggy entdeckt die Band in einer rückwärtigen Ecke der Katakomben. Sie haben es genau richtig gemacht und sich einen Platz gesucht, der im größtmöglichen toten Winkel zu den *Tunneln der Totgesagten* liegt und dadurch vor den Schmährufen der hereinströmenden Zuschauer weitestgehend abgeschirmt ist. Nur hin und wieder erspäht ein Konzertbesucher die *Müützel Monotones* und versucht, mit einer scharf geschliffenen und geschickt geworfenen Beleidigung die zartbesaiteten Musiker zu treffen, doch die Worte bleiben meist in der Wand aus Musik und Gesprächen stecken, die sich dazwischen erhebt.

Bapf, Johnny-Bo und Sichssss-P schauen mit leuchtenden Augen auf, als der Wolfmorf zu ihnen tritt.

»Hey, da bist du ja!«, raschelt Johnny-Bo und ordnet das um ihn herum aufgebaute Schlagwerk mit nervösen Bewegungen um. An der etwas willkürlich wirkenden Systematik erkennt Iggy, dass der Wilde Weberknecht sein Schlagzeug schon so einige Male umgeordnet haben muss. »Wo bist du gewesen? Wir haben uns Sorgen gemacht!«

Iggy seufzt. Er ist felsenfest davon überzeugt, dass er von folgendem Sachverhalt unbedingt ausgehen kann: dass nämlich a) Gunnar und seine Glockenbolde über den Vorfall mit den Kriechspinnen bestens informiert sind und b) die Tatsache, dass sie diese Information vor seinem Umfeld geheim halten, Teil irgendeines Planes ist, in den er c) zu gegebener Zeit oder d) nicht eingeweiht werden wird, wobei e) die Elemente c) und d) im völlig willkürlich ausgeübten Ermessen der Glockenbolde liegen. Als Addendum f) hält er es für möglich bzw. g) wahrscheinlich, dass Blubb ebenfalls dahintersteckt. Seine Intuition sagt ihm schließlich, dass h) irgendeine müützelsche Gesetzmäßigkeit sein Mitwirken bei der Ausführung dieses Plans erfordert. Er hasst müützelsche Gesetzmäßigkeiten. Es gibt zu viele davon. Und nur wenige davon bedeuten jemals irgendetwas Gutes.

»Ja, mir ist etwas dazwischengekommen. Tut mir leid«, erklärt er gedehnt. »Aber Blubb hat mir schon erzählt, dass ihr zusammen geprobt habt.«

»Ja«, brummt Bapf mit seiner tiefen, rollenden Stimme, »er hat uns echt viel gezeigt! Da waren ein paar richtig gute Sachen dabei, die müssen wir dir unbedingt noch …«

»Nicht nötig«, unterbricht ihn Iggy schnell, »Blubb hat mir bereits alles Wichtige berichtet. Aber ich muss euch etwas sagen, kommt mal zusammen!«

Nachdem sich die Band um ihn herum versammelt hat, schlingt er seinen Schwanz um sich und verschränkt die Schaufelpfoten. Während er mit funkelnden Augen langsam und schweigend von einem zum anderen blickt, zuckt seine Schnauze fast unmerklich und verrät seine Erregung.

Es war immer eines seiner herausragenden Talente gewesen, andere Musiker im richtigen Moment mit seiner Leidenschaft und Energie anzustecken und zu begeistern. Das heißt, sofern er nicht die Leidenschaften und Energien anderer Musiker in einem cholerischen Feuersturm in Flammen aufgehen und nur eine tote Aschewüste der Lethargie und der Mutlosigkeit zurückließ.

Als er endlich zu sprechen beginnt, hängt die Band gespannt

an seinen Lippen. Keiner von ihnen achtet mehr auf das allgemeine Tohuwabohu der Katakomben.

»Wir werden heute Abend bei Rocking the Forest auftreten«, beginnt er langsam und mit einem elektrisierenden Zittern in der Stimme, »aber dieser Auftritt wird anders sein als jeder, den wir bisher zu bestehen hatten.«

»Was …«, beginnt Sichssss-P, aber Iggy gebietet ihr mit einer Bewegung seiner Pfote zu schweigen.

»Heute steht für uns mehr auf dem Spiel als Ruhm, Ehre, unser Ruf oder gar die ›Goldene Dolde‹. Heute, *Müützel Monotones*, geht es auch nicht nur um Forest Doom. Es geht darum, ob wir morgen früh wieder die Sonne der Kultur hinter den Gipfeln des Krazznuuf-Massivs aufgehen sehen oder ob wir blind in die Finsternis eines neuen, schwarzen Zeitalters ohne Geschmack, Relevanz und musikalische Stringenz taumeln werden. Heute bin ich im Namen des Tiefen Morfs unterwegs. Wenn ihr die Bühne der Prasselfffarz-Arena betretet, dann solltet ihr das im Namen dessen tun, was euch heilig ist. Heute werden wir nicht mehr proben. Die Zeit des Probens ist vorbei. Heute werden wir Forest Doom spielen, wie wir ihn noch nie gespielt haben, oder wir werden ihn nie wieder spielen.«

Erschöpft hält er inne. Das war selbst für iggywolfmörfische Verhältnisse ziemlich dramatisch. Wieder blickt er prüfend von einem zum anderen. Die Gesichter seiner Bandkollegen sind wie in Stein gehauen.

Er rümpft irritiert umher: »Wollt ihr mir also auf diesem schweren Weg folgen?«

»Natürlich, Iggy«, antwortet Bapf ernst, stellvertretend für alle, »entweder blicken wir morgen gemeinsam mit dir ins Licht, oder die Baumriesen des Waldes sollen über uns zusammenstürzen.«

Iggy nickt zufrieden. »Gut. Dann lasst uns uns ein wenig sammeln. Es geht bald los.«

Mit einem Ächzen rückt er ein Stück von der Gruppe ab, kauert sich wieder auf dem Steinboden zusammen und schließt die Augen.

Ein kleiner Vogel, der langsam krächzend vorbeizieht. Die Sonne wärmt und durchdringt stetig jede Faser des Körpers.

Bapf blickt Sichssss-P und Johnny-Bo an. Er verdreht die Augen. Die Mondwespe und der Wilde Weberknecht nicken zustimmend. Johnny-Bo will etwas sagen, aber der leichte Schlag eines Mondwespenflügels bringt ihn zum Schweigen. Ein Grunzen ist zu hören, das ein unterdrücktes Kichern sein könnte.

Der Weg nach oben

Zuerst ist es nur ein dumpfes Raunen, das sich dicht unter der Decke der Katakomben zwischen die flackernden Schatten schiebt. Für eine Weile verharrt es dort und wartet, bis sich die *Tunnel der Totgesagten* weiter geleert haben und die letzten Zuschauer eilig der Tribüne entgegeneilen. Dann dehnt es sich zufrieden aus und sinkt schwer auf die Musiker hinab. Es vollzieht dabei eine Verwandlung und wird zu tiefem Gesang, aus dem sich nach und nach eine Melodie und darüber Worte schälen. Der Gesang umfängt die Musiker mit würgenden Armen, schnürt ihnen die Luft ab, lässt Herzen schneller klopfen und Schweißdrüsen sich öffnen. Schließlich ist er für alle klar erkennbar: Das Publikum singt »Der Weg nach unten«.

Der Song ist einer der ganz frühen Klassiker des Forest Doom. Komposition, Text und Vortragsweise sind in jeder Hinsicht nicht nur als exemplarisch, sondern als zeitlos anzusehen. Der Text mag allerdings auch deswegen zeitlos sein, weil kaum ein Wesen ihn je wirklich komplett verstanden hat. Es wurden schon verlustreiche Kriege um die korrekte Interpretation dieses lyrischen Forest-Doom-Ungeheuers geführt, aber keiner dieser Kriege ist je gewonnen worden – weder buchstäblich noch metaphorisch. Das Einzige, worauf man sich in den vielen Jahren seit der Entstehung des Forest Doom wirklich einigen konnte, ist, dass es sich dabei um, nun ja, einen Weg nach unten handelt: um Versagen, Verlust, Scheitern und im Endeffekt um Einsamkeit, Tod und endgültige Hoffnungslosigkeit. Und niemand kann diese schönen Aussichten so überzeugend und lustvoll grimmig mit einem schwarzen Pinsel auf den gleichermaßen schwarzen Nachthimmel über der Prasselfffarz-Arena malen wie das Publikum bei Rocking the Forest.

Iggy hat das Auftaktsignal zum Beginn des Wettbewerbs schon viele Male gehört, als kleiner Morf an der Pfote seines Vaters ebenso wie als nervös schwitzender Teilnehmer im muffigen Dunkel der Gewölbe. Aber noch immer erfüllt der aufschwellende Gesang von den Rängen ihn mit Grauen.

In den Katakomben ist es ruhig geworden. Alle Augen sind auf einen dunklen Torbogen gerichtet, der sich an der der Bühne zugewandten Rückwand der Gewölbe auftut. Verabredungen zum Ablauf sind jetzt nicht mehr nötig. Sobald der Gesang so laut geworden ist, dass man den Text zweifelsfrei verstehen kann, setzt sich die Menge der Wettbewerbsteilnehmer in Bewegung und beginnt, in den dunklen Gang einzuströmen, der zur Bühne der Prasselfffarz-Arena hinaufführt.

Der Aufgang zur Bühne ist stockdunkel, und der Geruch von Stein und Moder vermischt sich mit dem der Musiker, die sich dicht an dicht durch den engen Gang drängen. Es gibt keine

Ordnung, nur nervöses Geschiebe, und vereinzelte Schlag- und Trittgeräusche treffen dumpf auf das aggressive Schweigen. In engen Windungen schraubt sich der Gang nach oben, dann wird der Ausgang sichtbar: Roter Feuerschein lässt in der Schwärze ein Oval aufleuchten, dem die Musiker entgegengedrückt werden.

Je näher der Ausgang kommt, desto hektischer und wütender wird das Geknuffe und Gegrolle, und dann erbricht das Felsentor nach und nach die Menge der Wesen auf die von Feuerschein erleuchtete Bühne.

Der Aufstieg hat nicht lange gedauert, dennoch blinzelt Iggy zunächst ein wenig orientierungslos in das helle Licht, als er von der Menge auf eine Seite der Bühne geschoben wird. Er vergewissert sich, dass die *Müützel Monotones* noch immer hinter ihm hertrotten, dann wendet er sich der Tribüne zu.

In breiten Stufen steigt das weite Halbrund vor ihm empor. Aus übermorfhohen Quadern ist es zusammengesetzt, und Iggy kann sich kein ihm bekanntes Wesen vorstellen, das in der Lage wäre, solches Baumaterial zu bewegen, geschweige denn ein solch monströses Bauwerk daraus zu errichten. Wie immer, wenn er die Prasselfffarz-Arena erblickt, schwankt er zwischen Abscheu, Bewunderung, Faszination und Vorfreude. Wo sich dicke Moosteppiche an sie klammern, überzieht ein grüner Schimmer die Quader. Die Spitzen hoher Nadelbäume erheben sich hinter den Rängen schwarz in den sternenübersäten Nachthimmel.

Auf mittlerer Höhe der Zuschauertribüne sind entlang des Halbrundes große, flache steinerne Schalen angebracht, aus denen Flammen hoch in den Himmel schlagen und Ränge und Bühne erleuchten. Weitere Feuerschalen stehen auf dem Erdboden zwischen Zuschauerraum und Bühne, die als breiter, steinerner Riegel das Halbrund des Amphitheaters abschließt.

An ihrer Rückseite gähnt ohne Geländer oder Absperrung der Abgrund der »Großen Stufe«. In der Bühnenmitte erhebt sich ein niedriger Aufbau mit dem schwarz glotzenden Felsentor, hinter dem der Gang in die Katakomben hinabführt.

Auf den Rängen wogt eine brodelnde, lärmende Menge. Forest-Doom-Fans aus dem gesamten Müützelwald haben sich versammelt, und jede erdenkliche Wesenart ist unter ihnen vertreten: Gruppen schnatternder Iseltinke, deren bogenförmige Augen den Feuerschein hell reflektieren; Rotten von Müützel-Hörnchen, die sich traditionell einen Spaß daraus machen, frische Spritztannenzapfen in die Feuerschalen zu werfen, um sie in einem Funkennebel zerplatzen zu lassen; Blauspinnen, die zum Ärger der übrigen Zuschauer ihre Plätze mit Netzen umweben und darin ein hektisches Gewusel und Getrappel entfachen; Nester von Igelmeuschen, die sich zu pelzigen, behaglich brummenden Haufen zusammengefunden haben und geduldig und voller Vorfreude das Konzert erwarten; stets begeisterungsfähige Bemeisen, die immer auch ihren wimmelnden Nachwuchs mitbringen und diesen mühsam davon abhalten müssen, die wogenden Fantrupps zarter Blütlinge aufzuessen, die ihre bunten Blütenblätter mit wunderbar zauberhaften Oden an ihre Forest-Doom-Idole bemalt haben; züngelnde Schlangbrillen, dumpf tutende Nebelhorste, sechsflügelige Hottenmotten und dicke Felstern, die im Tiefflug versuchen, die Tannenzapfen der Müützel-Hörnchen zu stibitzen.

Die Wettbewerbsteilnehmer werden mit ohrenbetäubendem Lärm empfangen: Fangesänge, Beleidigungen (die wir hier auf gar keinen Fall wiedergeben können), Früchte und sonstige Wurfgeschosse aller Art prasseln von den Rängen auf sie hinab. Iggy ist von einer Knallsaateichel getroffen worden und muss in der Samenwolke husten, als er *Lila und die Letzten leisen Lurche* erblickt. Sie stehen auf der anderen Seite der Bühne, eingekeilt zwischen den Musikern der *Irren Ingos* und der *Prasselnden Rassel-Asseln*. Ihre Blicke treffen sich kurz, und er erhascht den Hauch eines Lächelns, ehe sich die Gestalt eines Banzars zwischen sie drängt, der eine riesenhafte Uga-Uga unter dem Arm trägt.

Noch einmal steigert sich das Toben und Brüllen, aber zugleich schiebt sich eine unangenehm näselnde Stimme in den Lärm und überwindet mühelos das akustische Hindernis.

»Guten Abend, meine sehr verehrten Wesen zu Lande, zu Wasser und in der Luft, und herzlich willkommen zum 237. Rocking the Forest Band Contest für Forest und Alternative Doom.«

Iggy runzelt die Stirn ob der Hinzufügung, aber ihm bleibt nicht viel Zeit, darüber nachzugrübeln. In der Mitte des untersten Ranges hat sich die Menge geöffnet und den Blick auf eine Art steinernen Thron freigegeben. Es ist schwer zu sagen, ob der große, rückwärtig mauerumfasste Aufbau mit der runden Fläche in der Mitte wirklich als Stuhl konzipiert war oder eigentlich anderen Zwecken dienen sollte. Nun räkelt sich darauf jedoch eine schwarze Gestalt, die das Treiben auf der Bühne mit durchdringendem Blick beobachtet. Von einem gedrungenen, schuppigen Schlangenkörper gehen vier lange, gefiederte Schlangenarme ab, mit denen das Geschöpf beständig elegant gestikuliert und mit dem Publikum in Verbindung steht. Der Torso endet in einer Art gespaltenem Fischschwanz, den es vor sich zusammengerollt hat; in zuckenden Bewegungen schlägt die Schwanzspitze gegen die Steinquader. Gekrönt wird der Schlangenkörper von einem flachen Kopf mit böse funkelnden Augen, aus dem ein stumpfer, aber gefährlich aussehender Schnabel ragt.

Der Zeremonienmeister Spekulatius P. Unk, seines Zeichens ein Kobrax von beträchtlichem Alter, regelt mit einem Wink seiner Arme das Gelärme der Wesenmenge ein wenig herunter und fährt genüsslich fort: »Meine sehr verehrten Wesen zu Lande, zu Wasser und in der Luft, wir haben heute wieder eine ganz exquisite Auswahl an Forest-Doom-Künstlern auf der altehrwürdigen Prasselfffarz-Bühne versammelt, und ich glaube, ich stimme mit euch allen überein, wenn ich sage, dass wir überaus begierig sind zu erfahren, welche Talente sich unter den hier Versammelten befinden. Aber«, und hier fließt ein grausames Schillern in den nölenden Stimmfluss ein, und eine äußerst wirkungsvolle Kunstpause lässt das Publikum in plötzlicher Anspannung aufseufzen, »wir wollen doch nicht, dass diejenigen, die hinter echtem Talent zurückstehen, allzu selbstgefällig von der Bühne treten?«

»NEIN!«, erschallt mit vielstimmigem Geschrei die Antwort.

»Ganz genau, meine lieben kunstsinnigen Freunde, echtes Talent muss belohnt werden, aber Demut und Bescheidenheit ziemt denjenigen, die sich nicht ausreichend bemüht haben. Und wollen wir diejenigen Demut und Bescheidenheit lehren, die sich nicht ausreichend bemüht haben?«

»JA!«, erschallt wieder die vielstimmige Antwort, noch lauter und noch wilder.

»Wollen wir sie lehren, dass sie nicht einfach so diese heiligen Steine betreten können, ohne sich zunächst darauf zu besinnen, dass man der Kultur an diesem Orte ehrfurchtsvolle Verehrung entgegenbringt?«

»JA!«

»Nein!«

»Was is' los?«

Spekulatius P. Unk weiß ganz genau, dass doppelte Verneinungen nicht unbedingt das sind, was das Publikum zu gemeinschaftlicher Raserei aufstachelt. Aber ungerührt und mit grandioser Arroganz bedeutet er ihm zu schweigen. Er kennt sein Publikum, badet sich in dessen Verehrung und Folgsamkeit, die es ihm, der Verkörperung des Festivals und des Forest Doom überhaupt, entgegenbringt. Es muss ihn überhaupt nicht verstehen. Es muss ihm nur Folge leisten. Und genau dafür wird er sorgen.

Deshalb donnert er mit plötzlicher, unerwarteter Kraft in seiner Stimme den erzitternden Musikern auf der Bühne der Prasselfffarz-Arena seinen schwarzen Fluch entgegen: »Gelobt ihr also, diejenigen hart und unnachgiebig zu bestrafen, die sich nicht ausreichend bemüht haben?«

»JA, JA, JA!«

»Werdet ihr sie WIE LIBELLENPOPPER von der Bühne jagen, damit sie sich bei denen verkriechen, deren Musik vielleicht besser zu ihnen passt?«

»JAAAAAAAAA!«

»DANN LASST DAS FESTIVAL BEGINNEN!«

Forest Doom Symphonic

Mit einer Geste, die ein Befehl ist, gebietet Spekulatius P. Unk der Menge zu singen, und wie ein Wesen brandet aus vielen Kehlen »Der Weg nach unten« auf. Die Musiker auf der Bühne haben beim ersten Ton ihre Instrumente erhoben und stimmen ein.

Eine düstere Klangwolke erhebt sich aus dem Halbrund der Arena. Wie der von der eigenen Lava erleuchtete Rauchpilz eines ausbrechenden Vulkans steigt sie auf und gleitet über die »Große Stufe« hinweg über den nächtlichen Müützelwald. Vorüberhuschenden Wesen muss es scheinen, als verdunkelten sich durch das Grollen die Sterne, und im weiten Umkreis um die Prasselfffarz-Arena bedeuten Eltern ihren Jungen, sich doch bis zum Morgen besser in ihren Erdhöhlen, Netzen oder Blattrollen in Sicherheit zu bringen.

Iggy wird diesen ersten Teil des Festivals nutzen, um die *Müützel Monotones* musikalisch und emotional erst einmal wieder in ruhiges Fahrwasser zu führen. Das hier ist guter Forest-Doom-Standard. Bapf, Johnny-Bo und Sichssss-P haben zwar nicht seine Festivalerfahrung, aber auch sie nehmen nicht zum ersten Mal an Rocking the Forest teil und wissen, dass die erste Runde, »Forest Doom Symphonic«, das große Sieb ist, mit dem man sich zunächst der unerwünschten musikalischen Fremdkörper entledigt.

Und da trifft es gleich schon die erste Newcomerband: Iggy hat im Vorfeld aufschnappen können, dass *Enzo und die Enziane (was für ein be-klopp-ter Name, Alter)* als einer der Geheimtipps des Festivals gehandelt worden sind, aber Rocking the Forest funktioniert eben nach ganz eigenen Regeln, bei denen die Einschätzungen der Buchmacher nicht die wichtigste Rolle spielen. Und so erhebt sich schon nach wenigen Takten ihres ambitionierten Solos Hohngeheul, eine unbarmherzige Beerenkanonade prasselt auf die *Enziane* herab, und die vier Tüwawas werden in den Torweg zu den Katakomben geradezu hineingesteinigt.

Iggy hat seine Jungs auf diese Runde genauestens vorbereitet. Auf sein Zeichen hin werden sie von »Der Weg nach unten« zu ihrem eigenen Titel »Smoking The Leaf« überleiten, ein paar Minuten daran arbeiten und dann wieder an den Hauptsong abgeben. Sie werden dabei keinerlei Anweisungen des Zeremonienmeisters erhalten, es kommt vielmehr auf das richtige Timing an, mit dem sie den Faden selbstbewusst aufnehmen und weiterspinnen müssen. Eine Unklarheit bei der Abnahme oder eine Unstimmigkeit mit einer anderen Band, die an dieser Stelle ebenfalls aufgreifen will, wird mit dem sofortigen Ausschluss bestraft.

Zack!, und wieder hat es eine Band erwischt, dieses Mal keine Newcomer, sondern, welch Überraschung!, *Die Dunklen Prinzen des Waldbodens*! Iggy ist zwar weiß der Tiefe Morf kein Freund der *Prinzen* mit ihrem angepassten, stromlinienförmigen Gejaule, aber immerhin sind sie Rocking-the-Forest-Preisträger und haben in der Szene ein gesichertes Standing. Aber der Zeremonienmeister erweist sich als gewohnt stilsicher: Anstatt sie der rüden Lynchjustiz des fanatisierten Publikums zu überlassen, greift Spekulatius P. Unk zu einem wesentlich eleganteren Mittel: Als *Die Dunklen Prinzen des Waldbodens* noch in einem letzten verzweifelten Aufbäumen versuchen, ihr Solo zu retten, erhebt sich unter den Festivalbesuchern ein Raunen: Dunkle Schatten steigen aus dem Zuschauerraum auf und rasen mit kräftigen Flügelschlägen auf die Bühne zu. Die Kobraxe kommen! Spekulatius hat seine eigene Brut beschworen, um die musikalischen Übeltäter zu bestrafen, um die Frevler am Forest Doom von der Bühne, seiner Bühne, entfernen zu lassen. Unter erbarmungswürdigem Geschrei werden die *Prinzen* gepackt, in die Höhe gezerrt und samt Instrumenten fortgetragen. Ein Schaudern geht durch Zuschauer und Musiker, als die schwarzen Gestalten unter heiserem Krächzen über die »Große Stufe« hinwegfliegen und vor einem fahlen Mond in die Nacht verschwinden.

- - - - - - - - - - -

Hm? Ja, ich weiß, ein wenig abgeschmackt. Aber warum dramaturgische Kunstgriffe schon in die Vitrine der überlebten Traditionen stellen, wenn sie doch noch zu etwas taugen? Geben Sie's zu, schwarze, geflügelte Dämonenwesen vor der Kulisse eines großen, winterlichen Mondes, da verspüren Sie doch auch diesen wohligen Schauer, nicht wahr? Schauen Sie, ich möchte

Sie an dieser Stelle ausnahmsweise dazu ermutigen, Ihrem Bedürfnis nach Vertrautheit und Geborgenheit ein wenig Raum zu geben. Manchmal ist das nämlich für Sie als Leser auch gut, verstehen Sie? Hier kommt nämlich wieder ins Spiel, dass ich für Sie mittlerweile eine gewisse schriftstellerische Verantwortung mit einer immer stärkeren emotionalen Note verspüre. Unterhalten Sie sich mit Ihren Freunden über dieses Buch, erregen Sie sich affektiert über eine Geschichte, die eine so putzige Waldszenerie vor Ihren Augen entfaltet und unverhohlen mit Klischees spielt. Aber erlauben Sie es sich dann nach dem Ende der Party, unter ihrer Bettdecke mit leuchtenden Augen und einer Taschenlampe, mit einem Glas Milch und Keksen noch ein wenig zu schmökern. Ich erzähle es auch nicht weiter, versprochen.

- - - - - - - - - - -

Iggy hat dem Schauspiel kalt zugesehen. Er wird sich heute nicht von diesen Poltergeistern hinwegtragen lassen. Nein, nicht heute. Er ist bis aufs Äußerste fokussiert, er weiß, einen der nächsten Ausgänge zum Solo müssen die *Müützel Monotones* nehmen.

Der Wettkampf geht weiter, eine Band nach der anderen tritt auf dem gemeinsamen »Weg nach unten« aus der Klangwolke hervor, manche rutschen auf ihm aus, manche gehen ihn unsicheren Schrittes, andere wiederum stürmen auf ihm siegessicher dahin: Die *Zusammenstürzenden Baumriesen* zum Beispiel, aber auch *Las and the Forest Five*, beide Iggys gefürchtetste Konkurrenten. *Lila und die Letzten leisen Lurche* stolpern fast, und das Johlen der Menge droht schon über ihnen zusammenzuschlagen, aber dann fangen sie sich, stützen sich gegenseitig und bringen ihr Solo tapfer zu Ende. Gemäß den Regeln des Hauptfestivals müssen sie zwar Forest Doom spielen, aber was »rein« ist, bestimmt bei Rocking the Forest eben das Publikum: Und so akzeptiert es bei den *Lurchen* möglichst wenig Folk und möglichst viel Doom, denn es will diese bezaubernde

Mörfin mit ihren talentierten Begleitern noch weiter spielen sehen.

Als Iggy und seine *Müützel Monotones* an der Reihe sind, ist seine Konzentration geradlinig wie eine gespannte Saite: Routiniert lenkt er die Band in das Solo und überrennt dabei kalt die *Irren Ingos*, die gerade so viel zu spät kommen, um von wütenden Blauspinnen mit Netzen eingefangen und abtransportiert zu werden. Er spürt die Nervosität seiner Jungs, holt sie jedoch gleich an seine Seite und bestimmt mit geübter Geste ihr Spiel. Ihr Auftritt ist eine Lehrstunde des klassischen Forest Doom – Doom, wie er sein muss und schon immer war. Nach wenigen Minuten lenkt er sie wieder auf die vertrauten Pfade des »Weges nach unten« und geht mit ihnen in die Wolke ein.

Erleichtert atmet er auf. Im Großen und Ganzen könnte er zufrieden sein, aber die Reaktion des Publikums ist ihm nicht entgangen: Jubel, Begeisterung, ja. Trotzdem meint er auch eine Spur Langeweile verspürt zu haben, und das bereitet ihm Sorgen. Das Rocking-the-Forest-Publikum ist schnell gelangweilt – und lässt sich dann gerne durch eine Horde angriffslustiger Kobraxe ablenken und unterhalten.

Und noch etwas anderes erfüllt ihn mit Unbehagen: *Die Letzten leisen Lurche* waren nicht die einzige Band, die keinen klassischen Forest Doom gespielt haben. Zwar gibt es auch in diesem Genre diverse Spielarten, so dass sich auch hier die Müützelwälder mit ihrer Vorliebe für musikalische Dispute so richtig austoben können. Aber das war es nicht. Was Iggy wirklich mit Befremden erfüllt, ist, dass einige der Bands, die nicht von der Bühne gejagt wurden, unbeanstandet wirklich fremde Elemente in ihr Spiel eingebracht haben: Anklänge von gutgelauntem Zeug, süßliche Melodien, eingängige Rhythmen, ja, es war sogar Tanzbares dabei! Tanzbares!

»Forest Doom Symphonic« neigt sich dem Ende zu, die

düstere Klangwolke quillt noch einmal hoch empor, um bald in sich zusammenzusinken. Iggy denkt daran, was Blubb und Gunnar ihm erzählt haben, und eine leichte Übelkeit überkommt ihn, als die Klangwolke im Winde verweht.

Das Leben ist ein Wunschkonzert

Ein aufgeregtes Brausen liegt über der Wesenmenge, während die Musiker ihre Instrumente stimmen, tief Atem holen oder sich zusammenkauern, um kurz auszuruhen.

Iggy mustert die Band prüfend. Sie sind aufgeregt, aber es geht ihnen gut. Die souverän gemeisterte erste Runde hat einen kindlichen Optimismus in ihnen entfacht, doch er weiß, dass es ein gefährlicher Optimismus ist: Er ist von der Art, dass er, wenn alles gut läuft, zu Höchstleistungen antreiben, sich aber schon bei geringen Schwierigkeiten schnell in Unsicherheit und Mutlosigkeit verwandeln kann.

Aber ihm bleibt nicht viel Zeit, darüber nachzudenken, denn schon deutet ein wellenartiges Grollen von den Rängen an, dass es Zeit für die zweite Runde ist: Spekulatius P. Unk hat sich von seinem Sitz erhoben und lässt seine schwarzen, bösen Augen langsam über die Teilnehmer schweifen. Das Grollen verstummt, mit Spannung erwartet das Publikum die Entscheidung des Zeremonienmeisters, wer die Runde eröffnen wird. Die Musiker haben sich auf den Steinboden gesetzt und warten.

Ein gefiederter Schlangenarm zuckt nach vorne, das Publikum heult auf, als die näselnde Stimme des Zeremonienmeisters das Urteil spricht: »*Steinflaum*! *Steinflaum* werden die zweite Runde eröffnen!«

Unter Jubel und Hohngeschrei erheben sich aus der Menge

der Musiker sechs junge Oppanatas. Ihre krebsroten, viergliedrigen Insektenkörper mit den blattförmigen, grünen Armen und Doppelköpfen schillern im Feuerschein, als sie gemeinsam ihr einziges Instrument ansetzen: eine Unklata, ein kreisrundes Rohr, das, von mehreren Musikern gespielt, zugleich Töne und Percussiongeräusche hervorbringt, aber auch Gesang verstärken kann.

Steinflaum sind schon lange im Geschäft und gehören zum Forest Doom wie ein gut eingelegenes Moosbett zu einem ordentlichen Baumhaus: Es fühlt sich vertraut an, doch ihm fehlt der aufregende Duft frisch gesammelter Moosfladen. *Steinflaum* haben schon diverse Male an Rocking the Forest teilgenommen, haben es auch schon einige Male in die Endrunde geschafft, aber noch nie die »Goldene Dolde« erringen können. Spekulatius P. Unk hat damit (was Iggy hämisch zur Kenntnis nimmt) eine eher konservative Wahl getroffen: Mit *Steinflaum* macht man zu Beginn der zweiten Runde nichts falsch, aber Sportsgeist sieht anders aus.

Steinflaum legen mit »Ertrinkende Fische« eine grundsolide Show hin. Das Publikum reagiert wohlwollend, aber nicht enthusiastisch und gerade so, dass es ihnen den Einzug in die Endrunde ermöglicht. Man merkt den Oppanatas die Erleichterung nicht an, als sie von »Ertrinkende Fische« zum Forest-Doom-Klassiker »Grrrrraum!« überleiten und ihn regelwidrig ein wenig zu lange bearbeiten, bis die Musiker von *Knastameisen* mutig übernehmen. Es vergehen drei Durchgänge mit eher unterdurchschnittlichen Bands (die *Knastameisen* und *Zertrampelte Vergissmeinnicht* gehen schmählich unter, *Musikalische Grütze* kommen weiter), bis Iggy sich plötzlich aufrichtet: Mit einem beherzten Solo haben *Lila und die Letzten leisen Lurche* die Initiative ergriffen und sich bei »Von Ästen durchbohrt« eingeschaltet.

Er schluckt. »Von Ästen durchbohrt« ist eine schwierige Nummer: sehr schnell, sehr hart. Hier wird es Lila mit Charme und möglichst wenig Folk Doom schwerhaben. Er kauert fern von ihr auf der anderen Seite der Bühne, verfolgt aber ihren Auftritt und die Reaktionen des Publikums mit peitschendem Schwanz und brennenden Augen. Zunächst genießen die *Lurche* noch die Sympathie des Publikums: Sprechchöre und Gesänge rollen von einem Ende der Tribüne zum anderen und übertönen die Schmählieder, die vor allem aus dem Lager der echten Doom-Anhänger kommen, von Lochbeißern aus dem Dunkelbruch fern jenseits des Maulebachs oder von den Groppen-Horden, den treuesten Anhängern des Mountain Doom, die unter den Klängen der *Lurche* beginnen, erste kleine Quader aus der Tribüne zu reißen.

Gespannt verfolgt Iggy den Auftritt und das Treiben auf den Rängen, leidet sichtlich mit. Seine Schaufelpfoten spielen jedes Solo mit, seine Schnauze formt Lilas Gesang nach, wild boxt er in die Luft, wenn ein Übergang, ein Lauf, ein Rhythmus nicht so gelingt, wie er es erhofft hat. Dann nähern sich die *Lurche* der Bridge. Geschickt führt Lila vom eigenen zum nächsten Song hin, alle warten gespannt, aber Iggy spürt vor allen anderen, was kommen wird.

Braves Mädchen!, denkt er grimmig, als sie die ersten Schläge von »Stirb, Groppzeug!« anspielen, eine richtig straighte, einfache Nummer, aber zugleich auch eine wirklich clevere Beleidigung ihrer Widersacher im Publikum.

Jetzt kann nichts mehr schiefgehen, denkt er dankbar und sinkt schon erschöpft in sich zusammen, als sich plötzlich ein hässliches Geräusch wie ein Messer in seine Ohren bohrt. Panisch blickt er hinüber, aber er weiß schon, was passiert ist: Einer der *Lurche* hat nicht aufgepasst und bei der letzten möglichen Gelegenheit falsch eingesetzt. Ohnmächtig muss er zusehen, wie Lila mit angstgesträubtem Fell verzweifelt versucht, die Band zusammenzuhalten. Präzise wie ein Uhrwerk dirigiert sie ihre Jungs, während sie mit einem letzten Gesangssolo versucht, den Fehler zu überdecken. Aber es ist zu spät: Die Band ist hoffnungslos auseinander, Lila schleppt sie mühsam hinter sich her, wartet darauf, dass die nächste Band übernehmen und sie erlösen wird, aber das Erschrecken der *Lurche* lässt die Mitbewerber zögern.

Aus den Augenwinkeln sieht Iggy sie kommen: Schwarze Schatten lösen sich wieder von dem weiten Rund. Er wendet seine Augen ab, hört aber noch hartes Flügelschlagen und Lilas hellen Schrei, dann übernehmen die *Schlammsingers* und führen »Stirb, Groppzeug!« souverän fort.

Von den nächsten Durchgängen bekommt er kaum etwas mit. Hin und wieder spürt er ein schüchternes Zupfen. Bapf, Johnny-Bo und Sichssss-P versuchen nervös, ihn aus seiner Lethargie zu reißen. Er zuckt zusammen, als eine leise, scharfe Stimme an sein Ohr dringt: »Wir müssen uns bereitmachen!«, zischt die Mondwespe. »Es sind nur noch wenige Teilnehmer übrig!«

Er nickt, richtet sich auf, schaut finster umher.

»Du hast recht«, raunt er. »Gehen wir es an.«

Er sammelt sich nur kurz, wartet zwei Durchgänge ab, dann gibt er den *Müützel Monotones* das Zeichen. Entschlossen übernimmt er »Geronnener Blutmond« von den *Totgezupften Schmetterlingen* (Iggy hasst die *Totgezupften Schmetterlinge*. Was soll man schon groß erwarten, wenn man unerfahrene Jungspunde Forest Doom spielen lässt. Aber geschafft haben sie es trotzdem. Leider.) und befördert gleichzeitig die *Mageren Mulme* ins musikalische Nirwana.

An »What Is Wrong With Tossing Trees« haben sie lange gearbeitet, und Iggy ist stolz auf diesen Song. Was hat er daran gefeilt, hat alles hineingesteckt, was er über Forest Doom weiß. Es ist ein Meisterwerk, ein echter Forest-Doom-Song, düster, pumpend, drängend, zugleich aber rein wie eine der großen Perlen, die manchmal den Weg vom fernen Ozean in den Müützelwald finden. Zunächst geht alles gut, die *Monotones* spielen mit allem, was sie aufbieten können: Wie besessen stürzen sich Bapf, Johnny-Bo und Sichssss-P in das düstere Wüten. Bapf, bisher immer Iggys Sorgenkind bei dem Song, lässt seine Gitana in feinen Farben flirren, dass es Iggy warm vor Stolz wird. Es ist ein richtig guter Auftritt, und er sonnt sich in dem lärmenden Jubel, als er den Song zurück zum Intro führt, ein provokanter Kniff, den er sich extra für »What Is Wrong With Tossing Trees« ausgedacht hat. Frohgemut schwenkt er in das Motiv des Intros ein, als seine Konzentration durch seltsame Rhythmen unterbrochen wird. Er kann ein Aufstöhnen nicht unterdrücken.

Du kleiner, wässriger Scheißkerl!, brüllt er innerlich. Brav haben seine Jungs angefangen umzusetzen, was ihnen der Pfützengnom in der gestrigen Probe, unter Iggys Zähneknirschen, begonnen hatte einzutrichtern. Er hatte es völlig vergessen: diese verschwurbelten Konzepte, diese seltsamen neuen Verbindungen von Forest Doom mit allen möglichen abseitigen Einflüssen! Die *Müützel Monotones* waren so begeistert wie völlig überfordert, aber Iggy hatte es Blubb versprochen, nur um dann hilflos mit ansehen zu müssen, wie sie mit den neuen Ideen gnadenlos scheiterten.

Darauf ist er nicht vorbereitet: Verzweifelt macht er gute Miene zum bösen Spiel, beobachtet, wie die Band tapfer mit den neuartigen Elementen spielt, aber es will einfach nicht recht gelingen. Das imposante Forest-Doom-Bauwerk, das er soeben gemeinsam mit ihnen errichtet hat, bricht vor seinen Augen in sich zusammen. Die Band merkt es nur noch nicht, stümpert eifrig mit viel zu großen Werkzeugen daran herum.

Iggys feine Ohren registrieren schon die Reaktionen der Zuhörer: Gelächter und Geschimpfe sind zu hören, Unruhe macht sich bei den ihm sonst so treuen Groppen breit.

Schließlich entschließt er sich, die Reißleine zu ziehen: Mit einem prächtigen Forest-Doom-Schrei schraubt er seine Stimme zu einem improvisierten Solo in die Höhe, immer schriller, immer durchdringender peitscht er die *Müützel Monotones* hinter einen musikalischen Zaun, den er eilends um sie errichtet, zwingt sie zurück zur alten Form und gleichzeitig schneller als geplant zu den Schlussriffs. Sie können nicht anders, spüren den Zorn ihres Mentors, fügen sich. Mit harten Schlägen zerhackt er die Bäume in »What Is Wrong With Tossing Trees« zu Kleinholz, klaubt sich ein paar Scheite heraus, und mit groben Werkzeugen, die er der Band rüde entwindet, verarbeitet er die Reste des Songs zum Klassiker »Baumhaus Down«, ehe ein Überraschungs-Act des Abends, *Autsch!*, übernimmt und ihn gewitzt weiterentwickelt.

Erschöpft lässt der Wolfmorf sich zurückfallen. Gerade noch mal gutgegangen. Böse funkelt er die *Monotones* an, aber die weichen seinem Blick betreten aus. Es wird eine harte dritte Runde werden.

Rauschhaftes Finale

»Meine lieben Freunde zu Lande, zu Wasser und in der Luft«, schiebt sich Spekulatius P. Unks Stimme durch das Brausen der Menge, »Freunde und Förderer des Forest Doom, und wieder haben wir uns von einer exquisiten Auswahl der Besten ihres Faches hinreißen und entzücken lassen. Aber es war bisweilen auch ein steiniger Weg, nicht wahr? Haben wir nicht auf diesem ›Weg nach unten‹ auch viel erdulden müssen?«

»JA!«, donnert das Publikum.

»Ich würde sogar so weit gehen zu sagen, dass weitere Enttäuschungen wahrlich schwer zu ertragen wären, meint ihr nicht auch?«

»JA!«, rast das Publikum.

»Und meint ihr nicht auch, dass sich von nun an jeder hüten sollte, unsere strapazierten Nerven durch unbedachte Schlampereien noch weiter zu strapazieren?«

»JA, JA, JA!«

»Dann lasst uns nun diejenigen hören, die unserem Zorn bisher entgangen sind. LASST NUN ROCKING THE FOREST WIRKLICH BEGINNEN!«

Eine ohrenbetäubende Lawine des Geschreis donnert auf die Bühne nieder. Diese hat sich inzwischen deutlich geleert. *Last bands standing* sind außer den *Müützel Monotones*:

Zunächst – wenig überraschend – *Las and the Forest Five*: Hochmütig blicken sie umher, und finster registriert Iggy ihre Siegesgewissheit.

Steinflaum sind auch dabei, aber das war ja angesichts der Bandhistorie auch nicht weiter überraschend. Auf sie würde er sein Baumhaus deshalb nicht verwetten.

Musikalische Grütze dürfen ebenfalls noch mal in den Ring treten und sind bereit, weitere musikalische Grütze auf dieser schönen Bühne zu verreiben.

Die *Totgezupften Schmetterlinge* stehen direkt neben den *Müützel Monotones*, schauen dümmlich aus der Wäsche und haben offenbar nicht die geringste Vorstellung von dem Martyrium, das ihre Niederlage mit sich bringen würde.

Dass es die Giganten der *Prasselnden Rassel-Asseln* schaffen würden, war ebenfalls klar, dafür wurden die *Zusammenstürzenden Baumriesen* ihren eigenen hohen Ansprüchen nicht gerecht und sind draußen.

Anerkennend betrachtet Iggy die Musiker von *Autsch!*, die sich mit einem sehr respektablen Auftritt in die Herzen des Publikums gespielt haben, obwohl Iggy ihnen für all die Forest-Doom-fernen Elemente in ihren Songs am liebsten die gelbgepunkteten Sprungbeine ausreißen würde.

Und mit noch mehr Respekt beäugt er die *Gorgondon Bongos* und *Schwarzwald*, die sich beide schon lange nicht mehr beim Festival haben blicken lassen, sich aber in der Zwischenzeit zu ernsthaften, ja furchteinflößenden Konkurrenten gemausert haben.

Erneut hebt Spekulatius P. Unk einen Schlangenarm. Mit einem leichten Peitschenton bringt er das Publikum zum Verstummen.

»Ich bin müde, meine lieben Freunde«, nölt er genüsslich, »wollt ihr nicht entscheiden, wer beginnen soll?«

Ein wildes, völlig unverständliches Gebrüll ist die Antwort.

»Aha«, sinniert Spekulatius laut, »ich glaube, das war eindeutig. Dann soll es so sein. *Die Totgezupften Schmetterlinge* mögen vortreten!«

Die lassen sich nicht lange bitten. Frisch und energisch beginnen sie ihren Finalsong. Aber schon nach wenigen Takten wird deutlich, dass das diesjährige Publikum nicht gewillt ist, Gefangene zu machen. Vielmehr hat es sich in seiner ausgeprägten Fähigkeit, kollektive Intelligenz zu zeigen, dazu entschlossen, den Wettbewerbsteilnehmern gleich zu Beginn der dritten Runde richtig zu zeigen, wer Herr in der Prasselfffarz Arena ist.

Der Auftritt der *Totgezupften Schmetterlinge* vollzieht sich unter vollkommenem Schweigen. Die jungen Musiker sind dieser härtesten Bestrafung, zu der das Rocking-the-Forest-Publikum fähig ist, nicht gewachsen. Immerhin halten sie noch fast die gesamte erste Strophe durch, dann ertönt ein schepperndes Geräusch: Der junge Uha an der Gitana hat sein Instrument fallen gelassen und schlängelt sich weinend von der Bühne. Kurz danach verlassen auch die übrigen *Schmetterlinge* gebrochen den Ort des Geschehens.

»Na, das hatte ja schon einige heitere Momente«, tropft Spekulatius' Stimme in die Stille hinein. »Ich bin gespannt, ob dieser Auftritt noch getoppt werden kann.« Pause. »Schwierig.« Pause. »Mal sehen, was uns die *Prasselnden Rassel-Asseln* an Vergnüglichkeiten bescheren können.«

Iggy hat das Spektakel düster brütend verfolgt. Seine Laune verdüstert sich noch mehr, als es *PRA* gelingt, die Stimmung in der Prasselfffarz-Arena wie in einem musikalischen Waldbrand zu entfachen. Müde lehnt er sich zurück, beobachtet lustlos den perfekten Auftritt und zieht vorläufige Bilanz.

Erstens: Die *Müützel Monotones* stehen einem Publikum gegenüber, das in Bestform und in der Stimmung für jederlei Art von Grausamkeit ist. Zweitens: Die *Müützel Monotones* haben es (wenig überraschend) mit einer Konkurrenz zu tun, die sich gewaschen hat. Drittens: Die *Müützel Monotones* haben so gut wie nicht geprobt, sind musikalisch infiziert von irgendwelchen halbgaren Ideen eines Pfützengnoms in Rente und haben es nur mit Ach und Krach in die dritte Runde geschafft. Viertens: Man wird sie schlachten und ihre Gedärme an Iggys Baumhausbalkon in der Sonne zum Trocknen aufhängen, mit zuvorkommender Hilfe der Libellenpopper. Ach ja, und *Lila und die Letzten leisen Lurche* können sie gleich danebenhängen.

Nach den *Prasselnden Rassel-Asseln* legen *Steinflaum* und *Schwarzwald* sehr ordentliche Auftritte hin, was allerdings auf den Rängen nur bedingt honoriert wird: Spekulatius P. Unk muss das Konzert für eine Viertelstunde unterbrechen, damit eine Kohorte von Kriechbären die dicke, klebrige Schicht aus

Beerenpampe und Essensresten von der Bühne wischen kann, während die Musiker von *Steinflaum* und *Schwarzwald* etwas abseits unter wüsten Beschimpfungen notdürftig mit Kräuterwickeln und blutstillenden Essenzen versorgt werden.

Schwerer Konsum berauschender Getränke hat mit dazu beigetragen, dass auf den Rängen mittlerweile bürgerkriegsähnliche Zustände herrschen. Völlige Anarchie ist aber ausgebrochen, seitdem irgendwelche Witzbolde »Blauen Faum« in einer der Feuerschalen entzündet haben, weswegen nun eine dichte Wolke der aggressiven Droge über einer Hälfte der Tribüne hängt. Ein Schwarm Blütlinge, der sich der Wolke zu dicht genähert hat, kann der Wirkung der Droge nichts entgegensetzen und stürzt sich unter lautem Piepsen ins Feuer; die bedauernswerten Wesen gehen sofort in Flammen auf.

Der Auftritt von *Las and the Forest Five* ist ebenso wenig geeignet, Iggys Laune zu bessern: Die Schlussakkorde von »Stein zu Staub« gehen in dröhnenden Siegeshymnen unter, nur vereinzelt kann man die Geräusche wilder Prügeleien vernehmen, als die Anhänger der *Prasselnden Rassel-Asseln* gegen die Übermacht der »Lasisten« aufbegehren.

Musikalische Grütze und *Autsch!* halten dagegen nicht, was sie versprochen haben: Beide Combos werden jeweils nur für ein paar Takte auf der Bühne geduldet und dann von einem eigens verstärkten Geschwader Kobraxe gemeinsam von der Bühne geholt, einem ungewissen Schicksal entgegen.

Nachdem die *Gorgondon Bongos* ihren Auftritt beendet haben, summen Iggys abgehärtete Ohren vom begeisterten Lärmen, das über die Bühne spült und jeglichen verbliebenen Optimismus der *Müützel Monotones* fortschwemmt.

Auf ein lässiges Zeichen Spekulatius P. Unks (der auch nicht mehr ganz aufrecht auf seinem Thron sitzt – Auswirkungen von »Blauem Faum« auf Kobraxe sind bislang wenig erforscht, aber im Ergebnis erwartbar) erheben sich die *Müützel Monotones* und tappen, Iggy voran, zögerlich zum Bühnenrand.

Eine gespenstische Stille hat sich über die Prasselfffarz-Arena gelegt. Unruhig rümpft Iggy in die rauch- und rauschgeschwängerte Luft. Er blickt sich kurz um, mustert die Band. Dann wendet er sich wieder dem Publikum zu, saugt Luft in seine Lungen, hebt an zu sprechen. Klar und deutlich schallt seine Stimme durch das weite Halbrund. Er spricht nicht laut, ist aber überall zu hören.

»Wir sind die *Müützel Monotones*. Es ist uns egal, was ihr hören wollt. Von uns bekommt ihr Forest Doom. Und warum? Weil wir im Auftrag des Tiefen Morfs unterwegs sind! Auf, *Müützel Monotones*!«

Die ersten Takte von »Das ist ein guter Tag zum Sterben« treffen die Zuhörer wie Keulenhiebe. Iggy ist tatsächlich überrascht von der ungerührten Kälte, mit der die Band sich um ihn schart. Für einen Moment vergisst er alles, konzentriert sich ganz auf die rasenden Schläge des Songs. Zwei Strophen lang feiern Iggy und die *Müützel Monotones* sich selbst, baden in den vertrauten Klängen, fühlen sich beieinander sicher.

Dann bemerkt er die anhaltende Stille. Sie ist noch tiefer, vernichtender, lauter als die Stille, die die *Totgezupften Schmetterlinge* zur bedingungslosen Kapitulation gezwungen hat. Diese Stille ist reiner Hass, und sie hämmert ihrerseits mit schweren Schlägen gegen die musikalische Schutzmauer, die die *Müützel Monotones* um sich herum errichtet haben.

Als Bapf, Johnny-Bo und Sichssss-P ihrer gewahr werden, bricht der Bann. Die Mauer zerbricht wie Glas. Eine Welle der Furcht umspült sie, ihr Spiel wird unruhig. Geschrei bricht auf der Tribüne los. Beleidigungen, Schmährufe, Wurfobjekte aller Art, jedes nur vorstellbare Produkt rauschgetränkter Gewaltphantasien prasselt auf die *Müützel Monotones* nieder. Mit äußerster körperlicher Anstrengung hält Iggy die Band zusammen, peitscht sie weiter voran, aber er weiß, dass sie nur noch wenige Takte durchhalten werden, bis alles aus ist. »Nein. Bitte, Tiefer Morf …«, keucht er.

Plötzlich spürt er eine Bewegung hinter sich, dreht sich aber nicht um. Durch den Hagel aus Lärm dringt eine kaum hörbare Stimme an sein Ohr: »Ich bin hier, Iggy. Spielt weiter«, wispert Lila durch den Sturm.

Er dreht den Kopf, blickt sie an. Mit einem leichten Kopfschütteln hindert sie ihn daran, zu fragen.

»Nicht, Iggy. Später. Spielt einfach weiter.«

Der Wolfmorf tut, wie geheißen. Er weiß nicht, ob Bapf, Johnny-Bo und Sichssss-P noch zwischen Lärm und Musik unterscheiden können, vielleicht sind es nur Instinkte, mit denen sie die Stimmen der *Letzten leisen Lurche* aufnehmen, die wie aus dem Nichts neben ihnen aufgetaucht sind. Etwas unbeholfen zuerst, aber in immer präziserer Koordination wachsen *Müützel Monotones* und *Lurche* zusammen. Lilas helles Timbre klettert behände an Iggys rauem Grollen hinauf und jagt von hoch oben blitzende Schockwellen in die Reihen der verwirrten Zuschauer.

Fast zufällig fällt sein Blick auf Spekulatius P. Unk. Blinde Wut ist in seinen schwarzen Augen zu lesen, selbst sein durchdringendes Organ ist in dem allgemeinen Chaos nicht mehr zu hören, aber sein empörtes Gestikulieren bedarf keiner Übersetzung.

Müützel Monotones und *Letzte leise Lurche* jagen gemeinsam durch Strophe um Strophe, aber Iggys Besorgnis wächst, denn die unverhoffte, unerklärliche Unterstützung durch Lilas Combo hat die Aggressivität der Zuschauer bis zum Äußersten gesteigert. Es wird nicht mehr lange dauern, dann wird die Bühne kein sicherer Ort mehr sein. Aber noch während er

Fluchtpläne zu schmieden beginnt, hört er plötzlich eine sonore Stimme.

»Ist etwas ungemütlich geworden hier, was? Ganz vortrefflich, mein Lieber. Hatte bei Rocking the Forest lange nicht mehr so viel Spaß. Erlaubst du, dass ich einsteige?«

Iggy verlangsamt die Schlagfrequenz auf der Uga-Uga und blickt zur Seite: Neben ihm hockt seelenruhig, wie auf einem Baumhausbalkon in einer sommerlichen Nachmittagsbrise – Kroptok der Paukenkäfer. Fassungslos starrt der Wolfmorf ihn an, aber der Käfer kommt ihm zuvor.

»Lass gut sein, Meister Wolfmorf, ich komme zurecht. ›Das ist ein guter Tag zum Sterben‹, in b, ja? Ungewöhnlich, aber in Ordnung. Mein Einsatz in sechs Takten, auf zwei ... Jetzt.«

Das treibende Dröhnen schiebt sich wie eine Dampframme unter das Spiel der *Monotones* und der *Lurche*.

»Das ist gut!«, dröhnt Kroptok, »das ist gut! Jetzt gleich gemeinsam in die Bridge, wieder auf zwei!«

Iggys und Lilas Blicke treffen sich. Sie lächeln.

Was nun gespielt wird, ist kein Forest Doom mehr. Es klingt wie Forest Doom, ist aber anders, reicher, gleichzeitig wilder und feiner. Iggy denkt nicht mehr. Er lässt sich treiben, treibt seinerseits an und geht in der Musik auf.

Auf einmal bemerkt er, dass Spekulatius P. Unk seinen steinernen Thron verlassen hat! Mit tänzelnden Bewegungen eilt er der Bühne entgegen, gefolgt von einer dunklen Schar seiner Kobrax-Brut. Ein unerklärliches, knisterndes Brausen hat sich hinter den Musikern erhoben.

»Sie kommen, um uns zu holen!«, ruft der Wolfmorf.

»Nein!«, donnert Kroptok. »Sie kommen nicht wegen uns! Aber sieh dich nicht um! Spiel weiter!«

Das Publikum ist inzwischen zu einer konturlosen, kochenden Masse verschmolzen. Wieder sieht der Wolfmorf mit

Schrecken, dass die ersten Ränge sich zu leeren beginnen und die Zuschauer den Kobraxen nachströmen.

»Kroptok, wir sind verloren!«, schreit er.

»Vertrau mir, Wolfmorf! Spiel weiter! Und sieh dich JA NICHT UM!«

Wie Besessene rühren Iggy, Lila und Kroptok in dem brodelnden Kessel ihrer Musik. Es ist nun alles eins: die Musik, die drogengeschwängerte Luft, das Rasen der Menge, die Schwärze der Nacht, der Feuerschein, der das Chaos erhellt. Oben und unten, laut und leise, Tag und Nacht sind miteinander verschmolzen. Und so verwundert es Iggy auch nicht mehr, dass sich ein silberner Schimmer aus dem Nachthimmel auf die Bühne senkt, denn es kann ja nur die Wirkung des »Blauen Faums« sein, dass er nun mehrere Quacksilberquallen erblickt, die sich majestätisch vor der Bühne der Prasselfffarz-Arena auffalten. Ihr Gesang beginnt, die Musik der *Müützel Monotones*, der *Letzten leisen Lurche* und Kroptoks des Paukenkäfers zu durchdringen.

Iggy hört nicht auf zu spielen, er will nicht, er kann nicht, ist dort auf der Bühne der Prasselfffarz-Arena wie festgebunden. Verwirrende Bilder sieht er als Reflexionen auf den silbernen Membranen der Quacksilberquallen, Traumbilder, verschwommen, aber doch erschreckend wirklich: Er sieht Kobraxe gegen Libellen kämpfen, die in großen Schwärmen über dem Rand der »Großen Stufe« aufgestiegen sind, er sieht Festivalzuschauer verkeilt in wilden Kämpfen gegeneinander und gegen die Schwärme von Poppern, er fühlt den warmen Schild einer Qualle, die sich schützend um die Musiker gelegt hat, es ist CHHHHHUUUUUUMMXHH, obwohl das ja gar nicht sein kann, denn warum sollte sie hier sein, bei Rocking the Forest, Quacksilberquallen spielen doch gar keinen Forest Doom. Trotzdem fühlt er sich geborgen hinter diesem warmen, freundschaftlichen Schild, der ihn und Lila und ihre Musik beschützt, er weiß, dass dahinter gekämpft wird, obwohl das natürlich genauso wenig sein kann, wahrscheinlich sind es nur die Drogen, aber was ist schon »Blauer Faum« gegen guten alten Forest Doom. Alles fühlt sich so friedlich an, und der dunkle Nachthimmel senkt sich immer weiter herab, die Nacht ist schwarz und undurchdringlich, und nach und nach verlöschen alle Sterne, als würde er sie mit seiner Musik fortwischen, obwohl sie sich doch eigentlich selber entscheiden zu verlöschen, und dann verlischt der letzte Stern am dunklen Winterhimmel, und alles wird schwarz.

Lass das!

Er erwacht von mehrerem gleichzeitig: Zunächst sind es vereinzelte Schneeflocken, die sich langsam, eine nach der anderen, auf seine empfindliche Schnauze setzen. Er sieht sie nicht, denn noch hat er die Augen geschlossen; trotzdem rümpft er ihnen ungehalten entgegen.

Aber von ein paar vorwitzigen Schneeflocken wäre er noch nicht aufgewacht, wenn da nicht auch dieses ständige Gewisper wäre: »Jetzt lass mich doch auch mal, du wirst sie noch herunterkullern lassen!«

»Ich werde gar nichts herunterkullern lassen. Wenn du mir einfach helfen würdest, ginge das hier wesentlich einfacher!«

»Na, dann lass mich doch, du turnst mir doch die ganze Zeit vor den Füßen rum!«

»Aber wenn wir sie so rum legen, dann sieht er sie doch nicht, wenn er aufwacht!«

»Das wird er sowieso nicht, wenn du dich weiter so anstellst, dann wird sie nämlich wirklich runterkullern!«

Schließlich scheint sich zu allem Überfluss jemand einen Spaß daraus zu machen, mit seinem Kitzbüschel zu spielen. »Kitzbüschel« nennt man im Wolfmörfischen die feinen Härchen, die auf der Spitze von Wolfmorfohren sprießen. Jeder seiner Artgenossen kennt das hinterhältige Spiel, einem Schlafenden durch feinste Berührungen des Kitzbüschels zunächst leichte Albträume zu bereiten, um dann rechtzeitig beiseitezuspringen, ehe einem das schlaftrunkene Opfer eins auf die Rübe brezeln kann.

Iggy öffnet ein einzelnes Knopfauge. Vor ihm erstreckt sich das nächtliche Panorama eines wolfmörfischen Baumhausbalkons. An einigen Stellen hat sich bereits eine hauchzarte Schneeschicht gebildet, die von flackerndem Feuerschein angeleuchtet wird. Ein Glockenbold und ein Pfützengnom sind mitten in der Bewegung erstarrt und schauen ihn erschrocken an. Gunnars und Blubbs winzige Händchen ruhen auf einem goldenen, zapfenförmigen Objekt mit verwirrenden Verzierungen.

Iggy blinzelt mit dem offenen Auge. Er schließt es und öffnet das andere. Wieder das Panorama eines Baumhausbalkons. Diesmal aber beinhaltet es die Tür eines Baumhauses. Seines Baumhauses.

Er schließt das Auge wieder, liegt kurz still. Das Gewisper ist verstummt.

Mit einer blitzschnellen Bewegung schlägt er nach dem Störenfried, der sich noch immer beharrlich an seinem Kitzbüschel zu schaffen macht.

»AU!«

Ein Schrei, ein Keuchen, dann noch mal ein dumpfer Schlag. Iggy stöhnt schmerzerfüllt auf, hält sich den Kopf. Die Schaufelpfote, die ihn getroffen hat, war definitiv nicht die seine. Er öffnet die Augen, sieht nach links: Es ist Lila. Sie hält sich die Schnauze, aber sie grinst.

»Na, Vollmorf? Das hat aber gedauert!«

»Wie … wie komme ich hierher? Läuft das Festival noch? Wer hat gewonnen?? Wo sind die *Monotones*? Wer hat …«

»Schnauze, Iggy. Trink erst mal das hier.«

Eine dampfende Tasse wird in sein Blickfeld geschoben. Sie duftet anregend nach Pruppbeerentee. Ächzend richtet er sich auf, ergreift die Tasse mit beiden Pfoten. Der appetitliche Dampf vermag den Nebel in seinem Kopf etwas zurückzudrängen, aber die Welt bleibt doch noch einigermaßen verschwommen, und ein lautloses Dröhnen hallt schmerzhaft in seinem Kopf wider.

Er schaut sich um: Neben der Baumhaustür flackert warm ein fröhliches Feuerchen, auch aus dem Inneren des Baumhauses dringt Feuerschein. Außer Lila, Blubb und Gunnar ist aber niemand zu sehen. Sein Blick bleibt an dem goldenen Objekt hängen. Er stößt zischend die Luft aus und verschüttet fast seinen Tee.

»Die ›Goldene Dolde‹!« schreit er. »Was macht DIE auf meinem Balkon?«

Seine Besucher wechseln bedeutungsvolle Blicke. Der Glockenbold rollt verstohlen mit den Äuglein, und zwar so, dass Iggy es auf jeden Fall sehen muss.

Blubb tritt vor, räuspert sich: »Die gehört jetzt dir, Iggy Wolfmorf. Stellvertretend für das Festival-Komitee, das gerne selbst gekommen wäre, aber momentan etwas, sagen wir, unpässlich ist, darf ich dir sehr herzlich zu deinem Sieg bei Rocking the Forest gratulieren. Wobei ich allerdings so präzise sein sollte zu sagen, dass der Preis nicht dir alleine, sondern natürlich allen Mitgliedern der *Müützel Monotones All Stars* gebührt.«

Der Wolfmorf starrt ihn blöde an. »Wer bitte sind die *Müützel Monotones All Stars*? Wo sind Bapf, Johnny-Bo und Sichssss-P? Und wir haben doch … aber das Publikum!«

Der Pfützengnom seufzt. Er will noch etwas sagen, als sich ein lautes Rauschen erhebt. Iggy hält sich schützend eine Pfote vor die Augen, während sich der große Schatten eines Eulerichs aus der schwarzen Nacht schält. Elegant landet Gugu auf einem breiten Ast, der sich wie ein gewaltiger Torbogen über Iggys Baumhaus spannt. Ein Ächzen geht durch den Baum, als sich das Gewicht des Eulerichs auf ihn senkt.

»Guten Abend, liebe Festivalgemeinde«, gurrt er aufgeräumt, »ich sehe, ihr habt unseren Helden wachbekommen!«

»Ja, er ist wach, aber noch nicht wirklich lebendig«, meint Lila zärtlich und krault Iggy hinter dem Ohr. »Ich glaube, jetzt wäre der richtige Zeitpunkt für Bodo zurückzukommen, findet ihr nicht auch?«

»Ich glaube, in dieser Hinsicht kann ich dich beruhigen«, wirft Gunnar ein. Er macht einen Satz und landet geschickt auf Lilas Pfote, die noch immer hinter Iggys Ohr ruht.

Die Wolfmörfin stößt einen spitzen Schrei aus: »He! Du hast mich gebissen, du grünes Ungeziefer!«

Der Glockenbold ist aber schon behände auf Iggys Kopf gekrabbelt und thront nun direkt über dessen felligem Ohr. Er wendet sich Lila zu und verbeugt sich galant: »So ist es, meine verehrte Wolfmörfin! Ich nahm mir die Freiheit, Euer zartpelziges Pfötchen für meine eigenen Zwecke zu missbrauchen. Aber erlaubt mir, Euch zu versichern, dass dies nur in Eurem und des bedröhnten Wolfmorfes höchsteigenem Interesse geschah, wie ich sogleich zu Ihro Ergötzen demonstrieren werde. Ich darf?« Und er ergreift mit zwei Händchen Iggys Ohr, beugt sich tief hinein und kreischt schrill: »Hunger, Wolfmorf? Es ist angerichtet!«

Iggy schießt senkrecht in die Höhe, hält sich das Ohr, verschüttet den Tee und kann gerade noch von Gugu mit einem Stupser seines großen Flügels daran gehindert werden, über den Rand des Baumhausbalkons zu stürzen. Mit wildem Feuer in den Augen will er sich auf den Glockenbold stürzen, der sich kichernd hinter Lila in Sicherheit gebracht hat, als er ein Geräusch hört. Er wendet sich um und erblickt Bodo das Eichhörnchen, das mit einem großen, geflochtenen Korb beladen mühsam ächzend über den Rand des Balkons klettert.

»Moin Ig! Man hat mir gesagt, du würdest Hunger haben, wenn du wieder aus dem Faumkoma erwacht bist. Ich hab uns was bei Donny geholt! Gut, oder?«

Iggy merkt erst jetzt, wie hungrig er eigentlich ist. Aber er braucht nicht lange zu warten, denn Bodo hat bereits mit Lilas Unterstützung (und unter den mehr oder weniger hilfreichen Kommentaren Blubbs und Gunnars) begonnen, aus dem Korb eine Leckerei nach der anderen neben dem Feuer auszubreiten.

Niemand lässt sich lange bitten, und so tafelt die kleine Gesellschaft schon bald unter fröhlichem Geplapper. Der Wolfmorf speist, als habe er mehrere Wochen nichts zu essen bekommen. Schließlich wird er still. Er umklammert seine Teetasse und nuckelt nur hin und wieder nachdenklich an einem Trockenbeerenspieß.

Seine Gäste haben es bemerkt und sind ebenfalls verstummt, selbst der geschwätzige Glockenbold, der sich behaglich auf Lilas Schulter niedergelassen hat.

Dann wendet sich Iggy zu Lila um: »Wie hast du es geschafft, den Kobraxen zu entwischen? Und warum seid ihr zurückgekommen? Das Publikum hätte euch in seiner Raserei umbringen können!«

Sie lächelt: »Ach, weißt du, man erzählt sich über Kobraxe immer viel zu viele abenteuerliche Geschichten. Wenn eine Wolfmörfin ein wenig ihren Charme spielen lässt und ein bisschen mit den Ohren klimpert, dann können das ganz dufte Typen sein. Ich konnte sie davon überzeugen, uns doch nicht in die Teersümpfe zu werfen, sondern uns abseits der Arena am Rande der ›Großen Stufe‹ abzusetzen. Na, und dann wurde mir ja gesagt …« Sie verstummt, schlägt die Augen nieder, sieht etwas betreten drein.

»Was wurde dir gesagt?«, hakt Iggy nach.

»Nichts, Wolfmorf, das kann sie dann in Ruhe erzählen«, wirft Blubb schnell ein. Iggy runzelt die Stirn, erwidert aber nichts. Dann wendet er sich doch noch einmal dem Pfützengnom zu.

»Wer sind die *Müützel Monotones All Stars*, Blubb? Waren wirklich Kroptok und die Quacksilberquallen mit uns auf der Bühne?«

»Ja, das waren sie. Gut, nicht? Du scheinst auf deinem Weg durch den Wald einigen Eindruck gemacht zu haben.«

»Ja, aber warum sind sie zu Rocking the Forest gekommen?«

»Ich glaube«, sagt Blubb langsam, »es ist jetzt Zeit für einen kleinen nächtlichen Ausflug.«

Enthüllungen

Eiskalter Wind pfeift über den Rücken des Eulerichs hinweg, als er sich über die Wipfel des schweigenden Waldes gleiten lässt. Aber die Kälte kann den Passagieren nichts anhaben: Iggy und Lila haben sich in den warmen Flaumfedern behaglich aneinandergekuschelt und rümpfen manchmal verstohlen nach einem gewissen Duft, der noch zwischen den Federn zu erhaschen sein könnte. Nach einer kurzen Flugstrecke krabbeln Blubb und Gunnar aus den Federn hervor und entern an den Wolfmorfen hinauf.

»Schaut, Morfe, die Arena!«, kräht Gunnar und kneift Iggy herzhaft ins Ohr.

Gugu setzt zum Sinkflug an, und ein unheimliches Panorama beginnt sich vor den Reisenden auszubreiten.

Still und verlassen liegt die Prasselfffarz-Arena inmitten des schwarzen Waldes. Das Feuer in den Schalen ist schon etwas heruntergebrannt, aber es flackert noch stark genug, um das steinerne Halbrund in ein unstetes Licht zu tauchen, durch das dünne Schneeflocken taumeln. Die Kälte der frühen Morgenstunden kriecht an den Mauern empor, wagt sich aber noch nicht darüber hinweg.

Der Eulerich dreht eine langsame Schleife über der Arena. Eine kleine Gruppe von Wesen hockt auf dem breiten obersten Rang, dort, wo sich das Licht der Feuerschalen und die schwarze Waldeskälte begegnen. Er fliegt sie an und setzt mit einem Knirschen geschickt neben ihnen auf. Es sind die *Müützel Monotones*, Kroptok und CHHHHHUUUUUMMXHH, die junge Quacksilberqualle. Kroptok, Sichssss-P, Johnny-Bo und Bapf sehen ziemlich mitgenommen aus, aber CHHHHHUUUUUMMXHH hat sich silbrig aufgefaltet und schützt sie vor dem beißenden Nachtwind. Auf den steinernen Quadern zwischen ihnen liegen die Reste einer Mahlzeit. Der Eulerich lässt seine Passagiere über einen Flügel herunterklettern, bevor er ein paar Schritte zurücktippelt und bedächtig sein Gefieder ordnet.

Iggy begrüßt freudig alte und neue Bandkollegen und blickt dann über das Halbrund: Die Wolken »Blauen Faums« haben sich längst verflüchtigt, dennoch liegt eine unwirkliche Stimmung über dem verlassenen Konzertort. Die Ränge sind über und über mit Müll und Essensresten bedeckt, dazwischen kann man hier und da die Gestalten komatöser Wesen ausmachen. Auf der Bühne sind die Spuren eines Kampfes zu erkennen: schillernde Pfützen und dunkle Einfärbungen der Steinquader, die auf vergossenes Blut hindeuten. Dazwischen liegen über die Bühne verstreut auch Flügelstücke, abgerissene Fühler, hin und wieder ein Insektenbein.

Der Wolfmorf wendet sich Blubb zu, der sich auf dem Steinboden zu einer flachen Lache ausgebreitet hat: »Was ist hier passiert, Blubb? In meiner Erinnerung ist alles so verschwommen …«

Der Pfützengnom hat begonnen, sich in einer Art unendlichem Strudel langsam im Kreis fließen zu lassen. Nichts an seiner Form erinnert an ein Gliederwesen, seine Stimme dringt leise und dumpf aus der Flüssigkeit.

»Was hier passiert ist? Heute Nacht, Wolfmorf, ist die Macht des Libellenpops gebrochen worden!«

Niemand sagt etwas. Iggy fröstelt, aber es ist nicht die Kälte. Zögernd tasten seine Worte nach der lebendigen Lache.

»Was soll das heißen? Du meinst, weil ich die ›Goldene Dolde‹ gewonnen habe, haben sie …«

Er fährt zurück, als sich eine schmale Gestalt aus dem Strudel emporschraubt. Sie hat kein Gesicht und keine Glieder, schlangenartig fließt sie aufwärts, bis sie den kleinen Wolfmorf überragt. Ihre Stimme ist ungewohnt laut, und sie hat einen unangenehm hohlen Klang.

»Wolfmorf, du magst heute beim Rocking the Forest Band Contest gewonnen haben, und du magst heute Nacht verdientermaßen die ›Goldene Dolde‹ in den Pfoten halten. Aber merke dir eines: Du warst heute mit Mächten im Bunde, die stärker sind als du! Du hast auf dieser Bühne Bemerkenswertes vollbracht. Aber du warst nur der wichtigste Stein in einem großen Spiel.«

Iggy fröstelt nun nicht mehr nur: Ihm ist bitterkalt. Die plötzlich so fremde Stimme des Pfützengnoms schneidet wie ein Messer aus Eis und trennt den warmen Winterpelz von seiner Haut.

»Was meinst du damit?«, murmelt er zitternd.

»Du hältst mich noch immer nur für einen halbprominenten Bandmanager in Rente, nicht wahr?«

»Ich …«

Die wässrige Schlangenform pulsiert auf und nieder. Obwohl sie keine Augen zeigt, scheint sie ihn durchdringend anzustarren.

»Ich mag dich, Iggy Wolfmorf. Du hast herausragendes Talent. Der Forest Doom, so wie er ist, hat seinen Zenit überschritten. Du bist es, der ihn noch frisch und lebendig erhält, und sonst niemand. Und deswegen wirst du auch derjenige sein, der ihn zu etwas Neuem machen wird, und heute Nacht, bei Rocking the Forest, hast du mit deiner alten, neuen Band den ersten Schritt dazu getan. Aber du warst dabei in meiner Hand, und ich habe dich benutzt, als ein kleiner Teil an etwas viel Größerem mitzuwirken. Weißt du, Gugu ist nicht zufällig darauf gekommen, dich nach mir suchen zu lassen. Von dem Zeitpunkt an, als du aus der Tür eures Probenraumes gestolpert kamst, war jeder deiner Schritte von mir sorgfältig geplant.«

»Ich verstehe nicht ganz.«

»Es gibt Wesen im Müützelwald, Iggy Wolfmorf, die mehr sind als nur Musiker. Sie sind die Musik. Lange, bevor ich mich aus dem aktiven Business zurückgezogen habe und in meinem kleinen Haus im Schwarztann ein musikalischer Einsiedler geworden bin, habe ich damit begonnen, meine Netze über diesen Wald zu spannen. Kultur bedeutet auch Macht, Iggy. Aber wo Mächte sind, da gibt es immer auch Gegenmächte. Und dich hatte ich dazu ausersehen, eine dieser Gegenmächte zu zerstören. Hier, bei Rocking the Forest.«

»Aber … aber deine Entführung!«

»Sei nicht albern. Niemand entführt Blubb die Pfütze. Du hast sie doch gespürt, oder? Diese unheimlichen Kräfte, die dich auf deiner Wanderung begleitet haben? Die sich um dich sammelten, dich manchmal stießen, dich aber manchmal auch an deinen felligen Ohren packten und vor dem Sturz bewahrten?«

»Du meinst, du hast Gibangyiya …?«

»Natürlich habe ich das. Aber was noch viel wichtiger ist: Du musstest für die Libellen als Köder dienen. Sie hassten dich, schon lange, doch das sollte auch ihr Untergang sein. Sie haben alles getan, um dich und deine Musik zu zerstören, aber in Wirklichkeit sind sie doch nur blind meinem Köder hinterhergerannt. Sie dachten, sie könnten mich dir entziehen, aber durch die ›Entführung‹ haben sie nur meinen Plan ausgeführt. Du hast sie provoziert, aufgestachelt, zur Weißglut getrieben, ihren Hass genährt, aber auch das war Teil des Planes. Ihre Wut auf dich musste immer monströser werden, ihre Pläne für dich und für mich mussten immer wieder scheitern, zuletzt in der dunklen Höhle bei den Kriechspinnen. Sie mussten so weit gebracht werden, dass sie alle Vernunft fahrenließen und in ihrer unbeherrschten Wut das Festival angriffen.«

»Dann stimmt es, was ich gesehen habe!«

»Ja, selbst im Rausch konntest du es noch sehen: Kurz bevor die Zuschauer die Bühne stürmen konnten, teils um euch zu lynchen, teils um euch als Sieger auf Händen, Pfoten und Klauen zu tragen, kurz davor kamen die Libellen in großen Schwärmen über die ›Große Stufe‹. Und sie haben gelernt, sich nie wieder mit Forest-Doom-Anhängern anzulegen. Viele von ihnen sind tot, auch Bsssngng und Gngang. Die Libellen und ihre alberne Musik werden sich von dieser Nacht nie mehr erholen.«

Betroffen schweigt Iggy für eine Weile. Die anderen Musiker auf dem obersten Rang der Prasselfffarz-Arena geben keinen Mucks von sich. Dann blickt er wieder auf.

»Aber die Band? Warum sind sie gekommen?«

»Weil wir sie gemeinsam gerufen haben, Iggy, du und ich, jeder auf seine eigene Art und Weise. Du hast sie für dich eingenommen, und ich habe sie gelenkt. Und schließlich hast du sie musikalisch vereint, hier, auf dieser Bühne. Wenn die letzten Reste »Blauen Faums« deine Adern verlassen haben und du wieder eine Uga-Uga zur Hand nimmst, dann wirst du feststellen, dass dein Forest Doom ein anderer geworden ist. Er wird anders, reicher, schillernder geworden sein, genau wie deine neue Band.«

Iggy denkt wieder nach. Auf einmal zuckt er zusammen. Mit angstvollem Flackern suchen seine Augen Lila. Sie finden sie zusammengekauert unter den warmen Flügeln des Eulerichs, ihre bernsteinfarbenen Augen leuchten ihm ernst im Feuerschein entgegen. »Aber hast du auch Lila und mich …? Ich meine … sind auch wir nur Teil deines ›Plans‹ gewesen?«

Mit einer zischenden Bewegung fließt die hoch aufragende Gestalt des Pfützengnoms in sich zusammen, und wenige Sekunden später blubbert wieder ein winziges, gestikulierendes Wesen über den Fels zu seinen Pfoten. Es lässt ein seltsames Lachen vernehmen.

»Nein, Iggy. Die Fäden meiner Netze habe ich in jeden nur erdenklichen Winkel des Müützelwaldes gesponnen. Aber ich habe es nicht geschafft, sie bis in die großen, schnell schlagenden Herzen von euch einfältigen Wolfmorfen zu werfen. *Die Letzten leisen Lurche* waren Teil meines Planes, ja, aber nicht eure heimlichen Lümmeleien im Flaum eines in die Jahre gekommenen Eulerichs!«

In der ersten und vorerst letzten Runde des Blushing In The Forest Contest erkämpfen sich Wolfmorf, Wolfmörfin und Eulerich nach kurzem, aber hartem Wettstreit einen fairen und hochroten Gleichstand.

Iggy weiß nicht, was er unheimlicher finden soll: die wässrige Schlangengestalt mit der schneidenden Stimme und ihren düsteren Enthüllungen oder die vertraute, putzige Erscheinung, die nun vor dem Hintergrund düsterer Enthüllungen jeder Vertrautheit und Putzigkeit verlustig gegangen ist.

»Nun schau mal nicht so regnerisch«, blubbert die kleine Gestalt, »du siehst ja gerade so aus, als seist du beim Festival bereits in der ersten Runde rausgeflogen!«

In einer seltsamen Mischung aus Trippeln und Fließen bewegt sie sich nahe an den Wolfmorf heran, der sich zwingen muss, nicht zurückzuweichen. Ihr Wispern kann jetzt nur er hören.

»Du brauchst keine Angst zu haben. Aber die Geschichte ist noch nicht zu Ende, und du wirst noch manche Rolle in ihr zu spielen haben. Alles, was wir tun, tun wir doch für die Musik, nicht wahr?«

Und es will Iggy scheinen, als habe der Pfützengnom gezwinkert, obwohl Pfützengnome doch gar nicht zwinkern können.

Die Feuer der Prasselfffarz-Arena sind schon längst erloschen, als eine etwas schwächliche Wintersonne einen fahlen Morgen mühsam über den Horizont schiebt. Gähnend und ein bisschen widerwillig erleuchtet sie den Balkon eines Baumhauses, hoch oben an einem Baumriesen an der Torffarnschneise. Auch das Feuer, das hier in den Morgenstunden vor Sonnenaufgang so munter geflackert hat, ist ausgegangen. In dem Baumhaus selbst scheint es noch dunkel zu sein, aber wenn wir uns näher heranwagen, können wir Geräusche aus der Baumhaustür hören. Weil wir unsere Neugier nicht zügeln können, wagen wir uns noch ein wenig näher heran und lauschen aufmerksam. Aber ach!, was haben wir getan, denn wir merken, dass diese

Geräusche nicht für unsere Ohren bestimmt sind. Peinlich berührt, entfernen wir uns schnell wieder und hoffen, dass man uns nicht bemerkt hat. Aber wir müssen doch lächeln, denn die Geräusche erzählen uns von zwei Wolfmorfen, die an diesem fahlen Morgen im Müützelwald die Kälte auszusperren versuchen, die sich in feuchten Girlanden um das Baumhaus gelegt hat. Und auf unserem Weg durch den stillen, erwachenden Wald denken wir noch oft an ihr Wispern, ihr leises Lachen und die gewissen Geräusche, denn es lag tiefe, liebevolle Zärtlichkeit darin, und wir können schon ahnen, dass in Kürze aus dieser liebevollen Zärtlichkeit ebensolche Musik entstehen wird.

Einen letzten Gedanken haben wir aber doch noch, weisen ihn jedoch sofort wieder empört von uns, denn gewisse Dinge sollten das Baumhaus dort an der Torffarnschneise nun wirklich nicht verlassen. Deswegen breiten wir über das, was unsere zwei jungen Morfe womöglich mit der »Goldenen Dolde« angestellt haben, einen weichen, schalldichten Moosmantel der Verschwiegenheit.

ENDE

Wenn der Jäger zum Gejagten wird ...

In der Stadt Skargakar, an den Gestaden des geheimnisvollen Wolkenmeeres, leben die Bewohner von der Drachenjagd. Auch Lian verarbeitet als Kristallschleifer magische Kyrilliane, die die Flugschiffe der Jäger in die Lüfte heben.

Als Lian sich einen gefährlichen Mann zum Feind macht, ist er gezwungen zu fliehen. Er heuert auf dem erstbesten Flugschiff an, ohne zu wissen, in welche Gefahr er sich begibt. Denn Kapitän Adaron jagt nicht irgendwelche Drachen. Sein Ziel ist der Urdrache Garganthuan selbst ...

Hintergrund: © Thinkstock

Bernd Perplies
Der Drachenjäger
Die erste Reise ins Wolkenmeer
Roman

Ca. 408 Seiten

ISBN 978-3-596-29671-2

Jetzt für den Newsletter anmelden unter:

TOR-ONLINE.DE

fi 10-29671/1